海外小説 永遠の本棚

義とされた罪人の手記と告白

ジェイムズ・ホッグ

高橋和久＝訳

白水*u*ブックス

THE PRIVATE MEMOIRS AND CONFESSIONS OF A JUSTIFIED SINNER

by

James Hogg

1824

義とされた罪人の手記と告白＊目次

編者が語る　9
罪人の手記と告白――罪人自ら著す　137
再び編者　336
付録　クレセット・プレス版序文　アンドレ・ジッド　357
『義とされた罪人の手記と告白』とジェイムズ・ホッグ　高橋和久　369
再び訳者　384
Uブックス版あとがき　388

Fac Simile. See P. 366.

September 8.— My first night of trial in this place is overpast! Would that it were the last that I should ever see in this detested world! If the horrors of hell are equal to those I have suffered, eternity will be of short duration there, for no created energy can support them for one single Month, or week. I have been buffeted as never living creature was. My vitals have all been torn and every faculty and feeling of my soul racked, and tormented into callous insensibility. I was even hung by the locks over a yawning chasm to which I could perceive no bottom, and then — not till then, did I repeat the tremendous prayer! — I was instantly at liberty; and what I now am, the Almighty knows! Amen.

複写原稿、1824 年

義とされた罪人の手記と告白

罪人自ら著す

口承に残る奇怪な事実とその他の証拠証言の詳細に関する編者の説明を付す

グラスゴー市長
ウィリアム・スミス[1]閣下に
人としての閣下に対する敬愛と行政官としての閣下に対する
尊敬のささやかなしるしとして衷心より本書を捧げる

編者

1　ウィリアム・スミスは一八二二―二四年グラスゴー市長だった実在の人物。

編者が語る

今から百五十年ほど前、ダルカースル（ダルシャーテルと呼ばれることもある）の土地を領有していたのはコルウァンという名の一族であり、しかもその歴史がさらに一世紀ほど昔にまで遡るということは、現存するいくつかの教区記録に記載されているだけでなく、言伝えとしても今もって残っている。この一族は由緒正しきカフーン家の一分家であると考えられていた。そして後に国境地方[1]に勢力を伸ばしたカウァン一族が同家の後裔であることは間違いない。わたしの調べたところでは、ジョージ・コルウァンが同名の叔父からダルカースル、バルグレナン両地を嗣いだのは、一六八七年のことである。記録に残っているコルウァン家の来歴について、わたしの知り得たことと言えばこれだけであり、この一家に纏わるそのほか様々の出来事に関しては、口承に頼るしかない。とは言うものの、口承として伝わっていることが不十分だという不満があるわけでは毛頭ない。そ

1　スコットランドとイングランドの国境地方のこと。

れどころか、数え切れぬほど多くのことが語り伝えられているのである。したがって、これから世にも恐ろしい出来事を記すことになるのだが、少なくともスコットランドの四つの州の住民の大多数にとっては、この物語はすでに十分よく聞き知ったものにすぎないはずである。

さて、いま名前を挙げたジョージは分限者であった。或いはそう考えられていたと言うべきかもしれないが、ともかく結婚したのはかなり齢(とし)もいってからのことであった。相手はグラスゴーの市参事会員、オードという人物の唯一の遺産相続人だが出自にとかくの噂がある一人娘である。この結婚生活は当人たちにとって不愉快極まるものとなった。言うまでもなく、二人が結婚したのは、カルヴァンの主導した宗教改革の理念がスコットランドの人々の心を把(とら)えて放さなくなってから随分時を経てのこと。もっとも、スコットランド中隈(くま)なくこの宗教的信念が浸透したわけではなく、また人によって程度の差があったのは勿論である。そしてたまたま、当の二人がこの点でまったく正反対の考え方をしていたのだった。そうした事情が理解されれば、領主ジョージの方が、すでに隠居といってもよい身であることから、改革派の厳格な教義を奉じ、都会出のまだ若い陽気な夫人は、王党派の自由気儘な行動原理を奉じて、反対派の厳しく口やかましい非難には我を忘れて反駁したことだろうと思われるに違いない。

しかし事実はこの夫婦の場合まったく逆であった。領主[1]というのは村人から「不謹慎なお道化者」と呼ばれるほどの男で、神を畏れる心はほとんどなく、同様にまた人間を恐れる心もほとんど持ち合わせていなかった。彼は対立する両陣営のどちらに対しても意図的に中傷したり挑発したりしたことはなかったので、彼らの恨みを受けぬよう祈る必要など、ついぞ感じたことがなかった。この世の大多数の人間、そして特に天上の神に対しては、誠実に接しているとずっと信じていたのである。しかし、このような呪われた安心がいかに誤ったものであるか、結婚してから後いつまでも悟らないようならば、ジョージに災いあれ！　というのも、彼の妻となった女性は、宗教改革の精神に偏執する誰にもまして、厳格で妥協を許さぬ者だったからである。彼女の信ずるところは、改革派指導者の唱える教義と同じというのではなく、むしろ、それをもっと徹底的に原形を留めぬまで押し進めたものだった。喩えるなら、指導者たちの教義はどうにも嚥み下せない軟膏のようなものだが、彼女の場合は、その軟膏にさらにあり得べからざるほどの苦味が加えられていると言ったらいいだろうか。その信仰は、燃え盛る炎のごとく熱烈に予定説を信奉する牧師ただ一人から教え込まれたものだった。ところが彼の教えはあまりに厳格で、信者の大部分にとってはその信仰の躓きの石となり、一方反対派にとっては、国家の大勢を自らに有利な方向へと導く上で、恰好の口実となったのである。

　ダルカースルでの婚礼の祭典は、宗教改革の嵐が吹き荒れた厳しい時代ではなく、その一時代前の華やかな活気に満ち溢れたものだった。饗宴があり、舞踏があり、歌があった。酒は十二分に振舞われた。ビールは大きな木製の容器に、ブランデーは牛の角にたっぷりと注がれて、手から手へ

1　「主を畏れることは智恵の初め」（『詩篇』一一一篇一〇節）。

と渡った。領主はなごやかな歓楽を存分に楽しんだ。自ら踊り、音楽に合わせて手を叩き、曲が変わる度に歓声を上げた。多少とも人目を惹く娘を見掛けると必ず挨拶をし、その返礼として、自分の花嫁にも同じように振舞ってくれと彼女たちの恋人に頼むのである。しかし花嫁は、端然と萌え出るような美しさを湛えて広間の一番奥に坐ったまま、この場に居あわせるあらゆる男性と一寸たりとも相歩むことを断固拒否していた。彼女が相伴に預っている喜びは、時折お気に入りの牧師と秘やかに交わす神事についての甘美な会話にしかないようであった。この牧師は、彼女が領主の許に嫁いでから新居にきちんと落ち着くのを見届けるために、当地までお伴をしてやって来ていたのである。彼は何度かコルウァン夫人という新しい名前で花嫁に呼び掛けた。だが彼女は気分を悪くしたように顔をそむけ、憐れみと軽蔑の入り混じった目で、いい歳をした粗忽な罪人の方を見遣るのだった。夫は罪深い乱痴気騒ぎの真只中を跳ね廻っている。牧師には花嫁の敬虔な心の動きがはっきりと看て取れたので、それからは丁重に、ダルカースル令夫人という尊称で彼女を呼ぶことにした。何故なら、この尊称は花嫁の名を悪しき罪人の一員たる夫と結び付けなかったので、幾らか好ましく感じられたからである。新妻も認め、しかも特に夫たる領主のジョージに対しては格別の拘束力を持った神聖なる結婚の誓いにもかかわらず、彼女が夫をたとえ忌み嫌うというほどではないにせよ、心中軽蔑していたと信ずべき理由には事欠かない。

さて、牧師はもう一度花嫁に恵みを垂れて[1]当家を辞した。彼女は目に涙を浮かべて別れを惜しみ、アモリ人、ヘテ人、ギルガシ人の住む異教の地に、これからも繁く足を運んで欲しいと歎願した。

牧師は、彼女が今後とも神に対する諸々の勤めを怠らなければ、という条件でこの願いを聞き容れた――こうして麗しい花嫁は神に祈りを捧げるために自室へと引き籠ったのである。

当時は新婚の二人が部屋に退いて休息をとり、自分たちの健康と幸福を、さらには子宝に恵まれることを祈って杯を交わした後で、花婿、花嫁の付添人及び少数の選ばれた友人たちが、二人の部屋を訪問する慣わしであった。しかし領主はこの慣習を好まなかった。美しい掌中の玉を一人占めしていたかったのである。そこで彼は皆が打ち興じている宴会の席からこっそり抜け出し、花嫁の待つ自分の部屋へ引き下がると、誰も入れぬようにドアに錠を差してしまった。部屋の中に足を踏みいれると、新妻は福音書を読み耽っており、その姿には厳とした気品が漂っている。領主が歩み寄って優しく愛撫しようとすると、彼女はくるりと顔をそむけ、老人たちの愚かしい妄想や、滅びに至る広き道[2]というようなことを述べ立てるのだった。領主の方は妻が何を仄めかしているのかよく分からず、しかも宴席ですっかり酔っ払って、何を言われようと、その言葉をことごとく善意に受け取ってしまうくらい上機嫌だったものだから、靴と靴下を脱ぎながら、「道が広かろうと狭かろうと、もう夫婦は床に就く時間だがな」と答えるだけだった。

「コルウァンさん、まさかあなたの人生の中で格別大切なこの晩に、あなた自身とわたしのため

1　例えば『申命記』七章一節参照。
2　『マタイ伝』七章一三節参照。

に祈りも捧げないまま、お床におはいりになるなんてことはありませんわね」

新妻がこう言ったとき、領主は頭を床に着けるようにして、どこかに落ちた靴の締金を捜しているところだったが、こんな夜に「祈り」などという言葉を耳にするや、真紅に染まった顔を突然上げるとこう答えた――

「祈りですと、冗談じゃない！　正気を失った君の頭に神の御加護あらんことを。一体、今夜は祈りの晩なのかね？」

　彼は黙っていた方がよかった。余計なことを言ったばかりに、相手の口から深遠なる神々しい言葉が矢継ぎばやにはね返ってきたのである。凄まじい奔流のような叱責を浴びせられて、領主は自分自身ばかりか伴侶となった新妻までも恥ずかしく思え、何と答えたらよいのか分からなくなったが、ブランデーの酔いも手伝って口を切った。

「ねえ君、お祈りも今夜ばかりは少し場違いのように思うのだがね。なるほど、それは立派なものだし、御利益だって並大抵ではないかもしれんが、時を弁えず調子に乗ると、[1]祈りを茶化すってことになりはしないか。聖書と滑稽本を一節ずつ交互に読むようなもので、日々の暮らしが馬鹿馬鹿しい混乱の寄せ集めになってしまうよ」

　しかし宗教上の偏屈者や偽善者の言葉には、どんな理屈をもってしても到底かなうものではない。たとえ全生涯を費して論破しようとしたところで、正しいのは決して過たぬこの御仁、ただ一人と決まっている。領主はそう悟らずにはいられなかった。聖書の言葉が何の脈絡もなく、次から次へと続き、さらには、家庭礼拝の義務を説いた深遠なるミスター・リンギムの説教の一節一節が、やはり次から次へと繰り返された。とうとうしびれを切らした領主は、こんなお勤めは一晩中君に任せておこう、と思わず口走ったのである。

突然こんな事態になって、しとやかなダルカースル令夫人もいささか動揺した。どうにも具合の悪いことになったと思ったのである。しかし、この非道な夫に決して自分の高潔さを失いはしないという決心を示すため、彼女は跪(ひざまず)いて、並外れて熱のこもった言葉で祈りを捧げた。それは何とも激しいもので、彼女は確かに夫の心を動かしたと思った。事実、その通りであった。領主は、ほんの暫くの間ではあったが、夫人が動転してほとんど祈りを続けられなくなるほど、その祈りに熱心に応えた。即ち、決して並の人間にはまね出来ないような鼻喇叭(らっぱ)を鳴らし始めたのである――その音色は軍隊喇叭にも劣らない。夫人は祈りを続けようとしたが、ベッドから聞こえてくる応答喇叭の音が、一回ごとに大きく長くなり、遂には祈りの妙なる和音[2]もすっかり台無しになるのだった。これには流石に我慢強い夫人も打ちひしがれてしまった。ひとしきり溢れんばかりの涙を流すと、立ち上がって暖炉の傍に引き退り、聖書を膝に置いて、すっかり酔っ払ったこの喇叭吹きが目醒めて嗜(たしな)みを取り戻すまでは、と神聖な瞑想に時を過ごすのであった。

1 「いつも屋根に乗らなくとも十分教会を愛せる」というスコットランドの諺言を踏まえる。
2 シェイクスピア『ヴェニスの商人』五幕一場八四行参照。

領主はかなりの時間が経っても一向に目醒めなかった。疲労と祝い酒とで酔い潰れて、眠りはますます深まり、モルペウス[1]の旋律は一段とはっきりしてくるのである。この旋律はいくらか構成が変わったが、小節は大体次のような具合で続いていた――「ヒック――ホック――ヒュー！」何とも滑稽で、誰が聞いても笑い転げずにはいられないような代物である。しかしこの敬虔なすっかり落胆した惨めな花嫁は例外だった。

信心深い夫人はさめざめと涕いた。この人非人を揺り起こし、自分の眠る場所を空けてくれるよう頼むことがどうしても出来なかった。その代わり、彼女はどこかに引き籠ってしまったらしく、領主が翌朝目を醒ましてみると、寝ているのは相も変わらず自分一人だけ。彼はひたすらぐっすりと熟睡したので、その間、夢の中でということなら話は別だが、妻や子どもや恋人といったもののことなど一度たりとも考えなかった。しかし、次第に活力が蘇り、意識がはっきりしてくるにつれて、深い休息のおかげでさらに一層陽気な浮かれ気分になるのだった。実際、夢もまたこの浮かれ気分に口では言い表せないほど拍車をかけていた。夢の中で彼はリールやジグ、ストラスペイやクーラント[2]を踊った。身体が実に柔らかで、娘たちの頭の上を跳ね廻ったり、脚を激しく動かしては天井をバックに飛び廻り、大の御機嫌。眠りの神が足枷をはめて鎮めようにも、とても止まらぬほどの浮かれ放題であった。長く伸びた鼻喇叭が止むと、何やら興奮した笑い声がそれにとって代わった。「どんどん続けろ、もっと威勢よく、さあ、お前たち！」枕の上で頭の向きを変えるでもなく領主は叫んだ。この寝言はバイオリン弾きに演奏を続けさせようと発せられたのだが、上機嫌で夢を見ていた当の本人をすっかり目醒めさせることになった。笑い声を押し殺すことはできなかったが、一連の事実を順序立てて想い出すと、彼は自分の置かれた現実の状況にやっと気づくのだった。「ラビーナ[3]、どこにいるのだ、どうしたのだね」領主は叫んだ。しかし、どこからも声はしない。誰も返事をせず、また彼の声に気づいた様子もなかった。彼は、さっとカーテンを開けた。妻が相変わらずそこに跪いて祈りを続けていると思ったのだ。ところが彼女は眠っているでもなければ、目が醒めているでもない。そこにはいなかったのである。「ラビーナ！　コルヴァン夫人！」出来る限り大声で彼は叫んだ。そしてすぐにこう付け加えた、「いやはや――妻がいなくなってしまったよ」

彼は飛び起きて窓を開けた。陽光が東の空に明るい筋を見せ始めていた。春になって夜は短く、朝がとても早くなったのだ。素速く曲がりなりにも服を着ると、領主は家中のあらゆる部屋を見て歩き、各部屋の窓を開け、ベッドや物陰を念入りに調べるのだった。こうして昨夜、婚礼の祝宴が開かれた広間にやって来た。そこここの鎧戸（よろいど）を開けるたびに、眠り込んでいた恋人たちは、萌え出たばかりの新芽に囲まれてすっかり寝過ごしてしまった野兎のように、慌てて逃げ出した。「おい、こら、驚いたか！」彼は叫んだ、「おい、馬鹿みたいに駆けずりおって、まるでよからぬことをし

1　ギリシア神話。眠りの神ヒュプノスの子で夢の神だが、俗に眠りの神とされる。
2　いずれも軽快、快活な踊りで、リールとストラススペイはスコットランドのもの。
3　男性名ロビンに対応する女性の名。ロビンはロバート（後出）の愛称である。

ている現場を見つかったみたいだな」――しかし花嫁は彼らの中には見つからず、領主はさらに探し続けねばならなかった。〈どこか人目につかぬところででも祈りを捧げているのだろう、哀れな女だ〉と彼は思った、〈あの祈りってやつは何とも忌々しい代物だ。だがそれにしても我ながらいささか非道いことをしたようだ。何とか償いをせねばなるまい〉

探索は続いた。そしてとうとう、愛する妻が彼女の従姉妹のベッドで二人して寝ているのが見つかった。このグラスゴー在の従姉妹は結婚式で花嫁の介添を勤めていた。「君は悪戯けの好きな意地の悪いお人だね」領主は言った、「わたしがぐっすり眠っている間にこんないたずらをするなんて。こんなに洒落ていて、しかもこれほど酷な浮かれ遊びは初めてだよ。さあ、行こう、お茶目さん！」

すると夫人はこう答えた、「ひとつ申し上げたいことがあるのです。わたしはあなたの生活信条も、あなたという人間もともに軽蔑します。あなたのようなキリスト教徒とも思えぬ極悪人にこのわたしが言いなりになったなどとは、誰にも言わせはしません。娘たちに囲まれては始終追い廻し、誰彼の見境なく踊り、ふしだらな遊びに熱中する、あなたはそういう人なのです。不躾なまねは止めて、わたしと従姉妹の前から姿を消して下さい」

「そんなことを言わないで、よい子だから一緒に行くのだ、ラビーナ。たとえ君が清教徒の鑑で、聖徒の中の聖徒だとしても、妻になったのだから、夫の言うことには従わなくてはいけないよ」

「いいえ、わたしはあなたのように神をないがしろにする人の意に沿うくらいなら命を捨てた方がましです。ですから、そんな話はもうお止めになって、ここから出ていって下さい」

しかし領主は、癇の昂ぶった妻のこうした言葉には一顧も与えず、彼女を毛布にくるむと、大声を上げられた場合に備え、注意深く口のところで毛布の折り目が二重、三重になるようにして、そのまま自分の部屋に運んでいった。

翌日、朝食の時間になっても彼女はなかなか姿を見せなかった。お付きの女中が奥様を見てきましょうと申し出たが、領主のジョージは自分以外の者を妻に会わせたくなかったので、自ら何度か妻のいる部屋に行き、必ず鍵をかけて出てくるのだった。とうとう朝食が供された。デザートが並ぶと領主はいくつか冗談を飛ばしたが、いつもの精彩がなく、また彼の鼻の頭が極立って赤くなっていることが看て取れた。

新婚の二人の仲がひどくぎくしゃくしているのは明らかだった。何故なら、夫人がその日のうちに新居を出て、一晩野宿をしてまで、翌日にはグラスゴーの実家へ帰ってしまったからである。当時この地方には乗合馬車や蒸気船がまだなかった。市参事会員オードは、一人娘が父親にどれほど似ているかという点については妻の断定的な口吻に敢て異は唱えなかったが、彼自身は娘を格別に愛していたわけでも、ちやほやしていたわけでもなかった。一体どんなひどい侮辱を受けたのか、娘に事細かに問い糺してみたところ、こうした好ましからざる仕儀に立ち至るのも止むを得ないと考えられるような理由は一向に見出せない。そこでグラスゴーの市参事会員である父親は、熟慮に熟慮を重ねて次のように言ったのである。

「なあ、レイビイ、お前が一緒に祈りをあげようと言っておるのに、ダルカースルの奴がそれをすっかり撥ねつけてしまい、礼儀をわきまえぬがさつ極まるやり方で、お前を部屋まで運んだということはわしにも分かる。確かに、娘にそんな不遜な態度をとるとは怪しからん。だがな、それはお前をわしの娘として考えた場合の話で、妻としてのお前に夫がどのように接すべきかということになると、これについては、わしより奴の判断を尊重せねばなるまいよ。しかしだ、奴がわしの娘にそんな振舞いをしたからには、一度くらい仕返しをせずにはすまさん。奴のごく身近にいる者に借りを返してやろう。つまりな、奴の嫁に仕返しをして――そうして奴に思い知らせてやるんだよ」

「どうなさるおつもりですの？　お父様」娘はびっくりして尋ねた。

「あのダルカースルの極悪人がわしの娘を粗略に扱った、その仕返しをするのさ」彼は答えた、「さあ、こちらに来なさい、コルウァン夫人。あなたがその報いを受けるのだ」

そう言うとこの市参事会員は夫の許から逃げ去ってきた妻の身体を殴打するのだった。それは勿論、さほど激しいものではなかったが、もっぱらダルカースル領主に対してひどく憤っているという体で、彼は勢いよく鞭を振り廻した。「あの男はまったくの人でなしだ」彼は叫んだ、「たとえわしの娘がどんなであろうと、そんなひどい態度をとったからには、目にもの見せてくれよう。生憎あの男を直接懲らしめるわけにはいかんから、この世で奴と一番近しい奥方を痛めつけてやるのだ。えいっ、これでもか、コルウァン夫人、これもあなたの御主人の無礼のせいなのですぞ」

哀れにも彼女はすっかり打ちのめされ、涙を流しながら慈悲を乞うた。しかし、市参事会員は少しも容赦しなかった。怒りを爆発させ、彼女の身体に長い鞭打ち跡をうっすらと残してから、娘を六階にある彼女の部屋まで連れて行くと、外から鍵を掛けた上で食物と水とを与えた。それもこれもすべては身の程知らずのダルカースル領主に対する復讐のため。だがこの父親は娘に食事を持って行って、階段を下りてくると、何度かこう独りごちた――「あの子が今度、夫に会うときは、これまでにないほど幸せな気分を味わえるようにしてやらねばならんからな」

ダルカースル夫人には読書や祈りや思索の時間はたっぷりあったが、宗教上の教義を論じ合う相手がいなかった。これは彼女にとってどうでもよいことではない。というのも、彼女はこのときほど話相手の必要を感じたことはなく、論争熱が渦巻いていた時でもあり、聖書の言葉や複雑な教義を説いた文章をどれほど熟読し、かつまた記憶しようとも、言い負かす相手がいなければ少しも自分に利するところはないと悟ったからである。そこで彼女は自室の開き窓に腰を掛けて、宗教心など微塵もないダルカースル領主の姿を捜すといった仕儀に相成ったのである。

彼女が窓辺に坐るようになってかなり日を経てから、やっとあの傑物は姿を現した。事態を収拾するのはそれほど難しくなかった。妻の方で、父親の家には避難場所のないことに気づいたのである。こうしたわけで、歎息まじりに涙を流しながらも、彼女は夫に従ってまた元の家に戻ったのだった。しかしこんな騒動のあとでも、事情は一向に変わらなかった。妻の方は夫の抵抗をものともせず何とか回心させようとし、夫の方は何としてもさせられまいとした。妻は是が非でも朝晩、家庭礼拝をさせようとするが、夫は朝にも晩にも祈りを捧げようとはしなかった。妻が礼拝に勤しんでいる間、夫は聖歌すら口にせず、彼女の傍に坐りもしない。さらには、妻が夫を議論に引き込んで宗教心を呼び起こそうと、機会あるごとに相手の言葉じりを捕らえては徹底的な反論を加えるのだが、夫の方ではいつ何時、いかなる場所であろうと、宗教上の聖なる神秘的教義について言葉を交わそうとはしないのである。

　領主は暫くの間、腹立ちを抑えていた。しかし、遂に癇癪（かんしゃく）玉の破裂するときがやってきた。妻が彼に宗教心を吹き込もうと無駄な説教をしていると、彼は突然その言葉を遮（さえぎ）り、信仰や希望や悔悟といったことについて、彼女があまりにも事細かに喚きたてすぎるといって嘲笑したのである。さらに彼は、人間の救いは絶対的な神の御意志によってあらかじめ定められているというかの偉大なる基本的[1]教義に対してさえも疑義を唱えた。この不敬の言葉に信心深い彼女の怒りは頂点に達した。そして彼女は、いかに自分が神の子であるといっても、反キリストの手先であるあなたのような人間とはとても一緒にいることは出来ないと言い放ち、二人別々に暮らそうと申し入れたのである。こうして、結婚後六カ月も経たぬうちに、互いに納得した上で別居の措置が取られた。古い領主館の上層、即ち三階が妻の住居として当てがわれ、さらに、専用の出入口、専用の階段、専用の庭、そして領主の歩く道とは決して交わらない遊歩道が彼女のものとなった。したがって、誰が考えてもこの別居は完全なものであったはずである。二人はそれぞれ自分の気にいった者の中から仲間を選んだ。そして領主の方では妻がどんな相手と付き合おうと一向に頓着しなかったのだが、妻はじきに夫の仲間の何人かについて、干渉の手を伸ばし始めるのだった。

「旦那様のところにいつも一人で足繁くやって来るあの太った見るからに威勢のいい女性のことだけど、あれは誰なの?」彼女はある日、御付き女中のマーサ[2]に尋ねた。

「あら、奥様、そんなこととても分かりゃしません。あたしども、ここにお客様がみえたら、聖福音による聖餐式とおんなじで、席をはずさにゃならねえですから」

「でもマーサ、あのふくよかな女性が誰なのか、調べてわたしに教えて頂戴な。不信心極まる夫の館の者とは親しいお前にしてみれば、そんな情報を手に入れるくらい造作もないはずよ。彼女が夫の家への行き帰りに、決まってこの部屋の方を見上げて通っていくのをわたしは見て知っているの。それにあの人が手ぶらで帰ることなんて滅多にないんじゃないかしら」

その日の晩、マーサが情報を持って来た。それによれば、例の威風堂々たる訪問者はミス・ローガンといって、領主の古くからの友人であり、両親は内乱[3]の際に家督を失ってしまったが、名門を親戚に持つ、毛並のよい立派な女性なのだった。

1　予定説の最も極端な形として現われた道徳律廃棄論に就ては、付録のジッド「序文」参照。
2　『ルカ伝』一〇章三八―四二節のマルタとマリヤ姉妹の話を響かせるか。
3　チャールズ一世の宗教政策によって一六三七年に惹き起こされた反乱を端緒として、イングランドの清教徒革命とも呼応した王党派と長老派の対立による国内騒乱のこと。クロムウェルの勝利によって王党派支持者の多くが財産を没収された。

「まあ、そうなの、分かったわ」領主の妻は言った、「よくやったわね、マーサ。でもその御立派な方の立居振舞がどんなものか、今度彼女が旦那様を訪ねてきたとき、よく調べて来て頂戴。その次のときも忘れずにね。そうしたことを調べる機会は、お前にはいくらもあるはずだから」

こうした命を受けたマーサの情報が情報であったから、その結果、ダルカースル館の最上階では、カナーンの女を貶める祈禱[1]が毎朝毎夕繰り返されることとなった。そこでは、不平不満の声が渦巻き、呪いの言葉や涙までもが溢れ出る有様であった。グラスゴーに宛て、矢継ぎばやに手紙が送られ、やっとのことで信仰篤きリンギム牧師が無事上層階にある夫人の聖所に到着するに及んで、彼女も大いに慰められたのだった。驚くべきは、神の御恵みを授かったこの二人の会話である。リンギムは、自説として、信仰には機能や効果の点で各々まったく独立した相異なる八つの種類があるという考えを持っていた。ところが夫人の方は、孤独の境遇に身を置いているうちに、新たに五種類の信仰を見出し、全部で信仰の種類を十二[2]としたのだった。この五つが、果たして本当に信仰の名に値するものなのか、それともそれは偽りなのか、という問題が十七時間にも及んだ二人の高邁な議論に恰好の材料を提供したのである。議論は白熱した。話題が物事の本性、有用性、常識といったものから離れれば離れるほど、決まって二人の昂奮も高まるのだった。ついには五つの新種の信仰の中のひとつと信頼とを巡る論点を話し合っているうちに、リンギムはいつにない昂奮の極に達してしまった。彼が熱中のあまり、平生の節度を越えてしまうのではないかと怖れた夫人は、相手の激しい主張に突然水を差して、次のように口を挟んだ、「でもわたしの知識に間違いがなければ、こんなに露骨で公然たる非礼に対しては、それなりの採るべき態度があるというものではありませんか」

牧師は急に押し黙った。椅子に凭(もた)れて髭を撫でながら咳払いをひとつ——一時考えに沈んでからもう一度咳払い——そして先程とは打って変わった落ち着いた声で言うのだった、「ああ、それは二義的な問題です。御主人とミス・ローガンのことを言っておいでなのでしょう」

「その通りですわ。わたしの目と鼻の先であんなに親しげに付き合うなんて、こちらの面目は丸潰れですもの。このままにしておくなんて、許されざるひどい罪悪というものです」

「悪というものはですね、夫人、能動的なものと受動的なもの、両方あるのかもしれません。彼ら二人の関係は、彼らにとってこそ悪なのであって、我々には少しも悪とはなりません。この土地の悪しき非キリスト教徒がどんな罪を犯そうとも、異教のトルコ人の罪と同様、わたしたちにとっては関係のないことです。というのは、この世のあらゆる人間同士の絆(きずな)や友情は、すべて改革派教会の神聖一家の中に同化吸収されているからです。しかし、もし夫人がどうしてもとお望みなら、彼を叱りつけ、たとえ性根がその行動と同じくすっかり穢れていようとも、彼自身の自尊心から己

1　真のイスラエル人（＝神に選ばれたもの）でないという意。『創世記』四六章一〇節、『出エジプト記』六章一五節参照。言うまでもなくミス・ローガンを指す。

2　作者没後の一八三七年版では、「十三」に訂正されている。ただしこの間違いは編者の軽率さを仄めかす意図的なものとする見解もある。「十三」という数字を嫌って「悪魔の一ダース」という表現もある。

れの行動を恥じ入り、二度とそのような行為に及ぶことのないよう、責め苛(さいな)んで平伏させましょう。悪しき者にとってはあらゆるものが邪悪であり、義にかなった者にとっては、すべてが正しいものとなるのです」

「まあ、それは何とも心安まるお言葉ですわ、ミスター・リンギム。神に義とされた者は過ちを犯すことなどあり得ないなんて、考えるだけでも嬉しいことですもの。まったく自由に振舞えるこのわたしたちを羨まない者がいるかしら。哀れにも真実の見えぬあの不幸な夫の許へ行って、どれほど堕落した、罪深い人間であるのか目を醒ましてやって下さい。あなたにはうってつけのお役目ですものね」

「分かりました。彼のところに行って懲らしめてやりましょう。地にまき散らされて肥やしとなる糞よろしく[1]、わたしの目の前に罪と悪魔を取り出して並べてやります」

「御主人様、表玄関においでの男の方が、御二人だけでお話ししたいそうですが」

「わたしはいま忙しいと言ってくれ。今晩は誰とも会えないが、明日ならいくら早くとも客人のお好きな時間にどうぞ、とな」

「あれ、どんどんこっちへやって来なさる。ちょっくら待ってくだせえよ。御主人様はいまお忙しくてお会いできねえんですから[2]」

「お前のようなモアブ人に用はない。わたしの使命に遅延は許されないのだ。破滅の淵に瀕したお前の主人を救いに来たのだからな」

「そういうことなら話は変わるってもんで。そんな危険はわたしらみんなに及ぶだろうから、お客人と言い争ってなんかいねえで、お通しした方がよいでしょうからね。あなた様はだいぶ思いつめていなさるようですし――御主人様、お客人はあなた様を救いに来たのだから待つわけにゃいかねえとのことで――こちらにみえてなさるんで」

領主は怒りの言葉をウォーターズ――これが召使の名であった――にすぐにも浴びせかけようとしたが、その言葉が口から発せられる前にリンギム牧師が部屋の中にはいってきて、ウォーターズの方はドアを閉めると引っ込んでしまっていた。

これほど間の悪いご対面もなかっただろう。まったくそれはあり得べからざることだった。というのもちょうどこのとき、領主とアラベラ・ローガンは同じ椅子に腰を掛け、ドアが開いたときには一冊の本を二人して見ているところだったのである。「何の御用ですかな、お客人」領主は声を荒げて尋ねた。

「非常に重要なことをお話しに上がりました」こう言いながら牧師はさり気なく炉辺の方に歩を進め、そこで向き直ると、炎を背に二人の罪人と相対した。そして半ば顔を背けるようにして不快

1　『エレミヤ記』八章二節、二五章二三節等参照。
2　『申命記』二三章三節、『ネヘミヤ記』一三章一節等参照。

げに領主を見遣りながら言葉を続けた――「わたしのことはご存知でしょうね」

「恐らくな」領主が答えた、「グラスゴーの何とかいったな。わしがこれまで味わったこともないような侮辱を与えてくれた御仁だからな。あんたのような手合はそうやって他人を傷つけようとばかりしているわけだ。一体そうした振舞いの埋合わせとなるくらいの善行を他人のためにしてやったことがあるのかね。もしないのならば、あんたは当然のこととして――」

「お黙りなさい。いいですか、わたしの前では神を汚すような言葉は許しません。そうした瀆神行為に及んだ者がこのわたしにひどい目に遭わされたとしても、それは自業自得、わたしのせいではない。あなたにお尋ねしましょう――神とこの証人を前にお尋ねするのですが、結婚式のときわたしが課した誓約をあなたは汚すことなく粛然と守ってきましたか? お答えなさい」

「それでは、あんたがわたしの伴侶であると定めたあの女性は誓約を守っておるのですかな。お答え頂きたい。誰にしてもあんたほどきちんと誓約を守れる方はおらんでしょうな、あんたのお名前は失念したがね」

「ではあなたはおのれの悪行を告白し、放蕩暮らしを認めるのですね。ここにおられる女性が、わたしの考えるところ、非道を重ねているあなたの御相手のようですが――この方の美しさがあなたに道を誤らせたのでしょう。お二人とも立ちなさい。そしてわたしがあなた方を断罪し、神と人の目にあなたがたがどんな風に映っているか教え示してあげますから、よくお聞きなさい」

「いや、まず最初に、あんたがそのままそこに立って、神と人の目にどう映っているかわしが教えてやるから聞かにゃあならん。あんたはな、いいかね、出しゃばりで自惚れの強い道学者様で、教会や国や家庭や村の争い、騒動に火をつける扇動者というやつだ。あんたの正義は、カルヴァンの教義を区別もつかぬ無数の項目に細かく分けたり、あらゆる掟——人倫上のものであれ、神の掟であれだ——それに対する違反をすべて正当化する神の恩寵の体系を打ち立てることにあるのだからな。ひとことで言えば、あんたは腐り穂——改革派教会の内に巣食う蝗虫[1]というわけだ。その害ときたら殺してしまわぬ限りとても消えるもんではない。さあ、黙ってお帰りなさるがいい。こんな破廉恥なまねは二度とせずに、これ以上咎め立てされぬよう身を低くする[2]ことですな」

リンギムは一向怯んだ様子もなく、領主の言葉を最後まで聞いていた。時折軽蔑のあまり口許を歪めたが、そうしながら理に外れたご託を並べる二人の相手への反撃の機を温めていたのである。彼は完全に自分が優位に立っていると思っており、復讐と怒りの念を相手に一気に浴びせかけてやろうと決心していた。残念ながら、現代の礼節の枠に縛られて、この名高きリンギムの叱責の言葉を書き記すことはできないが、その断片はかつて悪名を馳せたスコットランド中のすべての牧師が愛用したのだった。しかしわたしはそれを諳んじているし、その特に栄えある一節は必ずや誰がしか扇動者の手に渡ることになるであろう。リンギムの譬え話は相手の度胆を抜くほど何とも強烈な

1 『列王紀略上』八章三七節、『申命記』八章二二節、及び『ヨエル書』一章四節、『ナホム書』三章一五節参照。

2 『ヨハネ伝』八章一一節、及び『出エジプト記』一〇章三節、『マタイ伝』二三章一二節等参照。

ものであったために、ミス・ローガンはすぐに耐えられなくなってしまい、すっかり混乱してその場から逃げ出さずにはいられなかった。領主の方は恥辱と怒りのためにときどき顔を真赤にしながらも、何とか頑張り通した。彼は何度か、この差出がましい妻の御機嫌取りを部屋から追い出そうとしたが、身に付いた礼儀と神の直接の下僕としての聖職者に抱いている持ち前の尊敬の念から、その度に思い留まったのである。

　リンギムは領主の顔に表れた怒りの兆候に気がついたが、それは恥じ入って悔悟しているためだと考え、こうした場合に普通なら牧師のやらぬほど激しい叱責を加えた。それが終わると領主の反論を封じるために、自分の長服をこれ見よがしに跳ね上げながら、ゆっくりと威厳ありげに部屋から出て行くのだった。おのれの大勝利に意気揚々たる心持ちであったに相違ない。階段を昇って夫人の部屋にはいると、彼は高邁なる神学仲間に輝かしい勝利――ローガンとかいう女はすっかり狼狽し、涙を浮かべながら家から逃げ出してしまったこと、そして部屋に残った堕落せる領主の方は恥辱と悔恨とですっかり滅入ってしまい、ひとことも口に出せず顔色を失ってしまったこと――を話して聞かせた。領主の妻は牧師に心から感謝し、厚い友情に支えられた熱意と力強い雄弁とを賞めそやした。それから彼らは再び事細かな区別立て――ありもしない宗教上の区別立て――に没頭するのだった。

　彼らは二人とも神の子たる身であり[1]、誘惑に負けたり、悪しき心に染まる心配がなかったので、互いに相手を訪問したときには、心地よい宗教的な会話を楽しむために同じ部屋で夜を明かすのが習慣であった。しかしこのときは、神の義認と最終的な選抜との間に介在する些細な問題に関して、二人の意見が甚だしく異なっていたため、牧師は昂奮のあまり席を立って部屋を歩き廻りながら、物凄い意気込みで自説を主張した。そのためマーサはすっかり仰天してしまい、この二人が今にも取っ組み合いの喧嘩を始めるのではないか、もしそうなったらこの牧師は奥様には手強い敵だ、などと考えながら、二度ほど服を着換えてベッドから出るとドアの後ろに立ち、必要とあればいつ何時でも飛び込んで行く覚悟を決めて、聴き耳を立てていた。こんな風に述べると、誇張の度が過ぎると思われるかも知れないが、これは掛け値なしに事実をありのまま映したものだと請けあうことができる。しかしこの神学者が気も狂うことなく冷静でいたと断言する気は毛頭ない。この二人の言動を扉越しに聞いていたマーサの言を信ずるなら、二人の間には愛情や協調の精神は欠片も示されず、極めて些細な問題を論う燃え盛った火のような熱意があるだけだった。しかもその問題はと言えば、口に出されるのを真のキリスト教徒が聞こうものなら、恥ずかしくて頬を染めたであろうし、また、神を神とも思わぬ異教徒にとっては、我々の信仰を馬鹿にする恰好の口実となるような類のものであった。

夫人は自分の尊敬する牧師がこの館の下の階の罪深き隣人たちを打ちのめしたことに有頂天で、マーサに向かって甲高い声で誇らし気に語った。しかしそれも長くは続かなかった。というのも、

1　『ロマ書』八章一五―六節、『ガラテヤ書』四章五節、『エペソ書』一章四―五章参照。

この一件から五週間後、アラベラ・ローガンが家政婦として領主のもとにやって来たからである。彼女は領主とともに食卓につき、代理の女主人として館の鍵を預るようになってしまった。夫人の歎きと怒りとはこれまでになく激しいものであった。彼女は自分の息のかかったものを総動員して、この疑わしき二人を引き離そうとした。しかし諫言はまったく効果なし。領主はそうした連中を相手にせず、家政婦を手離そうとはしない。夫人の方は絶望するしかなかった。自分自身は夫と仲良くやっていくつもりなどなかったが、他の人間が仲良くしていることには耐えきれなかったのである。

しかし、こんな無礼に対する激しい怒りもやがて相殺される時が来た。気高く、悩み多きこの夫人は無事可愛い男の子を出産したのである。領主はこの子を自分の子であり後継ぎであると認め、ジョージという自分の名前を与え、自分の家の方で養育した。彼は乳母に、もし万が一母親が息子に会いたがるようなことがあれば、母のもとに連れていってもよいという許可を与えた。しかし不思議に思われるかもしれないが、母親の方では出産後一度たりとも息子に会いたいとは望まなかったのである。その子は健やかに幸せに包まれて成長した。その翌年、夫人はこの子に弟を授けた。法律上、確かに弟であった。そして実際にも弟だったというのが本当のところだろう。しかし領主はそう考えなかった。彼はこの二番目の息子を養い育てる義務があることは承知していたし認めもしたが、他の点ではこの子を認知しなかった。誕生の祝宴を開こうともしなかったし、洗礼の時に名を付けようともしなかったのである。この哀れな子は一年と一日[1]の間この世の教会から締め出されたまま生きねばならなかった。一年と一日と言うのは、ちょうどその時になって、ミスター・リンギムが同情と親切心から、夫人自身を保証人として、この子にロバート・リンギムという洗礼名を付けたからである。これは、名高き牧師自身の名であった。

ジョージは父の許で成長した。教育の方はと言うと、教区の学校へも行き、またわざわざ家で傭った家庭教師にも就いた。そして彼は寛大かつ親切な青年で、誰に対してもいつでも優しく、不満を抱くようなことは滅多になかった。一方ロバートはミスター・リンギムの許で育てられた。領主はリンギムに毎年幾らかの手当を与えたのだった。この少年は小さいうちから、牧師の説く専横で妥協のない教義の持つ厳格さ、激烈さにすっかり慣らされてしまった。毎日二度、そして安息日には七度祈禱するよう教えられた。しかし選ばれた者のためにしか祈らず、老ダビデのように、神を敬わぬものは呪い殺せばいいという教えだった。言ってみれば養子として引き取られたこの家で、世に名高き父と兄については、悪口しか聞かされなかったことになる。したがって、彼はこの二人を忌み嫌うようになり、毎日何回となく「年老いた白髪の罪人は己れの非道に夢中になった真最中に命を絶たれ、すぐにも地獄へ堕ちるように。そしてまたこの腐った幹から生まれた若茎も、自らの汚した世界から追い払われるように」と祈った。だが兄については「まだ分別もないのだから、

1　結婚や不動産所有権などに関わる法律用語として、丸一年が経過したことを表す。ここでは、父親として認定される人物がいないことが明らかとなり、母親が保証人となる資格が生じた。

その罪は赦されるように」と付け加えるのだった。

ロバートを育んだ宗教的信念とはこのようなものであったと思われる。彼は鋭い才知を持った勉学熱心な少年であり、強烈で抑え難い情熱を持っていると同時に、その振舞いには他の少年たちを寄せつけぬ厳しさがあった。どのクラスであろうと、文法、読み書き、計算、何をとっても彼は最優秀であり、また神学上の論議を呼んでいる様々の問題について論文を書くのが好きであった。その論文で賞を獲得し、後見人たる牧師と母から大いに褒められたりもした。ジョージは学識の点で弟にかなり引けをとったが、男らしい勇気や身体つき、姿かたち、上品な振舞いや見映えに資するものでは、はるかに弟を凌駕していた。領主は兄弟が決して顔を合わせることのないよう、或いはもし顔を合わせても、できるだけ言葉を交わすことのないよう切に望んでいて、それを始終ミス・ローガンにはっきり表明してもいた。ミス・ローガンの方でもジョージをまるで実の息子のように可愛がっていたので、彼が弟に遭わないようあらゆる予防策を講じた。しかしこの兄弟が成人に近づいていくにつれて、そうした手立ても効果がなくなってくる。そこで夫人にとってはむしろ有難いことだったが、彼女は領主の館からグラスゴーへ追い返されることになった。これもすべてジョージが母親や弟と一緒にいて感化されることのないようにという配慮であった。というのも、領主は彼らの主張する宗教的教義の影響力を感じ取っており、それを迫害や戦火にもまして恐れていたからである。すでに過去のものとなった恐ろしい日々の間、彼は穏健派だったとはいえ、やはり王権支持の立場であったが、国民盟約派[1]の人々に対する抑圧に何ら積極的に手を貸したりすることはなく、財産没収も免れたし、科料も納めずに済んだのだった。以前は盟約派やその教義に秘かに好意を抱くほどだったのだが、妻によって彼らの主張や生活態度を目のあたりに見せつけられてからというもの、もう何の歯止めも抑制も効かなくなったこのように厳格で党派本位の教義が広まっていくことに危惧の念を抱くようになった。そしてそのときから、彼らに対抗せねばと、どんな場合も騎士派陣営と行動を共にすることにしたのである。

領主はシーフィールド伯[3]やタリバーダイン伯[4]の後押しで、大荒れに荒れたことで名高いエディンバラの議会[5]に議員として選出された。クイーンズベリー公が国王代理で、両派それぞれが燃えたぎ

1　チャールズ一世の企図した主教制に対し、スコットランド長老派が長老制を守ろうとして誓いあった盟約（＝国民盟約）に従う人々のことで、王政復古後再びこの対立が顕在化し、盟約派はクレイヴァハウス等によって徹底的に弾圧された（一六八五―八八年）。

2　ほぼ主教制支持派およびスチュアート王家支持派と重なる。

3　ジェイムズ・オギルヴィのこと。イングランドとの連合を推進したホイッグの急先峰のひとりだが、一七〇三年の議会においては騎士派に接近した。

4　ジョン・マリーのこと。最初ホイッグ党員だったが、後に過激なジャコバイト（＝スチュアート王家支持派）となった。

5　一七〇三年の議会のこと。国土保全法を承認した。同法は、アン女王が後嗣なく逝去した場合、スコットランド議会はハノーヴァー家出身のイングランド王位継承者とは同一でない王を選ぶ可能性を定めた。これは政府の認めがたいところであり、この議会はアン女王の代理であるクイーンズベリー公と議会側との批難の応酬で閉会した。

る党派心を発揮した議会である。ジョージは父に伴って議会に赴き、開会中はずっとこの町に滞在した。このときにはトーリー、ホイッグ両党に関係するあらゆる人々がエディンバラに集まって来たのだが、傑物ミスター・リンギムも他の人々にまじってこの期間中ほとんどこの町に留まり、仲間に入れてくれるところならどこへでも出掛けていっては力の限り革命思想を吹き込んでくるのだった。彼はその不屈の図々しさによって、ホイッグ党内の西部地方出身者に絶大な人気があった。いかなる反論を浴びようと、顔色ひとつ変えるでもなく、自説を一歩たりとも譲らなかったのである。そこでアーガイル公[1]やその仲間は、遊猟家がテリヤ犬を使うのと同様、獲物を駆り出し大声で吠え立てては、どこまで追い込んだのか知らせるようにと彼を利用した。これは彼らが反対陣営を苛立(いらだ)たせるために半ば冗談としてしばしば使う手であった。というのも、人に纏(まと)わりついて彼ほど耐え難く厄介な存在は他になかったからである。たとえ腹立ち紛れに手を出されても牧師の長服が防いでくれることを承知していたから、彼は情容赦もなく相手を罵倒し、その相手を悔しがらせたり、怒らせたりしては喜んでいるのだった。しかし彼はときに実際に長老派首脳たちの役に立つこともあり、そのため彼らの会合に出席を許されたものだから、自分が偉大な人間であると思い込んだのは言うまでもない。

　彼の被後見人たるロバートも一緒にやって来ていた。そしてロバートはエディンバラに到着してまもなく、テニス[2]の試合をやっている場所で、生まれて初めて領主の後嗣ぎである兄に出遭った。若き領主は男らしい勇気と敏捷な行動によって仲間たちの惜しみない賞讃をかち得ており、また彼が本気で力を発揮しさえすれば、試合はいつも一方的、それも相手方が一点あげる間に自分の方は三点も取ってしまうというほどの差なのである。この英雄の名が周囲に広まるのに時間はかからない。弟のロバートは見物人の一人だったが、これほどの絶讃を受けている男が誰だか分かると、試合の間じゅうずっと兄のすぐ傍に立ち、痛烈な嘲りの言葉を差し挟むのだった。

ジョージも彼に気づかぬわけにはいかなかった。これは何もロバートの不躾な言葉のためばかりではなく、それ以上に、彼があまりに近くに立っているので、球を追って素速く動く邪魔になり、当然のことながら、衝突しては彼を悪様（あしざま）に押しのけてしまうという仕儀になったからでもある。それでもロバートは兄から離れるどころか、時には口早に悪態をつかれ、身体をぶつけられたり押されたりすると、テニスの王者の一層近くに纏わりついて離れない。テニスの試合のプレーヤーに劣らず、自分も見物人としてその場にいる当然の権利を持っていると主張することに決めたようであった。もし皆が論難したとしても、彼は自己の権利を主張し通したであろう。或いはむしろ、嫉妬と嫌悪の念をたぎらせて大論争を挑み、そうすることによって、この場に居合わせた陽気な人々の関心を自分の方に惹きつけたかったのかもしれない。というのも彼自身、後見人と同じく、他人に

1　アーチボルド・キャンベルのこと。スコットランド高地地方最有力の部族の長でホイッグ派のリーダー。温厚な紳士の仮面の下に淫らな放蕩ぶりを隠していたとも言われ、売春宿で受けた刺傷が直接の死因だった。

2　現在の所謂「硬式テニス」の前身である「リアル・ロイヤル・テニス」と呼ばれる室内テニスと思われるが、以下、とくに室内を暗示する記述はない。

反対することにしか喜びを感じない人間だったのである。ジョージはこの男はどこかの不躾な神学生で、悪戯けをしているのに違いないと思った。黒服を着て真面目くさった顔をした若者が――その顔つきや目つきには激しい嫌悪を覚えたが――何度か自分の邪魔をするのを感じたものの、最初の出会いで弟について気のついたことといえばこれだけだったのである。しかし次の日から毎日、悪魔のような姿をしたこの青年はまるで影のように纏わりつき、意図的に彼の邪魔ばかりするのだった。そして時折視線が遭うと、その目はどす黒く敵意に燃えており、彼を一再ならずぎょっとさせるのだった。

ちょうどその次にジョージがテニスの試合に参加したときのことである。彼が球を二度ほども打ったか打たぬかのうちに、この闖入者は早速邪魔をしはじめた。この日の試合にはブラック・ブル亭[1]での御馳走という素晴らしい賞が掛けられており、仲間の中心的リーダーとして是非とも勝利を握りたいと考えていたジョージにしてみれば、このむっつりとした地獄の使者のような神学生の姿が目にはいって愉快なはずもなかった。「どうか球の来るところに入らないでくれ給え」と彼は言った。

「わたしが入るのを禁じた法律なり法令なり、そうしたものがあるのですか?」相手は軽蔑したように唇を嚙みながら答えた。

「そんなものはなくとも、この場にいる仲間に君を連れ出して貰うから、自分の身に気をつけた方がいいいな」とジョージは言い返した。

こう言うと、怒りのあまり彼の整った顔には朱が注し、輝きに満ちた青い瞳にも怒りの炎が浮かんだ。しかし彼が怒りからそんな風に表情を変えるなど初めてのことで、このときも怒りの色はすぐに消えていった。黒いコートを着た若者は帽子を真直ぐに被り、黒い眼の上に濃い眉を寄せ、フラシ天の黒い半ズボンのポケットに手を入れ、半円形のコート場の中にさらに一歩を進めると、兄のすぐ右手のところにまでやってきた。こんなことはそれまでなかった。その場で彼は落ち着き払ってどっしり仁王立ちになり、少しも動くまいと決心したようであった。球の動きを追っているように見えながら、その実、目は常に傍のジョージに向けられている。ジョージの相手は、巧く決めたときに歓喜のあまり、思わず「どうだい、地獄球だろ、ジョージ！」と口走った。これを耳にした侵入者は、これぞテニスのプレーヤーの口癖とばかり、球が打たれる度にこの言葉を繰り返した。こんな具合に茶化すものだから、見物人の中には思わず吹き出すものもいた。だが、実のところ地獄落ちを戒める聖書の言葉を引き合いに出して、プレーヤーと試合とを笑いものにするのがこの男の狙いだったので、実際に試合をしている当人たちはどうにも腹に据えかねる思いだった。[2]

しかし遂に笑い事では済まなくなる。ジョージが球の動きについて後方へ走ったとき、図らずも、この口数の多い侵入者に激突し、突き飛ばしたばかりか、その脚の上にどっと倒れ込んでしまった

1　同名の宿が幾つか存在するが、以下で窺われる地理上の位置とは必ずしも一致しない。
2　「罪人の手記と告白」の対応箇所（本書二一〇―二一一頁）参照。

のである。ジョージが立ち上がろうとしたとき、相手は彼を狙って足を蹴り上げたが、もし狙い通り命中すればダルカースル及びバルグレナンの若領主の命を奪うことになったのは明らかなほど、それは激しいものだった。ジョージは当然のことながら、殺してやるとばかり蹴り上げられたことにひどく腹を立て、テニスのラケットで敵を叩いた。もっともそれはかなり手加減したものではあったのだが、それでも打たれた男の口と鼻から血があふれてきた。そのとき彼は友人たちの方を振り返って尋ねた――「この忌々しい若造が何者なのか誰か知らないか?」

「あなたはご存知ないのですか?」見知らぬ見物人の一人が答えた、「あなたの弟、ロバート・リンギム・コルウァンさんですよ」

「いや、コルウァンではないね」ロバートは手を服のポケットに入れ、前よりも一層中央に進み出て言った、「わたしはコルウァンなどというものではない。今後そんな名は一切お断りだ」

「その通り、コルウァンではない」ジョージが繰り返した、「わたしの母の子ではあるかもしれないが、コルウァン家の者ではない。その点では君の言う通りだな」それから声を掛けた男の方に向き直って言った、「それにしても驚くじゃないか、この男がグラスゴーからやってきた頭のおかしい牧師の息子だというのか?」

この言葉は腹立ちまぎれに発せられたのだが、何とも不躾で当たり障りがあったため、敢て答えようとするものはいなかった。ジョージは無言の非難を感じた。しかもそれは胸底深く突き刺さってしまい、彼は自分の振舞いに対して承認を得る機会、或いは償いをする機会を何とかして捉えようとしているように見えた。

一方、リンギム二世はどうにも耐え難い嫌悪の対象と化していた。彼は口と鼻から流れ出る血を止めようともせず、またその血を拭い取るでもない。そのため頬や胸は血だらけになり、つま先にも血沫（ちしぶき）が飛んでいた。そんな姿のままでプレーヤーの間に割ってはいると、その場でじっとしてはいずに、あたりを駆け廻って誰彼構わずテニスを続けようとするものの邪魔をするのだった。全員が彼に雑言を浴びせたが、何の効果もない。彼はむしろ迫害や虐待を求めているようであり、相変わらず例の「地獄球」を繰り返して茶化しては、徹底的に試合を妨害した。そのためプレーヤーたちは何とか続けようとしてみたものの、彼のおかげで結局試合は諦めねばならなくなった。ロバートは全身血まみれでいかにも惨めな姿をしていたので、誰も足蹴にはできなかったのである。もっとも彼にしてみれば、相手方のそうした仕打ちこそ願ってもないことだったようなのだが。ジョージはと言うと、怒りの言葉であれ小言であれ、再び彼に声を掛けることはなかった。

試合の続行が事実上不可能になって、一行が湧水場へ手を洗いに行きかけたとき、その中の何人かがロバートに血を洗い流してくれるよう頼んだが、彼は相手に嘲笑を投げつけ、このままの方がずっといいと言うのだった。遂にジョージが間が悪そうに彼に近づいて言った――「大変済まないことをしたな、ロバート。本当に申し訳ない。だが最初のときは何も知らなかったからなのだ。わたしの弟に間違いないのに、それがまったく分からなかったものだから。二度目はつい腹を立てたばかりにあんなことをしてしまって。それについては恥じ入るばかりだ。だからどうか許してくれないか。さあ、手を出してくれ」

こう言いながら、ジョージは血まみれの弟に自分の手を差し出した。しかし、この頑固な予定説信奉者はズボンのポケットから手も出さず、足を上げて兄の手を蹴飛ばした。「お前の手には、わたしの手などより、この方がもっとふさわしい」嘲りの色を顔に浮かべて彼は言った。そして少し顔を回して付け加えた――「どうだい、地獄蹴りと呼べるほど巧く決まったろう、えっ、皆さん。こんな有益で人の心を高めてくれるお遊びを止めるとは、何という恥知らずだ！」

「めちゃくちゃだ」ジョージが言った、「しかしそういうことなら、こちらもそれほど後悔せずにすんで気が楽というものだな」寛大にもこう言うと、彼はそれ以上この不愉快な闖入者を顧みることはなかった。しかしこの男はテニス場を出てからも執拗についてきた。血まみれでむかつくような姿のまま、兄の傍を離れず、一行と共にブラック・ブル亭までずっと一緒に行進したのである。そこに到着するまでに、大勢の若者や碌でなし連中が彼らを取り巻き、さんざん野次り立てては進む邪魔をしたので、亭に着いたときには一同ほっと胸をなでおろしたものである。喩えようもないほど凄まじい有様となったロバートも馳走の相伴にあずかろうと、巧みに嘘をつき、袖の下をやったりして何度も中にはいろうとしたが、宿の主人と召使が一同の目配せに気づいて、どうしてもそれを許さなかった。うまくいかぬことが分かると、彼は酒場の入口前に集まっていた群衆を扇動して乱暴をさせ始めた。そこで主人は何とも仕方なく、秘かに役人を二人呼んで、この男を市の衛兵本部へ連行して貰った。こうしてテニスの試合があんな形で終わってしまったために、その晩陽気に浮かれ騒ごうという若者たちの酒宴はすっかり台無しになったのである。

そうなればロバート・リンギム牧師に、愛する被後見人の引請人として出頭するようにという呼び出しがかかることになる。使いの者がやってきたとき、牧師はホイッグ党の指導者たちとテーブルを囲んでいるところで、アナンデイル侯[1]が座長を勧めていた。囚われの身となったロバートの陳述書が示されると、リンギムは自分で説明を加えながら、それを大声で読み上げた。こうして事件の経過が彼の言葉によって誇張され、歪曲されたため、そこに居合わせた人々の間に、犯罪行為及びそうした罪を犯したジョージ一味に対する激しい憎悪が湧き上がった。彼らの行為は、父の家から追放されていた哀れな弟の評判のみならず、生命まで脅かす非人道的仕打ちであると誰もがこぞって非難したのである。しかも党派で団結するのが当時の風潮であったから、ロバートの災難を救うために党派精神の助けを借りることになった。簡単に言えば、この若き囚人は本国最高の名家の人々の何人かに保証人となって貰い、釈放されたのである。しかしリンギムは、被後見人の目も当てられぬ有様を見るとそれだけではおさまらず、彼を連れて仲間の高貴な保護者たちに引き合わせた。このため、若領主ジョージや彼の仲間に対する怒りに油が注がれた恰好になり、人々は突発性狂乱状態ともいうべき憤激の極に達してしまった。彼らにしても恐らくワインや火酒のせいで多少

1　枢密院議長だったウィリアム・ジョンストンのこと。一七〇三年の議会ではアーガイル公と並んで長老派のリーダーだったが、政治姿勢は露骨な日和見だったとされる。

興奮していたのであろう。そうでなければ、若者が二人テニス場でたまたま喧嘩をしたからといって、これほど大袈裟な騒ぎにはならなかったはずである。ところが実際には、男がひとり立ち上がって、一同に人道的及び政治的見地からジョージの犯した暴虐行為を声高に非難するや、突然六人ほどの男が同時に立ち上がり、さらに事細かに弁じたのである。しかもそれからまもなく、この部屋にいたものすべてが席を立ち、同じ問題について同じ立場から大声で論じ立てた。

こうした大騒ぎのさなか、キャノンゲイト[1]の裏にあった彼らの溜り場から何人かの男が飛び出し、「陰謀だ！　反逆だ！　ブラック・ブル亭にいる残忍な扇動者どもをやっつけろ！」と叫んだ。

このときエディンバラに集まっていた人は夥しい数にのぼる。しかもその人々は揃いも揃って政治的信念を燃えたぎらせていたので、街全体を混沌とした無法状態と化すのに燃え尽きた石炭殻がほんのひとさしでもあれば十分だった。その夜は天気もよく、街頭には人が溢れていたため、この叫び声は口から口へとまたたく間に街中に広まってしまった。そればかりか、先程までブラック・ブル亭の入口前に集まっていた群衆は、次第に散っていたとはいえ、若い男たちや碌でもない浮浪者連中で、もっと面白いことはないかと他の通りをぶらついているだけのことだったから、ほんのひとこと声を掛けるだけで、少し前にどうにも気に染まぬものを目撃した場所へとすぐにも戻ってくるのだった。

酒場の主人は再び人だかりができてきたのに仰天した。しかも何やら口々に喚(わめ)きながら急に集まってきたのだからただごとではない。しかし客は皆、社会的地位のある上客ばかりだったから、狼藉を働かれる心配はないし、万が一そんなことになっても、補償だけはして貰える、と考えた。このとき店には大きな団体が二つ、客としてはいっていた。大きい方は長老派を中心とする改革派の人々で、もう一方が例のテニス選手たち一行であったが、こちらは全員、ジャコバイトであるか、或いはそうでなくとも主教制を支持するような人々であった。改革派は店の入口に近い部屋にいたので、群衆の投石は最初に彼らの部屋の窓を襲うこととなった。もっともそれは半ば怖気づいた弱腰のものではあったのだが。ガチャンという音とともに窓ガラスが一枚割れた。ワッという歓声が続く。そのあと、ガラスを割るのは止めろ、怪しからんのは中の客の方だという声が飛び交った。改革派のホイッグ党員たちが店の主人を呼んで、暴動の原因を尋ねると、彼は、群衆を唆してこんなことをやらせたのは騎士派か高教会派[2]の若造連中だと思う、と巧みに答えた。この改革派の人々の多くは青年たちであり、このときにはすでにどんな騒ぎだろうと進んで参加しようということで一致団結していた。ともかくも自分たちが激しい怒りを向けている反対陣営のやり方には何事にかかわらず我慢できるものか、というわけである。

それで、店の主人が怒りを刺戟するような情報を提供するや否や、まるで本能的にとでもいうように、誰もがそれぞれ似合いの呪いの言葉を吐き、それぞれ似合いの武器を取った。その中の何人

1　エディンバラ市内。ハイ・ストリート（後出）の東に続く通りで、ホーリールード宮（後出）に至る。

2　プロテスタントのなかでもカトリックに近く主教制を含め教会や儀式の神的権威を重視する。大雑把に言えば、ジャコバイト、騎士派、高教会派は多少とも重なりあうグループであると看做せる。

か、最も身分の高いものは剣を取るや、勇敢にもそれを抜き放ち、次に位するものはその部屋や料理室、食器室にあった武器――火箸、火かき棒、焼き串、皿立て、さらにはシャベルなど――を我先にとつかむと、主教制支持派、反キリストたる悪魔の子や地獄行きの人非人の子孫、祖国の自由を売る売国奴、そして最も神聖なる信仰の破壊者どもに怒りの言葉を投げつけたのである。こうして正道、正義、自由を大義名分に意気軒昂として武装すると、我らが英雄たちは通りに出撃して物凄い勢いで群衆に襲いかかり、たちどころに打ち破ってしまった。群衆は風に吹かれた籾殻（もみがら）のようにばらばらに蹴散らされた。もう一方の若きジャコバイトたちの集団は、群衆の怒りが向けられた当の相手だったにもかかわらず、入口から離れた部屋にいたために、ホイッグの面々が出撃したざわめきが耳を驚かすまで、この二度目の騒ぎについて何も知らなかった。しかしこのとき、ロバートという反対派の若者に対する自分たちの仕打ちに怒って群衆が酒場を襲ったのであり、意気盛んな別の一隊が自分たちを護るために出撃してくれて、多勢に無勢ながら必死に戦っていると聞かされると、戦っているのが何者かなどと考え煩（わずら）うこともなく、この伊達男たちも戦場に飛び出ていって、すでに戦っている味方を援護しようとするのだった。

　群衆というのは、東方沿岸を襲う嵐のときの高潮のように、一度引いてはすぐに一層大きくなって襲いかかってくるものである。酒場から強力な完全武装した一団が現れて、邪魔するものをことごとくなぎ倒しながら凄まじい勢いで進軍してくると、不意討ちに遭った彼らは仰天した。当然のことながら差し迫った危険に真先に見舞われたのは入口のすぐそばにいた者たちだが、彼らは必死に後方の人混みに逃げ込んだ。ブラック・ブル亭はハイ・ストリートとカウゲイト[2]とのちょうど中間の小さな一区画にあり、二つの路地からはいれるようになっている。店の外への進軍はこの二つの路地に向かって同時に行われたので、その場に居合わせた何千もの人々は心ならずも訳も分からず慌てて逃げ出さねばならなかった。

しかしホイッグの若者たちが群衆を追い散らしてまもなく辿り着いたエディンバラのハイ・ストリート[1]は、多数の敵を相手に野戦攻撃を仕掛けるには危険なところである。この酒場の入口となる路地は市場十字標の近く、ハイ・ストリートの南側に出るようになっていたと考えられるが、群衆は一目散に東へ西へと逃げ出し、血気盛んなこの征服軍は成行上、ばらばらになって猛烈に敵を追い廻しては傷つけ斬り倒すことになった。だが二手に分かれた群衆を追って、この軍隊の両翼がそれぞれ百ヤードも進まぬうちに、最早一人として追撃すべき敵はいなくなってしまった。あれほど沢山いた群衆が、まるで幽霊か何かのように、跡形もなく消え失せてしまったのである。こうなっては我らが英雄たちに何ができようか。回れ右をして彼らの陣地、ブラック・ブル亭へと戻るしかない。しかしこの退却は彼らの考えたほどにたやすいものではなく、またすぐにやりおおせるものでもなかった。通りの両側にある路地はまたたく間に夥しい数の人間を呑み込んだが、連中はそこ

1　エディンバラ市内を東西に走る大通り。
2　ハイ・ストリートの一路南側を平行して走る大通り。

から相手の様子を抜かりなく観察し、敵の人数が恐るるに足りないことを知ると、ほんの少し前に消え去ったのと同様に、今度も驚くべき速さで通りの両側から突進するのだった。先に吸収された各路地から一気に吐き出された連中は手に手に飛び道具を持って、一時前に逃走したときよりはずっと強力に武装していた。二分隊となった我らが誉えあるホイッグの闘士たちは災いなるかな！群衆はまるで呑み込まんばかりに彼らを取り囲き、そのうちに、これほどひどいものはない投石の雨[1]が矢継ぎばやに彼らを襲った。前から怒りに燃えていたにしても、ホイッグの闘士たちの憤激はこの攻撃でさらに一層火をつけられた。ところが、目下のところ我が身に差し迫った危険がどうにも無視できない。そこで両分隊はまるでひとつの心で動いているかのように合流しようと闇雲に頑張り、その大部分は合体に成功した。しかし、中には打ち倒された者や、友軍と離れればなれになると、喜んで物言わぬ群衆の中に紛れ込んでしまった者もいた。

さて、戦闘はブラック・ブル亭の入口のある路地のすぐ前で続いていた。何分にも多勢に無勢、ホイッグの若者たちは殆んど壊滅の憂目を見ていた。事実、もしそこにジョージら騎士派の青年たちの現れるのが一瞬でも遅かったなら、彼らはひとり残らず圧倒され踏みつぶされていたであろう。この新手の援軍は路地から疾風のように現れ、行手を遮るものを蹴散らし、敵を勇猛果敢になぎ倒しては、怒り醒めやらぬホイッグの若き戦士たちの士気を奮い立たせた。実は彼らこそここの住民の間に大混乱を惹き起こした張本人なのだが。

市の警備隊が出動し、さらにダグラス大尉率いるキャメロン隊[2]二個中隊が城を出て、騒動の現場に急行するという事態となった。しかし、街頭で兵隊側が大声で威嚇したにもかかわらず、戦闘はまったく互角のままますっかり長期戦となり、敵味方とも互いに人質を取り合い組んずほぐれつの有様で、衛兵や治安軍に捕らえられても容易に離れようとしなかった。

この夜のエディンバラを襲った恐怖と混乱は何とも凄まじいものだった。誰もがこれは二党派間の乱闘であり、両者の勢力がまったく拮抗しているところから、どんな結末を迎えるか予断を許さないと考えたのである。こうした市民の動揺は全市を覆い、市内で開かれていたあらゆる会合は大小を問わず直ちに散会した。国王代理はこの乱闘の原因をいささかなりともはっきりさせるためにはその方がよかろうと、夜も更けていたにもかかわらず、エディンバラとリンリスゴー[3]の治安判事を伴って自ら事態の解決に乗り出した。

法廷は長らく収拾がつかなかった。連行された男たちは誰もがひどい目に遭ったと大声をあげて喚き散らし、敵側にけしかけられて自分たちを襲った群衆を罵倒する。実に厄介な状況となったように思われたが、遂にはここに連行されてきた男たちが、実は両方の党派に属し、しかも最初から

1 汚水の雨かもしれない。当時のエディンバラは夜、高層建物の窓から「(汚)水に注意」の掛声とともに、街路に汚水をばら撒いたことで有名。

2 昔のスコットランド歩兵第二六連隊、改革派の一派たるキャメロン派(後出)から募兵したのでこの名がある。

3 ウェスト・ロージアン州の州都。

交互に現れるくらい両派からほぼ同数の逮捕者が出ていることが明らかになってきた。とうとうエディンバラの全ホイッグ派に対して雑言を吐いた何人かのうち、三分の二ほどは自ら熱心なホイッグ党員であることまでが判明した。この尋問は滑稽な結果しか生み出さなかったのである。国王代理のクイーンズベリー公は当時両陣営の和解を目指していたので、両派間の反目騒動をまったくの冗談事として片付けようと出来るだけ努力した。不幸な浮かれ騒ぎであって、どちらにも悪意はなかったというわけである。とはいえ多大の犠牲を生んだのは確かであった。

大部分のものは納得して家路についたが、リンギム牧師の場合そうはならない。彼は騎士派の青年たち、特にダルカースル若領主への怒りを煽り立てるために、判事と市民両方に対して力の限り雄弁をふるった。この若領主こそ騒動の張本人であると主張し、人間とも思えぬ父親に唆されて母を誹謗し、ひとりしかいない不幸な弟を殺そうとしたのだ、とまくしたてた。人間のどんな美点でさえも非難せずにはおかぬこの男が、まず確実に聴衆を感動させる強引で露骨で辛辣な雄弁術といったものの持主であったことは確かで、このときも結局のところ、二人の兄弟の間に起こった不幸な出来事を極端な偏見で染めあげたので、人々が家に戻ったときには誰一人として、ダルカースル領主とその息子ジョージにあまりよい感情は持っていなかった。何しろこの二人はその場にいなかったので、弁解のしようがなかったのである。

リンギム自身は若領主に対して憤懣やる方ない心持ちで宿に帰った。ジョージこそ加害者であると自ら意識的に思い込んでいたのだった。だが彼の怒りは何にも増して父親の方に向けられていた。

いつ何時たりともこの領主に対する嫌悪は消えることがなく、愛すべき被後見人であり、養子にまでした自分と同名の若者ロバートを不当に扱ったということで、ひたすら領主を非難していた。さらに、世間のものからロバートは彼の実の息子ではないかと噂され、またこの噂によって、リンギムという名を高らしめた遠慮会釈のない教会非難において彼が恰好の的とした当の罪を、彼自身が犯しているではないかと攻撃されて、自らの威徳に汚点をつけられたことも、領主に対する反感に拍車をかけていた。

しかし、並の人間なら誰しも容易に振りまわされてしまうこうした悪感情で胸を昂ぶらせながらも、リンギムは神に対する畏敬の念を見失うことなく、日常の宗教的儀式を決してなおざりにしなかった。彼が滞在していたのはミラーという人物の家で、その奥方はグラスゴーに生まれ、かつてミスター・リンギムの説教を聴いたことがあって、当然ながらそれからというもの彼の熱烈な信奉者となっていた。この家で牧師は毎夕礼拝式を開いていて、その夜、神の御座に祈願したとき、神の激怒の鉢が数限りなく、ある一人の罪人の頭に傾けられるよう祈ったので[1]、聴衆は恐ろしさのあまり身体を震わせ耳を覆った。しかし然るべき聖書の保証がないまま、その罪人を神の救いから除外するような行きすぎたことにならないよう、牧師はその夜のお勧めを次のような唱和用聖句[2]の独詠から始めたのだった。この詩は優しく慈悲深いものを集めるという聖詩編成の基本とは正反対の

1 『ヨハネ黙示録』一六章一節参照

ものであるにもかかわらず、その中に組み込まれているとは何とも残念なことである。

願わくは彼のうえに悪しき人をたて
　その右方に[3]
最大の敵をたたしめたまえ
　悪魔さえもたたしめたまえ
そして彼がさばかるるとき
　その名忘らるることなく[4]
また彼が祈るとき
　その祈りを罪となしたまえ
彼の日はすくなく　その職は
　ほかの人に奪われ
その子らはみなしごとなり
　その妻はやもめとなるべし
その父のよこしまは
　つねに神のみこころにとめおかれ
その母の罪は

消えざるべし
彼は呪うことを好む
　この故に呪いおのれにふりかかるべし
彼は恵むことを楽しまず
　この故に恵みおのれからとおざかるべし
彼はころものごとくに呪いを着る
　この故に呪い水のごとくに
おのれのうちに入り　油のごとくに
　おのれの骨に入るがいい

この聖歌の意味を完全に理解していたのはリンギムの息子だけであった。ロバートは実の父と兄が神からすっかり見放され、堕落しきって、キリスト者の会衆と真の信仰から放逐され、未来永劫

2　『詩篇』一〇九篇六―九節、一四節、一七―一八節参照。だが所謂「欽定訳聖書」ではなく、スコットランド教会が認めた『韻律版ダビデの詩篇』から引用している。十七世紀中葉から教会でよく歌われ、作者ホッグも親しんでいた。
3　ロバートは繰り返しジョージの右側に立つが、『ゼカリヤ書』三章一節によれば、大祭司ヨシュアに歯向かおうと悪魔はその右に立つ。
4　原典は「彼に罪をあたえ」となっている。作者かリンギムの意識的もしくは無意識の誤引用。

にわたって呪われているのだ、とこれまでになくはっきりと確信して床に就いた。

　ジョージの方は翌日いつもと同じように仲間と——あまりひどい怪我をしたものは除いて——合流したが、一行が街中を歩いていくと、恨みがましい目で睨まれたり、軽蔑したように指を差されたりするのだった。最初は何でそんな目に遭うのか誰ひとりとして分からなかったが、そのために陽気な気分がすっかり滅入ってしまうのはどうしようもなかった。彼らは昼前の気晴らしに、正規の対抗戦ではなくただ腕を磨くための練習試合をと、テニスをやりに出かけた。しかし実際にやり始めるか始めぬかのうちに、ロバート・リンギムがそれまでになく落ち着き払った断固たる様子で、例の場所、兄の右側に姿を現した。唇が隠れるばかり、真一文字に口を固く結び、恐ろしげな暗い目は神聖な怒りに燃えて、神を信じぬ者たち、特に兄を睨みつけていた。彼が現れたおかげで仲間同士の楽しい交わりは黴(かび)に侵されたようにしぼんでしまった。試合は台無し、ろくに始まらぬうちに終わりとなった。あちこちで囁き声が交わされて一行は解散。この執拗な邪魔者のためにすっかり白けた気分をふるい落とそうと、後刻クリケット場でおちあう約束をして、この場はそれぞれの知人宅へと向かった。

　そして皆、約束通りクリケット場に集まった。上着を脱いでこの勇ましくも活気あふれる競技を始めた。だが五分と経たぬうちに、リンギム二世が大手をふって彼らの間に割ってはいり、試合をすっかり潰してしまうのだった。いたるところから「こんなことが許せるか。あいつを蹴飛ばして競技場の外へ追い出してしまえ。こんな破廉恥漢は殴り倒すか、縄で縛って大人しくなるように転がしておけ」といった叫び声があがった。

「いや、そんなことをやってはいかん」とジョージが叫んだ、「それこそその男の思うつぼだ。手足でちょっかいを出してあいつを喜ばせるようなことはしないでくれ」それから一人の友人の方を振向いて囁いた、「ゴードン、君からあいつに話してくれないか。君から頼めば、きっと我々がこの場で競技を続けることに文句を言いはしないさ」

ゴードンは相手のところに歩み寄って、「少し後方に退って貰えませんか。そうでないとどんなお怪我をなさっても、我々としては責任のとりようがないし、またその気もなくなりますから」と丁重に、しかも熱心に頼み込んだ。

すると、相手は笑止千万とばかりにくるりと向きを変え、説教者のような咳払いをしてからこう言い添えた、「わたしはその機会を待っているのだ。お前たちの誰でも、身の破滅を恐れないものは、わたしに危害を加えるがいいだろう」

こう語る若者の顔には微笑が浮かんでいたが、そこには底知れぬ悪意と軽蔑の色があった。ゴードンはあくまでこの男の後を離れず、考え直すよう迫ったが、相手はこう答えるだけだった――「わたしはいまここにいたいのだ。だから君たちがわたしを含めて他の人間はここに入れないという、優先的な占有権を持っているのだと証明してくれない限り、わたしは自分の、かつまた他の人々の権利を主張するためにも、いたいところにいることにしたのだ。何といってもここは皆の共有地ですからね」

「あなたは紳士とは申せませんね」とゴードン。

「君はそうだとでもいうのか？」と相手。

「そうですとも。神の名に賭けて紳士だと申し上げましょう」

「それでは、いま君が御名を汚した神に、わたしが紳士などでないことを感謝せねばならないな。君たちの中のたとえ一人でも紳士だというのなら、幸いなことに神に賭けてわたしは違う」

今やジョージの仲間にも、この邪魔者は何としても自分たちを怒らせようとし、そうなれば進んで非難を受け、肉体を痛めつけられることも厭わないのだということが明らかになった。奇妙にもこんな仕打ちを有難がって追い求めるからには、何か底知れぬ悪事を企てていると考えた彼らは、各々個人的には是非とも懲らしめてやりたいと思い、また事実この男はそうされても仕方がなかったにもかかわらず、賢明にも仲間同士で互いに押し止めあって何の罰も加えなかった。

しかし、ジョージ・コルウァンに対する悪評は彼の仲間の耳にも届くようになった。人の集まるところどこでも声高に語られるのである。ジョージの親友であるアダム・ゴードンは事情を説明し、彼と交際を続けていると世間の不評を買うからといって、知人たちが離れていくのを見ても驚かないよう忠告せねばならなかった。ジョージはこの言葉を聞くとゴードンに感謝し、エディンバラ滞在中、昼間は家から出ないようにして、夜になったら暇な仲間なども誘って会おうと取り決めたのだった。

ジョージはこのように人目を忍ぶ必要を日ごとに実感するようになる。というのも、彼に付き纏うのは町の人々や青年たちの非難の声ばかりではなかったからである。そうしたものよりはるかに不吉な悪鬼が弟の姿をしていつも彼の近くをうろついていた。誰にも知らせずに気晴らしに外出すると、それが何処であろうと必ず弟のリンギムが現れ、大体いつも同じくらいの距離——数ヤードと離れることはない——から、時折、心臓を凍らせるようなぞっとする目つきで彼を睨みつけるのだった。その目つきは何とも形容しがたいものだったが、ともかく心の一番の奥底までも貫き通すように思われた。その場に居合わせたものもこの目つきに気づくと何やら奇妙な感じに襲われた。この恐ろしげな目つきに気づき、その視線を追って対象を探すと、それは彼らの不安を鎮めてくれるような物腰の落ち着いた紳士然たる若者であり、一方黒いコートを着た男の兄を見据えるその目つきときたら、誰も見たことがないようなものだったからである。ただ最初のうちは相手側が大して気に留めている風を見せなかった。

ジョージにしても次第に困惑せずにはいられなくなった。射るような視線に込められた悪意もだが、一体どうやってこの得体の知れぬ男はまったく気紛れな自分の行動や意図を察知してしまうのだろうか、と考えると空恐ろしくなるのだった。自分の感情や心の動きを振返ってみると、どこへ出かけるにしても行先はまったく偶然の成行で——言い換えれば、一時の気紛れで決まったにもかかわらず、どこかしらに腰を落ち着けて何分と経たぬうちに、きまってこの同じ人物が彼から見て毎度同じ場所に現れるのである。実体が落とす影、即ち光が進むのを遮る高密度の媒体によって生じるもののように、それはあやまたず彼のそばを離れないのだ。

例えばある日のこと、ジョージは高教会派の礼拝に行こうという心づもりで外出したが、教会の入口のすぐ前でクロースバーン[1]のキルパトリックの息子に呼び止められた。彼は恋人に逢いにグレイフライアーズ教会[2]に行くところだと言い、さらにジョージに「コルヴァン、一緒に行く気があるなら彼女に会わせよう。そうすれば君だって僕と同じくらい夢中になるさ」と言うのだった。

ジョージはすぐに同意し、一緒に出かけた。そして席に就くと、頭を前に傾げて短く射るような祈りの言葉を繰り返した。神の家にはいったときの彼の習慣であった。それが終わると顔を挙げ、恐ろしい亡霊のような弟の姿がいつも現れる右手の方に何気なく目を遣った。すると何ということだろうか、いつものように、同じ身なり、同じ姿勢で、いつもと同じところに彼がいるではないか。ジョージは再び俯向いた。すっかり心が乱れ、気絶しかねないほどだった。それでもすぐに勇気を奮い起こし、説教者や会衆、特に例のキルパトリックの恋人の方を見ようとしたのだが、黒ずくめの服を着た若者の悪魔じみた視線はぞっとするほど恐ろしく、とても耐えられるものではない。そちらの方を見ようが見まいが、ジョージには相手の目を視界から追い払うことができないのである。とうとう彼はすっかり意気沮喪してしまい、その後礼拝の間はずっと目を伏せていなければならなかった。

昼も夜も同じことだった。議会の傍聴席でも劇場の見物席でも教会でも集会でも街中でも郊外でも野原でも同じだった。二人が最初に出遭ったときからというもの、ジョージに纏わりつく影は日ごとに刻々とその色を濃くし、ますます謎めいたもの、実に恐ろしく耐え難いものになってきたので、彼はとうとう仲間とほとんど付き合えなくなり、扉を閉めきったまま、父親と一緒に泊っていた宿から一歩も出ずに過ごさねばならなくなった。しかしそこに閉じ込もっていても、今度目を上げたら、またしてもあの顔、この世で最も忌み嫌っているあの男の顔が現れるに違いないという妄想が一時たりとも頭を去らない。これほど執拗に離れようとしない弟は、人知れず近づいてくるところといい、ぞっとするような悪意に満ちた顔といい、身を売って破滅するしかない呪われた獲物の監視を怠らない悪魔そっくりであった。ジョージは街中でこの男が自分について歩いてきたり、店や教会に自分のあとからはいってくるのを見たことはほとんどなかった。どこから、どのように紳士的して現れるのか皆目見当もつかぬのに、ふと気づくといつもの場所にいるのである。最初に紳士的に声をかけた折に悪態をつかれてからというもの、ジョージは二度とこの得体の知れぬ男に話しかけはしなかった。

あの男はどうしてこれほどまでに付き纏うのだろう、とジョージがひとりで考えに耽りながらついにたどりついたのは、もしかすると弟の心がなごんだのではないか、ひどくむっつりとしていて他人と打ちとけるような気性の持主ではないから、自分からそう告白したり、仲直りをしようなどと言い出しはしないが、本当はそうしたいからこそ、夜となく昼となくあんな風に異常なまでにあ

1　スコットランド南部のダムフリース州にある。
2　エディンバラ市内、ハイ・ストリートの南西遠からぬところにある。

とをついて来るのではなかろうか、という思いだった。〈他の理由などまったく考えられない〉と彼は思った、〈わたしの命を奪おうなどという気配はまったくないし、もしその気があったとしても出来るはずがない。だから、あの態度は何とも忌わしいかぎりだが、わたしとの和解を望んでいたというのに、同じ母から生まれた弟をこちらの傲慢で横柄な態度のために傷つけてしまったようだ、などといつまでも思い煩うのは終わりにしよう。今度弟がわたしの傍にやってきたときは是非とも声をかけねば。その結果どうなろうと、兄弟ならそうするのが当然というものだ。そうしてもなお、侮辱するような態度に出るなら、そのときは非難の矢をあいつの方に向けてやる〉

こうした寛大な決心をしてから暫くの間、弟は現れず、ジョージはこのいわれのない監視は中止されたのだと思うようになった。こう考えると心の休まること測り知れなかったが、あまりにも都合がよすぎて、いつまでも続くはずがないという不安は拭い切れない。敵の執念深さときたら、企みがどのようなものであるにしろ、それを容易に手放すはずがなかった。とはいえ、彼は少しばかり自由を楽しみ始め、数日間はすっかりそれを満喫できたのだった。

ジョージは小さい時分よりとても活動的な性質(たち)で、一カ所に閉じ込められているのは我慢できなかった。しかも奇妙な邪魔者が現れたために、このところずっと若者らしく気儘に振舞えなかったものだから、蟄居(ちっきょ)にすっかり苛立っており、ある朝偶然たいそう早く目が醒めると、ちょっと遠くまで足を延ばしてアーサーズ・シート[1]の頂上まで登り、明け方の空気を吸い込みながら東の海から昇る朝陽を眺めようと起き立った。ひっそりと澄みきった朝であった。キャノンゲイトの南を通りホーリールード宮[2]に向かう頃には靄（もや）がすっかり濃くなって、道の反対側の家並みすら見えないほど。国王代理の邸宅前[3]まで行くと、そこに詰めていた衛兵から、まだあと一時間ほど門はすべて閉じられていて警備中であるので宮殿の傍は通らないようにと注意され、彼は聖アントニー庭園[4]の裏手を通り、礼拝堂[5]と泉に接している小さな木立に囲まれた素敵な小径を進んだ。相変わらず濃い煙のような靄が立ち込めていたが、その中で息を吸うと空気は爽やかで何ともいえぬ味がするのだった。草や花には露が降りている。額を拭おうと帽子を外すと、その黒く光る毛皮は非常に薄い銀色の膜で覆われていた——目では区別しきれぬくらいの小さな水玉でできた魔法の蜘蛛の巣のようで、その無数の水玉が美しく輝いているのである。こんなにも美しく優華な飾りものを壊してはいけないと、彼は注意深く帽子を被り直し、心も軽く道を歩んだ。

　木立の間を抜けて頂上近くの窪地に近づくと——その小さな見晴らしのよい道端からは東の陸の端もロージアンの海岸地方も一望できる——つまり彼がこの窪地近くにやってくると、驚くではな

1　エディンバラ南東郊外の丘。頂上から周囲を一望できる。
2　スコットランドの代表的な王宮。この裏手がアーサーズ・シートである。
3　クイーンズベリー・ハウス。ホーリールード宮入口の近く、キャノンゲイトから南に引っ込んだところにある。
4　ホーリールード宮の南側にあった庭園のひとつだろう。
5　聖アントニー・チャペルのこと。すぐ傍に泉があり、この西側の道を行くとアーサーズ・シートの頂上に出る。

いか、眩い光暈が濃い靄の中、彼の頭上にまるで無色の虹のように半円形の姿を現したのである。彼はこの素晴らしい光景にうたれて、身動きひとつせずその場に佇んだ。朝早くにはよくあることとはいえ、実際に目にするのは初めてだった。しかしジョージにはすぐにこの驚くべき現象の原因が分かった。澄みきって雲ひとつない早朝の空から送られてきた陽光が、立ち込める水蒸気にぶつかって屈折したのに違いなかった。それにしても、自然のなせる業を知れば知るほど、それを賞讃する気持ちも大きくなるものである。学問を修めたものなら、うっとりとして我を忘れるに違いない光景であった。だが無知蒙昧の輩であれば、同じ光景を見ても暗闇で黙々と塚を築くもぐらほども注意を払わなかっただろう。

ジョージは勿論この輝く光輪に感歎した。彼がさらに上へと垂れ込めた靄の端に近づいていくにつれて、それは一層広がり、輪郭が次第にぼやけていく。しかし彼にとってはまたとない驚きであり、最高の喜びでもあったのだが、アーサーズ・シートの頂上まで辿り着くと、一度はぼやけた地上の虹とも言うべき輝く光輪が足下に色鮮やかに展がっていたのである。背中の方から注がれる陽光は眩しいほどだったが、まだ太陽の姿は見えず、この丘とソールズベリーの岩山[1]との間の深い谷を覆っている靄と、この靄と混じりあう丘の薄ぼんやりした影のために、その谷間はまっくらであった。美しい虹はこの影のかかった靄の上に浮かんでおり、水平に翼を広げながら天上の虹の七色を仄かに輝かしく映し出していたが、その色は薄く、境もはっきりとはしていなかった。それにしても、早朝に見られるこの地上の驚異を言い表すのに、羊飼いたちのいう「虹の小妖精」という名前ほど適当なものはないだろう。
夜明けの様子、そして丘から見たこの世のものとも思えぬ光の交錯について、ジョージは見たままをその日のうちに父親とアダム・ゴードンとに語って聞かせたのだが、それは以上のようなものであった。これから述べる事件をよく理解するために、読者におかれてはこの叙述内容から何がしかのことを了解しておいて戴きたい。[2]
ジョージは丘の頂上の少し西にある絶壁となった岩場の突端に坐り、浮き立つ心で美しい朝の情景を眺め、気持ちのよい空気を吸い込んだ。彼は思った――〈ここなら誰にも邪魔されず自然に親しむことができるぞ。ぞっとするほど不愉快な訪問者に煩わされることもないのだから〉こう考えると、ふと弟の暗い悪意に満ちた眼差しが脳裏を横切り、本能的に彼は右手に目を遣った。あの招かれざる客が決まって姿を現す場所を見たのである。すると何ということだ。彼の目に映ったのはたとえようもない幻であった。靄のなかに人間の肩と腕と顔が浮かび上がったが、それは二つとない恐ろしい姿をしていた。確かに顔つきは弟そっくりであったが、身の丈は二十倍ほどもある。暗い光を宿したその目は霞(かすみ)を通して彼を見据え、憎悪にひきつった顔には丘の面を削り取った峡谷のような深い皺(しわ)が刻まれている。この恐るべき怪物を見るや、ジョージは髪も逆立つほどの恐怖を覚

1　アーサーズ・シートの西側を取り巻いている。
2　これは余計な註。語り手がいささか自慢気に読者の注意を喚起しているのは、「ブロッケンの妖怪／怪光」などと呼ばれる不思議な光学的作用が生じたことに対してである。

えた。しかし、ほとんど耐えようもない憤怒に満ちた視線を浴びながらも、彼には怪物の顔の造作ひとつひとつが皺一本にいたるまではっきりと見えるのだった。彼を凝視める目つきは獲物を狙う肉食獣さながらであったが、この世のものとも思えぬ怪物の表情には、殺意と同じく恐れとおののきとが明らかに映っている。巨大な幻は時折恐怖のあまり怖気づいたとでもいうように、額と両眼しか見えなくなるほど霞のなかに引っ込んでしまうのである。だが注がれた瞳は一瞬たりともジョージの上から離れない。再び音もなく立ち現れると、ひどく用心深くジョージの方に近づいてくる。そして近づくにつれて、その身体は次第に小さくなるのである。といっても、人間よりはるかに大きいことに変わりはなかった。

ジョージはそれが何かの霊であると思った。それ以外に考えようがないのだ。自分に取り憑いた忌わしい悪魔が弟そっくりに化けたが、人間の姿になるとき、身体の大きさを甚だしく取り違えたために、このように巨大に膨れ上がった虚像となって、死者の洞から或いは焼き尽くす火の国から送り込まれたのだと思えるのだった。この人間の姿をした怪物が、生身のものなら足を踏みおろす場所もない断崖の前を横切って近づいてくるのを見ると、悪霊に違いないという信念はさらに強まった。それでも恐怖と驚愕とでその場に釘付けになったまま動けずにいると、その怪物は予期した通り、彼から二ヤードほどのところにまで近づいてきた。そのときになってようやく、今にも襲いかかってくるような気配を感じたジョージは立ち上がると、こんな危険な場所で捕らえられてはかなわないとばかり、背後に目を配りながら、気が狂ったように反対方向へと逃げ出したのである。

しかし、一目散に遁走を始めるや否や、彼は生身の人間とぶつかり、その衝撃があまりにも激しかったものだから、二人ともごつごつした岩の間に転がり落ち、彼が相手の上にのってしまった。その男は「人殺しだ」と叫びながら起き上がると一気に走り去った。ジョージはそのとき男が弟であることを知ったが、本物の弟とあの巨大な虚像とですっかり頭が混乱し、自分が何をしているのか、何をしたのかも分からなかった。ともかく、この崖の縁を出る道らしい道はひとつしかなかったから、彼もまた立ち上がると恐怖におののいた犯人を追って全速力で丘の頂上へ向かって駈け上った。ロバート・リンギムは「人殺し、人殺しだ！」と大声で叫び続けており、それを耳にしたジョージは虫酸が走るような不快感でいっぱいになり、同時にこれは自分を陥れようとする意図的な悪意から出た所業だという思いがふと頭を掠めたので、すっかり腹が立ち、この臆病者に追いつくや肩をぐいとつかむと、相手の口を手でふさいでこう言った――「人殺しだと、こいつめ、そんなに大声で喚き立てるとはどういうつもりだ。一体誰がお前を殺そうなどとしている、誰もそんな素振りすらしていないではないか」

リンギムは何とか兄の手を振り払おうと口でもがきながら、さらに大声で「ワァー、人殺しだ、人殺しだ！」などと叫び続けた。ジョージは弟のどうしようもない驚愕を何としても鎮めねばならないと感じていた。誰かが声を聞きつけて現場に飛んでくれば、真相とはまったくかけ離れた想像をしかねなかったからである。この神に選ばれた若者の恐怖はとても叱りつけたくらいでおさまるものではないと思われたので、ジョージは左手で弟の口と鼻を、頰に指が埋まるくらい強く押え込んだ。しかし、この臆病者はそれでも喚き立てようとするので、左のこめかみのところを拳で強く殴ると、相手は崩れ落ちるように地面に倒れてしまった。が、それは殴られたためというより、恐怖心のなせる業だった。しかし彼の鼻からはまたしても血があふれ出てくる。これはイタチやネズミの類が放つ悪臭と同様、彼の身に備わった保身術なのである。ぺたりと正坐し、両方の耳にまで血を流して物凄い形相となった顔を上げると、彼は哀れっぽく大口を開けて泣きながら、卑しむべき情けない様子で兄に命乞いをするのだった。

ジョージはこの卑劣漢の恐怖を最大限に利用してやろうと考えた——「それなら、何のためにわたしのあとについてやって来たのか言うんだな。正直に今すぐ答えろ。さもないとあの断崖の上から放り出してしまうぞ」

「ああ、もう二度としませんから、決してやりませんから、命はお助け下さい、兄さん。わたしを助けて下さい。あなたを傷つけたことなどなかったではありませんか」

「それでは、金輪際わたしのあとをつけ廻して悪魔のような恐ろしい目つきで睨みつけるなどというまねはしないと、お前を創り給うた神にかけて誓え。招待されぬ限り、わたしの前に二度と現れないと誓え。そう誓う気があるか？」

「勿論誓います。誓いますとも」

「だがそれで終わりではないぞ。今朝、何の目的でわたしを追ってここまで来たのか、正直に話してみろ」

「ああ、それは兄さん、あなたのためを思ったからです。わたしは兄さんに言葉では語りきれぬほどの幸せが永遠に続くことだけを祈っていたのですから」

「それではわたしがここにいることを知っていたのだな」

「友人から聞いたのです。でも彼の言うことを信じたわけではありません。あの、つまり、あなたの姿を見るまでは、少なくとも本当だとは思わなかったのです」

「それではロバート、次のことだけは答えて貰うぞ。そうすれば万事忘れて水に流してやろう。その友人というのは一体誰なのだ？」

「兄さんの知らない人です」

「それなら何だってその男はわたしのことを知っているのだ」

「分かりません」

「その男は今日お前と一緒だったのか？」

「そうです。それほど遠くにいたのではありません。一緒にこの丘を登ってきたのですから」

「では今どこにいるのだ？」

「お話しできません」

「卑怯者め、わたしがここにいることを教え、お前と一緒にやって来た友人というのは悪魔なのだと正直に告白したらどうだ。悪魔でなければ、わたしがここにいることなど分かるはずがないだろう」

「ああ、兄さんはわたしの友人について何も知らないのです。人間であろうと霊であろうと、過去の行動や出来事から必然の結果を導き出すような予知能力を持つものは、悪魔のほかにいないとおっしゃりたいのですか。ああ、情けない！　だがどうしてこのわたしがそんな破廉恥な考え方に驚くことがありましょう。あなたがそうした考えを抱き、そしてその考え方のために魂も肉体も滅んでしまうことになるのは、世界が形造られる前からすでに定められた運命なのですから。でもこれだけは念を押しておきます。わたしがあとを追ってきたのは、あなたのためを思えばこそなのですよ」

「信じておこう、ロバート。気が短くて怒りっぽいのはわたしの欠点だが、君に危害を加えようとしたのでも、そう願ったのでもないのだ。自分の命や父の命を断とうなどと思わないのと同様、わたしは君の命を狙おうと思っているわけではさらさらないのだからな」この言葉を聞くと、ロバート・リンギムは勝ち誇ったように空ろな笑いを漏らし、手をポケットに入れると、いつもの場所まで退いた。ジョージは続けた、「さて、こんなことを言うのもこれが最後だが、互いに許しあい、仲直りして別れようではないか」

「この際そうするのが都合がよいという訳ですか？　まさか神の栄光にかなうことだと思っているのではないでしょうね」

「いや、これ以上神の栄光にかなうことはないだろう。まさしく福音の教えるところ[1]にことごとくかなうことではないか。さあ、弟よ、我々は完全に和解したと言ってくれないか」

「ああ、勿論その通り。確かに、肉に従うかぎりはね、[2]雲雀と蝮の和解くらいに完璧だ。またとない完璧さ。いやはや素晴らしい和解だ！　一体このわたしが何に対して和解するというのだ、馬鹿馬鹿しい」

こう言うと、ロバートは憤然として歩き去った。自分の命が助かると分かったときから、彼は以前の傲岸で敵意に燃えた顔つきを取り戻していた——しかも、この朝、丘を下っていった別れ際の彼の顔ほど恐ろしいものはなかった。「それなら勝手にするがいい」とジョージは言った、「お前を蔑む者もいるだろうが、わたしはお前を憐れに思うよ。お前こそ悪魔の手先に他ならないのだから」

陽が昇り靄は消えていた。言葉にならぬほど美しい朝の光のなか、ジョージは丘の頂上に坐って、今しがた我が身に降りかかった訳のわからぬ出来事に思いを巡らした。どうしてもはっきりとは分からなかったが、これまでの経緯を考え併せてみると、あの薄気味悪い卑劣漢ばかりか、奴の姿をした悪魔までが自分に取り憑いているに違いないという気がして仕方なかった。そうでなければ、先程岩場の上から見えた幻にしても、前もって予知できるはずもないのに彼の立ち行く先へ何回と

1　『マタイ伝』六章一四―五節、一八章二一―二、三五節、『ルカ伝』一七章三―四節など赦しに関する教え参照。

2　「血縁により」の意だが、「精神的な意味ではなく」を含意する。『ロマ書』一章三節、『コリント後書』一〇章二節など参照。

なく同じ人間が突然姿を現すことにしても、説明がつかないし、もしそれが生身の人間ならば、彼から見ていつも同じ位置に現れることも、何とも説明のしようがないではないか。そこで彼は、家に戻ったらすぐにでも今朝起こったことを最初から最後まで残らず父に話して聞かせ、助言と助力を頼もうと決心した。もっとも父親がこうした問題を処理するのにあまり適した人間でないことは、彼もよく承知していた。父親はこのとき党派間の政争にすっかりはまり込んでいた上に、リンギム親子のどちらかの名前が出るや、憎悪と激怒とで決まって心の落ち着きを失ってしまうのである。そしてもったいなくも彼らに関して何かを口になさる場合には、考えられるかぎりの悪態をつくことになるのだった。

やはり最初から息子の考えていた通り、ダルカースルの老領主はリンギム親子に関係する話に耳を貸すだけの辛抱強さを持ち合わせていなかった。ジョージは、どこでもいつでも弟が目の前に現れては自分の邪魔をするのだと愚痴をこぼした。これに対して父親は、不愉快だったらいつだって構うことはない、そんなごろつきは目の前から追い払ってしまえばよいのに、何故そうしないのかと尋ねるのである。どうもあいつは悪魔と手を結んでいるらしいのだと息子は言った。それは少しも驚くには当たらないと領主は答える。あの若造は姦淫から生まれた子どもたち一族の直系三代目で、そういう奴らは生まれながらに半分悪魔であり、そんな悪魔連中が自分たちの仲間と交わるなんて、いかにもありそうなことだろうというのである。最近息子の身に降りかかっている苦難や困惑に対する父親の同情もこういった調子であった。

だが友人ゴードンはジョージの気持ちを汲み、事の経緯についてもよく承知している人物だった。彼はこんどの出来事には何ら超自然的なものが介在しているわけではないことをジョージに納得させようとした。濃い霧に囲まれて岩の上から見た幻は、彼の背後から丘を登ってきた弟の影が映ったものだというのである。これはジョージにとって容易に信じ難いものだった。彼は靄に映った自分の影は目にしたことがあったが、あのとき見たのは自分の像といった人間の姿などではなく、靄のなかの一点を中心に広がった周囲よりひときわ白く輝いている光輪に他ならなかったからである。ゴードンは自分で名前をつけた父の所有している山がアバディーン州にあるのだが、この山にもしジョージが一緒に登るつもりがあるのなら、天気がよくて日の出の陽光がその場所を照らすときにはいつでも明け方に同じような巨大な霊が現れるから、それを見せてやろうと言った。この提案を聞くと、ジョージはいたく好奇心を刺戟され、エディンバラにはつくづく嫌気がさしていて気分転換を望んでもいたから、暫くの間ゴードンとともにハイランド地方に行くことに同意した。そこで老領主の承諾も得て出発の日取りが決められ、二人の伊達者は旅行を心待ちにしながら別れたのである。

ところが彼らのうちの一人には、この取り決めがなされた直後に新たな厄介事が待ち構えていた。ロバート・リンギムはその朝丘を下ると、再び顔や首を血まみれにしたまま心正しき後見人の許に帰って、痛ましい事件の顚末を話して聞かせた——朝の散歩で丘まで行くと、霧の中で神に見捨てられたあの兄に出遭った。すると彼はわたしを殴り倒し、殺しかねない勢いで、その上恐ろしい誓いを立てないと崖から放り投げるぞと強く脅迫した——と語ったのである。

これを聞いたかの偉大なる聖職者の憤怒のほどは測り知れないものだった。彼は神の名の下にこの不当な脅迫者を呪い、この悪人の暴虐行為を必ず当人の頭上に七倍にして返してやる[1]と誓うのだった。しかし復讐を進める前に、彼は養子とともに跪いて、すべての大義を神にゆだねた。彼が呼びかけたのは、金雀花（えにしだ）のあつき炭を吐き、電光をうちだして、約束の子等[2]に悪しき手や欺きの舌を向けるものすべてを根こそぎ滅ぼさんとする神であった。[3]こうして意を強くした彼は明々白々たるおのが勝利に向けて立ち上がったのである。

ここまでの出来事を詳細に渉って述べようとすると、この間の事情の一部始終を熟知し、また実際に自ら深く関係してもいた人物の話を一部先取りすることになる。その人物の話は口承や昔の記録の受け売りなどよりはるかに価値のあるものだが、それらとは内容が違っているので、ここでは我々の世代まで伝えられている広く知られた話を記しておくのが適当だろうと判断した。さてジョージについては、これだけ言えば十分であろう。彼は弟を殺そうという意図の下に血が流れるまでひどい暴行を加えたという罪科で、その日のうちに逮捕され監獄に入れられてしまった。これを知った老父は仰天し、事態を軽く見ていた自分を責めた。どうやらこれは最初から悪党どもが用意周到に定めた狙い——邪魔者の跡取りを始末して、それから老領主の反対をものともせずに、弟を領主に仕立ててあげようという狙い——を実現せんと図ったものではないかと思われた。

ダルカースルの老領主は持てる力を駆使して味方の貴族や弁護士のあいだを説いて廻った。この事件で息子の置かれた立場は非常に悪いものだった。今度のことをジョージは否定しなかったし、事態を変えるだけの新しい大義名分やら動機やらが一向に明らかにならない上に、テニス場での出来事を目撃した人は沢山いて、またそのときジョージは彼に似つかわしくない悪口雑言を吐いていたのである。

判事の前での最初の陳述の際には、事態が少しも好転していないように思われた。とはいえその判事はホイッグ派であり、よく知られているように当時のスコットランドでは、自分と同じ党派の人間の場合と政治的に対立する陣営に属する人間の場合とでは、その主張がまったく異なった捉え方をされていた。しかし今日ではそうした点でそれほどひどいことはなくなっている。もっとも神のみぞ知ることだが、今でも時折、本心をむき出しにする例が見られぬでもない。それはともかく、テニス場での最初の事件を目撃した者の話から、先に喧嘩を吹っかけたのは原告の方であり、彼は危険だからと警告を受けたにもかかわらずその場をどこうとせずに、兄がうっかりぶつかったときには、打ちどころが悪ければ兄の命を奪いかねないほど激しく足で蹴り上げたのだということが明らかにされた。だが燦々（さんさん）たる陽光の下での幽霊話――その幻の面前から遁走したという話――には

1 「頭上」については『列王紀略上』二章四四節、「七倍」については『創世記』四章一五節参照。
2 『ロマ書』九章八節、『ガラテヤ書』四章二八節参照。
3 『詩篇』一二〇篇三―四節参照。

判事も苦笑を禁じ得ず、「それは奇妙なお話ですな」とだけ言ってジョージを再勾留すると、事件を最高法院へ送った。

さて最高法院に廻った事件はここで新たな展開をみせた。弟が絶えず不機嫌な様子で兄の後をつけ廻していたことが人々の疑惑を呼んだのである。この事実は、クイーンズベリー邸の警備に当たっていた衛兵たちの証言から、曲がりなりにも確かなものとなった。勾留中の被告が事件当日の朝、丘へ行く途中で彼らの前を通り、その後二十分ほどすると弟がやってきて、被告の姿かたちを説明しながら、そんな男が先に行かなかったかと尋ね、先に行ったことが分かると足を速めて駆け去って行ったと述べたのだった。

この証言を聞いた最高法院次長は被告に、弟が自分の命を狙っているのではないかという疑念を持っているかどうかを尋ねた。

ジョージはこれに答えて、最初の不幸な出遭い以来ずっと弟は自分に付き纏っており、それがあまりにも執拗で何とも不気味であるので、自分としては何かしら常軌を逸した企みがあると考えぬわけにはいかないと述べ、さらに言葉を添えて、もし自分の見た霧の中から立ち現れた怪物が、実は閣下の考えられる通り弟の影に他ならないとしたら、その影が近づく際に見せたおずおずとした警戒ぶりから察するに、弟がその朝自分を崖から真逆様に突き落とそうという意図を持っていたことはほとんど疑う余地がないと語った。

そこで裁判長は法務長官と何やら話を始めたが、そのうち場内がざわめきだしたので出入口を警備するよう命令が下った――すると見よ、あの尊敬の的たるミスター・リンギムが法廷から逃げ出そうとしたところを捕らえられてしまったではないか。かくしてジョージは身の潔白が明らかとなって釈放され、リンギム二世の方は二度と治安を乱さぬよう誓わされた上に重罰を課せられ、保証人を立てさせられたのである。

ロバート・リンギムを恐れ嫌っていたジョージや彼の仲間にとっては、正に歓喜の一日であった。その夜は一同大はしゃぎで、ジョージとアダム・ゴードンはこんな次第で随分と遅れてしまったけれど、ハイランド旅行には是非とも出掛けようと意見が一致。身勝手な扇動者の陰謀の御蔭で狩猟の盛りの時期は逸してしまったが、鹿狩りはまだ十分楽しめるはずであった。そこで再び出発の日取りが決められ、その前日にジョージはもう一度ブラック・ブル・オブ・ノーウェイ亭[1]で食事を共にしようと仲間を招待した。誰もが皆、陽気な集いに心躍らせて、出席すると約束した。しかし哀しい哉(かな)、我々は何と先の見えぬ浅はかな生きものであろうか。そしてまた歓喜のうちに交わされた夕べの杯の何と多くが朝には悲しみの涙となることだろうか。

晩餐の日がやってきた――若い名門の青年たちが集い、陽気な歓声に満ち溢れ、またとない盛会であった。ジョージはかつてないほど朗らかで快活だった。そして忠誠（この言葉は不忠と記され

1　前出のブラック・ブル亭の正式店名だろう。なおスコットランドには同名（「ノルウェーの黒牛」の意）のお伽話がある。

て然るべきであったろうが）[1]という道義に一様に貫かれたこの栄えある勇敢な仲間の若者たちを見てすっかり陽気になり、何度も演説をぶち、祝盃をあげ、歌を唄った。周りのものも巧みに雷同するうちに、夜もすっかり更けてしまった。その頃にはすでにジョージによってさんざん酒が振舞われていて、誰もが頭の芯まで酒精の芳香にすっかり浸りきっていたので、理性の女神は傍へ追いやられ、その忠告や警告は一切が打ち棄てられている。そしてすっかり酔っ払った不埒な若者がこれから一緒に女郎屋へ繰り出そうじゃないかと言い出すと、そこかしこから同意の声が上がるのだった。

こうして彼らは出掛けた。後の経緯から判断すると、繰り込んだ家はブラック・ブル亭の建つ通りを東に少し行った向かい側にあったらしい。一行が到着してから一時間もしない裡に、ジョージ・コルウァンと有力貴族の息子であるドラマンドという青年との間にたまたま口論が始まった。まったくの偶然であって、今日に至るまでその口論の原因が何であるのか、一方の言葉遣いなり言い廻しを他方が誤解したためなのか、少しも分かっていない。ともかく二人の間で激しい言葉の応酬があり、さらにはそれが悪態に変わった。口論が始まって二分とたたないうちに、ドラマンドは明らかに不快気な様子で、もっと適当な場所で片を付けようじゃないかとジョージに言いながら、その家を立ち去ってしまった。

一同は互いに顔を見合わせた。誰もそんな喧嘩が始まったことさえ碌に知らないうちに、万事が終わっていたのである。「一体どうしたんだ？」誰かが叫んだ。「ドラマンドはどうかしたのか？」

ともう一人。「奴は誰と喧嘩したんだ？」とまた一人。
「知るもんか」——「分かるはずがなかろう」——「自分の飲んだ酒と喧嘩して、決闘を申し込むむつもりなんだろう」

この陽気な一行はこんな会話を交わすと、それ以上考え煩うことはなかった。
しかしそれから直ぐに——もっとも時間がどれほど経過したか、翌日になってからの一同の意見はてんでんばらばらであったが——何者かが激しくその家の扉を叩いた。女が扉を開けたが、内側に鎖がついていて、戸口からは来客の姿の一部分しか見えない。つい先程出ていった若者とよく似た身なりの男で、「ダルカースルの若殿はまだここか？」と囁くような低い声で尋ねた。女には分からなかったが、男は「もしまだいたら、少し話がしたいからと伝えてくれないか」と言い添えた。女が一行に言伝てを知らせに行くと、何人もの素晴らしき美女たちが侍っており、その中の一人を相手にしていたジョージは、その言葉を聞くや即座に立ち上がって、皆が聞いている前で「きっとドラマンドだ、百マーク[2]賭けてもいい」と言った。「ジョージ、奴と喧嘩などするなよ」と誰かが言い、「一緒に連れてこいよ」という別の声が続く。ジョージはその家を出た。扉には再び錠が差され、鎖がかけられて、中に残った無頓着な連中は、その後の成行などには一顧もくれなかった。

1　本書出版時のハノーヴァー王朝時では「不忠」と捉えられるべきジョージたちのジャコバイト精神を「忠誠」と形容するのは「編者」の思想傾向を暗示する。
2　一マークはイングランドの一シリングより若干高い。

ところが翌朝、この浅はかな一団の集（つど）っていた路地の奥、ノース・ロッホ[1]湖畔の洗濯物干し場として使われている小さな共有緑地で若者が殺害されたという知らせが街中に広まったのである。

この知らせを聞くや、一行の何人かは大急ぎで衛兵本部の死体置場に向かった。死体はすでに運び込まれており、直ぐにその身元は彼らの友人であり音頭取りでもあったジョージ・コルウァンだと判明した。彼を見知っていた人々の驚愕と悲歎は大きかったが、中でも老父とミス・ローガンにとっては正に悪夢であった。というのもジョージこそ二人の唯（ただ）ひとつの希望であり、かけがえのない掌中の珠だったからである。知らせを聞いた二人は茫然自失、何を考えることも手にすることもできなかった。老領主はこの衝撃で意気沮喪し、それまでの快活で陽気な活発さは影をひそめ、どうしようもない腑抜けになり下がってしまった。息子の亡骸（なきがら）の上に泣き伏し、傷口や唇、冷たくなった額にかわるがわる口づけをしては、殺人犯への復讐を声高に叫び、自分が息子の身代わりにこの悲惨な運命の犠牲になればよかった、そうすれば子孫繁栄の望みが潰えることもなかったのだといって歎く。つまり一言でいえば、何をするにも第一に考えてきた何にもまして可愛い我が子がこうして永遠に自分の手の届かないところへ逝ってしまったのを見て、彼はすっかり自暴自棄になったのであり、息子と一緒に墓にはいりたいと人騒がせな言葉を口走る始末だった。

この父親は自分で犯人を見つけ出そうとはしなかったが、しかし、警察が任務を放棄したわけではない。そしてドラマンドが犯人であると断定されることは誰の目にも明らかだったので、何人かの友人が彼を見つけ出して、提出される証拠の内容がはっきりするまで、当人の意には染まぬことではあったが、身を隠すよう無理矢理説得したのだった。しかし彼は今度の事件について自分は何ら関係がないと主張した。その口ぶりがいかにもきっぱりとしていたので、親しい友人たちや親戚の者も驚いてしまった。中にはドラマンドが犯人だと考えている人間もいたわけである。彼の父親はスコットランドにいなかった。ドラマンドはメルフォート公ジョン[2]の第二子で、この父親はスチュアート王家と共に外国で暮らしていたという話を耳にした記憶がある。しかし息子のドラマンドの方は母方の親類筋の家で暮らしており、伯父は民事控訴院の裁判官であった。[3]こうした親類縁者たちは彼に身を潜めさせて、証言の内容に耳をそばだてていたが、新たな証拠が逐一検証されるにつれて、この身内の若き貴族が友人を殺害したに違いないと確信せざるを得なくなるのだった。仲間の若者たちは皆尋問されたが、ドラマンドだけは召喚されたにもかかわらず、行方不明であった。そのため、裁判官や陪審員は敵味方を問わず、彼に対してますます強い疑惑を抱くことになった。姿をくらませるようにという親類縁者の気遣いが彼の評判を落とし、申し開きができないようにしてしまったことは確かである。ドラマンドと今は亡きジョージとの間の口論については、仲

1　現在のエディンバラ市の中心街であるプリンセス・ストリートの南側の庭園のところにあった人工湖。
2　ジョン・ドラマンドのことで、彼はジェイムズ二世治世時のスコットランド最有力の貴族であり、王と共にサン・ジェルマンに赴き、一七一四年パリで没した。ユーフィーミア・ウォレスとの再婚によって生まれた第二子はトマスと名づけられ、カール六世（後出）の軍隊で将校となった。
3　一六七一年から八〇年まで裁判官を勤めたサー・トマス・ウォレス・オブ・クレイギーがモデルと思われるが、伯父ではなく祖父にあたる（なおこの人物は後出）。

間の若者たちの意見がまったくばらばらであった。言い争いを聞いてもいなければ気がつきもしなかったという者もいたし、はっきり記憶している者もいた。しかし誰にもその原因は分かっていなかった。ドラマンドが捨て台詞を残して宿を出たのを耳にしていた者が何人かおり、たった一人ではあるが、彼が剣に手をかけたのを目撃した者もいた。とはいっても、後で入口までやってきてジョージと話がしたいと語ったのがドラマンドである、とまではっきり言える者は一人としていなかった。それでも誰しもが事実はその通りではあるまいかという印象を持っていた。さらにその宿の女の一人が断言したところによれば、戸口ではっきりと声が聞こえ、しかも一言一句に至るまで聴き取れたのであり、そのとき故人が、あれはドラマンドの声だと言うのを耳にした、ということであった。

他方、ドラマンド側にも伯父のクレイギー判事が苦労して集めた証拠がいくつかあった。判事は甥が当夜身につけていた剣を提出し、いささかの血痕も付いていないと指摘した。特に彼が力説したのは、被害者の受けた二つの傷はいずれも背後から襲われたものであるという何人かの医者の証言であった。傷の一方は左腕の下にあり、これは大したものではなかった。もう一方は完全に身体を貫通している。二つの傷は明らかに同一の凶器、ドラマンドのものと同じくらいの大きさの両刃の剣によるものであった。

全体として法廷は二分された恰好となったが、結局大多数の意見が固まり、ジョージ殺害の犯人はドラマンドであると宣告され、しかも彼が出頭しなかったために、お尋ね者として逮捕に多額の賞金が掛けられることとなった。ドラマンドは苦心惨憺の末、小さな商船に乗ってオランダに渡り、そこからドイツに逃げてカール六世[1]の軍隊にはいった。彼が罪相応の罰を受けず、また受けさせることができなかったのを残念がる者は多く、スコットランドのほとんどの地方で説教者たちはこの憂鬱な事件を話題にした。悪徳と堕落の巣のことや浅はかで不道徳で卑しい男たちのお守をする女のことを若者たちに説き聞かせるのに、またとない警告としてこの事件を例に挙げたわけである。

この将来を嘱望された若き俊秀の葬儀の後、父親は二度と以前の快活さを取り戻さなかった。ミス・ローガンはあれこれ手を尽くしてみたが、手持ちの金を彼女に譲ったほかは領主がこの世のことに何ひとつ興味を示さず、事業も放り出したままにしておくのをどうすることもできなかった。自分の領地のことが話に出ると、そんなものは海の底にでも沈んでしまえ、自分も一緒に沈みたいものだという始末である。しかしミス・ローガンが息子を殺したというトマス・ドラマンドの名を口にすると、彼は決まって首を振り、一度などは「あれはまったくの間違いだ。途轍もない致命的な誤りだ。だが、あんな極悪非道をお許しになった神でも、然るべき時に然るべき方法で真相を明らかにしてくださるだろう」と言うのだった。こうして数週間が過ぎると、彼も息子の後を追ってしまい、悪名高きロバート・リンギムが、故領主の嫡出児であり、父親のもとで育てられた正当な跡取りとして、領地を相続した。その相続人認定式の日には祈禱があげられ、讃美歌がうたわれ、

1　神聖ローマ帝国皇帝、在位一七一一―四〇。

敬虔な議論が交わされた。それまで新領主の保護者であり義父でもあった牧師と母親はこの晴れがましい祭典を取りしきって、一日中ひときわ人目を惹いていた。そして、当の新領主は誰もそれまでそんな姿を見たことがないほど随分きこしめしていたが、ダルカースル邸のこの大広間でこんなにも神聖な祝宴が開かれたことなど今までなかったという点で、出席者の意見が一致するのだった。そして然るべき感謝の言葉を捧げた後、客たちは心も晴れやかにこの館を去っていった。ついでながら、この謝辞の中身が何かと言えば、全能の神にリンギムなる人物が何者であるかを告げ、次にリンギムに対して実に事細かに、彼を頼みとする自分たちが何者であるのかを説明することがすべてだった。というのも彼の熱弁が人気を博した理由は、すべての人間を破滅すべきものとして公然と非難し、その上で自分の信者にだけは、神の約束を得た選ばれた少数者であり、決して見捨てられることはないのだという希望を与えるところにあったと思われるからである。こうしたパリサイ主義的教義は最も悪しき人間にとってさえこの上なく素晴らしく、他の何にもまして有難く感じられるものであろう。

　しかし、光輪目眩い太陽が夕べに輝く子どもらの花火の遠く及ばぬものであるように、神の道は人為や人智の到底及ばぬほど測り知れぬはるか高所にある。闇から光を生み出し、混沌から秩序を生み出すことができるのは、自然の支配者たる神のみである。人知れず闇の中を進むもぐらを導いて、宝玉や金銀宝石を投げ上げさせるものは誰であろうか。嬰児、乳児の口より讃美を引き出し得るものは誰であろうか[1]。そしてまた一体だれが、この世の最も卑しむべきものさえも深奥に隠れたる真実を明らかにする[2]上での助けとなし得るであろうか。

神は必ずや息子の不幸な死についての真実を明らかにして下さるだろうという、今は亡き主人の予言をミス・ローガンは一時たりとも忘れなかった。息子の死を告げるあの忌わしい知らせが届いてからというもの、臨終の最後の瞬間まで、口に出して言うのも恐ろしい何やら奇妙な確信が彼の心に取り憑いていたことに彼女は気づいていた。そして今際のきわの譫言（うわごと）に、彼は義とされるのは信仰を通じてのみだと言ってみたり、自分の一族が破滅するのは前以て定められた絶対不変の天命であるなどととりとめのない言葉を漏らしたりした。これは勿論、衰弱しきった人間の戯言（ざれごと）、それも死を前にしたものの支離滅裂な妄言にすぎなかった。しかしそれにもかかわらず、ミス・ローガンの胸にはこの言葉が深く刻み込まれていた。そして彼女はとうとう次のように考え始めたのである――〈リンギム父子とあの口やかましい女、お綺麗で可愛らしかったあの若様の母親が手を結んで、若様を殺したということはあり得ないのかしら？ もしもそれが事実なら、わたしの余生と譲って戴いた財産を全部使ってでも、何とかしてあの奇怪な事件の全貌を調べ上げ、暴き出してやるわ〉

損得の兼ね合いがどうあろうと、ミセス・ローガン（今ではこう呼ばれていた）は一度心に決め

1 『詩篇』八篇二節、『マタイ伝』二一章一六節参照。
2 『コリント前書』四章五節参照。

たこの目的を決して見失うことはなかった。探っていけばいくだけ新たな落胆が生まれるに過ぎなかったが、かえってそのために、事件のことを詳しく知りたいという彼女の欲求は一層募るのだった。というのは、あまりに長い間、事件のことばかりを考え続けていた御蔭で、そこには何かしら隠された真相があるはずだという信念が次第に彼女の心に植え付けられていったからである。そして女というものはこうした場合、同性に対してひどく嫉妬深くなるのが常であって、ミセス・ローガンの疑惑も彼女の最大の敵であるコルウァン夫人、今では未亡人となったダルカースル令夫人に向けられていた。すべては混沌たる闇に包み込まれていたが、人知れず秘かに足を棒にして尋ね廻った挙句、ミセス・ローガンは遂にダルカースル令夫人が殺人事件の当夜どこにいたか、そしてまた何人かの客の出入りはあったにもせよ、どんな連中と一緒だったのかをつかんだ。彼女はこれで手掛りを発見したのだという希望を持った。この糸を辿っていけば混沌たる暗闇から真実の光へと導かれるはずであった。

ミセス・ローガンが何がしか情報を聞き出そうと近所の館付きの召使たちに集まって貰った夜のこと。その晩はすっかり遅くなってずっと夫人のお伴をしていた女中と一緒に会合から帰ってみると、家がすっかり荒らされ、貴重な家財がひとつ残らず盗まれているではないか。夫人はこの打撃を前に、会合で何の収穫も得られなかったこともあってすっかり意気消沈してしまい、これ以上無駄な探索は止めにしようという気がしてくるのだった。

それから二、三日すると彼女のところにある通知が届いた。盗まれた衣類や食器類と思しきものがほとんどすべて見つかっており、もしそうした品が起訴状にもあるように、そしてまた共犯者の暴露証言の通りに夫人のものであるということになれば、必ず盗人を告訴するように、というものであった。さらにまた、回収された品物を調べ、執行官の前でそれが自分のものであるという宣誓供述をしなければならないから、トウィード河畔[1]のピーブルズ[2]まで出頭せよとも記されてあった。これが強制出頭だったのか任意出頭だったのかについては、筆者はこうした事柄にはうといので何とも分からない。ともかくミセス・ローガンはこの命令に従ってピーブルズへと向かった。そして北門からこの町にはいろうとしたところで、ボロを纏ったみすぼらしい少女に呼び止められた。少女は必死の顔つきでミセス・ローガンではありませんかと尋ね、夫人がそうだと答えると、牢に留置されている不幸な囚人から、夫人が出廷して告訴する前に是非お会いするように頼まれ、自分としてもあだや疎(おろそ)かにはできずこうしてやって来たのであり、彼女（囚人は女であった）は夫人に何かとても重要なお話がある、と申し述べるのであった。ミセス・ローガンはいたく好奇心を刺戟され、この少女について牢屋へ向かった。少女は道々、お会いになれば囚人が高潔な心の持主であることがお分かりいただけるでしょう——人生のあらゆる浮き沈みを味わった人なのです、と言ってさらに言葉を続けた。「その女性は大変不幸な人で悪い人間なのだとも思います。でも実はわたし

1　トウィード河はスコットランド南部を東に流れ、北海に注ぐ。
2　ピーブルズ州の州都。エディンバラの南方約三〇キロのところにある。

の母なのです。欠点や短所はいくらもあります。でも神に誓って申しますが、わたしに辛くあたったことなどただの一度もありません。どうかあなたのお力で母を救ってやって下さい。母はあなたにひどいことをしたのですから、母のためにとは申しません。わたしのために救ってあげては下さいませんか。わたしの守護神である父なし子の神がきっとあなたに報いて下さるでしょう」

この言葉を聞くとミセス・ローガンは頭をつんとそらし、咳払いをしてこう答えた――「罪を犯した者を逃がすなどということは、決して許されないことですよ。そうでなければ、わたしたちの生きていかねばならない世界はとんでもないものになってしまいますからね」

牢屋の中にはいった夫人を迎えたのは背の高い憔悴しきった女性だった。かつては男まさりの惚れぼれするような身体つきをしていたと思われるが、寄る年波には勝てず見る影もない。まるで考えていることが顔つきに表れるとでもいうように、しばらくミセス・ローガンの顔を目をそらさずにじっと凝視(みつ)めていた女は、そのうち口を切って話を始めた。こんな状態に身を置いた人間が、自分の生殺与奪の権を握っている者を相手に話をするときには、自己を卑下して打ちひしがれた狂乱状態に陥るものだが、この女の口調にそんな気配は微塵もなかった。

「出廷前に来ていただいて本当に有難うございます、ミセス・ローガン」女は言った、「わざわざあなたをお呼びたてしたのは、生命が惜しいからでも死ぬのが恐いからでもありません。ただわたしを待ち受けている処刑のやり方が、女の身[1]には耐えかねるのです。絞首台に登って、物見高い大勢の人たちの目の前でさらしものになるなんて、その中にはわたしの知り合いや血縁のものだっているというのに。そんなこと考えただけでたまらない。もしそうなったら、死の瞬間がとても忌わしいものになって、あの世へと旅立つ魂も粉々に砕かれてしまうに違いありませんもの。これもみんなあの邪で身勝手極まる悪魔のような男に将来の希望を滅茶滅茶にされたためなのです。こんなことを申し上げるのは、あなたの憐れみを乞おうとしてのことではありません。ただご自分のことを考えて、女性らしく慎重に行動されるようお願いしているのです。もし今日、回収された盗品は自分のものではない、と言って下されば、わたしを死刑に追い込むような証拠は他にありませんし、当分の間は命が助かるのです。わたしを裏切ったあの卑劣漢の証言など何の役にも立ちはしません。自分ばかり助かりたい一心でひどい言い逃れをしたのだということは、誰もが承知しているのですから。もしご自分のものでないと証言していただけるなら、品物はすべてきっちり元通りにして、いえ、それ以上にしてお返しします。でも自分のものに相違ないとお認めになるようでしたら、結局のところ品物は半分しか戻らないことになるでしょう」

「それではあなたの願いを聞き容れたら、確かに全部を返して貰えるという保証は何かあるの？」とミセス・ローガンは尋ねた。

「わたしの約束だけです」相手は誇らしげに答えた、「これまでわたしが約束を破ったことは一度

1 一八二三年四月十六日、強引に殺人犯と認定された娼婦がエディンバラで絞首刑になったとき、二万人が集まったという。

もありません。とてもそうはお信じになれないにしても、あなたがそれほどひどいことのできるお方でないことは分かっています――でもすっかり忘れていました――可哀そうに、子どもをひとり外に立たせたままでした。待ちくたびれて牢屋の入口ですっかりお腹を空かせているだろうに。お話ししたかったのは他でもありません、その娘のことでした。わたしが今申し上げたような恥さらしの死に方をしたら、あとに遺されたあの子はさぞ惨めな思いをするでしょう」

ミセス・ローガンは言った、「娘さんは正直で、とてもあなたのことを思っているようね。でもあなたみたいな人を保護者として躾（しつけ）を受けるなんてことがなければ、もっとずっと良い子になるに違いないわね」

「それではご親切にもグラス・マーケット[1]までお出掛けになって、わたしが殺されるところを見物なさろうというのですか」囚人は言った、「今にも恐ろしい一撃が振り下ろされようとしているとき、そこは女同士ですから、女の、そしてまた母親の気持ちというものをたとえ少しでも分かっていただけるものと思っていました。けれど、あなたは本当に冷淡な人なのですね。人でなしの昔の御主人様に仕えるという以外、人情というものを少しも持ち合わせていらっしゃらないのだわ。ああ、でもこちらが文句を言える筋合いではありません。あなたに悪事を働いたのはこのわたしなのですから。正義は貫かねばなりませんものね。お別れする前にわたしのことを赦して下さいますか」

ミセス・ローガンは口籠った。他のことを考えていたのである。すると相手が言葉を続けた、

「そう、赦しては下さらないのですね。でもわたしが赦されるよう、神に祈っては下さるのでしょう。きっとそれくらいはして下さるのでしょう」

ミセス・ローガンはこの嘲りの言葉が耳にはいった風でもなく、囚人を空ろな目で放心したように凝視めていたが、口を開くと、「亡くなった御主人様のことを知っているの」と尋ねた。

「ええ、存じていましたよ。だからって別に何の得にもならなかったけれど」相手は答えた、「老領主も、それからあの伊達者の息子の方も、二人とも知っていましたよ。それにその息子が殺されたとき、わたしはすぐ近くに居合わせたんですから」

何気なく漏らされたこの言葉を聞くと、ミセス・ローガンは激しく動揺した。そして相手が語り終わらぬうちから夫人の目には涙が溢れ、語り終わったときにはまるで心ここにあらずといった様子。何か落としたものを捜すみたいに、あちこちあたりを見廻すのだが、涙ではなく目を落としたとでも思っているかのようである。遂に本能に導かれたのか、よろめきながら囚人の目の前まで来ると、何かを心待ちするような嬉しげな表情を浮かべて相手の顔を覗き込みながら言うのだった、

「ねえ、奥さん、お名前は何とおっしゃるのですか?」

「アラベラ・カルヴァートです」相手が答えた、「お嬢さんでも奥さんでも後家さんでも、それはお好きなように呼んで下さって結構ですけれどね。何しろわたしはこの三つを全部やってきました

1　エディンバラの有名な処刑場。

から、それも一度や二度のことではなく――ああ、これ以外のものだってやりましたよ。でもあなたはどうかといえば、このどれにも当てはまりませんね」

「何てこと、それではあなたがベル・カルヴァートなのですね。ええ、そうだと思いましたよ――そうだとね」ミセス・ローガンはこう言うと自分で椅子をとり、囚人と膝をつきあわせるようにして腰を下ろした。「それではあなたが正真正銘のベル・カルヴァート――以前そう呼ばれていた当の御本人なのですね。わたしは是非ともあなたにお会いしたいとさんざん骨を折ってきたのですよ。でもあなたは現れなかった。声はすれども姿は見えずといった塩梅（あんばい）で」

相手が答えた、「わたしの姿かたちをはっきり見えるようにしたときもあれば、身を窶（やつ）してわたしらしき人間の影などほとんど見えなくしたときもありました。でもあのとき以来、わたしは姿を見られないように努めたのです。確かにわたしの犯した罪は大きなものでしたけれど、受けた苦難はそれ以上でしたよ。それはひどいもので、あなたを初めとして世間の人にはとても想像できないくらい。わたしを襲った苦難を神様が斟酌して下さるように願っているのです。罪を犯したのもすっかり自暴自棄になったからなんです。でもあなたにお話ししても仕方ありませんわね。わたしのことは放っておいて、どうぞお帰り下さい」

「あなたのことを放っておけですって。若様が殺された当夜、あなたがどこにいたのか話してくれるまでは、とても帰れるもんじゃありませんよ」

「悪魔のいそうなところにいたのですよ。こう申し上げれば十分でしょう。ああ、あれはどうにも許されざる所業だったわ！　あの夜のことは忘れようにも忘れられない！　行かれないのですか、娘にひとつ言伝(ことづ)けたいのですが」

「いいえ、カルヴァートさん、謎に包まれたその夜のことを打ち明けてくれるまではお別れしませんよ」

「それではあの世までお伴していただかなくてはなりませんねえ。生きているうちにあなたにお話しするつもりがありませんから」

「どうしても話すのが嫌だというのなら、あなたを法廷に引きずり出すことだってできるのですよ。そうなればあなたは徹底的に調べ上げられますよ」

「なんてくだらない！　法廷に引っ張り出されるなんて脅しがわたしに効くはずはないでしょう。もうじきこの世の最後の法廷に身をさらさなくてはならないのですからね。そんなどうしようもない囚人の言葉が一体何の役に立つというのです。もし何がしか効力があるとしても、それをまともに取り上げてくれる判事など、どこにいるでしょう」

「その点については、やり方次第でどうにかなると言っていたではないですか」

「確かにわたしの命を助けて下さいとお頼みしました。あなたにはそれがお出来になるのです。そうして下さってもあなたには一銭の負担もかからない。でもあなたはお断りになった。わたしの命を奪えば、随分損をされることになるでしょうに、あなたは是が非でもそうなさりたいようですものね。そんなお方とはとてもお話しできません。悪あがきをして生き存(なが)えようという気はありませんし、生殺与奪の権を握ったお方と親しくしようなどというつもりもありません」

「カルヴァートさん、お会いしてからあなたはどなたかしらと考えることばかりに忙しくて、お申し出に気づかなかったのですよ。あなたの命を救うために出来ることなら何だってやりますとも。でも一度、あの可愛いおぼっちゃまがお亡くなりになったときのことを知っているかぎりお話ししてくれませんか。さあ、あなたのために出来ることはひとつ残らずやり遂げるという約束のしるしです、この手を取って下さいな」

「いいえ、そんな卑しくて身勝手な好奇心と取り引きするつもりは毛頭ありません。それにあなたの抱いている好奇心はわたしの恐怖感より強いようですから、お話ししなければ対等の立場でお別れできるというものですわ。どんなにひどいことでもおやりになって構いませんよ。自分の秘密を誰にも漏らさず、絞首台にでも墓場にでも持って行きますから」

ミセス・ローガンはこの言葉を聞くとひどく狼狽してしまい、殺人事件の詳細を聞き出そうと、可能なかぎり譲歩してあらゆる交換条件を持ち出してみたが無駄であった。こうなると今度は夫人の方が歎願する番である。しかしこの不可解な女囚は、自分が優位に立つとすっかり勝ち誇って夫人を嘲笑し、遂には自尊心と苛立ちとがない混ぜになって発作を起こしたように牢番を呼び入れ、何と頼まれようとも二度と中に入れないようにと聞こえよがしに申し入れると、夫人を外に追い出してしまった。

夫人は打つ手がなくなり、再び絶望の淵に追い込まれた。引き合わされた相手のことを知っていれば——心を昂ぶらせ、苦痛に苛まれている相手の気持ちを宥めることが出来ていれば、是が非でも知りたいと渇望していたことをいとも簡単に聞き出せたかもしれなかったのだ。しかしその好機は失われ、尋問のときが迫っていた。一度は最初の考え通り、出頭したら押収された物品の返還を要求しようかとも考えた。しかし同時に、リンギム一族がダルカースルを支配しており——彼らは、忌み嫌われるということはないにしても、領民たちからこぞって軽蔑されているという噂を夫人は幾度となく耳にしていた——しかも悪魔のような非道極まる手段を弄してその土地を手に入れたのかもしれない、と改めて考えてみると、あの謎に包まれた事件を解明する糸口になるやも知れぬ残された唯一の機会をふいには出来ないと思うのだった。

　結局、夫人は出廷して虚偽の申し立てをするよりは、法廷で名前を呼ばれても知らぬ顔をすることに決めた。名乗りをあげれば、宣誓した上で証言する羽目になるのは明らかだったからである。決心通り彼女は名乗りをあげなかった。すると執行官が、町中の宿屋や料理屋などを隈なく捜査して、エディンバラからやって来ているはずのミセス・ローガンを見つけ出し、重大な案件が当人の証言次第で決定されることになっているから早く出頭させるように、と役人に命ずる声が響いた。続いて、例の女囚に罪をなすりつける共犯証言をした男が二度目の尋問を受けるところとなった。答え方は極めて巧妙で、夫人には男の証言が大部分真実であると思われたのだが、判事は少しも納得した風がなかった。しかし、何より夫人を驚かせたやりとりが幾つかあった。

「お前がカルヴァートと知り合いになってどれくらいになるのか？」

「ざっと一年くらいで」

「出来たら正確に答えて貰いたいものだな。いついつの昼とか夜とか——お前の記憶の許す限り正確にな」

「一七〇五年、二月二十八日の朝のことで」

「朝の何時だ?」

「多分一時頃」

「そんなに早くか。それでは会った場所はどこだ?」

「エディンバラの北の方の路地の一角でさあ」

「お前たちはそこで会う約束をしていたのか?」

「いいや、約束なんかしていねえよ」

「それならば何の目的でそこに行ったのだ?」

「べつに目的なんぞありゃしねえ」

「もしお前が訴えているその女と、まったく偶然に、しかも何の目的もなく出遭ったのならば、その日のことを時刻に至るまでそれほど正確に覚えていられるのはどうしてかね。その夜は、ほかの者にも何百人となく同じように出遭ったはずではないか」

「覚えているわけがあるってことでさあ」

「そのわけとは何だ?——答えられないのか——言わずに済まそうと思っているのではあるまい

な」

「勝手にしゃべるわけにゃあいかねえんでね」

判事は話題を変えた。このやりとりを聞くと、この男は根っからのならず者で、彼こそがほとんどすべての無法行為の主犯であることは疑うべくもなかった。事実判事は、自分としてはカルヴァート夫人が無法行為の共犯となる唯一の点は、彼女がこの男と度を越して親しく付き合い、この男に対して度を越して誠実であったということではあるまいかと考えている、と仄めかした。審理は最高法院に移されることになった。しかしミセス・ローガンはこれだけ聞くと、この罪人二人が最初に出遭ったのはジョージ・コルウァンが殺害された正にその場所、その時刻であったに違いないと確信するのだった。さらにまた、ジョージの母親が彼女自身と二人の息子のうち彼女の愛する弟の方との幸せを手に入れるために、この罪人二人を手先として使ったに違いないとも考えた。この推測は結果として間違っていたことが分かるのだが、夫人がこの事件に極めて強い関心を持って執着したのはコルウァン夫人への反感故だったのである。ベル・カルヴァートがピーブルズにいる間、ミセス・ローガンも当地に留まり、ベルがエディンバラに移されたときには、夫人も従った。公判が始まると、ミセス・ローガンと彼女の召使は陪審の前に証人として再び召喚され、しかもそれは公訴官による強制的な出頭命令であった。

召使が最初に呼び出された。彼女が証人席に着いたときには不安気な、絶望しきった囚人の様子が誰の目にも明らかに看て取れた。しかし、この娘――ベッシー・ギリスと名乗った――は軽はずみとさえいえるほど物おじしない受け応えをして、傍聴席にいた者を大いに喜ばせたのである。幾つかのお決まりの質問の後、弁護人は彼女に九月五日の朝、つまり主人の家が強盗に襲われたとき、在宅していたかどうか尋ねた。

「あたしが家にいたかですって？　とんでもねえ。もし家にいたんなら、死人の数がふえてましたよ。きっと大声で悲鳴をあげちまったに違いねえですから」

「その朝、何処にいたのかね？」

「どこにいたかですって？　御主人様と同じ家にいて、台所で半分うつらうつらしてましたよ。家をお出になるのを今か今かと二時間ばかしも待ってましたんで」

「それで家に戻って来たとき何を見たのかね？」

「何を見たかですって？　帰ってみたら、いやはや、鍵はこわれてるし、タンスはからっぽでしたよ」

「細かい点についていくつか話してもらいたいのだが」

「いいや、盗っ人どもはこまけえものには目もくれず、いちばん上等のもんだけ、ごっそり持っていっちまったわけで」

「尋ねているのは、そのとき主人とあなたとの間でどんな会話が交わされたか、ということなんだが」

「どんな会話かですって？　大したことは話してませんよ。あたしは頭に来ちまってましたけど、御主人様はすっかりたまげて、ぼんやりされちまったので。御主人様が玄関の鍵を差そうとしたんです。そしたら扉がバタンと中の壁にぶち当たっちまいましてね――『ベスったら、どうしようもない子だね。これはどういうことだい？　鍵をかけずに出かけるなんて、どうしようもない大バカだよ』と御主人様は言いなさった。『まさか、そんな間抜けなことするもんですか』とあたしも言わせてもらいましたよ、『もしそんなだったら、この手首が二度と鍵を回さねえようにしてもらいてえもんだわ』ってね。燭台に火をともしてみると、家んなかはめちゃめちゃになってまして。これを見た御主人様は言ったもんです、『ねえベッシー、わたしたち二人とも破産よ、これでおしまいだね』って。わたしは言い返しましたね、『とんでもねえ、そんなことあるもんですかい。ふん、あたしみてえな年頃のむすめっ子が破産だ、しまいだなんて！　持ってるものといやあこの元気なからだだけ、身ぃひとつで生きてるんですから。盗っ人がそんなあたしを破産させられるものなら、やってみるがいい』ってね」

「そのとき主人が何か他のことを口にしたという記憶はないか？　誰かある人間を非難したようなことはなかったかね？」

「ええ、御主人様はこの災難――そう言いなさった――をさんざん歎いて、泣きごとを並べとりました。それからあたしの記憶では、こんなことになったのもリンガンとか、何かそんな名の連中が仕組んだ悪巧みのひとつなんだ、なんて口走っていなさった――拳を握りしめて、『やつらはみんな取っちまう！　何もかもみんな！　地獄の呪いもろともに！　そうとも地獄の呪いまで取っちまうんだ！』と大声でね。それであたしは『それなら少しは気が休まるってもんじゃねえですか』と言ったんですよ」

「主人の言うリンガンという連中が誰のことか分かるかね？」

「たぶん、御主人様が夢で見たもんのことじゃねえかって思うんですぅ。御主人様はその連中のことを随分ひどくお言いなさったけど、そんな悪い人間がこの世にいるとは考えられねえですから」

「お前はあそこにいる被告人、カルヴァート、つまりベル・カルヴァートだが、家に押入ったのはあの女であるとか、或いは彼女がそのリンガンという連中の一味であるとか、主人が言うのを耳にしたことは一度もなかったかね？」

「はい、一度もありゃしません。最近になって誰かが御主人様に盗みに入ったのはベル・カルヴァートという女だと吹き込みましたけど、御主人様はそんなことをお信じにゃならねえし、あたしだって信じやしません」

「何故信じないのかね？」

「なぜって、あの晩はさし錠も壊されとりましたが、ありゃあとても女の手で出来ることじゃあねえですから」

「なるほど、もっともだな、ベッシー。それでは裁判官席の中にはいって、テーブルの上の品物を見てくれ。以前この銀の匙を見たことがあるかね？」

「これにとてもよく似たものは見たことがございますよ。銀の匙なんて誰の目にも同じように見えるってもんでしょ」

「それでは、これを以前に見たことはないと誓えるか？」

「いえいえ、あたしが自分の手でつけた何か特別の印でもありゃ別ですが、そうでなきゃあどんな銀の匙だろうとなんも誓う気はありませんよ。あたしは匙に印なんかつけとりゃせんでしたもん」

「いいか、この匙にはすべてCという文字が刻まれているぞ」

「アーガイル[1]の匙は全部そうでしょ。エディンバラの匙だって半分くらいはCの文字が刻まれとりますよ。Cというのはありふれた文字ですし、それにCで始まる名前だって沢山ありますもん。さあさあ、その匙はしまってあの可哀そうな女の人に返したげるのがいいですよ。Cはカルヴァートという名の頭文字だし、きっとこの銀の匙はあの人のもんですよ。昔は羽振りがよかったんでしょ」

「あの女性に神の御恵みあらんことを！」とこれを聞いていた囚人は安堵の溜息とともに叫んだ。そしてこの祝福の言葉は心ある多くの人々の胸に響いた。

「この上着を前に見たことがあるか、どうかね？」

1　スコットランド西部沿岸の州。キャンベル家の支配下にあり、またキャンベルがありふれた苗字だった。

「これにとてもよく似たものを見たことはございますよ」

「それではこの上着が、以前お前の主人のものだったとは誓言できないわけかな?」

「できませんとも。御主人様がそれを着ているのを見て、その代金を支払ったということを知ってなくっちゃ、とても誓えねえでしょう。あたしは誓言というものをとても厳格に考えとりますので。似ていい、いるというのはかんばしくねえしるしです。なんも誓う気にはなれねえくらい不吉なしるしですもん」

「しかしお前は、この上着がかつて主人の着用していたものとてもよく似てい、い、いると言ったではないか」

「そんなことを言ってやしませんよ。あたしは御主人様が裏庭の物干し綱に上着を掛けて干しなさるところを見かけたことがあって、その上着とこれが似ているというだけのこと。ミセス・バトラーがグラス・マーケットを歩いとりなさるのを見たことがございますが、そんときの上着だって同じじゃねえかって思うんですよ。いいですか、あたしは自分の人差指だって、しばらく目にしないでいて、見つかってこのテーブルの上に並べられたら、それがあたしの人差指だと誓言するつもりは毛頭ねえですから」

「お前のように誓言というものをあまりにも厳格に考えていたら裁判の目的は達せられず、しかも主人の財産に大損害を与えるということに気づいていないようだな?」(裁判長の言葉)

「あたしにはどうしようもねえことですよ、裁判長様。そんなことは御主人様がお考えなさることですもん。あたしとしては、ともかく結婚するまでは良心を汚すまいと決心しとりますんで」

「ここにある押収品を調べて、この中にお前の主人のものだと断定出来るものがあるかどうか見てみなさい」

「いいや、この中にはひとつもございません。誓いというのは厳粛なものですから。特に人の生死がかかっているとなりゃなおさらで。あの可哀そうな婦人に彼女のものは返し、それから次に御主人様にご自分のものを選ばせなさるのがよろしいんじゃねえかと。それがあたしの忠告でございます」

ミセス・ローガンが証人席にはいると、囚人は何か低い声で呻(うめ)き、頭を垂れた。だが夫人が次のような意味のことを語ったとき、この囚人の驚きはいかばかりであったろうか。夫人の語ったのは次のようなことだった——屋敷に押入ったのはこの女性ではないという確信があるから、どんな科(とが)を受けることになろうとも、自分としてはこの女性の命を奪うことになるような証言は決してしまいと固く心に決めている——さらに夫人は言い添えた、「そこにはきっとわたしのものが幾つかあるでしょう。しかしたとえ、彼女がそれを持っていたとしても、彼女は、ここでは名前を言う気はないけれど、ある極悪非道な連中の道具として利用されただけなのです。彼女は盗みなどしなかったと信じています。ですから、彼女の処刑に手を貸すつもりはありません」

（裁判長）「これは聞いたこともないこじつけだ。ミセス・ローガン、わたしとしては、囚人か或いは囚人の仲間がこの件についてあなたと何か契約を結んで、正義の道をふさごうとしていると考えざるを得ませんな」

「とんでもないです、裁判長様。それまでは一面識もありませんでしたが、わたしはピーブルズの監獄までこの女性に会いに行き、もし二、三の簡単な事実を話してくれたら、わたしの証言も含めて、この事件に関する彼女の告発から手を引いてもいいと申し出たのですが、彼女はそうした申し出をはねつけて、横柄にわたしを牢の外に追い返し、牢番に何と頼まれようと二度と中に入れないように命じたくらいなのです」

弁護士はこの証言を聞くや、陪審員に向かって囚人の弁護を一気呵成にまくしたてた。そして結局告訴は取り下げられて、囚人は過去の行状を改めるよう叱責され、これからはもっとよい仲間と付き合うよう訓戒を与えられただけで裁判所から解放されたのである。

それから何日も経たぬある日、使い走りの少年がミセス・ローガンの家に大きな包みを届けにやって来た。彼が夫人に手渡した包みには封をした紙切れがついていて、そこには品物の目録と、不幸なアラベラ・カルヴァートはミセス・ローガンとお話ししたいがお許しいただけないものか、と記されてあった。

この伝言を読んだときのミセス・ローガンの喜びにまさる喜びを感じた人はいないであろう。彼女は、お会いできたらこんなに嬉しいことはない、あなたがこちらに着くまでは決して包みの中のものを開けて見たり触れたりしない、という返事を書いた。ほどなくしてアラベラ・カルヴァートは以前より少しはましな姿で夫人の前に現れた。そして盗まれた品々の大部分を夫人に手渡し、さらに夫人のものではない品や、相手に持たせてやるために、夫人が自分のものではないと言おうと考えた品物までも、受け取ろうとはせずに返すのだった。

彼女の語った不幸な物語は実に悲惨極まるもので、人間であれば、恐ろしさと共に相手に同情の念を抱かずにはいられないものだった。彼女は名声も財産も身内の者も皆失ってしまっていた。投獄され、鞭打たれ、詐欺師の烙印を押されたが、それも、世の最も邪な男の何人かに、少しもゆるがぬ誠実さを以て心の底から尽くした結果なのである。その男たちは皆、彼女を奈落と恥辱のどん底に落とした。しかし、ここではこの話に深入りすることは出来ない。そんなことをしたら、この話の先を聞きたくてうずうずしていたミセス・ローガンの期待が損なわれたのと同じくらいに、この物語の展開に支障をきたすことになるであろう。

「ミセス・ローガン、あなたはジョージ・コルウァンが亡くなったときの状況について詳しい話をお聞きになりたいのでしょう。わたしにはよく分かっています。生涯、この事件に関しては何ひとつ漏らすまいと決心していましたが――その理由はじきにあなたにもお分かりいただけるはずです――あなたが示された限りない寛大さと公平さに感謝して、わたしの知っている限り、すべてお話し致しましょう。でも、いいですか、あなたはがっかりされるかもしれませんよ。告発され、有罪になり、もし逃亡しなかったら、最も苛酷な刑を受けることになっていたあの青年の仕業ではないのです。よろしいですか、あなたの若主人を殺したのは、彼ではなかったのです。彼はこの事件に少しも関係していないのです」

「彼が関係しているなどと考えたことはありませんよ。でも、どうしてそれをお知りになったのですか?」

「お話ししましょう。わたしはヨークで狡賢いとんでもない悪党に裏切られました。そして極悪非道な犯罪行為の共犯者として捕らえられ、彼の身代わりに、今でも考えるだけでぞっとする恐ろしい罰を受けました。州を追放された後、可哀そうに片親だけの子どもを連れて、施しを乞いながらエディンバラに向かいました。そしてそこで哀れな二人が生き延びるためには、手を染めるのは生まれて二度目となる最も卑しい手段に訴えるしかありません。洒落た服を手配し、震えながらハイ・ストリートに向かいました。剣呑な議会が開催されてあんなにも人が沢山集まっていましたから、わたしの身体にその服を纏えば、すぐに何人もの男たちが言い寄ってくることをよく承知していたのです。通りに出ると、ちょうど若者たちの一団が通り過ぎて行くところで、彼らの話し声やその話向きから、ただはしゃいでいるだけではないことが聞き取れましたので、連中に付いて行って、もし出来たら、そのうちの何人かをわたしの餌食にしてやろうと決心しました。しかし彼らの中の一人がこちらに目を向けたちょうどそのとき、市内警備の衛兵たちによって力づくで狭い路地の中へと追いやられてしまったのです。もっとも若者たちの目指す店の名は聞いていました。彼らはひどく大声で誰憚（はばか）ることなくしゃべっていましたから。そこでわたしは路地を抜けて彼らが集まることになっていた家の周囲を回ってみました。しかし遅かったのです。一行は皆家の中にはいってしまい、入口には錠がかかっていました。そのうち誰かしら出て来るだろうと思って、待つことにしました。しかし何分にもすっかり空腹で今にも倒れてしまいそうだったのです。月は昼間のように明るく街を照らしていて、ふと気づくと路地の先に看板が見え、そこが二階建になったその種の小さな酒房旅館であることが分かりました。わたしはそこに行って、女主人に声をかけ、計画を話しました。彼女は大体わたしの言うことを聞き入れてくれ、例の若紳士たちの誰かを連れて来るという条件で、一番上等の部屋を当てがってくれました。彼女は若者たちの滞在している宿屋のラッキー・サッズ——そう彼女は呼んでいました——のことを、あまりに羽振りがいいからきっとねたんでいたのでしょう、ひどくけなしていました。それから彼女は飲物も出してくれて、とても空腹だったわたしにとって、何よりのものでした。有難く頂戴してから客を見つけようと階下に降りました。ちょうど外に出たときです。ラッキー・サッズの店の扉が開き、それから閉められました。すると件の若殿トマス・ドラマンドが興奮したように急ぎ足で、剣をかかとにぶつけてがちゃがちゃいわせながら歩いて来るではありませんか。わたしはしおらしく御機嫌をとるような声で呼び止めました。彼はわたしの素振りに驚いたようでした。ぎくっとして立ち止まると、わたしの方を穴のあくほど見つめ、それからあたりに目をやると再びわたしを見るのです。わたしは彼に後を付いて来るように手招きしました。すると彼はそれ以上勿体ぶらずわたしの後から家の中にはいり、すぐにわたしたちは汚辱の巣ともいうべき家の最上の一室で二人きりになったのです。彼は相変わらず部屋の中を見廻したり、わたしの方を見たりしていましたが、その間一言もしゃべろうとはしません。とうとうわたしは何か飲物はいらないかと尋ねました。彼が『あなたが欲しければ』と答えるので、何がいいかとききましたが『あなたのお好きなものを』と言うだけです。彼がわたしの態度に驚いていたというのなら、わたしは彼の態度になお一層驚いていました。というのは、彼は非の打ちどころのない紳士だったからです。そして紳士というのは常に紳士として振舞うものなのですね。ようやく口を開いた彼が語ったのは次のようなことでした。

『まったく困惑してしまって、このような思いがけぬことを何と説明したらいいのかわたしには分かりません。これは魔法か何かに違いないと思えて、とても自分の感覚が信じられないのです。イングランドの——わたしにはそう思えます——夫人が、しかも態度、物腰からみて上流階級におられるべき方が、このような場所に身を置いているとはまったくの驚きです。エディンバラの路地裏に！　しかも夜こんな時刻に！　こんなことになったのには、きっと並外れた苦難を経験されたのでしょうね？』わたしは泣きました、或いはそのようなふりをしたのだと申しましょうか。それを見て彼はこう言葉を添えました、『どうか元気をお出しになって下さい。その苦難をお話し下さい。そしてあなたを祖国に或いはまた、お友達のもとへ返すためにわたしに出来ることがありましたら、何でもお力添え致しましょう』

わたしはそのとき是非とも頼れる友人が欲しかったので、今こそ首尾よく友人を作る絶好の機会だと思いました。そこで、先程お話しした涙をそそる話を語り始めたのです。ですが、赤裸々な真実をありのままに語り続けた挙句、やりすぎてしまったことにまもなく気づきました。怪しげな家の汚辱にまみれた一部屋で相手をしているのは、つい先頃鞭打ちの刑を受け、詐欺、いかさま師として追放された重罪人だと分かると、慎み深い彼はすっかり動転してしまい、憐れみを催すどころか、ひどいショックをうけたのです。たまたまわたしの腕に残っていた鞭打ちによる縞痣(しまあざ)に目を留めたときから、彼は落ち着かなくなり、しきりに帰りたがる様子を見せ始めました。わたしはしとやかに振舞って何とか彼を留まらせようとしましたが結局無駄でした。この宿の女主人とわたしとに、味わいもせず求めもしなかった快楽の代金を支払うと彼は別れを告げたのです。

わたしは彼を案内して下に降りました。そして彼が隣の建物の角を曲がったときのことです、別の男が猛烈な勢いで彼の傍を駆け抜け——そのとき互いに相手に一瞥をくれたようでしたが——その男はわたしの方に走って来ました。すっかり動揺している様子で息せき切っていましたが、手をつかむと、わたしを連れて黙ったまま二階に駆け上がり、今わたしが出て来たばかりの部屋にはいったのでした。口のついていない一杯のワインがあるのを見つけると、その新しい客は『こりゃあ運がいいや』と言って自分で勝手にそれを飲み干すのです。因(ちな)みに、わたしたちのいたのは角部屋で、東と北の両方に面していました。わたしはドラマンドの姿を見送ろうと東側の開き窓に駆け寄りました。これから言うことをよくお聞き下さい。わたしにはタータンに身を包んだ彼が帽子をかぶって東の方に歩み去って行くのが見えました。彼の大刀の金箔のつかは月の光に輝いていました。ちょうどそのときです、一人は全身黒づくめの出立ち、もう一人はドラマンドと同じくタータンを着た二人連れが湖の向かいの土手からこちら側の石段に向かってくるのが目に止まったのです。見ていると、すれ違うとき、ドラマンドとその二人連れが互いに相手を認めたのが分かりました。リース小路[1]へと曲がって姿を消すまで、わたしはずっとドラマンドから目を離しませんでした。そして彼の姿が見えなくなったときには、その二人連れはわたしたちのいる部屋の窓の真下近くにまで来ていたのです。これから申し上げることは特に注意してお聞き下さい。わたしがドラマンド（彼は名前と住所とを教えてくれていました）の姿を見なかったのは、新しい客と一緒に短い階段を駆け上がったほんの少しの間だけです。しかもその間に彼は暫し立ち止まっていたはず。というのも、窓から再び彼を見たとき、まだ隣の家の入口を越していないどころか、三十フィートほども進んでいなかったからです。そしてちょうどそのときに、九百フィートほど離れた湖の向かいの土手を下りてくる二人連れの姿が見えました。わたしは彼とその二人連れをはっきり見ることが出来ましたが、互いに言葉を交わすほど近づくこともなく、結局ドラマンドはハイ・ストリートの端に続いている路地に姿を消したのでした。そして正にその瞬間に二人連れはわたしの部屋の下に来たのです。ですから彼が二人連れの一方などということはあり得ず、また彼らと話を交わすこともあり得なかったのは間違いありません。

　でも注意してもう少しだけお聞き下さい。これからお話しすることは、今まで経験したこともないような不思議なことなのですから。その見知らぬ二人連れを窓から見下ろしているうちに分かったのですが、そのうちの一人はドラマンドそっくりだったのです。あんまり似ていて、服装や身体つき、顔つきや声、どれひとつをとっても二人を区別することは出来ません。しかしその男がドラマンドでないのは確かです。一人は遠去かり、もう一人は近づいてくるのを同時にこの目で見ていたのですから。何か彼に似た亡霊か悪魔でも見ているとしか思えません。心中ぞっと寒気が走り膝が震えました。そして暗い翳（かげ）に覆われていた開け放しの開き窓から首を引っ込めて一緒にいた男に言ったのです、『ああ、何てことかしら！』

『どうしたんだい』とその男もわたしと同じくらいびっくりしたように訊き返しました。

『あそこに間違いなく亡霊が立っているのよ！』とわたしは叫びました。

わたしがそう言うのを聞くと彼は前ほど驚いた様子もなく、そっと外を覗き暫く耳をすませていました。それから身体を引っ込めて囁くように言ったのです、『奴らは二人とも生身の人間だよ。それに片方の男はそこの角で俺がすれ違ったばかりの男さ』

『その男の人ではないのよ。誓ったっていいわ』わたしはきっぱり言いました。

彼は微笑みながら首を振ると、こう付け加えました、『俺はな、一度見掛けた人間の顔は決して忘れないのさ。それもつい今しがた出遭ったばかりの奴なら、まして間違いっこなしだ。だが、あの男が奴だろうがどうだろうが大したことじゃあなかろう。俺たちには関係ないんだからな、さあ坐って楽しくやろうじゃないか』

『でもわたしにはとっても大事なことなのよ』わたしは言いました、『ああ、頭がくらくらする。

1　ハイ・ストリートの東端から北に向かう小路で、リース港へ至る。鉄道のウェイヴァリー駅を造るために消滅した。

息も苦しいわ。悪魔に取り囲まれたみたいな気持ち。あなた、どなたなの？』

『帰るまでには教えてやるって』彼は言いました、『あの若い男が立ち去ったばかりの場所に舞い戻って来たからって、何でそんなに驚くんだ？　きっと帰りがてらにお前の顔を見かけて、面倒をみてやる気になって戻って来たのだろうよ。それがこの一件の隠された真相というわけさ』

『外に出ていって、あの人と一緒に行ってしまってくれたら、こんなに有難いことはないのだけれど』わたしは言いました、『だって悪魔に取り憑かれたんじゃないかって、こんな不吉な予感がするなんて初めてのことだもの。わたしの許しもないのにどうしてここまで上がって来たのかしら、出て行って下さらない？』――もう少しで追い返すこともできたのです。でもそのとき彼は財布を取り出しました――これ以上申し上げる必要はありませんわね――金を貰って、彼が留まることを許してしまったのですから。実際には脆(もろ)くも消え去ってしまったのですが、もしあのとき男を追い返そうという最初の決心を失わずにいたら、恥辱や汚辱にまみれることもなかったのです。この後悔の念は今でも一番心に引っかかっているのですけれど、ここでいくら歎いても仕方ないことですわね。

　もう一度窓から覗いてみると例の二人は囁くように何やら話し合っています。片方は恐ろしさのあまり激しく動揺している様子で、もう一人の方が叱りつけ、何やら命がけのことをやらせようとしているようでした。とうとう高地人の身なりをした方が怒ったように言うのが聞こえました。

『黙れ、臆病者め！　これは神よりお前が命ぜられた仕事なんだぞ。是非ともやり遂げねばならん。

しかしもしお前がはっきりと断るなら、わたしが自分でやる。その結果どうなるか、せいぜい気をつけることだ』

『いえ、わたしがやります。やりますとも』黒い服を着たもう一人の方がおぞましい歎願口調で言いました、『今度のことも、これまでのことと同じように、どうしたらよいのか教えて下さい』

この間ずっと彼らからはわたしの姿はまったく見えないものとばかり思っていました。それでタータンを着た男の方がわたしの方を見て、こっそりうなずいてみせたときには、少なからず驚きました。まるで『これを見てどう思うかね』とか、或いは『見たことをしっかり頭に叩き込んでおくのだな』とか、そんな意味のことを告げようとしているかのような仕草でしたから。そうしてみると、この男は、どんな恐ろしいことをやろうとしているにせよ、それを秘密にしておかねばならないなどと考えてはいないのだということが分かりました。それにもかかわらずわたしは抑え切れない恐怖と不安を感じたのですが、それだけに一層好奇心に駆られて、何ひとつ見逃すまいと目を凝らしたのです。そのときもやはり、この高地人はトマス・ドラマンドの悪霊だと考えずにはいられませんでした。その男は頭で思ったことをそのまま行動に移せると思えるくらい素早い身のこなしをしていました。彼は黒づくめの若者を、わたしが覗いていた窓の少し西にある狭い路地へと連れ込みました。そして彼が若者の先に立って、月に照らされた路肩の草地を横切ったとき、初めて二人とも細身の刀を携えているのが目に留まったのです。その男は若者にうむを言わせず、陰になった暗い路地の中に押し込み、再びわたしに何やら合図を送ると、ラッキー・サッズの店の入口まで走っていきました。夜明け前のことで町はすっかり静まり返っていて、窓から顔を少し出すだけで、戸外の声は一言も漏らさず聴き取ることができます。彼はドアを激しく叩きました。それからかなりの間があってさし金が抜かれ、頑丈な鎖がピンと張るまでドアが開けられたようでした。『ダルカースルの若殿はまだここか?』彼が語気鋭く尋ねました。

答は聴き取れませんでしたが、彼がすぐに続けて『もしまだいたら、少し話がしたいからと伝えてくれないか』と言うのが聞こえました。それだけ言うと、彼は店の入口を離れ、何度か後ろを振り返りながら、ぶらぶらと路地をゆっくり戻ってきたのです。ダルカースルの若様の姿が店から現れ、彼に少し遅れてこちらにやってきましたが、暫くして立ち止まると、一緒に店に戻るよう声を掛けたものかどうか迷っている様子です。そのときです、彼の出てきた店のドアが閉められ、鎖が掛かって鉄のさし金がはめられた音がしました。その音を耳にすると、彼はそれ以上ためらうことなく、宿敵の後を追いました。わたしの覗いていた窓の下を通りすぎるとき『なあ、トム、この件についてあまり無鉄砲なことは止そうじゃないか』と声を掛けましたが、相手の声は聞こえませんでした。もう角を廻っていたのです。

わたしはベッドでまどろんでいた男を揺り起こし、二人して北側の窓から外を覗きました。わたしたちのところは陰になっていましたが、二人の若者には満月の光が降り注いでいます。若ダルカースルは、はためにもすっかり分かるほど酔っ払っていて、こちら側に背を向け何やら相手に話しかけていました。随分長かったのによく聞こえなかったのですが、声の調子と身振りからすると、どうも相手を説得しているようでした。彼の話が終わると、タータンを着た背の高い相手の男は剣を抜き放ち、顔を真直ぐこちらに向けてはっきり聞こえる声で叫びました。『ジョージ、その件についてこれ以上の言葉は無用だ。お前も男のはしくれだろう、剣を抜いてこの場で結着をつけようじゃないか』

ダルカースルは身じろぎひとつせず剣を抜き、少しばかり激したように言うのが聞こえました。『わたしがお前を恐れているとでも思っているのか、トム。お前のような奴が十人束になってかかってきたって恐れるものか。ただわたしは、尋常の勝負を見届ける立会人として友人がこの場にいた方がいいと思っているだけだ。それというのも、我々が決闘すれば、死ぬのはお前の方だからな』

相手はこの言葉を聞くと怒り狂ったように叫びました、『この大法螺吹きの恥知らずめ！　貴様はこの世の面汚し、神より見捨てられたキリスト教世界の害虫だ。命は貰うぞ。あの世へいっても、明日になればまたテニスなんぞに遊び狂って、心正しき同胞を痛めつけるに違いないのだ』こう言いながら、彼は剣を振り廻し、ダルカースルの怒りを誘うのです。彼の狙いは当たりました。すでに剣を抜き放っていたダルカースルは、言いたい放題法螺を吹いていた敵の方に進み出て、凄まじい決闘が始まったのです。これを見ると、わたしと一緒にいた男はすっかり喜んでしまい、止めるのもきかずに向こうまで聞こえるほどの大声で『こいつはすごい！　素晴らしい！』などと叫ぶのです。わたしはというと、心臓がどきどきしてポプラの葉のように震えていました。若ダルカースルが敵を圧倒するほど優勢だったのか、或いは相手がそのように仕向けたのか、そこは分かりません。というのは、相手の男は素早く動き廻り、影のようにダルカースルのきっ先を身軽にかわしては、時折嘲笑を浴びせるのです。これを耳にする度にダルカースルは怒りをたぎらせたようです。この男は一旦さっと遠くへ跳びさがったと思うと、今度は稲妻のように目にも留まらぬ速さでダルカースルめがけて襲いかかります。この攻撃は何度か繰り返されましたが、ダルカースルは雄々しくも踏みとどまり、その度ごとに敵を撃退するのでした。湖畔の共有緑地がかなりの広さであることはご存知でしょう。二人はこの緑地を二周りもするほど闘っていましたが、ダルカースルは一歩も譲りませんでした。とうとう二人は激しく剣を交えながら、暗い路地の入口までやってきました。例の黒ずくめの男が、この決闘の間ずっと身を潜めていた所です。そしてこのとき、タータンを着た男がダルカースルにつかみかかるか、或いはつかみかかるふりをしたのです。しかし格闘が始まるや、彼はすっと向きを変え、ダルカースルの背中を路地の入口の方に向けると『それ、今だ。お前の番だ、ぬかるなよ！』と叫んだのです。

その瞬間、それまで身を潜めていた黒衣の男が路地から剣を抜き放っておどり出ると、気高きダルカースルの若様の背中に折れよとばかり二度までも剣を突き刺したのです。二度とも剣がダルカースルの身体を突き通すのがはっきりと見えました。彼はその場に倒れ、仰向けに転がりざま、こんな卑劣な仕打ちに及んだ相手の顔を認めると、わたしが聞いたこともないような声で最後の力をふりしぼると、『畜生！　こんな卑劣なことをしたのはお前だったのか！』と叫んだのです。

彼はさらに二言、三言呻いたのですが、他の雑音のために聞き取れませんでした。というのは、黒衣の男がダルカースル様に致命的な一撃を加えたとき、わたしと一緒にこの情景を眺めていた男が、『そりゃあ卑怯だぞ、碌でなし！　勇気ある若者を後ろから襲うとは怪しからん。しかも一人を相手に二人で同時に襲うなんて、臆病者め！』などと喚いたからです。これを聞くと、タータンを着たこの世のものとも思えぬ例の悪魔は勝ち誇ったように大声で笑い、それから哀れにも茫然としている殺人犯の肘をつかんで、再び路地の暗がりの中へ急いで引っぱっていったのでした。そしてそれから後、わたしは彼らの姿を見ていないのです」

話を聞き終わらぬうちからミセス・ローガンは立ち上がっていて、ベル・カルヴァートが話を終えたときには、両腕を長々と上に伸ばしたまま立ち尽くしていた。沈みきった顔にはかぎりない恐怖の皺が刻み込まれている。「お優しかった御主人様の恐ろしい予感は正しかったのね。そして、あの方の今際のきわの予言通りになってしまったのだわ」とミセス・ローガンは泣き叫ぶように言うのだった、「ジョージ・コルウァンという立派な青年を殺したのが血を分けた弟だなんて。この兄弟の母親と、守護霊然としてこの母親をいいように指図している自信家の迷妄な牧師とが、あの子を唆したに違いない。そうして連中はまったく罰を受けずに、ジョージ坊ちゃんの死という大きな犠牲の上に立って、あの土地で贅沢三昧の暮らしをしているのだから。この世に天罰というものがある以上、神はきっと連中を破滅させ、恥辱と混乱とで粉々にしてしまわれるはず。だから、神の御加護を受けて、わたしが御使いとして天罰を加えてやるわ！　でもその男の人はどうして悪辣な殺人者を追いかけなかったの？　どうして大声を挙げて夜警を呼ばなかったの？」

「男って、あいつのことですか？　あの卑劣漢がそんなこと！　あいつは自分のおさまっている安全な場所から飛び出す勇気などなかったんですよ。ええ、そんなことなんか決して。わたしの腕の中に飛び込んで来たときだって、命からがら逃げ込んできたのですから。あんなひどい卑劣漢には天の呪いと地獄の破滅とが降りかかればいいんだわ。あの男が正義の道を進むように、なんてとんでもない、悪の所業に染まりきって、善行などひとつもしたことがないのですから。でもこのわ、、、たしは、大声を挙げたんですよ。確かにわたしは卑しい性悪女ですけれど、大声を出して夜警を呼んだのです。この忌わしく謎めいた事件が語られるときに、ベル・カルヴァートという名前が上がるのをお聞きになりませんでしたか？」

「ええ、確かに。陰で何度かあなたの名前を耳にしました。でもどうしてあなたは発見されずにいられたのです？　どうしてトマス・ドラマンド様の弁護に出頭されなかったのですか？　彼が無実であることを証言できるのは、あなただけだというのに」

「そういう訳にはまいりませんでした。というのも、当時、わたしは卑劣漢の言うがままになっていて、あの男はこの事件の証人として出頭する勇気なんか少しもなかったのですから。その上さらに悪いことに、もしあの男が証言したら、わたしの証言なんかすぐ覆されたでしょう。あの男はきっと、ジョージ・コルウァンを呼び出して決闘したのはわたしの部屋から出て行くところを見かけた男と同一人物だ、と証言したはずですもの。それで万事休す、ですわ。それに、あの男――っまりお話ししているこの卑劣漢のことですけれど——彼が、一度会った人間を決して他の人間と取り違えたりしなかったということは有名なのです。それだけに一層、あの極悪人とドラマンドが、不思議にも、どれほどよく似ていたかということにもなるのですけれど」

「あなたの断言にもかかわらずもしそれがドラマンドだとしたら、わたしの推量はやっぱり間違っていたということになりますわね」

「ドラマンドでなかったということは、わたし、心から確信しています。結局、自分の五感を信ずるしかありませんもの。もし五感に裏切られたら、どうにも仕方ありませんわ。わたしには、今、この謎を説明することは出来ませんし、またこの先、生きている限りとても出来るようになりそうもないことは認めますが」

「もし黒衣の男をもう一度見たら、その男だと分かって?」

「歩くなり走るなりしているところを見れば、きっと分かると思います。何しろその歩きぶりときたら、とても変わっていて、まるで底の平らな靴をはいて、足首にも足先にも関節のない鋼鉄製の脚で歩いているといった塩梅でしたから」

「その通り！　その通りよ！　間違いないわ！　それにそっくりの男を見つけに、田舎まで二、三日わたしと一緒に旅をしてくれないかしら？」

1　『詩篇』三五篇四節、二六節参照。

「あなたはわたしの命を救って下さいましたから、あなたのためならどんなことでも致します。喜んでお伴させて頂きますわ。それに彼の姿はわたしの心にすぐには消えない強い印象を残していますから、多分見分けられると思います。でも、わたしの相棒だった碌でなしであれば、彼を間違いなく見分けるでしょうし、生きてさえいればいつでも殺人者はあの男に違いないと誓言できるはずですけれど」

「あなたの相棒はどこにいるの？　ねえ、カルヴァートさん、彼はどこにいるのです？」

「どこにいるかですって？　あの男は、あなたもお聞きになったように、わたしを見限って死刑を受けさせようとした卑劣漢なんですよ。あの男は惨めなほど破滅しきった女が与えることの出来る愛情のしるしを貰えるだけ貰い、そしてその女のあずかり知らない数々の凶行を犯した後で、悪の権化ともいうべき自分の命を救うために密告者となって、すべての悪事の犯人としてわたしの命を生贄（いけにえ）に差し出そうとしたのですよ。ですから、先ずわたしたち二人だけでまいりましょう。そしてもし二人では手に負えないということになれば、あの男の居所をお教えします」

こうして二人の女は翌朝早速、田舎のおかみさんといった身なりに変装すると、添え鞍つきの小馬を二頭雇って、西に向かって出発した。エディンバラを出て二日目の晩、二人はダルカースルまであと二マイルほどのところにある村に到着し、そこで馬を下りた。しかしミセス・ローガンは何かを仄めかしたり予備知識を与えたりせずに、ベル・カルヴァートの判定を聞きたいものだという思いが強かったので、今度の旅の目的地のすぐ近くまで来ているなどとは一言も漏らさぬよう注意していた。そしてこの狙いに合わせて、暫く休んだところで彼女はこう言ったのだった――「ああ、とても疲れたわ。旅を続ける前に、この宿で一日ほど休んだらどうかしら？」

ベル・カルヴァートは夫人がこう言ったとき、開き窓に凭れて外を見遣っていたのだが、何かにすっかり心を奪われて答えるどころではなかった。彼女の目は村はずれからこちらに近づいて来る二人の若者の姿に釘付けになっていたのである。そしてやっと振り返ると、大発見とばかりせき込んで言った、「旅を続けるっておっしゃったのですか？　そんな必要はありませんわ。だって当人が何とこちらにやって来るんですから」

ミセス・ローガンは窓に走り寄った。すると見よ、間違いなくロバート・リンギム・コルウァン（今ではダルカースル領主である）が、もう一人の若者と腕を組んで、今にも窓の真下までやってくるところであり、下を通りすぎるとき、ロバートの連れの方は窓の二人を見上げると、唇を噛んで左目でウィンクをし、頷くように秘かに合図を送ってくるではないか。ベル・カルヴァートはこの合図を見て仰天してしまった。あの決闘の晩も月明りの下で例の若者の仲間がちょうど同じような合図をしていたからである。さらに、この連れの顔を以前にどこかで見たことがあるという気もするのだった。この男の後姿を見送っていると、男は肩越しに振り向いて彼女に片目を閉じてみせた。しかし彼女はミセス・ローガンに妨げられて、会釈を返すことができなかった。夫人は呻き声とも悲鳴ともつかぬ叫び声をあげたかと思うと、突然土台を削り取られた壁のように派手な音を立てて床に倒れてしまったのである。そしてその晩ずっと、ベルはミセス・ローガンの看病をせねばならなくなった。というのも、夫人は発作がひとつおさまったかと思うとすぐ次の発作が起きるといった具合で、しかも発作と発作のほんの短い間には、気が狂ったか或いは夢でも見ているかのように、とりとめのない譫言（うわごと）を口にしていたからである。それでも夜になってぐっすり眠ったあとでは夫人も心の落ち着きを取り戻し、二人して見たことについて真剣に語り合った。ベル・カルヴァートは窓の下を通りすぎていった若者こそジョージ・コルウァンを背中から突き刺した男に他ならないと断言し、そして必要とあればいつ何時でもそれについて喜んで法廷で誓言すると言い、さらに、例の卑劣漢、リズレーの奴も彼を見たら宣誓して同じ趣旨の証言をするだろう、何と言ってもあの独特の歩き方を見たら、普通にものを見分けられる人間ならば間違うはずがないとまで言うのだった。

ミセス・ローガンはすっかり動揺して言った、「わたしがずっと考えていた通りだわ。それに亡くなったあのお優しい御主人様もきっとそう確信されていたに違いないのよ。こんな恐ろしい考えに取り憑かれて死期を早めておしまいになったのだわ。カルヴァートさん、さっき見た恥知らずは自分の手で殺したあの若者の血を分けた弟なのですよ。父親が同じかどうかは誰にも分からないけれど、それはともかく、二人は同じ母親から生まれた兄弟なのですよ。でもね、カルヴァートさん、わたしが気を失うほど動転したのはそのせいばかりではないの。さきほど、あの男と連れ立って歩いていたのは誰だと思います？」

「どうしても思い出せませんわ。でも以前にあの人と同じ立派な身体つき、顔つきをした方をお見かけしたことがあるのは確かです」

「それからあの人、わたしたちのことを見知っているようには見えませんでしたか、カルヴァートさん。あなたは起こったことを正確に思い出せる方だから伺うのだけれど、彼はわたしたちを憶えていて、あんな合図を送ってきたのもその意味だったようには思えませんでしたか？」

「ええ、おっしゃる通りですわ。それもほんとに上機嫌で合図したようでしたわね」

「ああ、カルヴァートさん、身体を支えて頂戴、さもないとまた発作が起きそうだわ。あの人は誰？　一体誰なの？　どうかあなたの思っていることを言って下さいな。わたしの考えていることなんかとても口に出せないんですもの」

「どうしても思い出せないんです」

「あの晩殺された若者の姿を見ていなかった？　若い御主人様だったジョージ・コルウァンの姿を何も思い出さないの？」

ベル・カルヴァートは黙って坐ったまま、相手の顔を穏やかに見つめた。二人の視線が出遭う。すると、互いの目からこの世のものとも思えぬ驚愕の光がきらめき、それがぶつかり合ってまるで火がついたように熱に浮かされた互いの妄想をめらめらと燃え上がらせた。二人とも手を広げ、瞳は空ろにじっと動かなくなり、ポカンと口を開けたその姿はまるで彫像かなにかのようであった。ミセス・ローガンが気を失ったとき呼ばれていたこの宿の女主人が強心剤を持って現れたのは、偶然にもちょうどこの間の悪いときで、宿泊人のこうした有様が目に入ると、彼女もそれに感染して同じく彫像のように立ちすくんでしまった。またとない驚くべき情景である。そしてもしベル・カルヴァートが我に返って口を開き、呪力を解き放たなかったら、この状態がどれほど続いたか分かったものではない。「あれは彼だわ！　きっとそうよ」まるで心の中で語っているように囁いた、「彼に違いない。でも、まさか、そんなはずはない。あの人が何度も心臓を突き刺されるところをこの目で見たのだから。血にまみれながら草地の上をのたうちまわって今際の言葉を吐き、呻きながら死んだのを見たのだから。でも、彼ではないとしたら、一体誰だというの？」

「今のは彼よ！」とミセス・ローガンが発作を起こしたように叫んだ。

「そう、その通り、今のは彼よ！」と宿の女主人が和したように叫んだ。

「彼って、一体あなたは誰のことを言ってらっしゃるの？」とベル・カルヴァートが女主人に尋ねた。

「ああ、知りません！　知りません！　恐ろしくて我を忘れてしまって」

「それじゃあ、はっきり正気に戻るまで黙っていて下さいな。その上で、もしできたら、あの若い男、ダルカースルの新領主と一緒にいた男が誰か教えて欲しいわ」

「ああ、彼よ！　彼だわ！」ミセス・ローガンは両手を強く握りしめて叫んだ。

「ああ、彼よ！　彼だわ！」とやはり手を握りしめて、今度は女主人。

ベル・カルヴァートはこの部屋の空気はどうも人に感染するらしいから、あなたは近づかない方が賢明ですよ、と優しく言って女主人に丁重に退室願った。

二人の女性は落ち着かぬ恐ろしい夜を過ごした。安らかに眠ることなどとてもできはしない。というのも話題となるのは死んだはずの人間がなぜか今生きているように思えることであり、彼女たちの心は混沌たる謎の中をあてどなく彷徨って（さまよ）いたからである。「あなたは死体に付き添っていらしたのでしょう？　あの方が間違いなく死んでいて、埋葬されたのをご存知なんでしょう」とベル・カルヴァートが尋ねた。

「ええ、勿論よ。あの方の気高い身体がめった突きにされて、家に着いてから窮屈そうに棺に入れられるまで、ずっと付き添っていましたもの。生気の失せた身体の両側に長い縞のようにこびりついていた血も洗い流したし、寛大でお優しかったあの方の心臓を貫いている鉛色の傷口も洗ったんですもの。外目には一番ひどく出血していると見える傷は身体の左側にありました。そうした傷口を洗ってから、蠟と香りのよい軟膏を塗り、繃帯を巻きつけたのだけれど、それでも血が中から滲み（にじ）出てきて、棺に寝かされたときでも、つい今しがた殺されたみたいでしたよ。ほんとに素晴らしい若様でしたわ。いつも息子としてわたしに接してくれて、実の息子だって母親にあれほど尊敬の念をもって接することはないと思えるくらいでした。でもあの方は無惨に殺されておしまいになった――まだ男盛りを迎えてもいないというのに、むごたらしくて卑劣なやり方で殺されてしまって。それなのに、ここであの方が自分を殺した当の相手と仲良く腕を組んで歩いているなんてどういうこと？」

「そんなこと、あるはずがありませんとも、ミセス・ローガン。きっとわたしたち、頭が混乱し、そんなことがあるものかしら？」

て突拍子もない白昼夢を見ているんです。ですから心を落ち着けて、もっとよく考えてみましょう」

ミセス・ローガンは言った、「尋常の話ではないということだけは確かね。でも、あの方のことは御幼少のときから何かと面倒をみてよく知っているこのわたしが、さっきの男をあの方だと思ったことが問題だわ。辻褄が合わないのはそこよ。でもあなたも前に言っていたけれど、結局自分の五感を信ずるしかないわけよね。だから、あなたとわたしがある人物を見たと思ったなら、やっぱりその人を見ているということになるのよ。五感を疑うなんて、誰が何と言おうとどんな理屈をこねようと、とても無理な話だもの。田舎の特産品を細々と売り歩いている貧しい女の二人連れに変装してダルカースルの館まで行き、目と耳を使って、出来るだけ情報を集めてみましょう。これは重要な仕事よ。人間の風上にもおけないあの極悪人に法の罰を加えようというのだから。そして、できたらあの殺人犯と一緒にいるのが誰なのか、探りをいれてみましょう」

ベル・カルヴァートに異存はなかった。そして二人は籠にがらくた品を一杯つめて、ダルカースルの館へと出発した。二人は村から通じている公道を避け、別の間道を通った。しかし、ある圧倒的な力によって、必要としている情報を手に入れる機会を二人が決して逃さないように定められているかのようであった。というのは、そろそろダルカースルの館まであと半マイルかという地点まで来ると、二人の若者がまるで彼女たちを迎えるとでもいうように、同じ道をこちらにやって来るのが目にはいったからである。この地の人なら誰でも知っていることだが、ダルカースルから北東にのびる道は、幽霊の丘と呼ばれる急斜面に鬱蒼と茂った灌木の中を通っている。ミセス・ローガンたちが歩いていたのはこの道で、例の若者たちがこちらにやって来ることが分かると、二人は慌てて今来た道を引き返し、若者たちから見えないところまで戻って、道路傍の藪に身を隠した。そうしたのはミセス・ローガンが連中に見つかることを怖がったためであり、さらにまた、二人としては連中に姿を見られることなく秘かに偵察したいと思ったからである。ベル・カルヴァートは何を見ても何を聞いても決して動じぬ不屈の勇気を持つよう、夫人を力づけた。それこそもしミセス・ローガンがその場で気を失って発見されでもしようものなら、どんなことになるか分かったものではないのである。

若者二人は何ごとかひどく議論に熱中して言葉をたたかわせながらやって来た。しかしその会話の内容はキリスト教を信奉する人々を前に繰り返すのは憚られるほど何とも恐ろしいものであった。真のキリスト教徒の行動の自由は無制限なものかどうかを論じながら、ロバート・リンギムは自分が神より選ばれたものであることは承知しているが、それでも神との契約で許されていない行為を犯して、神から見捨てられてしまうこともあるのではないかという疑問を口にする。それを聞くと相手はそんなことは絶対にあり得ず、またそういう考えはすべてのことが神によって永遠の昔から定められているとする予定説とまったく相容れないものではないか、と雄弁にまくしたてる。こちらの主張が打ち勝ち、新領主ロバートは不機嫌に沈黙せざるを得なくなった。しかし、茂みに隠れていた二人にとってはまたとない驚きだったが、相手を黙り込ませたこの論客は、二人の前を通りながら棘のあいだから彼女たちに向かって、前と同じように、分かっていますよといった合図を送ったのである。その上、自分の連れを隅から隅まで本性が現れるまでお見せしましょうとばかり、ミセス・ローガンらの前を二十回以上も往ったり来たり引っ張り廻して、これまでに犯した罪と今計画している犯罪について語らせるように仕向けるのだった。そしてとうとう彼はリンギムに言った、「なあ君、わたしは宿なしの物乞い風の女が二人この道をぶらぶら歩いているところを確かに見かけたぞ。見つけ出したいものだなあ。何しろ君の領地であるこの林の中に隠れているのは間違いないのだからな」

「見つけるのは無理だろうな」とリンギムは答えた、「そうしたら、そいつらをさんざん痛めつけていい気晴らしになるのだが」

「大丈夫、見つかるとも！　それでロバート、もし君の幸せの敵である性悪女が秘密を暴いてやろうと林の中に潜んでいるところを見つけたら、どうやって懲らしめてやるつもりなのだ？」

「僕の犬を使ってそいつの身体をめちゃめちゃにひき裂いて、その肉を食わせてやるさ。ああそうだ、あの恥知らずの僕の父親には生前一緒に暮らしていた売女がいる。僕はその女が大嫌いで、おぞましさが一時も頭から離れない。だから、その女の血を流すためなら、財産の半分を犠牲にしたっていいと思っているくらいなんだ」

「それじゃあ、もし彼女を君の手に渡して、しかも彼女を殺すためのまったく正当な口実――それも、この世、あの世を問わずあらゆる審判の席で通用する口実を授けてやったらわたしに何をくれるかね？」

「何としてもあの卑しい鬼婆が殺されるのを見たいものだ。あの女は家紋入りの銀の食器を持っているが、あれは、沢山の貴重な遺品やその他の莫大な財産と同じく、本来僕のものなのだ。けしからんことに、老ぼれの放蕩者がそういったものを一切合財、皆あいつにやってしまったのだ。そればかりか、聞くところによると、あいつは何としても僕を破滅させようとしているらしい」

「いかにもその通り。だが、例のことはまったくの不意を狙って、しかも人気のない夜にやってのけたというのに、その女はどうやって君を破滅させることなんか出来るというのだろう？」

「見ていたものが何人かいたという話だ――それにしても、あの破廉恥なローガンの奴はどこに隠れているのだ？」

「そのうち教えてやるよ。だがその前に、称讃すべき今度の計画を実行することに同意するかい？　男らしくためらいなど吹き飛ばしてしまえよ」

「もしローガンの奴を必ず差し出してくれるというなら同意しよう」

「それじゃあ、よしと言うまでこのまま進んだらいい」

彼らは少し歩いていって声は聞こえなくなったが、姿ははっきり見てとれる。だから、身を隠していた女たちは恐怖の極みにあったのだが、とてもその場から動き出す気になれなかったのは、この並外れた男が実は自分たちと同じような使命を帯びていて、自分たちのことを何かで知り、その証言を利用しようというつもりなのかも知れないという幾許（いくばく）かの望みを抱いていたからだった。ミセス・ローガンは何度か危うく卒倒しそうになった。それほど、この若者の姿が与えた印象は強烈だったのである。そこで、心乱されることなく彼らの言葉を聞けるよう、とうとうベル・カルヴァートはミセス・ローガンの顔にヴェールを掛けてしまった。しかし、若者たちが最後に言い交わした言葉が耳にはいると、二人の心の中に別の感情——即ち、身の危険が差し迫っているという恐怖感——が湧き上がった。二人がじっと見ていると、リンギムの連れはお道化(どけ)たように彼女たちの隠れている場所を指さして、リンギムに教えるのである。リンギムは茂みに潜んでいる二人の方へ近づいてきた。まさか本当にミセス・ローガンがいるとは思えないが、友人が冗談めかして何を言いたいのか調べてやろうという好奇心に駆られてのことだった。その場に残った友人は彼の後ろから「もし女が手にあまるようだったらわたしを呼び給え」と声を掛け、そう言うとこの冗談をひどく面白がっている様子で、ロバートと逆の方向に駆け去って見えなくなった。

　ロバート・リンギムの方は猛然と藪をかき分けて、ミセス・ローガンが身を潜めていた場所まで突進してきた。彼女は顔を隠していたヴェールを必死に押えようとしたが、彼はそれをひき裂いて彼女の正体を見破ってしまった。「お前などくたばってしまえ！」彼は喚いた、「一体どんな悪魔に唆されてここまでやって来たのだ、それにやって来た目的は何だ？　だが、まあいい、どんな理由があったにせよ、もうこっちのものだからな！」こう言いながら、彼はミセス・ローガンの喉頭をつかまえた。ところで、この卑劣漢の口からこうした恐ろしい言葉が吐かれたとき、女二人は下生えの中で互いに少し離れて身を潜めていたので、ベル・カルヴァートは彼に姿を見られていなかった。しかし彼女はこの男が自分の命の恩人につかみかかったと見るや、野生の猫さながら、素早く茂みから躍り出ると、またたく間に片手で彼の首に巻いてあったスカーフを締め上げながら、もう一方の手も使って彼の喉をしっかりと押えつけた。彼女は藪の中に彼を俯伏せに押し倒し、それから女二人はまるでハルピュイア[1]のように襲いかかると、たやすく相手をねじ伏せてしまった。情けなくも彼には逃れるすべがない。暫くの間、ロバートは友人が助けに来てくれるのではないかと思って、道の方に血走った目を向けながら呼んでみようとした。しかしそこに仲間の姿はなく、女たちは彼が声をたてないようにさらにスカーフで首を強く締めるのだった。「さあ、大層勇敢で紛う方なきダルカースルの領主様」ミセス・ローガンは口を開いた、「何か弁解なさることでもおありですか？　あなた様にふさわしい報いを受ける覚悟でもされておいたらいいでしょう。これから、たった一人の気高いお兄様を殺した罪滅ぼしとして、然るべき苦しみをたっぷり味わわせてあげますからね」

「地獄の魔女め！　お前の言っていることは出鱈目だ！　僕は兄の死には何の関わりもない」

「わたしは、今あんたの顔を見ているこの目で、あんたがお兄様の死に関わったのをはっきりと目撃したのですよ。あの方があんたに背中を向けているとき、それからあんたの仲間と必死に闘っているときも、そりゃもうはっきりとね」とベル・カルヴァートが口を挟んだ。

1　ギリシア神話。顔と身体が女で、鳥の翼と爪を持った強欲な怪物。

「それにちょうど今しがた、お前が繰り返し告白するのを聞いたばかりだよ」ミセス・ローガンが言った。

「そうとも、わたしだって聞いたよ」ベルも言い添えた、「たとえ聞く耳を持っているのが柳だけで、くるまばそうの七つの口しか話ができないにしたって、殺人は露見するものさ」

「お前たちは大嘘つきの鬼婆だ！」泡を吹いて怒りながら彼は喚いた、「この世の初めから永遠の破滅を受けるのがお似合いというものだ。お前たちの骨と血をきっと呪われた祭壇に捧げてやるからな。おい、ギル・マーティン、ギル・マーティン！[1] どこにいるんだ。聖なる復讐の恰好の獲物がここにいるぞ——早く出て来てくれ！」

だが彼の声を聞きつけ、助けに来てくれるべき友人、ギル・マーティンはそこにいなかった。そのため彼は二人の女の慈悲にすがるよりなかったが、彼女たちが施した慈悲は制限つきのものであった。二人は彼を嘲笑し、痛めつけ、脅かした。しかし、徹底的に怖けづかせると、命までとろうとはせず、彼の手の届かないところに二人が行くまで追って来る気遣いのないよう、たまたま籠の中にはいっていた靴下留めの長いストラップでロバートを後手に縛り、さらに足もしっかりと縛りつけた。道の真中に引きずり出したロバートに向かって、立ち去り際にベル・カルヴァートは言った、「あんたの罪に汚れた命を奪うのはたやすいことだけれど、わたしたちの手をあんたの血で汚すなんて真平さ。でも忘れちゃあいけないよ、あんたのような卑劣で臆病な殺人者には、村人の復讐が思いもかけないときにきっと襲いかかるからね。そうともさ、いくら用心したって無駄なくらい突然にね！」

こう言い残して、二人はエディンバラに向かって道を急いだ。途中、馬二十頭の荷を積み、武器を持った召使も何人か引き連れてその地へ向かうイングランドの商人にかくまって貰うことができたが、そのため道中ではほとんど話を交わすこともなかった。ミセス・ローガンの家に辿りつくや、二人はその目と耳で見聞きしたことについて話しあい、法の最も厳しい裁きに十分値すると考えられる若領主のリンギムに有罪の宣告を申し渡すだけの確かな証拠を手に入れたということで意見が一致した。

ベル・カルヴァートが言った、「あれほど悪魔じみた人間は見たこともありませんわ。もし悪魔に生身の人間や身体を受け継ぐことが出来るとしたら、あの若者こそ悪魔のなりかわりであるとしか考えられません。どす黒く悪意にみちたあの目は本当にぞっとするし、その息ときたら、まるで納骨堂から吹いて来る風のようでしたもの。しかもあの男の肉体はまるで決して死なない蛆[2]がすでに食い尽くしてしまったみたいに、骨から消えつつあるようでしたわ」

「あの男にはいつもぞっとさせられたわ、何から何までね」ミセス・ローガンが言った、「でも、今ではすっかり身体をこわしているみたい。二人であの男を押えつけたとき、身体がすっかり衰弱

1　ゲール語で「狐」を意味し、民話では身体を自在に変えるトリックスターとして登場するらしい。
2　地獄の蛆の特徴。『イザヤ書』六六章二四節、『マルコ伝』九章四三―八節参照。

して力が抜けてしまっているように思ったの。でもあの男が尊大極まる自信家なことは知っています、きっと、自分の行為はすべて神の前では義とされると考え、良心の呵責を感じるどころか、あした行為をやり遂げたことをひどく誇りにしているはずよ。それにしても、あの男よりもっと気懸りなのは一緒にいた不気味な連れの方なの。あらゆることをいともたやすく造作なげに、しかも驚くべき速さで、手際よくやってのけるところをみると、彼は悪の道の大家に違いないわ。亡くなった不運な若様にあんなに似ているなんて、たまたま瓜二つであったとは、とても信じられないのよ。彼があらゆる点で亡くなった若様の真似をしているのは何か魂胆、あの罪深い仲間を思いのままにあやつろうとかいった魂胆があってのことではないかしら。わかって貰えると思うけれど、目鼻立ち、顔つき、身ぶり、何から何まであまりに似ているものだから、どんなに心を落ち着けて考えてみても、二人を区別することなんか出来やしない。あの二人はまったくの同一人物ではないか、それとも一方が他方の雛型なのかしら、なんて訳の分からない気持ちにさせられるのよ」

「もしこの世の犯罪で、神が自然の秩序を壊してまでも罰しようとなさるはずのものがあるとすれば」とベル・カルヴァートは言った、「それは兄弟殺しですわ。でもあなた、あの陰険で身の毛のよだつ悪の大家があの男に誰を殺させようと唆していたかお聞きになって?」

「いいえ、それは分からなかったわ。なにしろ目と耳がすっかり混乱してしまって、連中が二人がかりでわたしを誑（たぶら）かしていると思ったものだから。あの二人のことは何も信じられなかったのよ」

「それじゃあわたしの話をお聞きになって。あの謎の男は言葉巧みに、母親を殺してしまうよう相棒をたきつけていたのに違いないと思うのです。さらに、あのお騒がせ男の方でもそれに同意したのを確かに耳にしたような気がするのです」

「何て恐ろしいことでしょう。結果を見るまでもうこれ以上、このことについて話し合ったり思い煩うのは止めましょう。それまでに是非ともやるべきことをやっておかなくては――この不埒な殺人事件に関してわたしたちの知っていることを洗いざらいぶちまけに行きましょうよ」

こうして二人は最高法院次長であったトマス・ウォレス・オブ・クレイギー卿（わたしが思うに、この人物はジョージ・コルウァンの死によって社会から抹殺され、故国を去らねばならなくなった例のドラマンド家の若殿トマスの伯父或いは祖父であったはずである）のもとに赴き、実際に見聞きした事件の顚末を語った。卿は細かい点についてまでカルヴァートに訊ね、彼女の証言に強い関心を覚えたらしかった――カルヴァートが本当のことを述べていることは分かっていると言い、その意を示すために、机からドラマンド青年より送られてきた手紙の一通を取り出してきた。その手紙の中であの若者は読むものの心を動かさずにはおかない激しい調子で、自分は潔白であると抗議してから、例の夜は仲間と別れた後、その種の家でその種の女と一時を過ごしたこと、それから帰宅するとすぐにトマス卿の召使が誰にも気づかれぬように彼を家に入れたことを申し述べて、以上のような事情からアリバイの立証は不可能であると悟ったのだと記してあった。さらに彼は一族の者に、もし機会があれば自分に代わってこの事件の謎を解き明かし、郷里や血縁の者たちの間で囁かれている友人を背中から突き殺したという忌わしい汚名、彼の名に纏わりついた汚名を拭い去って欲しいと懇願していた。

こうしたわけで、クレイギー卿は彼女ら二人を然るべき筋へ差し向けた。その証言を聴取の後、現在のダルカースル領主を逮捕し、裁判にかけるのが妥当であると判断された。しかしその前にまず監獄に留置されている囚人が呼び出された。ベル・カルヴァートと一緒に事の一部始終を目撃していた男で、秘かにロバート・リンギムと引き会わせようというのである。しかも、この男の人を見分ける目ときたら、噂話になるくらい国中知らぬもののないほどであったから、二人を会わせた結果次第で、行動に移ることが内密裡に決められていた。この計画に従って当局は、どんな情報を手に入れたいのかなどということはおくびにも出さず、ただダルカースルの領主と会って話をして来いとだけ命じ、この男を役人に仕立てて送り出した。この男が戻って来ると直ちに訊問を始めたが、男が言うには、ダルカースルの館は滅茶滅茶に混乱しきっていて、未亡人は行方不明、生死のほども定かでないということだった。領主を以前に見かけたことがあるかの問には、この男は度胆を抜かれた風で答えたがらなかったが、結局、見たことがあり、それもこれこれの場所でこれこれの時刻に男を殺すのを目撃したと証言するのだった。

そこでその人非人を捕らえ裁判にかけるために、直ちに警官が派遣された。そして館に着くなり面会を求めると、主人は在宅しているという返事。これを聞くや、警官は各部署につき、家屋敷を隈なく探索したが、領主の姿は見つからない。ベッドを倒し、床を上げ、小室をぶち開けたりもしたが、すべては無駄だった。ロバート・リンギム・コルウァンの姿はついに永遠に消え去ってしまったのである。彼の母親の姿も見当たらなかった。そして農夫や召使の中には――彼らの間では彼女はまったくの嫌われものだった――この失踪について強い疑惑を抱いているものもいた。トマス・ドラマンド殿はオーストリア軍で目ざましい働きをしたが、スコットランドにとっては忘れられない年、一七一五年[1]に死んだ。そしてこれら一連の事件に関して、史書並びに裁判所の記録、さらに口承などを調べて、わたしが知り得たことは以上ですべてである。

さて、ここで読者の皆様に極めて異常な並外れた記録――しかもこの記録は現在読者の目に触れるようになるまで、さらに一層異常な形で残存していたのだが――をお届け出来るのは、編者の喜びとするところである。わたしとしてはこの文章に何ら解説めいたことは付さず、余計な補足もせず、読者ご自身の判断にお任せしたいと思う。過去の宗教的狂信の物凄さについてはすでに多くのことが言われているが、以下に示されるものに比べればものの数ではない。

1　ジャコバイト運動の盛んだった年のひとつ。二十七歳になったジェイムズ・エドワードをかつぎ出したが失敗に終わった。

罪人の手記と告白——罪人自ら著す

罪人の手記と告白

これまでの私の人生は混乱と動揺、有為と転変、憤怒と歓喜、悲嘆と復讐に彩られていた。私が悲しんでいるのは福音が軽視されているためであり、私の復讐は福音に従わないものに向けられた。だからこそこうして、天の御加護を得て腰を落ち着けて筆を取るのだ。この世の悪しきものたちに、神の約束を信じ神の義認を受けて私の果たした行いを知らしめよう[1]。これを読んで彼らを恐れおののかさんがために。彼らは、みずからの血が犠牲の血と混ざる前に神のしもべ[2]が自分たちのところから姿を消した、と銀や金の神々[3]を讃えるがいい。

私は除けものとしてこの世に生まれたが、人並外れた使命を負っていた。母はスコットランド名士会[4]に燃えて輝く燈火であり[5]、娘時代は聖徒たちが迫害を耐え忍ぶ時代を過ごした[6]。

1 『ルカ伝』一三章一節参照。
2 『コロサイ書』一章二三節で聖パウロがこのように記される。
3 『出エジプト記』二〇章二三節、『詩篇』一三五篇一五節、『ダニエル書』五章二三節参照。

神はこれをご覧になって大層喜ばれ、信仰の試練として彼女は悪しきもののひとりと結婚することになった。相手の男は癩病やみのように身体中が罪でただれていた。[7] この夫婦が相仲よく交わって、清浄と汚辱を結び合わせるというのは、火と水を結び合わせるよりも無理な話だった。私の母は結婚した最初の晩に夫の抱擁から逃れ、そのとき以降、夫の非道が彼女の廉直な心を悩ますこと甚だしいため、夫と共に暮らすことを拒んで館の中の自分の部屋に閉じ込もってしまった。

私はこの不幸な結婚の第二子として生まれたが、生まれる前から肉によれば父である人物[8]は私とのあらゆる関係を否認し、ほんの僅かの生活費を施すという法律上最低限の義務の他は、私のことにまったく関与しようとはしなかった。したがって母が若い頃教えを受けていた敬虔な牧師様がいなかったなら、私はこの世の教会から追放されたままであったことだろう。彼は私に同情し、会衆として教会にはいることを許してくれただけでなく、父としてまた牧師として私を迎え入れてくれた。若い時分から神に導かれて高邁な精神を持ち、善悪、正邪を区別するすばらしい識別力を身に備えることができたのはこの方の御蔭といわねばならない。昔の教父たちの教えや改革派の教義を正しく学べるよう私を指導してくれたのも彼であったし、さらに教会における助手並びに後継者として私のことを考えてくれたのも彼だった。私は自己を磨くことに精を出したが、特に養父と母が熱中していた神学上の細目については、そのすべてに習熟しようとどんな機会も逃さなかった。そして遂にはこれをすっかり修得し、わが師たる慈父と母が驚いて互いに顔を見合わせるまでになった。私の記憶によれば慈父の家では安息日の夜ごとに、一対一の教理問答をする習慣があった。慈父が最初、次に母、というように問を出し、その問に答えると今度は問を発するという具合に、皆にまわっていくのである。さて、たまたま母が「有効な召命」について私に質問したことがあった。私は適切かつ明確に答えた後で言葉を続けた、「それではお母様、私が質問します。無効な召命と[9]は何でしょう？」

「無効な召命ですって？　そんなものはないわよ、ロバート」と母は答えた。

「いいえ、ありますよ」私は言った、「そんなものはないなどと答えると、こうした基本的な教えをただ機械的に何も考えず口にしているということになるのですよ。無効な召命というのは決して悔い改めない堕落しきった罪人に対してなされる効果のないうわべだけの福音の召命のことです。こうした罪人にも我々に与えられるのと同じ召命、警告、教理、叱責といったものが与えられるの

4　スコットランド盟約派の殉教者の事績を記して広く読まれた書籍の略称『スコットランド名士録』（初版一七七四年）を想起させる表現。

5　『ヨハネ伝』五章三五節に見られるこのフレーズをロバート・バーンズは極端な選民思想に染まった長老派の偽善的な信仰を諷刺する「聖なるウィリーの祈り」（一七八九）で使っている（一一行）。

6　王政復古期の宗教弾圧を指す。

7　癩病（ハンセン病）を罪の現れとする見方は聖書中にもあり（『レビ記』一三章）、多くの偏見、差別を生んできた。

8　『ロマ書』一章三節、九章三節等参照。

9　イングランドの初期のカルヴァン主義者ウィリアム・パーキンズ（一五五八―一六〇二）は「無効な召命」を五等級に分けたという。

ではありませんか？　そして、これこそ無効な召命と呼べるのではないでしょうか？　アーディンフェリーは同じものを与えられないでしょうか？　パトリック・マクルーアはどうでしょう？　ダルカースルの領主と地獄へ行くべき彼の息子には同じものが与えられないでしょうか？　そしてこれが無効な召命でないと言う方がおられたらお聞きしたいものです」

「何て素晴らしい子でしょう！」と母が叫んだ。

「わしに言わせりゃ末恐ろしい子よ、大の自惚れ屋になるかもしれんぞ」牧師の下男だったバーネット老人が言った。

　これを耳にすると、父（これからこう呼ぶことにする）でもある私の師は反論した、「いや、そんなことはないよ、バーネット。彼は素晴らしい少年だが、それも驚くには当たらない。何といっても、この少年が幼いときからこうした才能が授けられるよう私は祈り続けてきたのだからな。神がこれほど私心のない祈りを拒絶なさると思うかね？　いいや、そんなことはあり得ない。しかし私が恐れているのはですね、夫人」と彼は母の方に顔を向けて、先を続けた、「この子が今でも不義の繋ぎ[1]にいるということなのです」

「まさかそんなこと！」母が叫んだ。

「私は神を相手に必死に頑張ってきました」彼は言葉を続けた、「しかし目下のところ、まだ彼を受け容れて下さるという確かなしるしを与えられていません。本当に苦しい闘いを繰り返してきたのですが、私の願いを拒絶されることなど殆んどなかった神が私をはねつけておしまいになるのです。神みずからの御言葉を唱え、何とか御約束を取りつけようと努力したのですが、神の至上の力は大変気まぐれで、私の願いはこれまで受け容れられていないのです。私たちの愛するこの少年が現在もなお神の契約の埒外にいるなど、考えるだけでも恐ろしいことです。しかし私は誓いを立てました。そしてそこに望みがあるのです」

まったく些細な偶然の不幸によってもたらされる死や審判、永遠の苦難といった恐ろしいことから逃れられぬまま、今でも神から見棄てられた暮らしをしているのだと考えると、私の心は恐怖におののいた。それで、心を込めて少しもおろそかにせず日々の勤めに励み始めた。毎日三回祈りをあげ、安息日には七回祈った。しかし、より繁くより熱心に祈れば祈るほど、私は罪深い人間になっていったのだ。そのころ、及びそれ以後何年にも渉ってずっと私は希望のない、惨めな心持ちで暮らしていた。というのも私はこう考えていたのだ、〈もし私の名が永遠の昔からあらかじめ生命の書に記されていないのなら[2]、私の誓いや祈りによって、いや全人類の誓いや祈りをあわせたにしても、今さら生命の書の中にその名を書き入れることができるなどと考えても無駄なことだ〉私は極めて厳粛な誓いを自分に課したのだが、そうした誓いをことごとく破ってしまっていた。そして若者特有の激しい胸の痛みを感じながら、もう希望はないのだと実感した。私は毎時間のように罪

1　後出。『使徒行伝』八章二三節参照。
2　『ヨハネ黙示録』一三章八節、一七章八節、二〇章一五節参照。

を犯し続けていたが、そうしながらずっと、罪を犯したあとで暇さえあれば罪と闘い、みずから犯した罪を悔いるのだ。この罪深い状態の何と救い難いことであろうか！　そこでは廉直を求めるあらゆる努力も罪過をいやますだけなのである。私はあらがっても無駄だと思った。というのは、心中深く考えた結果、次のような結論に達したからである、〈もし自分の罪を、血涙を流してすべて悔い改めることができたにしても、それでも私には生まれながらに、地獄の底にまで落とされるに足るだけの罪が課せられているのではないか。アダムとイヴが罪を犯したことにいくら腹を立てたところで、二人の罪をどうやって悔いたらよいのか、この私に分かるはずがないのだ〉

しかしこうした堕落と腐敗の時にあっても、のちに信仰と神との約束に生きる人々の間で目ざましい実りをとげることになる信条の萌芽はすでに私の心の中に植えつけられていた。特に、この世界に巣食っているあらゆる邪悪なものに対しては大いなる怒りを抱き、そうした有害なたねをこの世から追放する手だてはないものかと必死に考えたものだ。慈父の下男、ジョン・バーネットのことを私はひどく嫌っていたが、あの男はもしかしたら義とされたもののひとりかもしれぬと考え、危害を及ぼすことはさし控えていた。彼はいつも私のことを悪く言った。納屋や畑で二人だけになったときなどは、口を極めて私の過ちを耐え切れないほど激しくののしった。私のでっちあげた大嘘をいくつか見破ると、それを種に執拗に私をなじり、逃れるすべがないのだ。私は頰を染めたが、それは恥辱のためというよりむしろ怒りのためだった。彼は私を打ち負かしたと思って、冷酷にも勝ち誇ったように――あんたは我儘勝手な自惚れの強い悪童で、すぐ嘘をつく性癖を隠すために深い信仰にはいっているふりをしているのだ。だからそんな奴が絞首台に送られるような羽目になったところで、わしはちっとも驚かんぞ——とまで言うのだった。

彼のあまりに激しい叱責を聞きながら私は勇気を奮い起こして次のように答えた、「一体誰がお前に神の創られたものの行動や性癖を裁定する資格を与えたのだい？ 神の目から見ればお前など虫けら同様の人でなしではないか。それがどうして裁定を下したり呪いをかけたりできるのだ！ 神は貴きに用いる器と、賤しきに用いる器とを別々に創られたのではないのか？[1] ちょうど私とお前の場合のように。神が楼閣を天に作り、その基を地の上に据えたのではないのか？[2] お前のような人間に善と悪の判断が出来るはずもない。善も悪も共に神の手にゆだねられているのだから。[3] それとも善と悪は人間の心の中で互いに補正し、修正し、研磨しあっている相反する行動原理に左右されるとでもいうのか？」

私は以上のことを熱情こめて語った。未だ若かったけれど、雄弁ということにかけては私は傑出していたのだ。だから老バーネットはすっかり面喰らってしまうだろうと思っていたのだが、彼はただ首を横に振ると、ひどく人を苛立たせるような笑いを浮かべてこう言ったのだ、「ほらまた始まった。そんな途方もねえ、とんでもねえもっともらしい詭弁を口にするもんはひとりしかいねえ。

1 『詩篇』一一二篇六節参照。
2 『ロマ書』九章二一節、『テモテ後書』二章二〇節参照。
3 『アモス書』九章六節参照。

他には聞いたためしがねえからな。あんたの父親が誰か、なあ、若旦那、そんなこたあ裁判所[1]で宣誓する必要はこれっぱかしもねえよ。何しろものが見えるようになってこのかた、こんなに父親似の息子にお目にかかったこたあねえんだからな」これだけ言って彼は立ち去りかけたが、悪意を込めて足を跳ねあげながらもうひとこと言い添えた、「あんたが貴い器で、わしが賤しい器だと！　ふん、あんたこそ汚ない育ち損ないよ！」

〈いつか必ず、この老いぼれの極悪人に必ず仕返しをしてやるぞ〉と私は思った。そこで母のところへ行って、ジョンは心の正しい人間なのかと尋ねた。すると母は、はっきりとは分からないが多分そう思う、と答えたので私の心は少しも晴れなかった。次に慈父のところに行って意見を求めたが、そのときも母に尋ねたときと同様、ジョンに対する寛大な言葉が口にされるなどとはほとんど思ってもみなかった。父は神の選民をいわば本能的に見分けていて、その気になれば自分の教区民だけでなく近くの幾つかの教区民の中で、誰が生まれながらに神の与えた契約の中に入れられ、誰が入れられていないか、ひとり残らず言い当てられたことだろう。

「私はお父様の召使のバーネット老人と話をすることがよくあります」と私は言った。

「そのようだな、よく知っているよ」父が答えた。

「あの人とあまり一緒にいたくない気がするのです。あの人との付き合いが善いものかどうか分かりませんから——ねえ、お父様、ジョンは善い人間ですか？」私は尋ねました。

「何だってお前、そりゃああの男は悪い奴ではないぞ。人としてはな。だが、あの男には自分のうちに真の正義を生み出すパンだね[2]——つまり信仰のことだが、それがほとんどない。確かに人としては立派な奴なんだが、あのバーネット老人、神に見捨てられてしまうのではないかと心配なのだよ」と父は言った。

この言葉を聞いて私は心の底から嬉しくなった。そして深く溜息をついて頭を傾げた。気高き父はこれを見て、どうしたのかと尋ねたので、私はこう答えた、「これまで日頃一緒に暮らしていた人が、生命の書の赤文字側にその名を記され[3]、肉体も魂も最初から永遠に破滅の道を辿る運命にあって、しかもキリストの贖罪の血も決してその人間に届くことはないなどと考えるとぞっとします。お父様、これは恐ろしいことです。そしてとても私などに理解できることではありません」

父は言った、「我々がこの世にいる間は、他の人間と一緒に暮らしていかなくてはならない。だからそのために我々の身にはどうしても穢れがまとわりついてくるが、それをすべて洗い落とすようにしなければならない。しかし、罪に染まり、罪人たちと一緒に罰を受けることにならないよう、出来るだけそうした悪しきものとの接触を避けるのが我々の務めなのだ。でもジョンは人間として

1　スコットランドの長老派教会における最下級の宗教裁判所。牧師と教区で選ばれた数人の長老から成り、主に教区氏の性道徳を監督、密通には刑罰を課した。

2　聖書の表現は「用心すべきパリサイ人のパンだね」で、それは偽善であるとされる。『ルカ伝』一二章三節等参照。

3　見開きの片側の頁に赤い文字で永劫の罰を宣告されたものが記されているということではなかろうか。本書一七七頁参照。

は善良な男だから、まだ神の恩寵を得られるかもしれないよ」

私は言った、「今日まで私もあの人のことをずっといい人だと思ってきました。でも今日彼はお父様の人格についてあれこれ非難がましいことを言ったのです。それはとても恐ろしいもので、あの人の心にはどんな邪な悪意が巣食っているのだろうかと思うだけで震えが来ます。私がキリスト教徒にふさわしい隣人愛に燃えて冷静に話し合うつもりで、何とか彼の信仰の誤りを説いてきかせようとすると、彼はありもしない想像上の罪で、およそ見当違いにも私をののしったのです。その罪というのは偏見に満ちた彼の頭の中にだけ存在するのです。でも彼が私の叱責に何と答えたとお思いですか？　彼はねえ、お父様、私の方に口を歪めてみせると、そんな大仰で馬鹿馬鹿しい詭弁を口にするものはひとりしかいない（お父様のことですよ）と言い、さらに私の父親が誰かを証明するのに教会裁判所で宣誓することなど必要ない、それというのも、私ほど父親に似た息子は見たことがないのだから、なんて言い出したのです」

「自分の魂の救済と、あの男にしてみればそれ以上に価値のある毎日のパンとを犠牲にしてまで、そんなことを言う勇気はないはずだよ。だからね、お前は自分の言うことにはよくよく気をつけなけりゃいけないよ」と慈父は言った。

「彼は本当にそう言ったのですよ。それを打ち消すつもりなんか少しもないでしょう」と私は答えた。

これを聞くと父はすっかり腹を立て、踵（きびす）を返すとジョンを探しに行った。私は邪魔にならないように裏手の窓のところに身を潜めて聴き耳を立てた。そのときジョンは屋敷の裏手の土地を耕していたのだ。二人の間に交わされた会話を盗み聞きした私はすっかり有頂天になってしまったのだが、これは罪にならないだろうと思う。正義が過ちに打ち勝ったのだから。

「やあジョン、今日はお前の土掘りには絶好の日よりだね」

「はあ、まあまあってとこで、旦那様」

「なあジョン、こうした現世の恵みに感謝の気持ちを忘れちゃいないだろうね？」

「現世の恵みにしても来世の恵みにしても、わしら誰ひとりとして感謝の気持ちが足らねえなんて思ってやしませんよ。ですが、口で大層な御題目を唱える奴がいっとう感謝の心が深いと限ったもんでもねえでしょう」

「ジョン、お前は誰か特定の人間を指してそんなことを言っているわけじゃないだろうな？」

「もしその帽子が誰かしらの頭にぴったりするんなら、わしゃあ一向に構わねえですがね」

「そんな当てこすりは止めなさい。お前が巧みに悪意をひそませてちょっと気のきいた台詞を口にすると、世間の人はどうしても裏の意味を読みがちになるのだ。それというのも、お前の陰険な言葉には明らかにひとつの悪い意味が仄めかされているからだ」

「いえ、とんでもねえ、そんな風に考えるのは悪い輩だけで。そういった連中は、わしがちいとばかり皮肉を言うと、まるで剣で一突きくらったみてえにぐさりと胸にこてえちまうもんだから、それでびくついちまいますのさ」

「そんなふうに言うぐらいなら黙っていた方がずっとましだぞ、ジョン。あからさまな侮辱だからな。目の前で私のことを悪人だと言ってるようなものじゃないか」

「人間誰しも自分の考えを抑えられるもんじゃねえですからな、旦那様」

「その通りだな。だが普通は人間の考えというものは実際の観察を基に形成されるものだ。たとえ不信心者の口からとはいえ、一体私のどんな行動を見てそんなふうに考えるようになったのか聞きたいものだ」

「特別の何かってわけじゃねえんですよ、はあ。わしゃあ人間の性格全体を見て自分なりに考えるってのが流儀でして。それにわしゃあ滅多にひでえ間違えはしねえんですよ」

「それならジョン、お前は全体としての私の性格はどんなものだと思うね？」

「旦那様のは聖書的な性格ってえやつでして、何なら証明しましょうかね？」

「そう願いたいものだな、ジョン。だが聖書的性格といっても、その中の誰が一番私に似ていると思っているのかね？」

「当ててご覧なせえよ、旦那様。わしの考えと合うかどうか確認してえですから」

「そうだな、もし旧約聖書の中に探すとしたら、メルキゼデク[1]だろうかね。ともかく類似点がひとつあることだけは確かだろう。私は彼と同様、正義の説教者だからね。もし新約聖書の中に探すとすれば、ユダヤ人以外のもろもろの国人の使徒となった聖パウロのことをお前は指しているのではないかとも思うのだ。もっとも私はパウロほど偉くはないがね」

「いやいや、旦那様、もっとずっとよく似たそっくりのやつでさあ。でもそんなにまでおっしゃられちゃあ、わしとしても話さんわけにはいかんですって。旦那様は、宮に上がって祈りながら哀れな取税人を見棄てた義人のパリサイ人ってえところで。そして旦那様は今ちょうどそいつらと同じことをやっていなさるんで。心の中で『神よ、私は他の人たちと同じでないこと、そしてこの哀れな不信心者、神に見捨てられた罪人ジョン・バーネットのような人間とは少しも同じでないことを感謝します』と唱えていなさるんでしょうが[2]」

「まったくそう唱えたいものだな」

「ほうれご覧なせえ、言った通りじゃねえですか。でもね、いいですかい、旦那様、ここにいる哀れな罪人ジョン・バーネットは確かにしがない教会の雑役夫で旦那様の召使ですがね、あの世での運命やこの世での良心を旦那様と取り換えようなんて気はこれっぱかりもありゃしませんから。旦那様の持っていなさるもの――信仰釈罪とか何とか――を、十倍にしてくれたって真平でさあ」

「まったくお前は傍若無人で無礼な奴だな、ジョン。だが永罰を受けたものからどんな言葉で非難されようと、私は少しもこたえないからな。ただ、ひとつお前に尋ねたいことがあって会いに来

1 『創世記』一四章一八―二〇節参照。サレムの王で祭司。『ヘブル書』七章二節で〈義の王〉の意と記され、またイエス・キリストは「メルキゼデクに等しい大祭司」とされている。同書五章六節、六章二〇節、七章一七節参照。

2 『ルカ伝』一八章九―一四節参照。

たのだから、正直に答えてくれ。お前は誰かに私があのロバートの隠れた父親だなどと言ったことがあるかね?」

「いえ、とんでもねえ、旦那様。はは、嫌ですねえ。わしにゃそんなこと、とても言えたもんじゃねえです。そんなこと口にしようもんなら、懺悔服を着て告解席の黒椅子に坐らにゃならねえ。いいや、もしかしたらさらし台に立たにゃならねえ羽目になっとったかもしれねえですな。ああ、嫌だ嫌だ。まったく現代のメルキゼデクや聖パウロともいうべき御仁にゃあ似ても似つかねえべらぼうな仕打ちですって」

「ジョン、お前は神を穢すのを何とも思わぬ奴だな。平気で私をからかうのは止めてほしいものだ。私があの子の隠れた実の父であると臆面もなく口にするつもりなのか、或いは口にまでは出さずともそう考えているのか、どうなんだ?」

「わしが自分で勝手に考える邪魔は旦那様だって出来ませんやね。自分だって出来やしねえんだから」

「しかしお前はあの子が私に似ていると、しかもとても父親似であると誰か他のものに言ったことがあるだろう?」

「旦那様に似ているってえことは何度も言いましたさ。誰だって見間違いっこありゃしねえですから」

「だがなジョン、血がつながっていなくとも似ることは幾らもあるではないか。私とあの子が似ているのは、主としてあの子の母親の考え方や愛情のためなのだ。あの子の母親は人間の屑とも言うべき夫に棄てられ、その後は私の方を頼りにしていたから——いや、保護者として然るべくってことだが——それがために私とあの子が驚くほど似てしまったのではないかとも言えるだろう」

「へえ、そんなこともあるかもしれんですなあ。わしにゃあ分からねえですが」

「私はある女性を知っているのだがね、ジョン、その人は黒人の召使が急に部屋にはいって来たのにすっかり驚いて、それから何時間かその男のことが頭から離れなかったという、ただそれだけのことで黒人の赤ん坊を生んでしまったのだよ」

「そんなこともあるかもしれんですなあ。でもこれだけはわかるんで——つまり、もしわしがあの領主様だったら、とてもそんな話を真に受けたりはせんかっただろうってことで」

「それではジョン、お前は偶然似ているというだけであくまであの子が私の息子だと考えるというのだな」

「人間の考えなんて空(むな)しいもんでさあ[1]、旦那様。頼みもしねえのに頭の中に湧き上がって来ては、何も言わねえうちにすっと消えちまう。わしらの方じゃどうにもならねえ。坊ちゃんが旦那様の息子だと思うと言うつもりもなけりゃ、決して旦那様の息子じゃねえと言うつもりもありゃしねえんで。ですからそのことでわしをこれ以上困らせたって無駄なこってすよ」

1　『詩篇』九四篇一一節参照。

「それでは私の決心を聞かせよう。もしお前が、信仰と名誉にかけて、あの子が私の私生児であるというようなことを金輪際口にせず、仄めかしもしないと約束しなければ、教会の鍵をとりあげ、私の仕事の手伝いを止めさせるぞ」

これを聞くとジョンは鍵をとり出し、牧師様の足下の砂利に投げつけた。「さあ、教会の鍵ですよ、旦那！　おめえさまがこの教会にやって来てからというもの、わしゃあそいつをあんまりありがたがらなくなったんで。この三十三年間わしゃあずうっと預ってたんですがね、おめえさまを入れるために教会の入口を開けるのに使うようになってからというもの、その鍵はわしのポケットを突っつき始めたんで。[1]さあ鍵を取り戻されるがいい。それから誰でもお好きな奴にやんなせえ。きっとそいつはその鍵の御蔭でいい目が見られるってもんだ。老いぼれジョンは干し草小屋なり土手の裏手で乞食をやったって構わねえ。その代わり自分の考えは誰にも邪魔させねえで、思った通り言いたいときにゃ言わせてもらうさね」

ジョンはその日に牧師館を出て行った。私にとってはまったく好都合な厄介払いだった。というのは、罪悪に穢れたもの、そして飽くまでも片意地を張り通して、自分の主人たる敬虔なる師に従うことを拒むような不義の繋ぎにいるものにずっと抑えつけられているのは、どうにも我慢できなかったからだ。

さてこの頃、我が慈父はひとつの説教を施したが、その中の一文は私の心をひどく悩ませた。その趣旨は、悔い改められていない罪はすべてその人間が息をするたびに新たな罪を生み出し、さらにこうした新しい罪は同様に次々と罪を増やしていくのだというものである。私は自分の犯した夥しい罪を思って途方に暮れてしまった。完全に悔い改めることのできなかった罪が沢山あることは分かっていたし、控え目に数えたところで、間断なく犯した罪がはるか前から瞬時にして凄まじい数に達していたのは明らかで、どれほど悔悟を続けても際限がない。一生かかってもすべての罪を悔い改めることなど出来るはずがなかった。そして私は間違いなく、天恵を受けないまま悔悟による神の恩寵からも無縁の人間になってしまうのだ——一体私はどうしたらいいのだろうか？　私は一体どうなってしまうのだろうか？　そうしている間にも私は際限なく罪を犯し続けたのだ。だが、私はそうした違犯行為の程度の大きさよりも数の多さの方がずっと心配だったし、私を苦しめたのは、極悪の違犯よりもむしろそれと比べれば他愛のない些細な違犯の方だった。ひどい違犯行為に手を染めたのは、大抵、悪しきものや我儘な子どもや不実の女たちを懲らしめるためであったから、その点でそれなりに良い効果を持ってもいたのだ。そして私はまだ若かったとはいえ、神の手の鞭として使われていることに喜びを感じていた。その点では私はエヒウ[2]の再来であり、現代のクロス[3]

1　その鍵を手放したくてうずうずしていた、の意。
2　オムリ朝を倒したイスラエル王国の王。『列王紀略下』九―一〇章参照。以下の二人とあわせ、神より認められて天罰を下す者と看做されている。
3　ペルシア王。エルサレムを再建した。『歴代志略下』三六章二二―二三節、『エズラ書』五章一四―一五節参照。

或いはネブカドネザル[1]であった。

私が自分の罪と悔悟に関してひどい混乱に陥っていたこと、そして何から始めてどのようにやっていけばよいのかまったく分からず、しかもすっかり神の救いから見放され、自分に対して神が焼き尽くす火[2]となるのだという恐ろしい不安にしばしば苛まれたことは大凡（おおよそ）今でも覚えている。私は絶えず新しい罪を犯さずにはいられなかったが、受けた罰はそれほど重いものではない。というのは、過ちが発覚した場合は体罰を受けたために、否応なく心の底から悔い改めねばならぬ仕儀に陥ることがよくあったからだ。私には特に嘘をつく性癖があって、そうした若気の過ちをすべて寛大にも赦して下さった神の御慈愛を讃えぬわけにはいかない。今ではそうした罪が皆消え去り、私も神に受け容れられたからには、それだけ腹蔵なく罪の告白も出来るというものである。実のところ、一度嘘をつくと決まって次の嘘をつかねばならないということになり、それが毎時間、毎日、毎年という風に続いて、その結果私は絶えず欺瞞の迷宮の中に身を置く羽目になって、どうしてもそこから逃れることが出来なかったのだ。もし信心深い人間だということが分かれば、私はその人間の足に口づけすることも厭わなかっただろう。しかし肉の世界に溺れたものには常に断固として立ち向かった。真に福音に仕えている人々は尊敬したが、主教制支持派や人間の善行を説くものに対しては憎悪しか感じなかった。そして背教者の中でも彼らこそ最も忌わしい存在だという考えは今日まで変わっていない。

ミスター・ウィルソンのクラスに、どの科目においてもどうしても私には太刀打ち出来ない少年がひとりだけいた。毎年私は何とかこの少年を追い抜こうと頑張るのだが、まったく無駄だった。というのは彼は実に悪しき人間だったからで、私は彼は悪魔と契約を結んでいるに違いないと思った。実際、この子の母親は魔女であると土地のものは誰もが信じ込んでいたほどなのだ。慈父に教えられつつ、万にひとつの遺漏もないよう再三夜を徹して勉強した私を、ラテン語の授業でこの少年はいとも容易に打ち負かすのである。こんなことはとても人間わざではないと考えざるを得ない。私としても彼と同じくらい、或いは彼以上によく理解している科目がなかったわけではないのだが、いざミスター・ウィルソンが試験を始める段になると、この競争相手は軽々と私の上に出るのだ。私はこの少年に復讐し、何とかしてその高慢の鼻をへし折ってやろうと決心した（彼が悪しき人間であり、悪魔と手を結んだ子どものひとりであるとわかっていたので）。そこで、先生が彼に腹を立てるように仕向ける機会を何ひとつ逃さぬように努め、本人のまったくあずかり知らぬ科で彼がひどく懲らしめられるよう何度かうまく事を運んだ。悪しきものが苦しんでいるのをこの目で見ることがどれほどの喜びであったか、とても筆舌に尽くせるものではない。というのも、彼はある点ではそのような苦しみを味わう謂(いわ)れはないにしても、他の点で十分にそうした報いを受けるべきだったのだから。これを私の重大な罪だと思われる人もあるかもしれないが、そんなことはないのだ。

1　バビロニアの王。エホヤキム等の犯した悪の報いとしてエルサレムを破壊した。『列王紀略下』二五章一一―二〇節参照。

2　『申命記』四章二四節、『ヘブル書』一二章二九節参照。

私は道徳上の義務としてこの行動をとったのであり、大人にせよ、子どもにせよ、正義のために行うことは決してその人間の過ちの数には加えられないのである。

この少年は名をマギルといい、暇な折には獣や男や女や家や樹木、つまり端的に言えば自分の目に触れるものすべてを手当たり次第モデルにして俗っぽい絵を描いて過ごしていた。ところが先生はこうした宗教心のかけらもない絵を見て微笑んだり、賞めたりすることがあった。そこで私も秘かに同じような絵を描いて自分の腕を試してみた。男の姿を一度描いてみただけでほとんど修正することもなく、これはミスター・ウィルソンの顔つきそっくりに描けたと思えた。何しろ先生の顔つきは独特なもので、他の人と滅多なことで間違われるはずがないのだ。私は自分の描いた珍妙な似顔絵にすっかり満足し、大喜びして笑い転げたほどである。他の人物像を描こうとはしなかった。そして、生徒と教師が一緒にいられるあらゆる場面を想定して、その中にミスター・ウィルソンの姿を描き込もうとした。何時間もぶっ通しでこの似顔絵描きにとり組んだことも何度かあった。それで、ほどなく私は素描がとても巧みになって、どんな場面であれ、ほとんど即席で描けるまでになった。そこで私はマギルの代数の計算帳を家に持って帰り、暇を見つけてはその帳面の至るところに、ミスター・ウィルソンを描いた野卑な戯画を沢山描き記した。その中には途轍もなく滑稽な場面のものも幾つかあった。私はこの秘密が発見されるのを今か今かと待っていたが、たまたまその計算帳がそのときマギルの使っていないものだったので、大計画が成就するのを見届けるまでには当分時間がかかると考えた。そこで私は持前の工夫の才を発揮してその帳面を先生の目の前に持って行ったのだ。それにしてもあのときの暴君先生の顔に走った怒りの表情はとても忘れられるものではない。恐ろしさのあまり先生の顔を見ることも出来ず、その声に身体が震えてしまった。マギルは呼び出され、その厭わしい絵について詰問された。彼はその絵はどれも自分の描いたものではないとはっきり否定したが、それでは誰が描いたものかと問い糾（ただ）されると答えることは出来ず、ただ誰かの奸策であると言い張るだけ。ミスター・ウィルソンも一時は迷いかけたように私には思われたが、マギルに不利な証拠があまりにも明白であるので、彼が自己の無実を主張したこともかえって罪を一層重くするだけの結果になってしまった。なぜなら、彼を除けば学校中に肖像画を描くと考えられる者は誰ひとりとしていなかったわけで、暴君先生の憤怒はすべて彼に向けられることになった。凄まじい怒りだった。私も一時は彼が犯罪者として一生を送らなくても済むよう願ったほどだ。しかし彼は、他人の犯した罪のために罰せられるのを甘受してまで学校へ戻るつもりはないと言って、何カ月もの間登校して来なかった。こうして私はクラスの王となったのだ。

　最後にはマギルの両親と校長との間に和解が成立した。しかしその時にはすでに私は彼に先んじていたし、さらにその優位を保つために一生涯通じて他にはないというほどの努力を払いもした。だが無駄な努力だった。魔法の力には勝てず、私は再び打ちのめされて涙を流さねばならなかった。この屈辱を償う方法はひとつしかないと思われた。そしてすっかり破れかぶれになって私はそれを実行した。ありもしないことで彼の悪口を言ったのである。思い切って先生の所へ行き、噂によるとマギルは先生をひどい言葉でののしり悪態をついているらしいと告げた。先生が彼を呼び出し罰を加えると、そのあまりの物凄さにこの誇り高い伊達男はすっかり胆をつぶしてしまって、顔は真赤になり、言葉が喉につかえてろくに抗弁もできぬ有様だった。こうして罪が明らかとなった彼は再びけなげにも笞打ちを受けることとなり、結局は救い難いならず者として恥辱にまみれたまま、放校に処せられた。

　こうして偉大な勝利を手にした私はすっかり有頂天になって喜んだ。しかし、そのお蔭で危く命を失いかけたのである。それというのは他でもない、その事件からしばらくして野原でマギルに出遭ったのだ。彼はこちらに近づいてくると、私を嘘つき呼ばわりして挑発し、決闘を受けてみろと挑みかかった。私はこの挑戦を拒絶し、お前のような人間の屑は相手に出来ないと言ってやったが、彼はどうしても私から離れようとせず、とうとう私のような悪党に復讐するにはやるかやられるかふたつにひとつで、それより他の方法はないと言うのだ。私は彼を何とか威嚇しようとしたが、何の効き目もなかった。遂に彼は私を蹴り上げるに留まらず、私の顔面を殴りさえした。このような無礼を我慢して甘受するのは、彼より年上でもあり力も強い私には何とも似つかわしくないと思いつつも、悪魔じみた彼の母親の力には結局かなうまいと身にしみて感じていた。そして、こうした恐れのためか、或いは彼に濡衣（ぬれぎぬ）を着せたという後ろめたさのためか、私は腕からすっかり力が抜けてしまったのだ。私は惨めにもじたばたと抵抗したが、すぐに打ち負かされてしまった。何とも手ひどくやられてしまったので、私は跪いて彼の赦しを乞おうと思った。だがそのときふと別の考えが頭に浮かび、俯伏せに倒れると心の中で神に助けを求めた。正にその瞬間、私の祈りは聞き届けられ、神がそれに応えて下さるという確信が得られたような気がした。私がこのようにへり下った姿勢でいる間、悪党は足で蹴っては罵倒を繰り返したが、しかし新たな勇気を得た私は立ち上がって改めて彼に立ち向かった。この二度目の闘いが始まってまもなく、男がひとり我々の方に急いで近づいてくるのが目にはいった。これを見て私は歓喜の叫びを挙げ、雄々しく相手に襲いかかった。だがもう一度見てみると、近づいて来る男は、マギルと同様、私が能う限りの辱しめを与えたあのジョン・バーネット老人ではないか。このような悪しきものどもにはさまれては、正義など望むべくもない。私の腕から再び力が消えうせ、相手の腕が高らかに私を押えつけた。私は殴り倒され、嘆かわしいほど袋叩きにされた。この悪党がいい気になって思いのままに私を蹴ったり殴ったりしていると、ジョン・バーネットが息を切らして走って来た。そして一発平手をかますと、私の相手を地面に倒してこう言ったのだ、「お仕置きだ！　ちっとはましな振舞いってえもんが分かるだろうって。さあ、止めるんだ！　もしやるつもりなら正々堂々とやらにゃなあいかん。ぶっ倒れている相手を殴ったり打ったりするたあ、呆れたもんだ。それがまっとうな人間のやることかい？」

　バーネット老人が思いがけなくこのように親切にも間にはいってくれたのを耳にすると、私は再び自分の勇気を誇る気になり、跳ね起きると相手に向かっていった。しかしジョンはむっとしたように唇をかみしめ、無言のまま襟首をつかむと私を投げ倒すのだった。マギルはジョンに、これから正々堂々と闘うから手を引いて決闘の結着をつけさせて欲しいと頼んだ。そして彼は付け加えて言った、「何故ってこいつは大嘘つきの悪党で、いくら懲らしめたって足りるものではないのですから」

「わしもこの子がまったくお前さんの言う通り、いや、それ以上の悪党であることは承知しとるよ」とジョンは言った、「じゃが、お前さんだってこいつと同じくらい、いやそれどころかもっとひどい奴かもしれんじゃないか？　お前たちがここで犬みたいに互いに引っかきあっても、どのみちろくなことにはならねえのよ」

ジョンは棍棒を立ててマギルと私の間に立つと、最初に手を出そうとした方を叩きのめしてしまうぞと脅かした。しかし二人ともその場を去る気がないのを見てとると、マギルが追って来ないように、私の後ろにぴったりとついて警護しながら、子牛のように私を家へと追いたてた。助かったのはひとえにジョンのおかげだったが、母には彼が余計な邪魔だてをしたと文句を言ったので、このお節介な老罪人は折角骨を折ったのに感謝の言葉ひとつ掛けては貰えなかった。

私は記憶だけを頼りに書いているが、当時の少年時代のことではこれ以上記録に値することなど何も思い出せない。人並外れたひどい罪人であったことは認めよう。しかしそれでも、私は偶然の成行で罪を犯したのであって、信条として道を踏み外した行動を取ったことは一度もなかったから、神の赦しを得られるという望みは捨てていなかった。それでこうした罪をまとめて懺悔しようと常に努めていた。何しろひとつひとつ懺悔するのはとても不可能だったのだ。この努力はうまくいくとは限らなかったが、他に手立てはない。懺悔によって神の恵みは得られなかったものの、その原因が自分にあるとは少しも思わなかった。しかも恐るべき死に至る罪の中には私が犯していないものが沢山あった。というのは、私は『黙示録』に救いの道を閉ざす罪として記されているものをひどく恐れていて、そうした罪を犯さないよう絶えず用心していたのだ。特に女性の美しさを、憎悪とまではいかないにしても蔑視するように努め、それが人間の陥りやすい最も恐ろしい誘惑であると考えていた。そして青年男女ばかりか年配の女性（母も含めて）までが私を女性に関心の持てない情けない男だと非難したが、自分ではこの潔癖さを誇りに思った。そして今日まで、あらゆる誘惑のなかでも最も危険なこの誘惑を免れてきたことに感謝しているのだ。

私はまた偶像崇拝や異教信仰という、共に救済されぬ罪も犯すことはなかった。それで、全体から見れば十戒のうちの五つ以上を破った――つまり、完全に破った――ことにはならないと思う。だがそれにもかかわらず、私が神に受け容れられるかそれとも見棄てられてしまうかという点で、自分の善行や悪業が神の御意志に多少なりとも影響するなどと考えるほど愚かではなかった。私は神の惜しみない恩寵にひたすら身をゆだね、人間の義などというものはおしなべて汚れた衣にすぎないと考えていたのだ。そしてひどい罪過に身を穢せば穢すほど信者は神の御座に迎えられやすくなるのだという、まごうかたなき荘厳な真理を確かなものと信じていた。そしてこのようにすっかり身をゆだね、またこのように信じていたからこそ、遂にこの身が永遠に神の御座に受けいれられ

1 『ヨハネ黙示録』二一章八節、二二章一五節に列挙されているものを指すのだろう。なお『コリント前書』六章九―一〇節参照。
2 『イザヤ書』六四章六節参照。

ることになったのだと信ずべき理由が私にはあるのだ。

さてこれから我が生涯の最も重要な時期に話を進めよう。その頃に私の人としての型が決まり、以後の人生における行動の指針がすべて与えられたのであり、もしその経験がなかったならば、これから述べる私の行動の一部始終もこれまでの話同様、単調なごたまぜもの、大袈裟なだけのくだらぬ長話、ひとことで言えば無意味なものになってしまっていただろう。ところが見よ！　これから述べることは、神の力を得て神の遣いとなった人間によってなされた偉大なそしてまた恐ろしい行動の物語となるはずである。アーメン。

罪深きイスラエルの王[1]のように、しばらくの間私は打ちしおれて主の前を歩いていた。みずから犯した罪過にわが身を卑しめ、そして今想い起こしてみると、その罪があまりに多くまた忌わしいものであることを深く後悔していたのだ。その上我が慈父は毎日のように問い糺しては、私の魂が穢れていないかどうかを探るのだった。答え方によって父も満足したような顔を見せるときもあり、またそうでないときもあった。母はというと、私の信仰上の問題についてくどくどといつまでも説ききかせるのが常だった。だが、キリスト者であることは承知していたものの、正直言って私はいつだって彼女の取りとめのない助言を軽蔑していたし、人間としても格別の尊敬を払っていたわけではない。これは許されがたいことかもしれないが、何とも仕方がなかった。率直に言ってしまえばそういうことなのだ。それも昔彼女が犯した何らかの罪ゆえに神より下された審判だったに違いないと思う。それに当時の私は他に彼女に接するすべを知らなかったのだ。

こうした気持ちで過ごしていた頃のことである。ある朝、私が部屋にはいると、父が椅子から立ち上がって迎えてくれて、さらに私を抱きしめると、この地上の義人の仲間に快く迎え入れられたぞと告げたのだ。私は呆然と自失して何も言えず、ただ驚いた顔をするばかり。母もやって来て口づけをしながら私の上に泣き崩れた。そして額に何度も祝福のキスを浴びせると、全うせられたる義人の仲間入り[2]が出来たと私を祝ってくれた。それから両親二人して私の手を取り、慈父が、昔の族長のように[3]一晩だけでなく何日も何年も必死に祈ったこと、そして私のためにつらく苦しい思いをしたこと、しかし遂に彼の意が通り、長い間心から望んでいたように私が全能の父なる神に、その子キリストの功績と苦難を通じてやっと受け容れられたこと、今や私は義とされ神の子の中に入れられた——つまり私の名が小羊の書の中に記されたこと[4]、したがって私自身の、また他の人間の、過去から未来にわたるどんな行為も神意をいささかなりとも変えたりはしないということ、を説明してくれた。そしてさらに父はこう付け加えた。「いかなる闇の力もこれから先、二度とお前を救い主の手からもぎ取ることはない。だから、我が子よ、真実の道を力強く全うせねばならぬぞ。この国の信仰心篤い人々が行ってきたように、罪をそして罪人を断固として許すことなく、血を流す

1 アハブのこと。『列王紀略上』二一章二七節参照。
2 『ヘブル書』一二章二三節参照。
3 ヤコブのこと。『創世記』三二章二四―八節参照。
4 『ヨハネ黙示録』二一章二七節参照。

まで抵抗せよ。[1]そうすればお前の受ける報いは倍にもなるのだ。私は決して過たぬ神の言葉と霊とによって、お前が受け容れられたことを確信している。そしてお前の聖化と命を得られる悔改め[2]は時とともに自然に現れるだろう。喜ぶがいい、そして神に感謝せよ、お前は火の中より取り出された燃えさし[3]であり、いまやお前の罪の贖いは完全確実なものとなったのだ」

　あらゆる罪を免れ、またこの新しい状態から二度と転落することがないとこのようにはっきり保証されて、私は嬉しさのあまり泣き出してしまった。野や森を跳ね廻っていると、私に恵みを垂れて下さった全能なる神に対する感謝の念が祈りとなってほとばしり出た。身体全体が蘇ったようで、隅々まで新しい生命が躍動する。空中を飛ぶことも木々の梢を跳び越すことも出来るような気がした。いわば精神が昂揚したためにこの地上から、そしてそこにうごめく罪深いものたちから、遙か上方に高く昇ったような気持ち。私は人の子の中に混じった鷲なのだと思った。[4]上空高く舞い上がって、地上にはいつくばっているものたちを憐れみ蔑みつつ見下ろすのだ。

　こうして浮き立った気持ちで道を進んでいくと、何やら謎めいた様子の若者がこちらに近づいてくるのが目にはいった。私は自分ひとりで黙想に浸りたくて近寄るまいとしたが、この男は身を躍らせて私の行手をはばもうとするのでどうにも避けようがない。しかも私はこの男の方に引き寄せられていく一種の目に見えぬ力、あらがうすべのない何か魔力といったものを感じたのだ。たがいの距離が縮まり、眼が合った。あの忘れ難い瞬間、戦慄にも似て私の身体を貫いた不思議な感覚を書き表すことはとても出来ない。あの瞬間こそ後に我が身が経験することになる途轍もない出来事を用意したのであり、一連の冒険の始まりであった。その経験は私自身を困惑させただけでなく、私がこの世を去るときには世間の人々の頭をも混乱させせずにはおかないだろう。そしてその時はもうじき来る。胸掻きむしられるこの思いや心にのしかかるこの重荷を少しも知らぬものには考え及ばぬほど早くやって来るのだ。その時がやって来て、通りすぎていったとき——私の肉も骨も朽ち果て魂がその永遠の安息所にたどりついたとき、そのとき世の人々は私の波瀾に富んだ一生に思いを馳せ、そのあまりの異様さに繰り返し驚き、おののくことになるだろう。

その見知らぬ男と私はともに相手の眼を凝視(みつ)めたまま一言も言葉を交わさずゆっくりと近づいた。もうあと一ヤードもないところまで近づくと二人とも立ち止まり、互いの頭からつま先までを眺めまわす。するとどうだ、その若者は私そっくりではないか！ そのときの驚きといったらない。身なりはボタンひとつに至るまで同じ。身体つきも同じだった。年恰好、髪の色、眼、何から何までそっくりだった。鏡で自分の顔を見たときの記憶を辿ってみる限り、表情までまったく同じなのだ。私は最初、幻影を見ているのではないか、私の守護天使が我が生涯の重大な時に目の前に現れたの

1 『ヘブル書』一二章四節参照。
2 『使徒行伝』一一章一八節参照。
3 『アモス書』四章一一節、『ゼカリヤ書』三章二節参照。
4 例えば『イザヤ書』四〇章三一節参照。なお、キリストはしばしば鷲に擬せられる。付録のジッド「序文」参照。

ではないかと考えた。しかしこの得体の知れぬものは、私の表情から何を考えているか読み取ったかのように、私が言おうと思っていた正にその言葉を一足先に口にしたのだ。

「あなたは私のことを兄弟だと思っていますね」彼は言った、「或いはあなたの分身とでもいったふうに考えているのでしょう。その通り、私はあなたの兄弟ですが、それは実際の血の繋がりゆえではなく、私があなたと同じ真理を信じ、また贖罪のあり方について同じ確信を抱いているからなのです。そしてこうした同じ信仰を持っていることは何にもまして素晴らしいことではありませんか」

「それじゃあ君は、今の私にはうってつけの仲間というわけだ」と私は答えた、「というのも今こそ我が最良のときで、罪と苦悩の束縛からお救い下さったお礼を至高の存在たる神に捧げるところなのだ。もし君に私とともに心から若者らしい感謝を捧げる気があるのなら、一緒に祈りに行こう。でもその気がないならどうぞご勝手に、私はこの道を行くんだから」

「とんでもない。あなたの仲間に入れて貰って一緒に崇高な祈りを捧げられたら、この私にとってどれほどの喜びか、あなたはご存知ないのです」彼の言葉には熱意がこもっていた、「今のあなたは本当に嫉ましいくらいだ。でもそのことは前から知っていました。そして心からあなたに仕えようと思ってやって来たのです。あなたと話をすることで、そしてまた、もしかしたらあなたの祈りの助けによって、真の救いの道にはいれるのではないかと思うのです」

この言葉を聞くと私の宗教家としてのプライドはいやがうえにもふくれあがった。そこで教師然としてこの不思議な若者に信仰上の信念について問い糾し、もし少しでも善行によって神に受け容れて貰えるなどと考えている人間なら、とても心を語りあう友にはなれない、ときっぱり告げたのである。すると彼はすぐにそうしたことを真向から否定し、私の信仰に従うと言明した。すべての人間の救済と断罪に関して神の御意志は永遠不変のものであると信ずるかと尋ねると、彼はその通り信じていると答えた。いやまったく、もしこの男がそう信じていないなら、たとえ他にどんなことを信じていようと、それが何になるというのだ？　それから私たちは信仰上のすべての問題に渉って親しく語り合った。彼は私の言うところにことごとく従った。そしてその日ふと感じたのだが、彼の議論は神を冒瀆することになりはしないかとこの私が秘かに怖れるほど、しばしば行き過ぎるきらいがあった。とはいってもその態度は実に素晴らしく、私の意見にはすべて敬意を払って耳を傾けるので、どうにも離れ難い。しかしそれにもかかわらず、どういう訳だか分からないのだが、この若者に一種の畏怖を感じ、何度か彼の前からすぐにでも逃げ出して姿をくらましたいという衝動に我知らず襲われることがあった。ところが彼はいつでもこちらの考えを見越しているらしく、ひときわ興味をそそる話題を持ち出しては、決まってそんな私の気持ちを巧みに逸らすのである。彼は一度神との契約に受け容れられたものが堕落することなどあり得ないという点を必ず強調した。その信念、その確信の中にこそ私の希望のすべてがあることを承知していたためだろう。

　私たちは日が暮れるまであちこちを歩き廻った。一日中私の心は逆巻く渦のように激しく揺れ動いていた。彼と別れるときになってようやく、草原に足を運んだ目的を果たしていないこと、そしてこの奇妙な得体の知れぬ男の巧みな言辞を弄した教説に気を奪われたあまり、神への礼拝を忘れてしまっていたことに気づいた。それほどこの若者は私がそれまでに知っていた人たちすべてを合わせてもかなわないほど博学多識であると思われたのだ。

私たちは互いに名残りを惜しんで別れた。彼のもとを離れるとほっと救われた気がしたが、同時にこれでこの男と手が切れるわけではなく、良かれ悪しかれこれから先、知人として纏わりつかれるに違いないという予感がしていた。万事に渉る彼の鋭い頭の働きと知識には驚きを禁じ得なかったが、私に瓜ふたつだということはどうにも説明できなかった。彼はあらゆる点で確かに彼自身ではあるのだが、常にそうだとは限らない。というのも聖職者何人かについて、そしてまた彼らの教理について話し合っているとき、彼の顔が話題にしているその聖職者当人の表情に多少とも似てくるのを何度かこの目で見たのである。自分の顔を他人の顔の鋳型にはめこむことによって、彼はすぐにその人間の考えや感情の中にはいり込んでしまうように思われた。私は彼の話にすっかりいい気になり、またひどく興味をそそられもしたのだが、それがよいことなのか悪いことなのか分からなかった。慈愛溢れる神が私に示された大いなる優しさの御礼を返すことをすっかり忘れたまま、来た道を家へと引き返したが、外に出たときの胸躍る高揚感は消え失せていた。私が初めて神の子の中に受け容れられ、その特別の栄誉すべてを受け継ぐものとなったこの日、そして謎めいた友人に初めて出遭ったこの日のことを願わくば決して忘れることのないように。この男はその日から私がこれを記している今日までずっと、宗教的なこと、世俗的なことの別なく、私が関わることすべて巧みに干渉してきたのだ。この忘れてはならぬ日とは一七〇四年三月二十五日、ちょうど私の十七歳の誕生日であった。[1] その日の出来事を神に感謝すべきなのか、それとも嘆き悲しむべきなのかということについては、恐れおののきつつ何度も考えてみたが、結局分からないままである。我が人生の損得勘定が清算され、あの世で処理されることになって初めてこうした出来事の真の意味が明らかになるのだ。それまではとても分かりはしないと今では諦めている。

私が家に戻って真直ぐ居間に行くと、母がひとりで腰を下ろしていた。彼女は私に気づくと、はっとしたように立ち上がり喉が締めつけられたような声で叫んだ、「どこか悪いの、ロバート？ねえ、一体どうしたというのです？」

「どうかしたように見えますか？」私は答えた、「どうかしたのはお母様の方ではありませんか。何かを妄想しているか、目がかすんでいるのでしょう。私はどこも悪くありませんよ」

「いいえ、ロバート、あなたは病気です！」母は叫んだ、「とても具合が悪いみたいだわ。人が変わったようですもの。声も口のきき方も別人のよう。ああ、ジェイン、急いで書斎に行って、リンギムさんにすぐこちらに来て、ロバートに声をかけてくれるよう言ってきておくれ」

「お願いですからどうか気を静めて下さい」私は言った、「そんな風に自分勝手に妄想をたくまし

1　三月二十五日は天使ガブリエルが聖母マリアにキリストの受胎を告げた「お告げの祝日」だが、ロバートがこの年で十七歳であるという記述は、他の箇所の記述と矛盾するように思われる。

くされるのなら、私は家を出ますからね。一体何をおっしゃりたいのですか？　いいですか、私はどこも悪くありません。こんなによい気分のときはなかったくらいなのですからね」

母は悲鳴をあげると、慌てて私とドアの間に立ち塞がり、私が部屋を出て行けないようにした。そうこうするうちに慈父が部屋にはいってきた。父は眼鏡ごしに最初母を、それから私をじっと凝視めたのだが、そのときの眼差しは今でも私の脳裏にこびりついている。父の目は蠟燭の炎のように燃え上がっていると思われ、私はすっかり脅えてしまった。そしてそのためにかえって私の表情が一層落ち着きのないものになってしまったのだと思う。

「これは一体どういうことです？」慈父は言った、「夫人！　ロバート！　二人とも一体どうしたのですか？」

「ああ、この子ったら！」母が叫んだ、「私たちの可愛いロバートのことなのです、リンギムさん！　この子を見て下さい、声をかけてやって下さい。今にも死んでしまうか、魂の抜殻になってしまいそうなのですよ！」

父は非常に驚いた様子で私を凝視めながら、二言三言独りごちていた。それからまるで脈をみるとでもいった風に私の腕を取ると、震える声でこう言ったのだ、「お前の肉体か精神に何かが取り憑いているのだ。今朝と比べるとお前はすっかり変わってしまって同じ人間とはとても思えないくらいだ。何か事故にでも遭ったのか？」

「いいえ」

「この世のものとも思えぬような物を見たのか？」

「いいえ」

「それでは悪魔が働きかけ、この一生の重大時にお前を誘惑しようと、桁はずれの罠を仕掛けているのではあるまいか？」

私はその日出遭った若者のことを考えた。そして彼が悪魔の手先ではないかと思うと、すっかり打ちのめされた気がしてとても答えることなど出来なかった。

慈父が言葉を続けた、「事情がのみ込めてきたぞ。お前は心が騒いでいるな[1]。こうしてみると、我々の救世主の敵がお前に働きかけていることは間違いない。さあ、答えなさい。悪魔はお前を征服してしまったのか？　それともまだなのか？」

「悪魔に征服されてはおりません、お父様」私は答えた、「神の御加護で私は持ちこたえることが出来たと思うのです。でも、たとえ悪魔が私に働きかけていたのだとしても、私は少しもそれに気付かなかったのです。今日私は見知らぬ男と話をしただけですが、その男はむしろ光の御使いだと私には思われたのです」

「そうやって天使の姿を扮う（よそお）のが悪魔の使う最も陰険な策略のひとつなのですよ[2]」と母が口をは

1　イエスがユダの裏切りを仄めかす際の表現を響かせる。『ヨハネ伝』一三章二一節参照。
2　『コリント後書』一一章一四節参照。

さんだ。

「夫人、黙っていて下さい！」慈父が言った、「あなたは自分の知らないことを教えようとしています。さあ、答えてくれ、お前の出遭ったその男は私がお前に教えた宗教上の教理に外れたことを言いはしなかったか？」

「はい、何ひとつとして少しでもそれに反するようなことは口にしませんでした」私は答えた。

「それならお前と話を交わした男は悪魔の手先ではないな」と父が言った、「というのも、私が教えたのは暗黒の国の政（まつりごと）と権威、力と支配を覆そうとして生まれた教義[1]なのだから——さあ、共に祈ろうではないか」

十五分間ほど厳粛荘厳な感謝の祈りを捧げたあとで、わが父、救世主イエスの下僕たる聖人は家族の一員が神の召命と選抜を受けたのだから、というよりその者の選抜が天国で確かなものになったばかりでなくこの世で明らかとなったのだから、次の日は他人を交えずおごそかに神に感謝を捧げ、神を讃美し祈りをあげる日とすると宣言した。

翌日は私にとって神聖な歓喜の一日だった。まず最初に牧師たる父が私の頭に手を置いて浄めてくれ、この上なくおごそかに私を主に捧げた。この深遠な儀式を行う父のやり方はありきたりのものではなかった。というのもこの儀式は、真の大義に身を捧げ自ら信奉する側の闘士たる者のほとばしる霊的熱情をもって取り行われたからである。父は次のような忘れ難い言葉で語った。今でも私はこの言葉を大切に心の中に留めている——「主よ、私はこの者を捧げます。あなただけに、そのすべてを、永遠に。この者の魂も肉体も精神も捧げます。この世の悪しきものたち、あなたの名をかたった世俗の教会に雇われたものとしてではなく、あなたの下僕を捧げます。ただ鵜呑みにされ、反キリストの手先によって命ぜられた言葉や形式などは用いずに[2]、主よ、私は、敵を滅ぼす剣を至上の王の手に委ねる軍師として、この者をあなたに捧げるのです。願わくばこの者をあなたの手の両刃の剣となし、あなたの口より出ずる槍となし給え[3]。そしてこの者の前にあなたの教会の敵が打ち倒され、地のための肥やしとならんことを[4]！」

この瞬間から私は自分が福音の使者というよりはその闘士として、この世から主の敵を一掃するよう神慮によって定められたのだと悟った。そして剣で罪人たちを倒す方が説教壇に立って罪人たちを悔悟させようと熱弁をふるって説ききかせるより自分には似つかわしいと思われ、その使命に有頂天になったのだ。しかも、人間の運命は神によってあらかじめすっかり定められている以上、罪人が悔悟するということなど現実には永遠に不可能ではないか。こうしたことに考えを巡らすほど、聖職者が罪人たちをとても出来るはずのない正しい行いに就かせようと懸命に忠告を与えて一生を過ごしていくのがどれほど愚かしく、また矛盾したことであるか、ますますはっきり

1　『エペソ書』一章二一節、『コロサイ書』二章一五節参照。
2　カトリックや主教／監督制教会への批判。
3　『詩篇』一四九篇六―七節、『黙示録』一章一六節等参照。
4　本書二七頁の注1及び『詩篇』八三篇一〇節参照。

と分かってくる。神が人の子として生まれてくるあらゆるものの運命をすでに最初からお決めになっているからには、不可変の神慮によって創造主から破滅を宣せられたものを人間の力で救おうとするのは、何と無駄なことであろう。私は最上の師が教えてくれ、また聖書のすべての言葉が指し示しているとされた教理を信じないわけにはいかなかったが、その教理から見ると、キリスト教界の理法は何とも矛盾していると思えてくる。まず最初に剣を以て罪人たちを倒してしまうこと！その方がずっと賢明なやり方ではあるまいか。というのも、そうしてしまわない限り聖徒たちは平安の地を嗣ぐことができないからである。もし私がこの浄めという偉大な業を始める神の下僕としての栄誉を受けるなら、その喜びは測り知れない。それにしても、どうやってまたどちらに向かって始めたらよいのだろうか？　ひとつだけはっきりしていることがあった。私は今や主のものであり、主に仕えながら全力を尽くすことこそ私の務めだということである。意のままになる同志が沢山いればよいのだが[1]。そうすれば私は悪しきものたちの中の焼き尽くす火[2]となろう。

こうした高邁な思いに胸をふくらませて走るように街を通り抜け、私は再びフィニストン[3]の野や森を貫いている私道へとやって来た。父たるわが尊師は瞑想に耽りつつここを散歩することを特別に許されていて、通行のための鍵を持っていたが、それはいつでも私が自由に使えるようになっていた。垣を乗り越えるための階段の近くまでくると、ひとりの若者が腰を下ろして心を奪われたように聖書を読み耽っている姿が目にはいった。その男は立ち上がって帽子を取り、恭々（うやうや）しくお辞儀をしたので、私も礼を返してから歩き続けた。そうしてその階段に足をかけて垣を越そうとしたときに、あの顔には見覚えがある、どこかで知り合った親しい友人ではないかとふと思った。声をかけるべきだったのではないか。そこで行ったり来たりしながら、その男が誰だったか思い出そうとしたが、どうしても思い出すことができない。しかし彼の容姿風采にはどこか人を惹きつけるところがあって、私は我知らず彼の方に引き戻されていた。ともかく声をかけて誰だったか確かめるだけでもと思い、彼のところへ行くことにした。

私が近づいて行っても話しかけても、その若者はすっかり読書に夢中になっていたので、他人の声など耳にははいらないらしく、目を上げようともしなかった。私も覗いてみると、その本は二段組になっており、章立て、節があってやはり聖書のようであった。しかしそれは私のまったく知らない言葉で書かれていて、一面が赤文字の行や節で区切られている。この不思議な本を一目見るや、身体中を電気が走ったような戦慄に襲われ、私は身動きひとつ出来ず立ちつくしてしまった。彼は私の方を見上げると微笑みながら本を閉じて懐にしまった。「私の本をご覧になって、ひどく驚いた御様子ですね」彼は穏やかに言った。

「一体全体それは何の本ですか?」私は尋ねた、「聖書ですか?」

---

1 『詩篇』三七篇一一節、『マタイ伝』五章五節参照。

2 『イザヤ書』二九章六節、三〇章二七節、『ヨブ記』三一章三節、三四章八節、『詩篇』五篇五節、六篇八節等参照。

3 現在のグラスゴー市内のほぼ中央部。クライド川の北側。

「わたしの聖書です」と彼は答えた、「でも読書は止めにしましょう。あなたとまたお会い出来てとても嬉しいのです。今日はあなたにとって神聖なる祝いの日でしょう?」

私は相手の顔をまじまじと凝視めたが、何とも答えなかった。感覚がすっかり混乱していたのだ。

「私のことをご存知ありませんか?」彼は言った、「何だかすっかり面喰らっていらっしゃるようですね。あなたとは昨日心から友情を交わしあったではありませんか」

「失礼」私は答えた、「でももし君が本当に昨日何時間も共に過ごしたあの青年だとすれば、君はカメレオンのように姿を変えることができるのだね。とても君だとは分からなかったよ」

「私の顔つきはその時々の考えや気持ちに応じて変わるのです」と彼は言った、「奇妙な性状ですが生まれながらのもので自分でもどうにもならないのですよ。誰かある人の顔をじっと凝視めるとしますね、そうすると次第に私自身の顔つきが正にその人そっくりの特徴を持つようになるのです。その上、ある顔を何ひとつ見落とさぬように注意深く凝視めていると、顔つきが似てくるばかりでなく、そこからさらにその人とまったく同じ思想をもち、まったく同じ考え方まで出来るようになるのです。ですから、いいですか、ある人物を注意して眺めていると私は次第にその人物に似てくるようになり、それからそのように似ることによってその人物の最も胸奥深くに潜んだ考えまで自分のものに出来るわけです。この特異な性質こそ神より私に授けられた才能なのです。これが祝福として授けられたものであるのかどうかは、神がご存知だし、私にも分かっています。いずれにしろ私にはこの特権が与えられているのです――関心を持った人間について私が考え違いをすることはあり得ません」

「たぐい稀な能力だ」私は言った、「そんな力を得るためなら何を手放したって構わないな。でもそれなら君の前では自分の気持ちを隠そうとしても無駄のようだね、いつでも君は我々の心の奥底に秘めた考えを引き出すことが出来るわけだから。もう僕の性格はお見通しなのかい？」

「勿論です」と彼は答えた、「そしてそれだからこそ私はどこまでもあなたについて行くのです。昨日あなたそっくりになって、あなたの性格が分かるようになるにつれて、心の中に抱いている様々の考えを結び合わせている雄々しい寛大さに驚くとともに、それに劣らずそうした考えの深くまた広いことにもすっかり驚嘆してしまいました。その上あなたは主の偉大なる業に身を捧げているのですから。こういう理由で、私は出来る限りあなたの近くに身を置き、乏しいとはいえ私の力で出来るだけあなたに尽くそうと決心したのです」

かくも卓越した才能を持った若者がこんな風に私の力を賞めそやしてくれたので、実のところ私はすっかりのぼせ上がってしまった。この若者は人の頭では思いもよらぬ素晴らしい天稟と知識ばかりか、その年頃のものには滅多に見られない控え目な愛想のよさをもあわせ持っていた。それにもかかわらず私は彼に対して自分の方がどこかより優れた人間であるかのように接するようになった。崇高な人間であると思わせておくためにはそうしなければならないと考えたのだ。私たちは日が暮れようとするまで再び話しあった。そしてこの若者は、神に選ばれた人間が過ちを犯すはずのないこと、さらにまたこの世のことは万事、前以て運命づけられていることを繰り返し私の心に植えつけようとした。私は自分がいかに弁が立つかを相手に示すため、この最初の点に関しては敢て彼に論駁し「罪の程度によっては、たとえ選ばれたものであっても神に見捨てられる場合があることに疑問の余地はない」と言ってみた。するとどうだろうか、それまで従順でおとなしかった彼がひどく激したように自説をまくしたてるではないか。その熱弁を前にして、私は沈黙を余儀なくされたばかりか、すっかり恥じ入ることになってしまった。

「なんですって」彼は言った、「そんなことを少しでも口にすると、あなたの信じているキリストの偉大なる贖罪というものを汚すことになりますよ。イエスの死がこの世のものたちを救うための死であるならば、彼の流した血によって十分神から罪の赦しを得られるのではありませんか？　さあ、あなたがご存知のように（そして神に選ばれた人間なら誰しもおのずから知るように）我らが救世主が殊のほか特別にあなたのために死んだのですから、たとえあなたの罪がどれほど極悪な恐ろしいものであるとしても、キリストの死による贖いがそれをすべて消し去るとは思わないのですか？　そればかりか、あなたはこの世のいかなることも神によってあらかじめ運命づけられ定められているのだと認めないのですか？　それにどうしてあなたは善行であれ悪行であれ自分の行為が自分の意志で止められるなどと考えるのですか？　偉大なる伝道者[1]の言われたことは確かに本当のことです――『凡て汝の手に堪うることは力を尽くしてこれを為せ[2]。人は一日の生ずるところの如何なるを知らざればなり』[3]――というわけです。つまり、我々は誰も、神の御意志によってあらかじめ決められたことを知ることは出来ないが、しかし否応なくそれをしなければならないし、またその行為は何ひとつとして我々の科にはならないということですよ」

私にはこのような言辞が真正であり正統であるとはとても信じ難かった。しかしすぐに、この新しい知り合いが従順な私の弟子ではなく、私の教導者となり指導者となるのだと感じた。それも、正義を学ぼうと私の足下にはべる下僕の仮面をつけたままで。この男は私がイエスとその会衆のために何か偉大な行いをするよう定められていることが分かると言った。そして自分もその行動を私と分ち合いたいのだと熱心に頼み込むのだった。しかし同時に彼はこうも言った。この私が真実に背く、即ち私を選ばれたものとされた神の恩恵に背くことがあるやもしれないなどとは決して考えないように、さもないと私の心を横切った不信の念があらゆる善行の妨げとなるだろう、と何度も懇願するように繰り返したのである。

こうした彼の言葉にはどれをとっても限りなく私をのぼせあがらせるところがあった。にもかかわらず彼が私のもとを去るとひどくほっとするのだが、その一方でその日のうちに是非にもまた会いたくてたまらなくなるのだ。我々は来る日も来る日も一緒に過ごしたが、彼が何者であるかは分からずじまいだった。そして母と慈父は私が変わってしまった、容姿も作法も振舞いもすっかり変わったと言い続けていた。しかしこの新しい友人については最初に出遭った日に話したこと以上に

1 「ダビデの子、エルサレムの王である」伝道者ソロモンのこと。
2 『伝道の書』九章一〇節参照。
3 『箴言』二七章一節参照。ここでは出典の異なる聖句が強引に結びつけられている。

二人に告げるのを躊躇わせる胸のつかえのようなものが消えなかった。私は彼がすっかり気に入り、彼のことを誇りに思い、まもなく彼が居なくては生きていけなくなり、彼のことを洗いざらい打ち明けようと毎日のように意を決するのだが、いざとなるとどうしてもそれができないのだ。いつも何かしら私を抑えるものがあった。そこでとうとう私はそのことについてはそれ以上考えず、彼との魅惑的な付き合いを誰にも知らせずに楽しもう、そして彼に対しては何としても自説を曲げまい、と心に決めた。だがこの決心は何の役にも立たなかった。断固としてそうした決心を貫こうとするのだが、それは私には荷が勝ちすぎることだった。友人は考え得る限りの口当たりのいい言葉を連ねては、結局必ず自分の主張を通してしまう。私は相手の意見に屈するほかなくなると、腹を立てていきまいたり、泣き喚いたりもした。その意見というのが最初はどう考えてみても私にはとても賛成しかねるものなのだ。だがそれにもかかわらず、こちらがどんなに抵抗したところで、つまるところ彼は決まって自分の主張を納得させてしまう。無理やり私を彼の考え方に従わせ、彼の見解の正しさを認めさせることもあれば、一言も反論の余地の残らないほど徹底的に私を論破してしまうこともあった。

何週間というより何カ月にも渉って親しく付き合った後、私は一度も二人して祈りをあげていないことに気づいて少なからず驚いた。いやそれどころか、彼は常に私の注意を信仰上の勤めからそらし、その勤めをことごとく怠るように仕向けていたのだ。これは、宗教上の重要な問題を説くことに熱心であるように見える人間にとって、大きな汚点ではないかと考えた私は、翌日、彼を試す意味で祈りという神聖な勤めを二人の名で行うよう求めることにした。ところが彼はこの申し出を大胆にも拒絶したのだ。自分が共に祈りをあげることの出来るものは滅多にいない、他のものは自分が認めない多くのことを求めるに違いないということが分かっているから、そしてまた、万が一自分が祈りの儀式を司式することになれば、他のものの信仰上の範囲を越える事柄に言及することになるのが分かり切っているから、自分としては決して他人と一緒に祈りをあげないことにしている、というのである。自分は現在一般に流布している形式では祈りというものをまったく認めない、とまで言うのだ。祈りは今では単に自分に利するためのものに堕してしまい、誰もが絶えずあれも欲しいこれも欲しいとただひたすら求めているだけではないか。それでいて創造物たる人間はおしなべて己(おのれ)の運命に満足し、創造主がこれが相応と考えて授けてくれた恩恵に感謝するため、ただ創造主たる神の前に跪くのが似合いとなっている――手短かに言うと、こうした意見を彼は猛烈な勢いでまくしたて、私としてはいつものように別れる前には彼の主張を黙って認めるということになってしまった。そしてそれ以後二度と彼の前で祈りのことは口にしなかったのである。

私は始終彼と一緒にいたので、その姿を見掛けた何人かの人がたまたま母と慈父にその時のことを話すことがあったが、その度ごとに話に出てくる彼の姿は異なっていた。来る日も来る日も家を空けるものだから、とうとう両親は付き合っている仲間のことで私に問い糾すようになった。そこで私は、付き合っているのはひとりの青年だけであり、宗教上の問題について彼の考え方が自分と実によく似ているように思われるので、付き合いを止めることなどとても出来ないと答えた。母はいつもの陳腐な信仰上の規定をあれこれと盛んに述べ立てたが、私はすっかり嫌気がさして耳を貸そうともしなかった。というのは、新しい友人の熱気あふれる議論を聴いたあとでは、母の主張などあまりにも退屈でとても聞くに耐えなかったのだ。そして恥ずべきことではあるが、実はわが師たる慈父の教説もこの頃にはかつての魅力がすっかり色褪せてきて、次第に耳を傾けるのがひどく煩わしいものとなってきていた。父の言葉は例の若者の吐いた最もつまらぬ言葉と並べても、説得力といい崇高さといい格段に劣っていたので、二つを比較すれば父の言うことなど無に等しかった。しかし父は友人に関するいろいろなことで私を詰問した。私はひとつを除いてすべての質問に対し父を満足させる受け答えをした。そのひとつというのは、友人が何者であるのか、名前は何といいどんな氏素姓なのかということであり、これについては私も答えることが出来なかったのである。自分でもこれほど長い間親しく付き合っているのに、どうしてそのことを一度も口にしなかったのか不思議だった。

翌日私は、話しているとき何と呼んだらよいか分からなくて困ることがあるからと言って、彼に名前を尋ねた。すると彼は、私たちのように二人だけで付き合っている場合には、一方が他方を名指しで呼ばなくてはならぬ理由はないではないかと答えた。彼の方では初めて会ったときから、私のことを名前で呼んだことは一度もないし、これからも私の方から頼まない限りそうするつもりはないというわけである。「でもあなたが、私を名前で呼ばないと話が出来ないというなら、当分ギルと呼んで貰って構いませんよ」と彼は言い足した、「そして、いつか他の名にした方がいいと思ったときは、あなたの同意を得ることにしましょう」

「ギルだって！」私は言った、「名前はたったそれだけなのか？　どっちの名前なんだ？　洗礼名か、それとも苗字なのか？」

「ああ、苗字もなくてはならないというわけですか！」彼は答えた、「いいでしょう、それならギル・マーティンと呼んで下さい。洗礼名ではありませんが、今のところはそれで間に合うでしょう」

「こいつは奇妙だ！」と私は言った、「本当の名を教えようとしないなんて、君は自分の両親のことを恥ずかしいと思っているのかい？」

「私には片親しかいませんよ、それも親とは考えていないのです」彼は得意気に答えた、「ですからこの話はもう止めて下さい。愉快な話題ではありませんからね。私は一風変わった気性で、数え切れないほど沢山の召使や臣下が居たのですが、ちょっとした気紛れから連中をおいてこの町に引き籠ったのです。しかもこの町で付き合おうと思えばそれ相応の相手はいくらでもいるのに、私がこれまであなたとだけ付き合ってきたのはご存知でしょう。これは内密のことで、あなたへの友情から打ち明けているのですよ。ですからこのことについてはこれで終わりにして、二度と口にしないで下さい」

私は彼の言うことに同意し、この問題についてそれ以上何も言わなかった。というのは、この若者こそロシア皇帝ピョートルその人に違いないという考えがふと頭に浮かんだからである。皇帝が身をやつしてヨーロッパ旅行をしているという噂は耳にしていた。[1]そしてそのときから、この偉大な君主を後立てに、迫害されているキリスト教徒の擁護者、及び復讐者として、自分が高い地位に昇進できるのではないかという強く大きな期待を抱かなかったといえば嘘になる。彼は、悪しきものは改心させようと努めるより武器をもって打ち倒してしまった方がよりあっぱれな、そしてより有益なことだ、というようなことをそれとなく何度も語っていた。それで、彼はこの私を何か重要な仕事に就かせようとしているのだ、そしてそのためにスコットランド中の人間の中から私を仲間として選んだのだ、そしてさらに私の口から宗教上の崇高な真実を聞き出すふりを装ってまでいるのだ――こう考えても少しも間違ってはいないように思われた。そのときから私は、このように偉大な王の意見には躊躇うことなく従うことにしようという気持ちになったのである。

　彼の身に備わっているらしい非凡な力ほど私を驚かすものはなかった。ある日二人で散歩していると、ブランチャードという名の男に出遭った。彼は立派な信心深い牧師であると考えられていたが、道徳律の遵守と善行による救いを説く人物であった。その彼が我々に加わったので、三人して散歩を続け野原で休んだ。私の友人はこの牧師を好いていないようだったが、それにもかかわらず始終目を凝らして彼に視線を注いでいた。そして友人が相手を凝視め、その心の中を読み取ろうとしていると思われるときには、何度か友人の顔がミスター・ブランチャードそっくりになり、どちらがどちらか見分けがつかなくなることがあった。二人はたがいに相手に反感を持っているらしく、それはすぐに明らかになった。国王たる私の友人がその場を立ち去ると、ミスター・ブランチャードは早速彼はどんな人間なのかと私に尋ねた。この町にやって来たのは初めてだが、彼は実は並々ならぬ高貴なお方なのだと私は答えた。するとミスター・ブランチャードはこう言ったのだ、「私はあれほど嫌悪を感じた人間には一度たりとも会ったことがないよ、ロバート君。それに、もし彼がこの町は初めてだとしても、いやどうもそうではないと思うのだがね、彼がやって来てろくなことにならんぞ」

そこで私は反論した、「あなたは彼の持っている素晴らしい精神の力に気づかれなかったのですか？　それに神威の最も注目すべき諸点に関して、彼がいかに明快ではっきりとした考え方をしているか分からなかったのですか？」

「私が彼を恐れるのはその凄まじい精神力のせいなのだよ」と彼は言った、「その気になれば彼のような人間がどんな悪業に及ぶか、そりゃあ想像もつかん。なるほど彼の考えには壮大なところがあるが、私はそこに多少とも恐怖を感じないではいられないのだ。それにキリスト教を語る彼の様子はその教えの真理を崇拝するよりむしろ恐れているもの[2]のようではないか。確かに彼は改革派教会の奉じる教義の幾つかの点では、実に正統な主張を厳密に口にしているようだが、君たち二人してその教義を危険なほど極端にまで押し進めているということに、君は気づいていないようだね。

1　ピョートル大帝は一六九七－八年、実際にヨーロッパ旅行をしている。一六九八年一月にはイングランドにも渡航して、デットフォードで造船術を学んだという記録がある。

2　『ヤコブ書』二章一九節参照。

キリスト教は崇高な栄光にみちたもの、この世の人々をつなぐ絆、そして我々愚かしい人間を神と結びつけるものなのだ。だが、その教理のひとつでも曲げて捉えたり、然るべき限度を越えるよう強いたりすれば、人間にとってこれほど危険なことはない。それは何にもましてすぐにも滅びに至る道なのだ。しかもこれほど陥りやすい過ちもない。人間は過ちを犯したときには、それが間違っていないことの証明として、必ず自分の都合のいいように無理やり聖書の言葉を使ってこじつけるものだからね。君が何度も勧めたにもかかわらず、あの自惚れ屋の神学者は私の前で十分論じようとしなかったが、私には容易に分かる。絶対予定説とそれに伴う附随的な事項についての君たちの考えは、あらゆる信仰と天啓をともに放擲するまでになっているということがね。或いは、少なくともそれらをごた混ぜにして人間の力では善なるものを選び取ることが不可能な混沌をもたらすまでになっている。ロバート君、あの驚くべき新参者とは出来るだけ付き合わない方がいいね。君たちの宗教上の信条は永罰を招くだけだと私には思えるのだよ」

この言葉を聞いて私は胆をつぶすほど驚いたが、うわべは軽蔑したように微笑を浮かべて、老人を批判するのは若者らしくないし、お互いの抱いている信念が根本的に違っているようだからこの話は止めにした方がいいのではないか、と答えた。しかし彼は執拗に話を止めず、私の信念と私という人間を強く叱責した。ミスター・ブランチャードは老人ながら雄弁で、剛健な意志の持主だったのだ。そして彼と別れる前には、私もあの新しい友人と手を切ることを約束し、自分でもほとんどそうするつもりになったのだと思う。

だがそれは陽の光を避けられると思うのと同じことだった。例の友人はまるで影のように絶えず私に付き纏い、しかも次第に私を支配するようになった。私は彼と一緒でなければ一時たりと幸福な気持ちではいられなくなり、かと言って一緒にいてもあまり幸せな気分は味わえなくなった。あるとき、ミスター・ブランチャードが私に語ったことを繰り返してみた。彼の顔に怒りと憤りでぱっと朱が差す。それから次第に目が落ちくぼみ、眉が下がってくる。私はすっかり恐ろしくなり、彼から視線をそらさずにはいられない。暫くして、話しかけながらもう一度ふと相手の顔を見るや、私は激しく驚愕した。彼はミスター・ブランチャードそっくりになっていて、私はあの老人に話をしている、それも自分では説明のつかぬ放心状態のまま話をしている、と本気で思ったほどである。私の困惑した有様に彼は喜ぶどころか腹を立てたようだった。実のところ、彼は何事に対しても本当に喜ぶということはなかった。それから彼は自分のような高貴なものは凡俗のものにはない才能を授けられているとは思わないか、と不機嫌に尋ねた。

皇帝や君主が他の人間より優れた過分の才能を授けられていると考えたことはないし、それどころか、それほどの能力を持っていないことがよくあるのではないか、と私は答えた。すると彼は首をふり、その問題についてもう一度よく考えるよう私に命じた。そしてそれで終わりだった。私が日ごとに彼の優越性を認める気分になっていったのは確かである。可能な限りあらゆる点から考えて、最早この友人がロシアのピョートル大帝であることは間違いないと思うようになっていた。すべてのことが結び合わさってこの推測を裏書きした。そして勿論私は自らの発見に応じた態度を採ろうと決心したのである。

それから何日かの間、我々の話題と言えばミスター・ブランチャードの抱いた疑念と彼の奉ずる教義とであった。友人は激しい非難の言葉を吐き、さらにまた、あのような考え方をするとは何とも情けないと嘆きながら、ミスター・ブランチャードのような人間が人類に及ぼす恐るべき悪を歎ずるのだった。私は友人と一緒になって、ミスター・ブランチャードが惹き起こすかもしれぬ悪がいかばかりのものか、思う存分非難した。そうやって長いこと語り合ったのち、私に能力をためされる試練に対処するだけの心構えが十分にできたと考えたのであろう、彼は二人してミスター・ブランチャードを殺してしまおうと言い出したのである。私はすっかり仰天して、胸の中が空っぽになったような気がした。心臓がその空洞の中で、大きなそしてうつろな鼓動を響かせる。息が止まり、舌と口の中がからからになって一言も口に出せない。彼は臆病風に吹かれたそんな私を嘲笑し、そしてブランチャード殺害の理非を弁をふるって論じたてた。それで別れるときには、私もそれこそどうしてもやらねばならぬ我が本務だとすっかり信じ切るほどになった。しかしそのような行為に賛成するのは私の本意ではなかった。まったくそうではなかった。

その晩私は、まったくとまで言わぬにしろ、ほとんど眠れなかった。それでいて翌朝陽が昇るころには、また家を出て高貴な友人と一緒にいた。また同じ話題になり、再び彼は次のような趣旨のことを論じて私を説得しようとした。もし君がキリスト教徒の兵士たちの軍の指導者の立場にあり、部下たちが皆キリスト教徒の敵を倒そうと心を砕いているとしたら、それでもその敵を根こそぎ撃破するのに少しでも躊躇するか？――勿論躊躇などしない――それなら、この世のキリスト教徒に対して、敵の何万の蛮賊にもまさる害を与えているものがここに間違いなくいるとはっきりと分かっているときには、その相手を倒し、神に選ばれたものを救うのが君の務めではないのか？ それが彼の言い分だった。さらに彼は言葉を続ける。「わが勇敢なる若き友よ、キリストとキリスト教徒の擁護者たらんとするものはすぐにも行動を起こさねばならない。たとえ初めの行動が些細なものであっても、それがいかに華々しい結果を生み出すか、測り知れないのだ。もしブランチャードという男が立派な人間であれば、今より上の場所にのぼるだけのこと、もし何ら尊敬に値しない人間ならば、多数の魂を失うよりは一人の人間が破滅した方がよいというものだ。[1] さあ、天より下された我らの使命を全うしようではないか。私の方ははっきりと心が決まっている。この世で私の目指す大切なものはひとつしかないのだ。一瞬たりとも見失うことはない」

私は彼の主張を認めないわけにはいかなかった。というのも、記憶をたぐりよせて彼の言葉を繰り返すことはできないが、なにしろ彼の雄弁ときたら聴き手を圧倒せずにはおかぬもので、他のどんな理路整然たる意見もこれを前にしてはかすんでしまうほどだったのだ。そしてまた、こうした言葉を吐いているのは偉大な帝王であり、彼はこの上ない地位にまで私を昇らせることが出来るのだ（もし私が遠大で決定的な彼の計画に手を貸せば、のことだが）とそのときは信じて疑わなかっ

1　『ルカ伝』一五章三―七節の迷える羊の譬話の内容を反転させている。

たので、世間知らずの若者のためらいも良心の叱責も大方吹き飛んでしまったことに疑問の余地はない。その上、私を支えるこうした強力な援助者[1]がいる以上、いかなる結果も恐れるには及ぶまいとも考えたのである。私は同意した！　しかし少しばかり考える時間をくれるよう彼に頼んだ。義務についてはあれこれ考えない方がいいと彼は言い、我々は別れた。

　しかしこの驚くべき人物が私の心に及ぼした作用の中でも最も不思議なことは、彼が昼と同様夜も私をすっかり支配していたということである。私の見る夢はすべて彼のちょっとした暗示にことごとく照応していた。そして私の側にいないときでも、むしろ一緒にいるとき以上に彼の議論が心中深く刻まれるのだ。その夜は素晴らしい大成功を獲ち得た夢を見た。そこではすべての場面が薄ぼんやりとして輪郭もはっきりしていなかったが、ミスター・ブランチャードを打ち倒し、死に致らしめることこそ私が高い地位に昇るための第一歩となるのだった。こうして夜には夢を見る、昼間には話し合うという具合で、その計画に私の心はすっかり慣れ切ってしまい、ほとんどもう実際にやってしまったのではないかと思われるほど。それで遂に心が決まった。最初にして最大の勝利が得られるのだ。というのも、天気のよい日には欠かさずひとりで私邸の庭を散歩する彼の姿が見うけられたのであり、そんな男を殺す機会を見出すのは少しも難しくないからである。私は二日間ほど彼の説教を聞きに行った。そして実際、彼の説くところはほとんど瀆神の言葉と変わりないと思われるほどで、私がついぞ耳にしたこともないようなものだった。集まった会衆は随分の数で、心から喜んでいるらしく、耳をそばだてて彼の説教にじっと聞き入っていた。何故かと言えば、何とも嘆かわしいことだが、その説教は彼らの俗性と自己過信に寸分違わず合致するものだったからである。「もし神に救われないとしたら、それはすべてその人間のせいである」ということを彼は事実として平然と述べ立てた。何という恐ろしい誤解であろう！　その上、たとえ罪深い行為を犯しても、それが止むにやまれぬものであるなら、そのことで責められはしない！　などと主張し、かつまたそれを必然のものとして証明しようとするのだ。〈もっともらしい言辞を弄する見下げ果てた奴め！　このように傲慢で馬鹿馬鹿しい信仰についての公言に対しては、主の剣[2]をその安き場所より動かさずにはおかないぞ！〉私は幾度となくそう思った。

　私がこの誤った教義をあの皇帝に話そうとしたときのことである。驚いたことに彼もみずから教会に行っていて、老牧師の説教を一句も違わず覚えているのだった。そしてそれについて憂い顔でこう言うのだ――あの教理は広く同志に支持されている自分の考え方とは違っている。そして自分はすべての町、すべての土地に手足となって働くものがいて、ああした誤った公言を抑えることができる――これを聞いて私は単刀直入に尋ねた、「あなたの家来は皆キリスト教徒ですか、王様？」「ヨーロッパにいる私の部下は皆キリスト教徒であるか、或いは自分でそう考えているかのどちらかだ」と彼は答えた、「そして彼らは最も誠実かつ忠実な家来なのだ」

1　原語 'back friend' には「偽りの友、腹背の友」の意もある。
2　『士師記』七章一八、二〇節参照。

これを聞いて、この人物こそロシアの帝王であることを一体誰が疑い得ただろうか？　にもかかわらず、この頃から彼の身元について、本当はロシア皇帝ではないかもしれぬという疑念が浮かんできて、現在に至るまでそれが消えていない。果たしてどちらの推測が正しいのか、それは誰にも分かるまい、何しろこの私に分からないのだから。私としては思い出すままにこうして書き連ねていくしかない。もしこのような告白を丹念に読んでくれる読者がいれば、その人が自分なりに判断するだろう。ともかく、このただならぬ人物と出遭ってからというもの、記していることといえば彼のことばかりであるのがお分かり頂けるだろう。そしてこの回想録の終わるまで、彼のことを記すしかない。私が何らかの重大な、或いは世の人の関心をそそる行動をしたときは、常に彼が主役として振舞っていたのだから。

ある日、彼がやって来て私に言った、「すでに決定したことを遂行せずにこうして逡巡していてはいかん。相手が俗人、聖職者の別なく、人類のためにやるべき仕事がまだ沢山あるのだからな。この地でなすべきことをやってしまおう。それを終えたら他の町へ、いや他の国へまでも行かねばならないかもしれぬ。今度の安息日にペイズリー[1]の高教会派教会で何か格別重大な儀式があるらしく、ミスター・ブランチャードはその席で壇上に立つことになっている。この式典は断固阻止せねばならない。彼をそこへ行かせてはならないのだ。説教の準備に忙しいだろうから、恐らく金曜と土曜の大半は彼ひとりでフィニストン谷を散歩して過ごすだろう。斃（たお）すにはまたとない機会だ。子羊の生命、つまり何であれ穢れなき獣の生命と比べて、それ以上に大切な人間の生命などあるだろうか？　ましてあの老人が我々の同胞の間に及ぼしている悪しき影響を考えれば、彼の命など獣の生命の半分の価値もない。あの病菌のような人間を倒すことが、聖徒に加えられたものの義務であることに何ら疑問の余地はないではないか？」

「私は恐ろしいのです、陛下」私は言った、「あなたの考えておられる天罰は、あまりにも残忍な、そしてまたこの国の法をあまりにも無視したものではありませんか。その動機が偉大で高邁なものであることに異論はありません。でもそんなことをしてどういうことになるか、よくお考えになって結論を出されたのですか？」

「そうとも」彼は答えた、「そして神と良心の法に照らして、その行為の責任は自分で引き受けねばならないと考えている。しかし人間の定めた法規など、私にとって問題ではないのだ。万軍の主[2]たる神の武器が待ち望まれた復讐の御業（みわざ）を始められるのを私は喜んで見るだろう！」

　こう語る彼の顔にかすかながら嘲りの色が認められたような気がしてならなかった。それでもこのような相手を前にしては何も言えず、しかも彼には少しも延期するつもりのないことが分かったので、何とかみずから勇を鼓してその仕事をやり遂げようと思った。理屈の上ではその行為を認めていた。だがいざ実行に移すとなると、どうしてもその気になれないのだ。悪しき不信心者がすべ

1　グラスゴー西方の都会。ロバート・タナヒルが当地で文学サークルをつくり、ホッグを招いたことがある。

2　旧約に頻出する表現だが、特に『イザヤ書』一三章四—五、『エレミヤ記』五一章一九—二〇節参照。

て倒されて、心を迷わされたり惑わされたりすることがなくなれば、神に選ばれたものがずっと幸福になり清らかにもなるはずだということは、理解していたのみならず確信もしていた。しかしみずから進んでこうした重大な仕事を始める気にはとてもならなかっただろう。この他国の帝王に吹き込まれて初めてその気になったのである。それでも、繰り返し宗教的熱情を限りなく煽り立てられたにもかかわらず、やはり人の血を流すのだと考えると心がひるんでしまうこともないではなかった。ついには決定的行為に手を染めたわけだが、それもひとえにみずから私の後見人となってくれたこの見識ある友人が実に熱心に絶えず私を唆していたからである。言えることはすべて言い、結局それがすべて言い負かされてしまうと（自分のやったことも言ったことも共に、まるで昨日のことのようによく覚えている）私は躊躇いがちに踵を返し、教えを乞うて天を仰いだ。しかし眼がぼんやりかすんで何も見えない。まるで眼の前に幔が引かれたようで、しかもその幔がとても近くに感じられたので、触れてみようと手を上げた。するとギル・マーティン（この大帝はそう呼ばれることを好んでいた）は顔を顰め、私が何をつかまえようとしているのかを尋ねた。私は何と答えたらよいか分からなかったが、恐れ恥じ入りながら答えた、「私には武器がありません。ひとつもないのです。その上、どこに行けば見つけられるものなのかも分かりません」

彼は言った、「神はお前を信頼しているのだぞ。もしお前がその信頼に値することが明らかになれば、お前の主たる神が武器をお与えになろう」

私はもう一度我々二人を覆っている垂れ込めた幔の中を見やった。するとその中に、ありとあらゆる金色に輝く武器が下りて来るのが見えるような気がした。しかし、それはことごとく私の方に矛先を向けているのだ。[1] 私は跪き、手を伸ばしてそのひとつを取ろうとしたが、その時後見人たる友人が私の服をつかみ――そう私には思われた――まるで子羊を相手にしているみたいに易々と私を引きずると、陽気で快活な声でこう言った――「さあ、行こう。夢を見ているのだ――お前は夢を見ているのだよ。高揚した精神の全精力を鼓舞するのだ、お前は恵まれしものだからな。[2] お前が仕えるお方は、いつもお前の身近におられて、お前を導きまた助けて下さるだろう」

この言葉もさることながら、何よりもこの目に映じた天より下る金色に輝く武器の姿が否応なく私の情熱に火をつけた。そのあまり、自分が自分でないような気がしたほどである。その夜、両親も私のそんな状態に気づいたとみえて、部屋を出ることを許してはくれなかった。私は家族とともに祈りを捧げ、その上さらにひとりで讃美歌を歌い、また祈った。そして当然ながら神にこのささやかな讃美と祈りを捧げることが罪になることはない、と信じていた。しかしこの世には人智の及ばぬものがあり、不可解な力が働いている。ケルビムの間におられる方[3]だけがそうした謎を解くことができるのであり、その方こそ永遠に崇敬されねばならないのだ。アーメン。

1 『使徒行伝』一〇章一〇―一六節でペテロが見る幻を想起させるが、以下その意味するところをロバートは理解しない。
2 『ルカ伝』一章二八節で聖母マリアを天使ガブリエルがこう呼ぶ。
3 神のこと。例えば『列王紀略下』一九章一五節参照。

その夜すっかり力を与えられ勇気づけられたと感じた私は、翌朝勇んで友人に会いに行った。最早彼から見捨てられては私の人生などあり得べくもなかった。流血による改革という偉大な仕事に私がこれほど積極的になったのを見て彼も喜び、言をつくして、将来すばらしい名声と栄誉を獲ち得るのだという私の希望を煽り立てた。それから純金のピストルを二丁取り出すと、私の目の前に差し出して好きな方を取れと言いながら言葉を継いだ。「さあ、お前の主人が用意して下さったものを見るがいい！」私は夢中でそのひとつを手に取った。これこそ天より下賜され、どんより垂れ下がった幔、仄見えた天空のつづれ織の中に現れたあの武器なのだとすぐに気がついたのだ。そしてこう思った、〈これこそ間違いなく神の御意志なのだ〉

この小さいながら魅力にあふれた素晴らしい武器はまったく非の打ちどころのないほど完全なもので、これを与えて下さった方の御意志をすぐにでも遂行出来そうであり、これを使って神に奉仕するときを今や心待ちにするほどになった。ギル・マーティン同様、私もみずからの手でピストルに弾丸を込め、それから森の端にあるさんざしと野バラの繁みの中、出来るだけ道路に近いところに二人とも場所を定めた。私の後見人はまったく何の手ぬかりもなく手筈を整えていて、何ひとつ計算違いはなかった。その場に立って一分半と経たぬうちに、ゆっくりと道をやって来るブランチャード老人の姿が現れた。その姿が目にはいると、我々は身をかがめ、膝立ちになって繁みの間からピストルを構えた。これほどはっきりとした揺るぎない志を持っている以上、生贄を撃ち損じることなどあり得ない。

彼はゆっくりと近づいて来たが、随分長い間立ち止まることが何度かあって、引き返してしまうのではないかとも思われた。ギル・マーティンはそれを懼（おそ）れ、私も同じ危惧を口にしたが、心の中ではそうやって引き返してくれるよう祈っていた。しかし彼は歩を進めた。私はそのとき近づいて来た彼の姿を決して忘れないだろう。否、——限りある私の一生の間であろうと永遠に続く来世の幾世代もの間であろうと、忘れることが出来るなどとは思えない。彼はずんぐりとして不恰好な身体つきをしており、身なりなどお構いなしといったていで、齢のためにいくらか背中が曲がっていた。コートの下で手を後ろに組み、独特のぶらぶらとした歩き方で進んで来る。立ち止まって周りの景色を見遣ったときの彼の姿は極めて印象的だった。自分ひとりきりだと思っている様子で、ひたすら神と神の創られた自然とだけに交わっているよう。これほど油断しきった人間の姿もあるまい。牛舎に向かう雄牛のように[1]何の不安も懸念もない様子で、この世からあの世へ送ってしまおうと待ち構えているものの方へ一歩一歩近づいて来るのだ。ああ、思い出したくもない光景よ、お前はどうしてもこの私の心の眼から消え失せてはくれないのか！　もしそうならば、せめて私に能う限り耐えさせてくれ！

　彼が我々の構えていた銃口の真正面にやってくると、ギル・マーティンは短く鋭い声で「ほら！」と叫んだ。老人は驚いた様子もなく、こちらの方に向き直り木立の中を覗き込んだが、我々

1　『箴言』七章二二節参照。

には気づかなかった。友人は「今だ！」と囁くと、引金をひいた。しかし私の手はいうことをきかなかった。そのとき私はキリストとキリスト教徒のためとはいえ暗殺者となることに確信が持てなかったのである。背後で甘き声が気をつけよと私に囁いたのが聞こえたような気がして周囲を見廻そうとしたとき、友人が叫んだ。「臆病者、我々は身の破滅だ！」

どうすべきか考える余裕はなかった。ギル・マーティンの弾丸が外れたのだ。老人の身体は彼から数ヤードしか離れていなかったから、まったく不思議なことだった。「あっ！」ブランチャードが叫んだ、「何故こんなことをするのだ、人でなしめ！」こう言いながら繁みを探ろうと近づいて来た。今も言ったように、私は躊躇っていた。そして後ろを振り返ろうとしたのだが時間がなかった。ブランチャードはさらにもう一歩近づき、血に飢えた暗殺者が二人、隠れ場に身を潜めているのを見つけ出してしまったのだ。激怒した友人が、「臆病者、我々は身の破滅だ！」と叫んだその瞬間、私のピストルが発砲された。結果は予想された通りであった。老人は最初一方によろめき、それから仰向けに倒れた。我々はその場から一歩も動かなかった。ふと気がつくと、友人の目は異常なまでの歓喜に輝いている。傷ついた老人は土手から身を起こし上体を立てた。目が朦朧（もうろう）としているのが分かった。しかし、意識ははっきりしているようだ。というのは、低い苦しげな声ではあったが、彼がこう言うのが聞こえたのである。「ああ、何ということだ！　こんな目に遭うとは、私が他人の恨みをかうようなことをしたというのか！　さあこっちに出て来て、姿を見せなさい。死ぬ前にお前たちを赦せるようにな、いや、主の名において呪いをかけてやることになるかもしれんがな」そう言うと彼は、明らかに死の苦しみにもがきながらも、まるで失ったものを手探りで捜すかのように、両手で地面をまさぐるのだった。そして、途切れがちではあったが、神の赦しを乞うおごそかな祈りを捧げながら、最後の息を引き取ったのである。

私は彫像のように身体が硬張ってしまっていたが、友人の方はすっかり気分が昂揚しているみたいだった。「立て、気の弱い奴だな。さあ、行くとしよう」彼は言った、「今回はよくやった。だが、どうしてこのように立派な大義ある行動を躊躇うのだ？ キリスト教界を浄化するという偉大な仕事のこれはほんの手初めにすぎんのだぞ。しかしこれは価値ある生贄だった。そしてすぐにも抹殺せねばならないこうした手応えのある連中はまだまだ沢山いるのだ」

我々は目の前の犠牲者にも、また彼の身につけていたものにも触れなかった。手が血に染まるのを怖れたのだ。しかも、銃声を聞いて男が三人こちらへやって来るのが目にはいった。彼らは老人の倒れている現場に向かって急いでいたが、臆することを知らぬ友人は、私にひとりでこの場を去るように命ずると、自分でピストルを二丁とも持って、その男たちを出迎えるべく進んでいった。私は反対方向に一目散に逃げ出し、ピアマン・サイクの麓に辿りついた。それからそこの窪地を駆け上がり、まるで例の場所での銃声を耳にしたので姿を現したような顔をして頂上まで行った。何が起きているか、すべてとはいわずともその一部は十分に見ることが出来た。友人はこれ見よがしにピストルを握った手を無造作に振りながら、まっすぐ男たちの方に歩いて行く。男たちは必死に彼を避けようとする風でもない。そこで友人はそのまま進んでいって彼らとすれ違った。男たちは彼の後姿に視線をやったが、そのまま前に進んだ。しかし手足を投げ出し血まみれになって老人が倒れているところに来ると、彼らは向きを変えて友人のあとを追った。とは言っても、それは全力でというほどではない。彼らはそもそもの初めから友人の姿をそれほどはっきりとは見ていないのだということがわかった。

その日、グラスゴーの混乱はひどいものだった。キリスト教の本質とは相容れないものではあるが、道徳律の遵守を説く当地で最も人気のあった説教師が（人々の言うところでは）冷酷無惨に殺されたのである。広範囲に渉って鼠一匹逃さぬ暗殺者探索の網が張られた。しかし犯人一味はひとりとして発見されなかったし――それは確かである――疑われさえしなかった。真犯人でないまったくの別人が嫌疑濃厚で逮捕されたのである。実際にこの目で見たことで、これほど理解に苦しむ不思議なことは他にない。そしてこれが、私の後見人の巧妙極まる術策のひとつであることは間違いなかった。というのも、最初から感じていたことを言うことになるわけだが、彼のような能力の持主は他に二人といるはずがなかったからだ。逮捕されたのはある若い説教師だった。この男は町で拳銃を買い、事件当日の朝それを持って町から姿を消していたことが判明した。しかし何よりも驚くべきことは、私の友人と出遭った例の三人の男のうち二人までが、老師が死んですぐに両手にピストルを持って歩いて来る男に出喰わしたが、この不運な説教師こそその男だと証言したことである。その男はあわれにもしどろもどろの弁解をした。その弁解が嘘でないことに少しの疑いもないのだけれども、実際はまったく問題にされず、傍聴者にも陪審員にも一様に一種の憎悪の表情が浮かんだのだった。私はその裁判を最初から最後まで傍聴した。ギル・マーティンも同様だった。だが我々は、その半人前の説教師が死刑の宣告を受けるがままにしておいた。そしてその時以来、私は刑事事件を審理する裁判の正義を少しも信用しなくなった。人間はひとたびあることに偏見を持つと、その偏見を支持することなら何でも証言してしまう。私は我が謎めいた友人に、我々の行為のためにこの若者が死ななければならないという恐るべき不正を説き聞かせようとしたが、帝王たる彼はこの結果に歓喜すること私以上で、どちらの身が危険かと言えばそれは自分より私の方だと言うのである。

グラスゴー及びその周辺を襲った恐慌は並大抵のものではなかった。この地方には政府派と国民派という政治的な二大勢力が分立していたが、政府派は会議を招集し、声明を出し、報復することを明言し、今度の事件はすべて暴力的な党派根性のせいであるとして、反対陣営の取った極悪非道の処置を非難した。私にはこの二派が政治的にどう対立しているのかは分からなかったが、真の福音伝道者がすべて一方の側に属しており[1]、道徳律を支持し罪に穢されない人生といったものを奨励するものたちが他方の陣営に属していることは容易に見て取れたので、この二派の分裂は我々にとっての試金石となった。そしてすぐに我々はこの聖人の集まりとはとても言えぬ異端の陰謀団を指

1　ここで言う真の福音伝道者の属する陣営とは国民派であり、道徳律支持者たちの属する陣営とは政府派である。

導するものを幾人か選び出し、機会あるごとにひとりずつ殺してしまおうと決めたのである。

すでに幕は切って落とされており、私もこの偉大な任務に相当程度熱意を抱くようになっていたが、それ以上に熱心なふりをした。そして次の企ては、私が不様な失敗をしたために不首尾に終わったのだが、もしうまくいけば、後見人たる友人の巧みな才覚で、時を置かずに連中をひとり残らず誘拐していたはずである。ところが私のとんでもない失敗の結果、彼の姿がすっかり露見し、あやうく捕らえられそうになってしまった。私の方も目撃され、強い嫌疑をかけられて、慈父、母、それに私自身までひそかに取り調べを受けたほどだった。私はその件については何も知らないとすべて否定し、また両親は私がそんな事件に関係しているなどというのは取るに足らぬ馬鹿馬鹿しい風評だと考え、そのような疑いはまったく事実無根であると固く信じていたので、結局その証言が受け入れられ、事件は立ち消えになってしまった。とはいっても、私としては散歩をするのにも気を配らなくてはならなくなり、帝王たる友人にも滅多に会わなくなった。彼は身の安全などには少しも頓着しない様子で、毎日獲物を求めるように歩き廻っていた。しかしその日その日で別の人間になっていて、どんな危険をも不安に感ずる必要がなかったのである。その変身の巧みさは、相手を見分けられるように二人の間で交わしていた合言葉がなかったら、私の方で彼だと認めることはとても出来ないほどだった。

成行で慈父が国家的な問題を処理する相談にのってほしいということでエディンバラに呼ばれることになった。熱心に歎願した結果、友人とともに大喜びしたのだが、私も父について行ってもよいという許しを貰えた。我々は今や広大な新天地へ乗り込もうとしていたからである。ところで、この間私は彼が何処に住んでいるのか知らなかった。一度も自分の家へ訪ねて来るよう招待してはくれなかったし、また私の家の方にもやって来ようとはしなかった。それで時折、もし真のキリスト教のためのこの偉大な任務が多少とも露見した場合には、彼は私を見殺しにするつもりなのではないかという疑惑が胸をよぎることがあった。それで、エディンバラで会ったとき（というのも我々は別々に出掛けたのだ）、慈父と私はとても信心篤い一家のもとに寄宿することになったと報告しながら、彼の宿を一緒に探そうと申し出た。彼は私の住居がよいところだといって喜んでくれたが、自分としては特定の家を宿とはしない方針で、都合のよいところをさがして、毎日、或いは一日のうちに何回でも居所を変えることにしているし、どんなところでも一向に困らないのだと言うのだった。

「何という面倒なことを御自分で引き受けていらっしゃるんでしょう、皇帝ともあろうお方が！」私は言った、「それもすべて、この世の人間についてもっともっと見聞を広めたいという目的からなのですね」

「私は自分にとって何がしか果たすべき大きな目的のないところへは決して行きはしない」彼は答えた、「その目的とは、私自身の力と支配を広げること、或いは敵を挫くことに資するものなのだ」

私は言った、「あなたの偉大な悟りには然るべき敬意をお払いしますが、人目につかない卑しい身分のままでは、いずれにしても当地ではほとんど何もなし得ないと思うのです。陛下は御自分から進んでそんな身分を装われておられるようですが」

するとこ彼はこう答えたのだ、「お前は生まれつきの謙虚さからそんなことを言うのだろう。私に尽くしてくれるものとしてお前という人間を得たことは、キリスト教界の最も偉大な国王たちからさえも羨まれるくらい価値あることなのだとは思わぬか？　お前の協力が得られるほどこの身に利することのためなら、人間世界の半分でも歩き廻ったことだろう」——私は勿体なくて頭を下げたのだが、同時に誇りを感じ、ひどく得意な気分にならずにはいられなかった。彼は言葉を続けた、「私はそれほど貴重な助けが得られるなら、どんなに苦労してもしすぎることはないと本気で思っているのだ。というのも、魂と肉体と精神とをあだやおろそかに考えず天帝に捧げているばかりでなく、初めから神に選ばれ、義とされ、聖別されて、さらに決して断たれることのない、またどのような行為に及ぼうとも追放されることのない霊的交わりに受け容れられてもいるもの——そうした人間を自分の味方として持つこと、いいかね、これは王国を幾つも持つにも等しい素晴らしいことなのだ。何故なら、その人間が何をなすにしろ、本人が安全であるのは勿論だが、同時にそれは私に対する敬意の表れでもあるのだからな」私は帽子をとって再び頭を下げた。彼はさらに言葉を継いだ——「私はこれからそうした素晴らしい味方がみずから信奉する大義をどれほどの勇気を持って果たすことが出来るか、厳しい試練を与えようと思っている。月並みの人間性とやらにとっては不快極まる試練になるだろうが、身を捧げて主の剣たらんとするものは凡百の輩の上を行かねばならぬのだ。さて、お前には実の父と兄がいたはずだが、二人について何か知っているか？」

「残念ながら、いいことは何ひとつ知りません」私は答えた、「彼らは神に見棄てられて堕落した者たちで、悪魔に身を捧げ、悪魔と同様、貪るようにあらゆる極悪非道に手を染めています」

「彼らは二人とも斃されねばならない！」彼は溜息をつき、憂鬱な顔をして言った、「しかも、彼らはお前の手で斃されねばならぬ、と天上の神によって定められているのだ」

「まさか！」私は思わず言った、「彼らはキリスト及びキリスト教徒の敵です。それは私にもよく分かっています。ですが、死ぬまで私に非道を尽くすがままにさせておき、その時が来たら然るべき報いを受けさせればいいのではありませんか。私がみずから手を下す必要などないのではありませんか」

「その気持ちは当然でもあるし無理からぬものでもある」彼は答えた、「しかし考え直さねばならない。この世の肉親という血のつながりと主との契約や誓いと、どちらがより強いものと思っているのかね？」

私は言った、「皇帝陛下、私はこの問題についてあなたと議論するつもりはありません。私がいくら主張しても、いつだって結局言い負かされるだけですから。ただ自分の決心を述べるだけです。この件では主に代わって復讐をする気はありません。そんなことをしても何の利益もないからです。なるほど彼らは反キリストたる獣の徽章[1]を額や右手に受けているし、神に見棄てられたものに他なりませんが、他人を感化するほどの力を持っているわけではありません。そうした連中は自分の罪で滅ぶがままに任せておけばよいでしょう。私が手を出すまでもないはずです」

「何て途轍もないことを言い出すのだ、お前は！」と彼は言った、「あの連中こそお前の最大の敵なのだぞ。お前が滅ぶのを見たら歓喜の声をあげるような連中なのだ。主のために主の敵に復讐を始めた以上、何で今さら主の敵でもありお前自身の敵でもある連中を容赦することがあるのだ？　それにあの富裕な家の富、財産が真実とあらゆる神聖なものに敵対する連中の手を離れ、お前のものになったとしたら、正義と真実のためにどれほどの利益となるか考えてみることだ」

これが、我が高貴な指導者の指示する略式手続きに従った場合に私に与えられる相続財産ということになる。こうしたことはそれまで私の考慮の外であった——そんなことに心を動かされるなんて真平だった。しかしあの悪人どもの富を手に入れることによって、数え切れぬ善をなし得るようになりたいという気持ちが心の中に強く刻み込まれなかったと言えば嘘になる。そこで私はその件を考えてみようと答えた。実際、私は考えた。しかも暇を見つけては繰り返し大真面目に考えた。そして毎日一時間といえども、偉大な友人の言葉に影響されずに自分で心を決することはなく、遂には特に兄の方を殺したいという渇望を抱くようになった。もし万が一この書を読むものがいれば、きっとこうした告白に驚き、野蛮で常軌を逸したものと考えるであろう。最初のうちは私にもそう思われた。しかしなにごとにせよ、ある事柄を絶えず考え続けていると、その様相はことごとく変わってしまうものである。これまで私はすべてのことを万事よかれと思ってやってきたのであり、また正義と不正を私よりはっきりと弁(わきま)えている人の指示に従ってやってきたのだ。私は兄を殺したいという願望を抱いた。それは本当である。しかもそれは、喉の渇いたものが水を飲みたがるような激しい渇望だった。しかしこの渇望には同時に、欲している飲み水に猛毒がはいっているのではないかと怖れるようなある種の恐怖がまじり込んでもいた。この頃には私はすっかり気弱になり、或いは多少とも軟弱になったと言うべきかもしれないが、信念までも少しばかりぐらつき始めていた。そしておこがましくも、キリスト教の教理の中で最も把え難い、神に選ばれたものは決して過つことがないという教理に疑いを持ったのである。すでに手を着けていた偉大な仕事の意味がほとんど分からなくなり、私自身が果たして決して過ちを犯さないのか疑わしく思われた。しかし結局は再び友人の飽くことを知らぬ執拗な説得によって考えが変わってしまい、自己の背教を悔いて、全能の神の教えが何にもまして至高のものであると今いちど完全に認めるようになったのだ。アーメン。

この頃、私はひそかに何度も繰り返し祈りを捧げた。身を低くし、かつまた熱情をもって祈ったのである。そうして願いがすべて受け容れられたことが分かったときの満足感はとても言い表せるものではない。

高貴な友人は罪深い肉親を斃すという天より命ぜられた重大な使命を相変わらず私に吹き込み続けていた。そして聖書や教父たちの著作から類似の事例を引き出し、悪しきものどもに対する復讐

1 『ヨハネ黙示録』一三章一六節、一六章二節、一九章二〇節参照。

の業を神がいかに喜ばれるかを説くので、私はたとえ心からとまではいかずとも、彼の計画に同意せざるを得なかった。彼の主張を聞き入れるのは容易でなかったが、それでいて私が彼の意向に傾きかけていることをすぐに悟られてしまうような気がした。「主君[1]の家を根絶やしにしたエヒウの行為が主の命令であり、また主によって是認されたものであるからには、アハブ自身の息子の誰かが、イスラエルの神のために立ち上がり、国中の罪人とその偶像とを滅ぼしたなら、それはもっと賞讃に値することではなかっただろうか？」と彼は言った。

私は答えた、「きっとそうでしょう。神に対する務めは他のいかなることよりも優先されねばなりませんから」

「それなら汝も往きてその如くせよ[2]、だな」と彼は言った、「お前はこの自分の故国の神の聖所を血の雨で浄めるという気高い召命を受けているのだからな。さあ、悪しきものどもの住処[3]に大いなる荒廃の使い、強大な支配者としておもむくのだ。そうすれば、この世でもあの世でもお前は十分な報いを得られるはずだ」

私は今や兄と対決したくてうずうずしていた。これを知ると、万事を心得ている友人は町の郊外にある小さな広場に私を連れて行った。そこでは貴族や地主の息子たちが何人も、くだらない、無益で罪深いゲームをしており、その最中何度となく呪われた言葉が飛び交っていた[4]。そしてこの神の冒瀆者たちの中に友人はたちどころに兄を見つけ、私に指差して教えてくれたのである。私は兄がそんな連中の仲間であり、またそんなゲームに興じているのを見てひどく腹が立った。そして彼の動きを観察し、彼の言葉を聴き、そうした実際の見聞から結論を出そうと、彼のすぐそばに近づいた。彼は何と恐ろしい罪の巣に浸り切っているのだろうか！　私は叱責を加える決心をした。そしてもし彼がそれを拒めば、それ相当の罰を与えてやろうと心に決めたのだ。私の高貴な友人であり指導者でもある大帝が注目していることが分かっていたので、少しでも勇気のあるところを見せるつもりだった。そこで兄が創造主の名を三度冒瀆するのを待って、[5]蹴飛ばしてやったのである。そうなのだ、私は勇敢にも兄に近づき足で蹴ったのだ。意図したほど強烈な打撃を与えられないのが我が運命だったのだが。しかしこうした私の行動は主の懲罰を謙虚にそして従順に受け容れさせるどころか、兄の堕落した性格を煽って口論を喧嘩へと駆り立てる結果になってしまった。彼は激しい怒り――これは常に悪魔によって吹き込まれるものである――に燃え、私の方に猛烈な勢いで突進して来た。しかし兄の穢れた足がそのままでは破滅へと転がり落ちていくのは明らかだったから、私は何とかそれを押し止めようと、彼を転倒させた。私も少しだけ倒れはしたが、倒れ方のひどかった兄は腹立ちまぎれに立ち上がると、手にしていた大きな木槌のようなもので私を血まみれ

1　アハブのこと。以下の文に関しては、『列王紀略下』一〇章参照。
2　『ルカ伝』一〇章三七節は同様の表現で慈愛を説く。
3　『エゼキエル書』四五章一八節、『ヨブ記』一八章二一節参照。
4　「編者が語る」の三九頁八行目参照。そこの原文は“That's a d—d fine blow. . .”であり、この‘d—d’（= damned）を「呪われた言葉」と言っている。
5　『マタイ伝』二六章七五節等参照。

になるまで殴りつけた。そのときから兄を破滅させてやると固く心に誓ったのだ。しかしそのときの私にはたまたま武器も、またこの卑劣漢やその堕落した仲間から倍にして頭を殴り返されたりしないだけの然るべき罰を相手に加える手段もなかった。そこで私は友人の指示に従って連中の間に紛れ込んだ。そして一緒に肉欲と罪に満ちた彼らの巣までついて行き、然るべき罰を加えるという大目的のための方法が何か見つかるのではないかと思って、何とかその店にはいろうとした。そうするよう内なる霊に突き動かされていたのである。しかし私は店から締め出されたばかりでなく、邪な兄とその仲間の策謀によって投獄までされてしまったのだ。

　このように、正義のために罪人の手によって苦しみを味わうという名誉を受けたことを私は悔やみはしなかった。独りになると直ちに、あのような恐ろしい罪人たちを神が長い間黙認されたりしないよう祈った。すると看守がやって来て私を侮辱したのだ。野卑で無節操極まる男で、だらしない肉欲の支配する時代の風潮にすっかり染まっていた。しかし私は『雲なす証人』[1]の中で、以前にそうした人間が投獄された聖人の教えによって改心したという話を読んだことがあった。そこで何とかこの男を悔い改めさせ改心させようと強く決意した。

「おい、おめえ、何だってそんなふうにわめえたり、祈ったりしてるんだ？」男は怒ったようにはいってくるとこう言った、「囚人が祈りをあげるなんざ、もう少しもはやらねえと思っていたんだがな。むかしゃあずいぶんと聞かされたもんよ。素寒貧の看守にしてみりゃ、これほど一文の足しにもなんねえ忌わしい袖の下はなかったねえ。うなるのをやめねえかい、さもねえと奥の牢屋に押し込んじまうぞ。そこならたんとうなれるってもんだがよ」

私は言った、「なあ、君、私はあらゆる人間の行動が明らかにされ裁かれる席、罪深き君が決して逃れられない審判の席で訴えているのだ。さあ、安らかに行け。[2]そして私の邪魔をしないでくれ」

すると男が言った、「おめえ、もっと手近に訴えられる相手が家にいねえのかい？　なぜって、もしいねえってことなら、おめえとおれがそのうちすっかり親しくなっちまうってことになりかねねえからよ」

そこで私はこの男に、信仰の神秘をはっきりとわかりやすく披瀝してやった。しかも特に神の選抜という偉大な教義のことを説いてやったのである。それからこう付け加えた、「さあ、君がこの選ばれたものの中にはいっているかどうか私に言ってみてくれ。それを確かめるのは誰にでも出来るし、またそうすることはすべてのものの義務でもあるのだ」

「それで、そいつがわかると、おめえにゃ何かいいことでもあんのかい？」と彼は尋ねた。

「もし君が私の同胞の一員であれば、君と心地よい交わり、付き合いをしたいと思っているからね」と私は答えた、「しかしもし君が悪しきものの仲間ならば、私は君を斃す任務を負っているの

1　これは記時錯誤であり、この本の初版は一七一四年発行。なお、書名は『ヘブル書』一二章一節より。
2　『使徒行伝』一六章三六節参照。

だ」

「おい、若造！　とんでもねえ悪魔憑きだな！」大口を開けて笑いながら彼は言った、「それで、おめえにそんなごたいそうな任務を授けたやつぁ、一体何者なんだ？」

私は答えた、「私の任務は天の印形で封印されている。そして、私はそれを君を含めてすべての罪人に知らしめてやるのだ。最も荘厳な誓いと契約とで、この身はその任務に捧げられている。私は主の剣であり、飢饉と疫病は私の姉妹なのだ。[1]この国の悪しきものどもは災いなるかな。キリスト教界が浄められるために、彼らはひとり残らず死に絶えねばならぬのだから」

「おやおや、こいつあすげえ、なあるほど」彼は言った、「まったくてえした任務だが、そいつをここでやり遂げよおってのはまず無理だな。悪いこたあ言わねえから、ちょいと知り合いに手紙書きな。そうすりゃ、おれが送ってやる。なんたって、ここはそんなご立派な御仁にゃ似つかわしい場所たあ言えねえからな。おめえは見上げた仕事をやらかしてきたようだから、もし手が震えて字が書けねえってんなら、口で言やあいい。いいかい、ここはどうにもおめえが仕事をする場所じゃねえってのは確かだよ」

その男は明らかに私が発狂したと思ったようだ。こうした偉大な真理はほんのひとかけらもその男には呑み込めなかったのだ。そこで私は彼の忠告を聞き容れ、慈父に一筆書き送った。父はほどなく私の釈放を求める署名を携えてやって来たが、そこに国中のあらゆる高貴なキリスト教徒の名が記されているのを見たときの看守の驚きようといったらなかった。

慈父は今度の私の投獄という事態を深く胸に刻み込んで、罪人たちがおのれを恥じて顔を見せなくなるまで徹底的に正義をなすべく身を奮い立たせた。私の高貴な友人も徒らに時を過ごしていた訳ではなかった。投獄中一度も会いに来ないし、救いに来てもくれないのを訝しく思っていたが、実はもっと素晴らしいことをやっていたのだ。彼は正しきものたちを鼓舞して、神意を遂げさせようとしていた。そして彼の企ては実に巧くいって、私の兄とその仲間をもう少しで正しきものたちの怒りの犠牲となるところまで追いつめたのである。だが、多数の人々が傷つき、怪我をし、投獄され、町中が大きな混乱に包まれた。私はと言うと、慈父が私の実父と兄に対して破門宣告を下したので、ますます自分の決心を固めていた。慈父は非公式に（つまり家族の一員としてということだが）祈禱の中で実父と兄とを肉欲にふけり、悪魔に身を売ったとして見捨てたのである。こうしてみると、彼らは神から見放され、悪鬼や人間の思うがまま、好きなように食いつくされるべき存在であり、誰であれ彼らを殺すものは、[2]神にこの上なく尽くすことになるのだということが私にも明白になった。

翌朝、高貴な友人と朝早く会った。私の気持ちが今では彼とまったく同じであると聞くと、彼は殊の外喜ぶのだった。私は言った、「兄がギルガル[3]に捕らえられるのをはっきりとこの目で見るこ

1　『エゼキエル書』七章一五節等参照。
2　『創世記』四章一五節「誰であれカインを殺すものは七倍の罰を受けん」を響かせるか。
3　イスラエルの民の指導者モーゼの後継者ヨシュアの軍営地。『ヨシュア記』四―六章参照。

との出来る日はいつか、そして父親と兄自身のなした非道を兄に返してやる日はいつになったらやって来るのか、それればかりを心待ちにしているのです。今では決心が固まり、彼らに復讐する覚悟がすっかりできているのですから」

彼が言った、「あの放埒極まる男のやることなすことを私はずっと注視してきた。さあ、これから奴のいるところに案内しよう。お前の心を獅子の心とし、重き青銅にも負けぬ武器を持ち、[1]天より落ちる稲妻にも似て目にも留まらぬ素早さで復讐を遂げるのだ。正しきもの、善きものの血がスコットランドに流されて久しい。だがすでに復讐の時は始まっている。とうとう英雄があらわれたのだ。彼は必ずや真のキリスト教会に敵対するもの、即ちおのれを神に委ねずおのれの行為に信を置いているものどもすべてをトペテに[2]送り込むであろう」

このように勇気づけられて、私は友人に従った。まっすぐ向かった先は先日私があの不信心者を懲らしめた例の遊戯場。すると見よ、また同じ連中が集まっているではないか。私がその中にはいり込んで敵愾心もあらわに非難の目を向けると、彼らの顔には恐怖の色が浮かんだ。ベリアルの子[3]どもたる邪な人間に注がれる神より選ばれたものの目こそ、彼らを狼狽させ、逃げ出させる力を持っているのだということが分かった。少し離れて見守っていた友人のところに戻ると、彼は「今、何を考えているのか?」と尋ねた。そこで私は金銀に目のないあの預言者の言葉を借りて答えた、「私の手に剣あらば彼を殺さんものを、[4]と思っていたのです」

「剣を持っていないことなどあるものか」と彼は言った、「仇打ちするものが[5]自分たちと一緒にいると知った彼らがお前を見ていかに恐れていたか、分からないのか？」

こう聞かされて心の昂揚を覚えた私は再び彼らの中に元気よく歩み寄った。[6] そして脅かすような目つきでにらむと、相手はすっかり度胆を抜かれ、それまでやっていた罪深い遊びを止めて我先にと家へ逃げ帰ったのだ。

これは悪しきものどもに対する明らかな勝利であり、これによって私は神の手が私と共にあることを知ったのである。友人もすっかり喜びこう言った、「前に言ったではないか。お前は自分の力がどれほど優れたものであるか、そしてどれほど重大な任務を果たすべく運命づけられているかを十分に分かっていないのだ。だがもう分かっただろう。さあ、一緒に来たまえ。これくらいではまだ十分とは言えない。あの若者たちは罪を犯さずに生きていくことはできないのだからな。彼らが相談するのを聞いていたから、どこで再び落ち会うことにしたか私には分かっている」

こうして彼は私を連れて少しばかり南の方へ下った。二人で歩いていくと、少しずつ人が集まり始めているところだった。まもなく、先程の連中が服を着換え、前にもまして気違いじみた愚行に

1 『サムエル前書』一七章五節参照。
2 昔ユダヤの人々が偶像モレクに子どもを生贄として捧げた地。『エレミヤ記』七章三一節参照。
3 『歴代志略下』一三章七節参照。
4 『民数記』二二章二九節参照。ここで言及されている預言者とはバラムのこと。
5 『ヨシュア記』二〇章三、五、九節参照。
6 主の道に従う昂揚か、堕落に至る昂揚か。『歴代志略下』一七章六節と二六章一六節参照。

ふさわしい身なりになっている、ということが分かった。我々が着くよりも早く彼らの試合は始まっていて、瀆神の言葉や呪いの言葉もすでにとび交っていた。私はポケットに手を入れ、威風堂々と彼らの中に歩み寄った。それで十分だった。恐怖と驚きが彼らを捉えたのだ。大声で私に文句を言うものも多少いたが、その声もすぐに恐怖の囁きの中に沈んでしまった。彼らの中のひとりが一同を代表してやって来ると、自分たちの遊ぶ邪魔をしないでくれと頼んだ。しかし私は断固としてこれを拒否し、誰でもいいから出来るものならその指で私の身体に触ってみたらどうか、相手になってやると挑みかかり、神の名に於て連中を追い散らした。

私の目を見るとまたもや連中は散りぢりに退散したのだ。私は友人と何人かの善きキリスト者に伴われ、この勝利に意気揚々と帰宅した。もっとも、この仲間の若きキリスト者たちにしても、謹厳かつ謙虚に振舞うまでには至っていなかった。それにしても敵に対する私の勝利は実に見事なものだった。私はどこに出かけて行っても皆にほめそやされ、一方罪深き兄は至るところで嘲笑の罵声を浴びせられたのである。そのため、とうとう彼はその不名誉な顔を隠し、二度と人前に出て来られなくなってしまった。

この事件のすぐ後、私は奇妙な病に取り憑かれ、友人たちも医者も誰ひとりとしてその原因が分からず、何日間も部屋に閉じ込められることになった。しかし自分では、魔法にかけられているのだということが分かっていて、これは実父の妾ともいわれている女の仕業ではないかと疑っていた。そこでこの危惧の念を後見人たる慈父に話してみた。その危惧についてはっきりとは答えてくれなかったが、その言葉や顔つきから彼も私の推量が正しいと考えていることが分かった。どんな具合かというと、始終自分が二人の人間であるように感じるのだ。ベッドに横になっていると、そこにはもうひとりの自分がいるように思え、身体を起こすと、決まってそのもうひとりの人間の姿が目にはいってくる。しかもその人物は坐っていたり立っていたりする私の場所から見て、いつも同じ位置にいるのであり、それは左手の方、三歩ほど離れたところだった。まわりの人間がいくら多かろうと少なかろうと、そんなことは関係なかった。この第二の私は必ず同じ自分の場所に居るのだ。このため何を話すにも考えるにもひどく混乱してしまい、友人たちをすっかり驚かせることになる。ところがこんな私を見て、彼らは異口同音に、気が狂ったどころかこれほど生気にあふれた高邁な思想を口にする私を見たことがない、と断言するのだ。しかしそんなことをいくら言われようと、自分が二人の人間であるという妄想を前に、私の理性はまったく無力だった。この妄想で一番手に負えないところは、この二人の人間のどちらかが自分自身であるというようにはとても思えないことだった。大抵は例の高貴な友人がその一方で、他方は兄であるように思えるのだ。そして自分ではない別の人間として受け応えをせねばならぬというのは、結局のところ何と厄介なことなのかを思い知らされたのである。

このように申し述べれば、私が魔法にかけられ、その裏には身内の手が伸びているということは誰の目にも明らかだろう。自分が兄であるという異常な思いは消えることなく、私には疑い得ないものとなったが、何ら偏見に毒されていない人にとっても事情は同じであったはずだと思う。こうして悪魔に打ち負かされてしまった私は、一カ月近くもミラー氏宅の一室から一歩も外に出られなかった。しかし遂には忠実なる信仰の祈りが打ち勝ち、私は生き返った。キリスト教界の敵に対する勝利にすっかりのぼせ上がっていたので、今度のことはそんな私の自惚れに対する懲らしめであると悟ったのだ。だが心正しきものが二度と敵の悪魔じみた術策に屈しないよう、私はこの危険な敵を手早く倒してしまおうと心に誓ったのである。

一カ月間、部屋に閉じ込もりきりだったと私は述べた。読者よ、悪しきものの言葉が、いや誓言さえもが、果たしてどこまで信頼に足るものなのか判断するために、この点に注意していただきたいと思う。その一カ月間、私は部屋を訪れるものの他には誰ひとりとして会わなかった。ところがそれにもかかわらず——そのうち明らかになるが——その期間、私が毎日兄と会っていた、昼となく夜となく姿を現しては兄を悩ましていた、と誓言するものが兄の仲間うちに沢山いたのである。実際はその間じゅうずっと、迷夢に現れるときを除けば、私は一度たりと兄の顔を見てはいなかった。高貴な友人がこの頃兄の仲間に対してどのような策を弄したか、私には分からない。彼は狙いをつけた人間そっくりになれるという技の持主であったから、恐らくそれを使って彼らを誑かしていたに相違ない。さもなければ彼らの中のあれほど多くのものが口を揃えて同じ証言をするはずがない。この友人ほど友情に篤く思い遣り深い人間を見たことはなかったが、少しでも素姓がばれるのを恐れてか、彼は決して私邸に人を訪問しないことにしていたので、私としても病気の間彼の姿を見ることはなかった。しかし身体が回復してすぐに会合場所のひとつに出かけてみると、難なく彼に会うことができた。彼はいつものように時間通りにやって来たので少しも待つことはなかった。そのときの友人の態度は正に予期していた通りだった。これ見よがしの空世辞もなければ、大袈裟に勿体ぶったところもなく、ただ私の臣下としての礼に威厳をもって応えただけで、直ちにまたキリスト教界を改革し浄めるものとして、我々の身に課せられた重大な任務の話になったのである。彼は言った、「私は、この町で最も危険なもののうち何人かを選び出しておいた。彼らが真の霊的行為の場たる葡萄園をふさぐことのないよう[1]、我々がこの地を去る前にひとり残らず斃さねばならない。そしてもしお前が天より命ぜられたこの仕事に身を奮い起こして尽くそうとしないのならば、私はこの栄誉を受くべきものを新たに引き立てねばなるまい」

「皇帝陛下、私は全身全霊をもってあなたに尽くします」私は答えた、「ただ何をなすべきかだけお教え下さい。ひるむことを知らぬ勇気と何事をもやりぬく手はここにあります。私の実の父と兄は火焔に投げ込まれるにふさわしい燃柴[2]だと、あなたは言われました。私もその裁定に何の異存もありません。それどころか、一刻も早く裁定通り彼らに思い知らせてやりたいと願っているのです。彼らの悪魔のような策謀でこの私自身ひどい目に遭ったのですから。試練の結果、私がどれほど信仰を大切に思っているか明らかになったときには、どうかそれから先の計画をお教え下さい」

1 『ルカ伝』一三章七節参照。
2 『アモス書』四章一一節参照。

「どんな誓いも約束もお前を拘束するものではないぞ」と彼は言った。

「主人たるあなたへの忠誠とてもみずから望んでのことです。それを是非ともご覧いただきたい」私は言った、「勇気も意欲も十分身に備わっております。ただ情けないほど経験不足で、そのためあなたの指示が必要なのです」

「明日、遅くならないうちにここで会うことにしよう」と彼は言った、「正義のために尽くそうというお前の熱意を示すべき機会のことは、そのとき話すことにしよう」

翌日、言われた通りの時刻に会いに行った。すると彼は、兄が動き出し、数分前に近くの丘に出かける姿を見かけたところだ、と機嫌よくまくしたてた。「あの丘には雲が垂れ込めている」彼は言葉を継いだ、「だから罪深い悪人に神聖な正義の剣をふるうにはまたとない好機なのだ。朝露の中に跡を追って行けば、必ずどこかの断崖の上で彼の姿を見つけるだろう。奴は大胆にも陽の下にその卑しい顔を現そうとしているが、それとても人目を忍んでのことなのだ」

「私は武器を持っていません。武器さえあれば兄を追撃し、打ち負かしてしまうのですが」と私は言った。

すると彼は答えた、「ここに短剣がある。武器といっても私の持っているのはこれだけだが、なかなか強力なものだ。万が一お前がこれを使わねばならない仕儀になったとしたら、これほど効果的というか確実なものはないぞ」

「一緒に行って下さるのでしょう？」私は尋ねた、「勿論ついて来て下さいますね？」

「お前と同じところかお前の近くにいるとも。さあ、先に行け」と彼は言った。

私は彼の指示通り道を急ぎ、無謀にもクイーンズベリー邸の警護兵何人かに、しかじかの若者が町を出ていくのを見かけなかったかと尋ねたりもした。彼らはそうした若者が確かに目の前を通って行ったと答えた。私はそのときまで、そんな朝早く動き出すなんて兄のような放蕩者には似つかわしくないと友人の情報を疑っていたのだ。兄がこの先を進んでいるという確かな情報を得ると、私は我知らず走り出していた。そして何度か後方を振り返ったが、あの熱狂的でありながら身勝手な友人の姿はまったく見当たらない。そのため聖アントニーの泉にやって来たころには、私の決心はにぶり始めていた。臆病風に吹かれたわけではない。すでに真の信仰のために一度人を殺していたので、私はすっかり大胆になり熱くなってもいた。だが、ひとりきりになるといつも決まって罪深い疑惑に苛まれるのだ。ある一点に関して、疑惑はついに消え去らなかったのである——神に選ばれたものは決して過ちを犯さないのだろうか、そして選ばれたものに対する聖書に記された約束は、どんな場合もどんな状況でも変わりないのだろうか——それが疑問に思えたのだ。これが本心であり、そうした疑いを抱くとは何とも罪深く恥ずべき弱さであると認めねばならないが、私の性分ではその疑惑に打ち克つことは出来ず、さりとてそれを無視して脇に押しやることも出来なかった。自分が選ばれたもののひとりであるという点については一度たりとも疑念を持ちはしなかった。心のなかで霊的な確信を抱いてもいたし、さらに心優しい父が保証してくれてもいたからである。またその点についての様々の証明は疑い得ないほどはっきりと父の前に示されていたのだ。

私は襲ってきた疑惑のために意気沮喪してとある石の上に腰を下ろし、ろくに考えもせず引き受けた今度の企てについて思いを巡らした。果たして本当に神の代理人としてこうした犯罪をなしうる権限を与えられているのかどうか、納得のいくまで確かめてみようとした。この行為は神から見れば罪ではないのだが、人間の目から見れば、そして人間の掟からすればはなはだ大きな違犯となるからである。そんなことをあれこれ考えていると、あたりには白い靄が立ち込め、空を見上げて天の教えを仰ごうとしたとき、すぐそばで静かなる細き聲[1]が聞こえた。何か私を嘲笑し、叱責するような言葉だった。声の聞こえてくると思われる方向に目を凝らすと、ひとりの女性の姿が目にはいった。白い長服を着て、こちらにどんどん近づいてくる。目つき形相とも厳しく、私は恐ろしくて何も言えなかった。しかし彼女は私の言葉を待っていた風もなく、すぐ傍までやってくると、そのまま歩みを止めずに言った、「とんでもない恥知らず！　心の中でそんな企てを抱きながら天を仰ぐとは、よくもそんなことを！　おとなしく家に帰って、自分の魂を罪から救いなさい。さもないと、二度とお前のまえには現れません！」

彼女の言葉で思い出せるのはこれだけだが、その朝は気持ちがすっかり混乱していたので、忘れてしまったものもあるかもしれない。私は必死に彼女のあとを目で追ったが、滑るように聖アントニーの泉の上の岩場を越えていったかと思うと、そのまま姿を消してしまった。いま目にしたのは幻であり、私に話しかけたあの光輝くものは善霊、つまり私の守護神のひとつで、全能の神より遣わされて正しきものの行動を見守っているのに違いないと思った。最初私は彼女の忠告に従ってこのまま家に逃げ帰ろうという衝動に駆られた。というのは、このときふと思ったのだ、〈あの私情にとらわれた得体の知れぬ外国人がすべてを許されたキリスト教徒の行動を正しく裁くことなど、どうしてできようか〉と。

こうした考えがはっきりとまとまらぬうちにいま来た道を戻り始めたのだが、数歩も行かぬところで、高貴な友人でありかつまた偉大な指導者でもある例の人物が、興奮したように急ぎ足でこちらに向かって丘の背を下ってくる姿が目にはいった。私は気持ちがすっかり萎えて、やって来た彼に声をかけられたときには、過ちを見とがめられたもののごとき有様であった。彼は言った、「何だってこんな所でうろうろしているのだ。すぐに心が折れてしまう根性なしめ。二度とはない絶好の機会が正に失われようとしているのだぞ。罪深いお前の兄を雲に覆われた誰もいない山の上の方にまで追って行ったが、するとどうだ、あの男は百ひろもある断崖の頂で休んでいるではないか。お前が足か指で一突きさえすれば、あいつの姿は幾重にも重なった雲の中に消えてしまうだろう。それきり見えなくなり、崖の下で発見されるときには粉々になっているというわけだ。だからもしお前の主たる神と主人たる私の業(わざ)に尽くして身を高めようというつもりなら、こんなところでぶらせずに先を急がねばならないぞ」

私は答えた、「こんなことはもう御免蒙ります。そんな行いは許されぬと、先程幻が現れて私を

1　神、良心の声の意。『列王紀略上』一九章一二―一三節参照。

強く叱ったのです」

「幻だと？」彼は言った、「丘を下って行ったあの女のことか？」

「私に話しかけ身の危険を警告してくれた相手は確かに女性のように見えました」と私は答えた。

すると彼が言った、「その女は私のところにもやって来て、二、三言話していった。彼女の様子にはどこか謎めいたところがあると思ったのだが、一体お前には何と言ったのだ？　というのも、そんなものの口から何やら奇妙な意味のことが語られたとなると、無視するわけにはいかないからな。だがもし私の理解が間違っていなければ、彼女が叱責を加えたのは、神に対して我々が不信の念を抱き、天命の遂行をひどく遅らせているからなのだ」

私は彼女の言葉を繰り返した。しかし彼の答は、そのときの私は罪深い疑惑に捉われていたのであって、彼女の非難はその疑惑に向けられていたのだ、というものだった。つまるところ、この驚くべき明敏な他国者は私を捉えていた疑念も滅入った気分もたちどころに追い払ってしまったのだ。私はそうしたものにかかずらわっていたことを恥ずかしく思い、ついには彼と一緒に再び兄を追って道を進み始めた。友人は朝露の中に兄の残した足跡を私に教え、兄が坐っている場所を指さしながら言った、「物音を立てずあの男の背後に忍び寄るだけでよいのだ。見つかることなく奴のすぐ近くまで行けるはずだ。それから一気にあの男に襲いかかって、坐っている場所から放り出せ。そこには足場も手の支えもまったくない。その間、私は反対の方へ行って、一寸した見世物を出して奴の視線を引きつけておこう。そうすれば、このたびの心優しき行為が誰の手になるものか、あの男には少しも分からないはずだからな。他のもっと重大な関心事は棚上げするとして、これだけははっきり心に刻みつけておけ。つまり、崖から落ちるのが早ければ早いだけあの男にとって責めを受くべき罪が減るということだ。むかつくほど極悪非道にひたりきった罪深い生を続けるより、早く死んだ方があの世での暮らしもそれだけ我慢しやすいものになるのだ」

「何と明快かつ適切なご説明でしょう」私は言った、「ですから、すぐにも義務を果たしてきます。これは神に対するとともに人間に対する義務でもありますから」

「そのうちお前に大きな栄誉を与え、聖職者として高い地位につけてやろう」と彼は言った。

「ここにおられる我が主君に敬意と正義を尽くしさえすれば、そんなことは問題ではありません」と私は答えた。

「父親の持っている財産も土地もお前のものになるのだ」と彼は付け加えた。

それで私は答えた、「そうしたものに関するあらゆる利己的な動機はたとえそのため善をなすことが可能になろうとも、私としては、自分には関係がないし、軽蔑の対象にしかすぎないと申し上げるだけです」

「確かにお前の言う通りだ。しかし善をなし得る力を持ちたいという願望は偉大で神聖な動機ではないか」と彼は言った——そしてこのとき私はこう言う彼の顔に浮かんだ理解しがたい嘲笑するような歓喜の表情に気づかずにはいられなかった。その後この謎めいた表情がしばしば高貴な友人の顔に浮かぶのに気づいた私は、礼を失しないよう気を配りながらも何度かそのことを口にしたのだが、その度に彼は決してそんなことはないと言下に否定するのだった。このときは私の方でも何も言わず、ただ彼の短剣を懐中に潜ませて、再びつまらぬ疑念に襲われぬうちに目的を果たしてしまおうと心に決め、急いで山を登った。その決心を持ち続けるのは並大抵のことではなかった。湧き上がってくる雑念を抑えることが出来ないのだ。そして気力をすっかり奪ってしまうほど心を揺さぶるある種の雑念というものは確かに存在するのである。自分と同じ人間を崖の上から暗く靄の垂れ込めた下の谷へ突き落とす――身体が突き出た岩場に当たって粉々になり、雲間を落ちていくその男の悲鳴が耳をつく――こうした恐ろしい想像が頭を横切る。そして私はその男が落ちて行く無数に突き出た岩場を眺めた。するとまったく突然に、ひとつの魂を地獄に突き落とすのだという考えが閃いた。少なくともその魂を追い込んで業火の燃え盛る奈落の境をさまよい歩かせることになるのだ。神の審判の席に最後の宣告を受けに現れるその姿が浮かんできた。すると今度は自分のことに考えが向かった。〈全うせられ、天にその名を録された義人の陪審によって、神の審判の席で私を見棄てる宣告が下りはしないだろうか?〉

実のところ、こうした一連の考えが自然と心の内に起こってくると、追い払われるどころか、召集された軍勢さながら、私の想像力を覆うようにますます群れ集まってきたのだ。さらにもうひとつ、実に奇妙に私の心に刻み込まれた思いがあった。当然ながら先に記したものほど強いものであったとはとても思えないのだが、それは次のような思いだった――〈万が一、最初の仕掛けに失敗したらどうだろう? この私の方が崖から転がり落ちるということにならないだろうか?〉そうなれば、肉体も魂も奈落の底に落ちるという先の予感は、必ずや私の身にそのまま降りかかってくるに違いない！　こう考えると身体中の力が失せてしまうようだった。それでいて、身の破滅となる可能性が強かったにもかかわらず、敬神のために尽くそうという熱意は消えず、あらゆる危険や恐怖をも顧みず私は歩を進めたのである。

　まもなく兄のすぐ近くに辿り着いた。彼は目も眩むような絶壁の端に腰を掛け、私のいる場所とは反対の方向を凝視めていた。私は彼の後方にある小さな窪地に足から飛び降りて身を潜め、時々頭を上げては相手の動静を窺った。兄は身動きひとつせず、とうとう私は彼が振り向けば呼息が聞こえるくらいのところにまで近づいた。被っていた帽子を傍に置き、跳びかかって突き落とす準備は完了した。だがどうしてもそれが実行できない！　臆病風に吹かれたからだとは思わない。私は正義のためにならどんなことでも出来るのだということを一度たりとも疑ってはいない。ただそのときは、度胸というか持っているべき何かが欠けていた。簡単に言えば、兄を突き落とすのはいともたやすいはずだったのだが、時機を失してしまったのだ。先に述べたような雑念は打ち消そうにもなかなか消え去るものではない。私は義にかなった目的を果たすことができずすっかり打ちひしがれ、俯伏せに倒れてくやし涙を流した。しかし、これを知ったら高邁なる友人でもあり後援者でもあるあの人物がまた何と言うだろうかと考えると、再び新たな決意が猛り狂ったように湧き上がった。血を見ずにはおさまらぬ断固とした決意だった。私は右膝と左足とで身体を起こした。左足は一歩踏み出していた。もう一歩踏み出せば偉大な目的が達成され、あの罪人は然るべき罰を受けるのだ。だが、どうしたことだろうか、あと少しというところで兄は急に立ち上がり、猛然とこちらに襲いかかってきた。私は打ち倒され、あやうく一命を失うところだった。必死になって相手の手を振りほどくと、一目散に逃げたが、彼は後を追ってきて私を殴り倒し、口汚くののしりながら崖から放り出すぞと脅かすのだ。殴られて一瞬ぼうっとなっていた私は、意識を取り戻すと彼に立ち向かっていった。いつ命を落とすとも知れぬこの凄まじい乱闘の微細な点まではとても思い出せないが、徹底的に敵を打ちのめし、とうとう相手は私の赦しを乞い、何としても仲直りをしたいと願わずにはいられないまでになった。私はこの申し出を両方ともはねつけ、兄が邪な堕落した心をみずから罰するにまかせて、この場を立ち去った。

丘の上で私を迎えた友人は私を意志薄弱だといって見下したような容赦のない嘲笑を浴びせた。私はいま少しで目的を果たし得るところだったことを伝え、出来る限りの言訳をした。これを聞き、私が血を流しているのを見ると、危害を加えられる恐れがあると宣誓して保護を願い出たらどうか、そしてまた、最初に襲ってきたのは兄の方なのだから、折を見て罰して貰ったらどうか、と友人は勧めるのだった。私はこの忠告を受け容れて彼と別れた。自分の失敗を多少とも恥じていたので、深く畏怖しているこの友人とさし当たって早く別れたかったのだ。

私が二度までも兄の手にかかって血まみれになったのを見ると、慈父の腹立ちは極に達し、強力な縁故と正義の主張を拠りどころに、彼はこの事件を直ちに法廷に持ち込んだ。兄と私は初めて面と向かい合って尋問を受けた。兄の供述はまったくの作り話。一方、私の供述も真実とは言えなかったが、何と言っても慈父と高貴な友人――二人とも誠実なるキリスト者であり、真の信仰の持主であることはよく承知していた――の忠告通り述べるのだから、その点に関してはすべて正当化されるものと考えていたのだ。私の証言は次のようなものであった――朝早く祈りを上げようとその山に登り、ひとりきりになるために人気のない小さな谷に赴いて、帽子を傍に置いて跪いていると、突然兄が襲いかかってきて私を殴り倒し、あやうく殺されそうになったのです――これを聞くと裁判官は私の言ったことが本当かどうか、兄に尋ねた。兄はその通りであると認めた。つまり、私を襲うつもりなどなかったのだが、二人がもつれ合ったとき確かに私は帽子を被ってはいず、跪いていた、と認めたわけである。しかし裁判官は私を襲うつもりがなかったとは考えられないと兄を論難し、この乱行者はすっかり恥じ入る羽目となった。その他の兄の話はさらにひどいもので、その場に居合わせた人々すべての嘲笑を浴びる始末だった。裁判官がこう言ったのである――視界の開けた山で弟と衝突し、打ち倒してしまったというが、最初の場合はまったくの偶然であったと認めるにしろ、それなら弟が身を振りほどいて逃げ出した後、さらに追いうちをかけて再び殴り倒したのはどういう訳か？　これもまた最初の場合と同様、偶然だとでも言い張るつもりか？――この点に関して罪人たる兄は何ら弁解するすべを知らなかった。私は裁判官の宣告が下されたときの、慈父と分かち合った歓喜の念を決して忘れはしないだろう。この悪人は留置され、殺人の意図を持った暴行罪の裁判を受けるものとする、という宣告であった。この裁判官は正しい廉直な人間で、ものの道理を的確に把握していた。つまり正しいものと悪しきものとを識別する力を持っていたのだ。

そうであれば、兄と私のどちらが正しくてどちらが邪であるのか、疑問のあろうはずがないではないか。

義とされたものは何をしても邪な道を進むことにはならないと悟っていなかったら、この場に際して、慈父と友人の示唆を受けていたとはいえ、安心して供述などとても出来なかっただろう。キリスト教界の地からすべての悪草を根こそぎにすることで、正義の育つ助けとなっているのだということが、私には容易に看て取れたのだ。しかしこのような疑わしい事件の成行に関して、気はすすまないながらも虚偽の証言をすることについては、実のところ最初からあまり望ましいこととは思えなかった。それでいて私は高貴な友人の意のまま、指図通りに動いていた。彼がいなければ、心の安まることとてなく、かといって彼の前ではろくに口もきけなくなってしまう始末。キリスト者の生涯は苦難の生涯だというのはまったくもって真実である。

それからは慈父とともに、近づく審理に備えて訴追者としての準備に忙殺された。我々の弁護人は当方の完全勝利は間違いないと保証し、どんなに寛容な処置が採られるにしてもあの犯罪人の国外追放は免れないだろうと断言した。ところがどうだ、結果は何という違いだろうか？　邪な裁判官どもは――彼らは被告側と邪悪な友情を結んでいたのだ――巧妙で曖昧な言辞を弄して私の訴えを棄却し、あの救い難い放蕩者は無罪となった。その上、私は監禁されて多額の罰金を課せられた挙句、二度と治安を乱さないことを誓わされて、それからようやくのことで釈放されたのだ。

この結果には私もすっかり腹を立て、あの助言が悪かったのだと例の友人にあからさまに文句を言った。すると彼は心から遺憾の意を表して裁判所の不正を詳細に論じ立てるのだった。さらに彼はこう付け加えた、「お前に迅速、機敏な行動を期待するのは無理というものだから、お前のためにこの私があのけしからぬ裁判官に復讐しよう。二、三日すればお前の耳にもはいるだろう」最高法院次長が死んだのはその週のことだった！[1] しかも彼は自分の家の自分のベッドで死んだのだ。友人がどのような手段を講じて復讐を果たしたのか、私には分からない。彼はその件について一言も語ろうとはしなかった。だが裁判官の突然の死によって街は大騒ぎとなった。私は好奇心に駆られ、この事件について根掘り葉掘り尋ね廻ったが、そのため我々一家のものが何かよからぬ策を用いて殺人に及んだのではないか、とあやうく疑われそうになってしまった。私はあの裁判官の死については何も知らない。ただ、彼は天の怒りを受けたのではないかという気がする。そして友人は前兆によってこれを予見し、完全な復讐を果たしてやると約束することで、私を慰めてくれたのではないかと思う。

友人が再び兄の殺害計画を私に話したのはそれから何日も経たぬ頃である。兄に対する私の個人的な恨みがそのとき頂点に達していたことを的確に見抜いていたのだ。しかし私は、今度の法廷の判決を見た以上、もう二度とあのようなことは考えられもしない、兄が行方不明になったり死体で

1　サー・ウィリアム・ハミルトン・オブ・ホワイトローが一七〇四年十月に最高法院次長に任命されたが、同年十二月に不慮の死を遂げており、悪魔と契約していたと噂されたらしい。

見つかったりしようものなら、裁判の判決で私が命を失うことになるばかりか、友人たちまで刑罰で身を滅ぼすことになるでしょう、と答えた。

するとと彼はこう言うのだ、「お前の魂はどこまでも安全であるとよく分かってもいるし、深く信じてもいるはずだな？　永遠の昔から定められ、この世においても天国においても決して揺るがぬ確実なことだと承知しているのだろう？」

「それについてはどんな疑いもまったく持っていません」と私は答えた、「少しでも疑いを抱くようなことがあれば、それが恥ずべき罪になることは分かっています」

「よろしい。そんな疑いを抱くようなら、私とても同じことだ」と彼は言った、「さて、お前の不朽の働きに対していかに素晴らしい正当な報いが与えられるか、今はっきりと予言できるように思う。いいか、よく聴け、何人といえども、お前には手を出させないし、お前の貴重な血を流すようなまねはさせないと保証しよう。これは厳粛な誓いであり、血の契りだ。ただし、そのためにはお前が常に私の指図通りに動くというのが条件だ」

私は答えた、「勿論、喜んであなたに従いますとも。あなたの素晴らしい助言がなければ、何ごともなし得ないような気がするのです。でも私の命を護って下さるというあなたのお力を疑ってもお怒りにならないで下さい。それどころか、たとえあなた御自身の領土内ですら、私の身の安全を保証することなど無理というものでしょう。ましてここはあなたにとって異国なのです」

「どの領土、どんな国にいようと、私は然るべき力を持っているのだ」と彼は言った、「それにお前の命を保証するといっても、それは人間の手になる攻撃に対して護ってやるということにすぎん。その点では間違いのないよう目を配るつもりだから、安心してよい。これまでお前との約束、誓約を違えたことはないはずだ。さあ、私を信ずるかね？」

「ええ、信じます」私は答えた、「あなたが真剣なのが分かるからです。あなたという人は分かりませんが、でも信じます」

「それなら何故いますぐ兄に決闘を申し入れないのだ？　何をしようと危険がないことが分かっていても、まだ恐怖を捨てられないのか？」

「恐怖などではありません」私は言い返した、「信じて下さい。一体恐怖というものはどんなものかよく分からないくらいなのですから。こうした重大なときに、決まって私の頭に纏わりついて離れないのは、恐怖などではなくこれこれのことをやり遂げると高潔な地位から堕ちてしまうのではないかという疑念なのです。そのために兄を殺すのが怖ろしくなってしまうのです」

「まったく愚か極まる話だ」と彼は言った、「その点に関しては何百回となく話し合って解決し、お互いに同意したではないか。お前の身の安全は必ず保証しよう。あいつは決闘の申し込みに応じないわけにはいかないはずだ」

「しかしそれにしても、刑罰はどうなります？」と私は尋ねた。

「刑に問われないように策を講ずるのだ」と彼は答えた、「それに万が一捕らえられることになっても、一度ダルカースル及びバルグレナン領主になってしまえば、お前にとって刑罰がどれほどのことがある？」

「我々としてはあの理神論派の牧師を殺したときのように、人目につかないところで秘かに兄を射殺してしまった方がよくはありませんか？」と私は言った。

「やり方はどうであれ、その行いは等しく称讃に値するものとなるだろう。だが人目につかぬところで彼を狙う機会に巡りあうまで何年も待つわけには行くまい？　だから、人目につきたくなければそれでも構わないが、私の考えではともかく奴に決闘を挑み、そして斃すのが一番なのだ」と彼は答えた。

「それならそれで結構です」と私は言った、「満月の夜に、話をしたいものがいるからと呼び出して、その場で兄を打ち斃しましょう。そうすれば、彼はこれ以上正しき人々を苦しめることなど出来なくなります」

「それなら、今夜こそ正に決行の晩だ」と彼は言った、「月はもうほとんど満ちようとしているし、お前の兄と罪深い仲間たちは今夜大宴会を開くことになっている。というのも明日旅行に出かける予定があるのだ。私の出立のときが来るまで我ら二人留まらねばならないこの町を、あの放蕩者は喜び勇んで旅立とうとしている。そうなればあの男の身は安全になり、生き長らえて神を穢し続けるに違いない。そしておのれの魂ばかりか、他の多くの人の魂まで滅ぼしてしまうのだ。ああ、何と悲しいことだ。あの男と仲間が今夜犯す諸々の罪は、面目なくも決行を延ばしてきた我々に対する非難の叫びとなって天にまで届くであろう！　このような遅々たる歩みでは、一体いつになれば聖所を浄めようとする大事が終えられるというのだ？」

「それでは今度のことは何としても果たさねばなりませんね」と私は言った、「果たさねばならない以上、立派にやり遂げてみせましょう。すぐにも武器が欲しいものです。酒色に浸り切っている兄をあなたに呼び出して貰えば、私が剣の刃をもって斃します。[1]それで我々の偉大な仕事も遅れずに済むというわけです」

「意図通りに見事やりおおせたら、お前が一夜にしてどれほどの偉人となるか知れたものではない」と彼は言った、「ともかくもう一度やってみるのだ。そしてまたしても失敗するようなことがあれば、人類の命運にかかわる私の高邁な目的を果たすために、他の手段を構じねばならない。さあ、家に帰って準備をするがいい。私は彼らの動きについて出来る限りの情報を集めてくるとしよう。二十分後に湖の向こうのヒューウィーの小径の最初の角のところで、姿を変えてお前を待つことにする」

そこで私は答えた、「準備することなど何もありません。家に戻るつもりなどないのですから。剣を持ってきて下さい。祈りと誓いを神に捧げてその剣を浄めましょう。そうしておけば、その剣を使って私が悪しき瀆神の徒を斃さぬ場合には、今度は神が私を斃しておしまいになるでしょう。いやとてもそれくらいで済みはしないでしょうから」

1　『申命記』一三章一五節、『エレミヤ記』二一章七節等参照。

我々は別れた。そして再び私はひとりきりで二十分の間様々な想いに身をゆだねた。友人はいつも私を物想いに耽るがままにさせておいたが、これは罪人の大群と闘うより厄介なことだった。私は心の中で、この度の行為がその因となる高邁な動機の意味を悟り得ぬものたちの耳には、決して届かぬよう祈った。そしてまた同様に心中ひそかに『詩篇』の第十篇[1]の一部を歌った。だがこうした努力にもかかわらず、罪深い疑念が再び湧き上がり、高貴な友人がやって来て金色に輝くレイピア[2]を二本さし出し、好きな方を取れと言ったときには、そのどちらも手に取ることを拒んだのだった。そして私は大胆にも能弁を揮って、完全無欠な人間ならどんなことをしても義とされるということについての疑念を語った。これを聞くと友人はあからさまに嘲りの表情を浮かべ、どうにも甘受できない汚名だが、私を臆病者と決めつけた。さらに彼は、私が神と人間両方に対する厳粛な約束を破り裏切っているとののしった。

　こうしてまったく意に染まぬことながら、私はレイピアの一方を受け取らざるを得なくなった。しかし友人が何と主張し或いは脅迫し、さらには約束を楯に取ろうとも、私は彼を通じて兄に決闘を申し込むということには断固として同意しなかった。ただ、その決意が変わるというほどではないにしろ、彼の語った巧みな話の中でひとつだけ気にかかるものがあった。彼の言うところによれば、兄は名だたる売春宿に行っており、ほんの少しでもこのままにしておいたら、この先ずっと兄の罪を助長するだけではないかという点である。これは私にとって何とも心安まらない懸念であったが、どうにかそれに耐えてもう一度例の疑いを口にしてみた。これを聞くと彼は、これまで私の名誉をと考えてきたが、それは最早手にあまることになったから、自分の責任においてみずから手を下すつもりだと述べ、さらにこう付け足した。「私は苦労してお前の命を護ろうとしてきた。自分の命のことなど問題にしてはいない。どんな事態が待ち受けていようと、きっとこの計画を成功させ、厄介者がひとりもいなくなるまで同胞のために尽くすのだ。お前はどんなときにも私の傍を離れず、正義が成就するよう助力は惜しむまいな？」

「勿論それくらいは致しますとも」私は答えた、「もしあの男が私の友人であり後援者でもあるあなたを打ち負かすようなことがあれば、あの男に災いあれ！」

この言葉を聞くと、彼の唇は軽蔑の微笑に歪んだ。それはほとんど耐えられぬものであった。そして彼によって保証されていた高位高官の夢がすでに私の前から消え去ろうとしているのではないかと思えてくる。もう一度彼の気に入るためには一体どうしたらよいのだろうかと思案した。何しろ彼に援助して貰わねば生きた屍同様の身なのだ。そして私はこう考えた――〈行動するときには臣下として振舞おう。しかし気持ちまで服従してしまうことはない。そうすればかえって私のことを賞讃してくれるに違いない〉

薄暗い小径から皓々（こうこう）とした満月の下に出たとき、私はあまりの驚きに身体中がぞっと震えてしま

1　悪しきものの跋扈を嘆き、主に厳しい審判を願う、という内容である。

2　細身の両刃で、十六―十七世紀頃、主として突くために用いた決闘用の刀。

うほどだった。気づかぬうちに不意をつかれ、別の人間と話していると思ったのだ。こんな思いをしたのはこれが初めてではなかったが、友人は高地人の服を着込んだまったくの別人になっていた。声を聞かなければ、人間の五官ではそれが彼だとはとても分からないほど。私は十字を切るほどすっかり驚いて、今夜は誰になり代わるつもりなのかと尋ねると、彼は気にもかけぬ様子で答えてくれた。今夜どういうことになるにしろ、その罪を背負うべき生意気な伊達者になりすましたというのだ。しかしこの件について語られたのはそれだけだった。

我々はノース・ロッホのほとりにある石段を登っていったが、その間ずっと激しい議論を闘わせていた。私はこの会話が誰かの耳に届くのではないかと心配だった。その夜は静かな上に、満月のため昼のように明るく、道を進むにつれ色々な人と出遭ったのだ。だが友人はすっかり興奮し、危険など何ひとつとして意に介さない様子で私の契約不履行――そう呼ぶのが彼のお気に入りだった――を声高になじり続けた。私の主張はただ一点、〈選ばれたものに対する聖書の約束は、その範囲をいかに拡げようと、彼らが過ちを犯すことはあり得ないとまで保証しているとは考えられない。したがって、誰しも自分の足許に注意を怠ってはならないはずだ〉ということであった。

こうした私の主張は他のいかなる信仰上の躊躇いにもまして聡明なる師たる友人を苛立たせた。彼はこうした考えに我慢ならないのだ。しかも我が国の偉大なる盟約派改革論者の説くところは彼と同様であったから、私の方が間違っているのは明らかなのである。友人はとうとうすっかり腹を立て、この問題について私がさらに意見を述べようとしても耳を貸さず、私を押えつけると狭い路地にあった薄暗い仮小屋の中に無理やり連れ込むのだった。そして口調は優しいが痛烈な非難の言葉を浴びせると、そのままそこに潜んで事の成行を見届けておけと命じ、「もし私が倒されたら、きっとその復讐をするだろうな？」と言い足した。

私はすっかり動揺してしまい、何も答えることができなかったが、そんな私をひとり残して彼は不意に小屋を出ていった。すっかり絶望的な気分になった私は最早何も目にはいらず、何の音も聞こえなくなったが、しばらくすると友人が兄を連れて月明りに照らされた緑地の方へ戻ってきた。私の耳に声が届くようになる前から二人は激しく言い争っていたようだ。というのは、最初に聞こえたのはひどく酔っ払っている兄の声で、彼は仲直りをしようと躍起になって相手を説き伏せていたからである。こんな場合、兄はいつでもそうするのだ。友人はこの申し出をはねのけ、勇気があるなら決闘を受けてみろと挑みかかった。私はすっかり興奮してしまってよく憶えていないが、かなりの時間お互いに自信満々の応酬をした挙句、とうとう兄は剣を抜いて身を守らねばならなくなった。死物狂いの壮烈な闘いだった。私は最初、外国の帝王たる信仰の闘士がすぐにも相手を倒してしまうとばかり考えていた。というのも天は彼に味方し、歯向かうものといえば罪に穢れたものの腕しかないと思われたからである。しかし私は思い違いをしていた。友人がまるで影のように、というより精霊のようにと言うべきであろうが、軽やかに身を舞わせて攻め立てているのに、罪人はまるで岩のように頑として揺るがないのだ。私は心の中で微笑んだ。友人がこのように身軽に跳び廻る戦術を採っているのは、決闘の技術がいかにすぐれ巧妙であるかを見せつけるためであり、接近戦になってしまえば、兄はすぐにも斃されてしまうだろうと思ったのだ。だがそれも私の思い違いだった。兄の右腕は打ち負かされそうになく、接近戦になればなるほどその勝利ははっきりしてくるようなのだ。二人は剣を交えながら湖水縁(べ)りへ向かって緑地をぐるりと廻り、そうやって私のいる場所のすぐ近くまでやってきた。これ以上身を躱(かわ)す余地のないところまでくると、兄は相手を追いつめて接近戦を余儀なくさせた。兄の決定的優位は揺るぎないものであり、友人は剣を捨てると大声で叫んだ。最早我慢できなかった。私は潜んでいたところから飛び出し、剣を抜いて二人の間に突進すると、まるで喧嘩をしている生徒を叱るように彼らを引き離した。それから兄の方を向いてこう言ったのだ――「恥知らず！[1]　神を畏れぬ不信心者！　自分のしていることが分かっているのか？　主が油を注がれた方に手をかけ、高貴な血を流そうというのか？　さあ、私にかかってこい！　懲らしめてやる。お前から受けた数々の痛手のためではない、お前の悪しき心を懲らしめてやるのだ！」こうして我々は互いに復讐の念をたぎらせて闘った。凄まじい決闘だった。しかし結局天の力が打ち勝ったのだ。私の力ではなかった。神を神とも思わぬこの堕落しきった若者は身体中傷だらけとなり、呪いと瀆神の言葉を吐きながら倒れた。一方私はまったく無傷だった。敵の刃も及ばなかったのだ。

　実際に決闘をしていたときの私自身の印象が、いま述べたことと幾分か違っていたということを否定するつもりはない。しかしここに述べたことは、後になってから高貴な友人が語ってくれたことそのままであり、彼の話は十分信頼できるものなのだ。彼は傍観者として私の闘いぶりを見ており、私の方は感覚が混乱していて頼りにならないのだから。何より、疑い得ない真実以外のことを敢て語る動機など彼にあるはずがない。

兄が倒れてしまうまで、友人も私もこの出来事の一部始終を目撃している人間がいたとは少しも気づかなかった。それで、この決闘は公正ではないと不躾に非難がましく野次られたときには心底胆を潰した。その声を聞いて私はぞっとしたが、友人は目撃者たちに嘲笑を浴びせると、落ち着き払った様子で私を連れてその場を立ち去るのだった。我々のやり方が卑劣だということについては、私が剣を抜いたとき、帝王たる友人の剣はすでに落とされていたと答えるだけだ。しかし、決闘の勝者を誘い込んで手ひどい不意打ちを喰わせるのはやはり卑怯だというなら、次のように答えよう――臣下が主君より絶対の使命を授かり、みずからその役目を果たすことを誓った場合には、遂行に当たって手段を選ぶのにやかましすぎてはならないし、さらに聖書を思い起こしてみれば、そこには悪しき不信心者をひとり残らず徹底的に滅ぼすことを主がいかに喜ばれたか、その記録がいくつも残っているではないか――と。そしてこの考えに反論の余地があろうなどとはとても思えない。

私にとっては一時も心の休まらぬ毎日が続いた。あの行為が目撃されていたことが分かっていたし、この前の件で私に下された判決を考えてみれば、自分がどれほど危険な立場にいるか否応なく思い知らされるのだ。しかし聡明なる友人の方はというと、これまでになく意気軒昂としていた。

1　『サムエル前書』二六章九節、『サムエル後書』一章一四節等参照。

危険などないと断言し、私の命は人間の手から必ず護ってやるのだからと繰り返すのだ。とはいえ私は一週間ほど身を隠していた方がよいと考えた。ところが、まったく別の人間が責めを受けることになったと友人から聞かされて心から驚くことになった。その男は告発されただけでなく、世間から犯人に間違いないとの烙印を押され、法廷に出頭しなかったがために国外追放を宣告されたというではないか！　こうしてみると、天が私の行動を支持し助けてくれたことは疑いようもない。事態のこのような展開は私の理解を越えていた。友人はと言うと、それまでの経過については何ひとつとして語らなかったが、その行動と巧知は比類のないものであった。

今度の成功に対する彼の喜びは大きかった。私も彼のために多少喜びはしたが、それはあくまで彼を嬉しがらせるためである。というのも、こうした企てを了(お)えた後、キリスト教界が少しでも良くなったとか浄化されたとは、とても思えなかったのだ。彼は相変わらず、特権とか名声とか利益とかについて大仰な話をし、また特に私が全身全霊を捧げた神の祝福と御加護を述べ立てて私の自尊心をくすぐったが、こうしたこの上ない約束をいくら聞かされても、最早心は安まらなかった。何故なら、今度は実父を殺せと彼が言い始めたからである。熱心に説き聞かされ、とうとう承諾するよりほか途(みち)がないと悟った私は結局その命令を受け容れた。それを知ったときの友人の熱狂ぶりはとても書き記せるものではない。計画の実行を執拗にせかされ、私は止むなくあからさまに乱暴な手段に訴えることにした。他に選択の余地はなかったのだ。ところが今度は天の復讐がおのずからなされ、私は手を下さずに済んだ。残忍ではあるが称讃に値する行動に及ぶ前に、あの老人は息子の後を追って死んでしまったのだ。熱烈なキリスト教徒である高貴な友人は、私が行動に移る前に彼が死んでしまったことを多少とも残念がったが、それもやはり私の功績であると考え直して、みずからを慰めていた。父を斃すことに同意していただけでなく、兄の殺害というひとつの行為で父までも死に至らしめたのだから、事実上私が父を殺したことになるというのだ。

父の葬儀が終わるが早いか、私は友人とダルカースルへ赴き、当然の権利としてそれまで父のものであった家や土地、それに動産を手にした。ところが、金銀の食器と莫大な金を父は卑劣極まるみだらな女に贈与していた。情婦としてずっと彼と一緒に暮らしていた女である。私は何としてもこの女に情人の後を追わしてやりたいものだと思い、友人に何度か仄めかしもしたのだが、彼は首を横に振るだけで、決して私利私欲にとらわれた利己的な動機に左右されてはならないと言うのだった。

素晴らしい富と威光を一身に背負った紛うかたなき唯ひとりの領主になったのだということが、朝目醒めても実感としてどうしても信じられない毎日が続いた。しかしこの上ない満足を感じていたので、友人も同意し激励してくれるだろうと思いながら、すぐに出来る限りの善行に着手した。だが私の考えは誤っていた。彼はそうした行動に対する私の熱意を最初から抑えつけ、動機は何かと尋ねては、どの動機も等しく誤ったものであると証明してしまうのだ。ある朝のこと、召使が、私に話があるという女性が奥の部屋で待っていると告げにきた。召使もその女性が何者であるかは知らない。というのは、先の領主の死を耳にすると、それまでいた召使はひとり残らずこの館を去ってしまい、その後やってきた連中は近隣の住民を誰ひとりとして知らなかったからである。いくつかの出来事から、女性と二人だけで懇談するのは好ましくないと考えていた私は、客人の待っている部屋へ行くのを止め、召使にその女の望みは何かを探らせることにした。だが彼女はどうしても召使には明かそうとせず、事情を話せるのは私だけだという。そこで、一応の地位に昇ったからにはある程度の威厳があった方がふさわしいということをよく承知していたので、私の返事として、執事では処理できないというのなら未処理のままにしておくしかない、と伝えてやった。それに対して召使が持って来た答は何やら脅迫めいたもので、何としても私に会う、たとえ断っても必ず会わざるを得ないようにしてやる、と言っているらしい。

指導者でもある友人は進退きわまった私を見て喜んでいる様子で、その女が是非とも話したいというのだから聞いてやったらどうか、などと意見するのだった。友人の同席しているところで話をするならということで、私はこの忠告を受け容れた。その女は全身を怒りで震わせながら部屋にはいってくるが早いか、不躾で露骨な非難を浴びせてきた。私が彼女の娘のひとりに対して恥ずべき所業に及び、清く正しいその娘を堕落の道へと誘い出すためにまたとない汚い策を弄したのだが、それが巧くいかないと分かると、今度は露骨極まる手段に訴えた、というのだ。

私はこの非難を全面的に否定し、二人いるという娘のどちらにも会ったことすらなく、まして誘惑したなどとんでもないと断言した。すると彼女はすっかり腹を立て、面と向かって私を札付きのやくざ者、偽善者、好色漢とののしり、さらに、娘と結婚しないなら絞首台に送り込んでやる、それも遠からぬうちに、と啖呵を切る始末。

「あなたの娘さんと結婚しろですって、奥さん！」私は叫んだ、「キリスト教徒としての信仰にかけて言いますが、あなたの娘さんと会ったことなど、一度たりともありません。ですから心配ご無用、あなた同様、娘さんとも結婚なんかしません。一体私がこの土地へ来てどのくらいになるとお考えなのです？　どれほどの日数が経ったというのですか？　ほんの僅かではないですか。この私にはそんな悪事を犯す可能性すらなかったでしょう？」

「それなら先の領主様が亡くなってからこのかた、御立派なキリスト教徒であるあなたによればどれくらいここにいるというのです？」と彼女。

「数え直すまでもなく分かりきったことです」と私は答えた、「いま正確に何日と答えることは出来ませんが、ほんの幾日かですね。恐らく三十日か四十日、そんなところでしょう。だがその間、あなたにもお話の二人の娘さんどちらにも会ったことがないのは確かですからね。そこのところはよく分かってくれねば困りますよ」

友人は私のこの短い言葉の間に三度も首を振った。一方相手の女は驚愕と嫌悪をあらわに両手を上げ、こう叫んだ、「自分のことを勝手に義人だと考え、聖別されたという若者の言いぶりね！　過ちなんか犯すはずがないとでも？　あなたには分かっていることだけれど、これから世間のみんなに分からせてやるわ、この正義の士、敬虔な信心篤い卑劣漢の信仰がどんなものか！　あなたがこの地にやって来てから、もう四カ月と七日にもなる。その間二十回も私の家への出入りを断られた。それなのにあくまで下劣極まる企てを果たそうと躍起になり、とうとう目的を果たしたじゃないですか。それをみんな知らないっていうの？　偽善者のペテン師！　驚いたわ、まったく、他人を疑うことを知らない純真無垢な娘を相手に下劣で身勝手な卑しい意図を思惑通りに実現し、おかげで夫もいないあわれなこの私のこの世での唯一の希望をつぶしてしまったというのに。それを臆面もなく否定するっていうの？　いいえ、あなたは私の顔をまっすぐ見られないでしょう。いま言ったことどれひとつ否定できるはずがないわ」

「この女は頭がおかしい！」と私は言い、それから友人に向かってこう付け足した、「ねえ、あなたはご存知ですね。まず第一に、私がここへ来て未だひと月にもなっていませんよね」友人は再び首を振って答えた、「君は間違っているよ。君の間違いだ。君がここにやって来てから――そのときは私も一緒だったが――どれくらいかといえば、それは御婦人の言う通りさ、一日と違ってはいないよ。それに残念だが私は君が足しげく彼女の家を訪れ、しばしば娘さんのひとりとこっそり手紙を取り交わしていたことをはっきりと知っているのだ。もっともその手紙がどんなものかまで分かっているとは言わないけれども」

　私は言った、「私をかつごうとしているのですね。でも、私がたとえ一カ月でも当地にいたと納得させようとしても、或いは、あなたが私に着せた濡衣に真実のかけらなり、何らかの証拠なりがあると私に納得させようとしても、それは無理。それくらいなら私が本当はこの場にいないのだと納得させてみた方がましというものですよ。誓って言います。私の創造主たる神にかけ、そしてまた──」

このとき女が激しい調子で口をはさんだ。「お黙り！　救い難い放蕩者！　忌わしい罪に偽誓罪を付け加えるようなまねは止めて。後生だから、あなたが無理やり辱かしめたあの子の名をこれ以上穢さないで。そしてすっかり傷つけられた私の娘にどんな償いをしてくれるつもりなのか、そこのところを聞かせていただきたいものだわ」

「いいですか、奥さん、神にかけてもう一度はっきり言いますが、私の知っている限り、そしてまた記憶している限り、あなたの娘さんに会ったことなど一度もないのですよ。あなたの顔には微かに覚えがあるような気もしますが、それがどこで、どんな場所だったかということになると、一向に見当もつかないのですから」

「それはまたどうしてかしらね？」女は言った、「私が言ってあげましょうか。もう何カ月もあなたはずっと酒浸りで、その間のことは忘れられた夢みたいにすっかり消えてしまったのよ。はっきり分かっているわ、私の家に最初にやってきたときから、あなたは意識が朦朧としていてとてもまともな人間とは思えないほどだったけれど、それは大方ワインや火酒の毒気に当てられたせいに違いないとね」

「出鱈目もいいところだ！」私は叫んだ、「ダルカースルの領主として当地にやってきてから私がワインや火酒を嗜んだことは一度もない。いや二、三日前の晩は別だが──あのときは恥ずかしいことに度を越してしまった。だがそれも心から神の赦しを乞い、それを得ているのだ。私の言うことが本当であるかどうかについては、この高貴な素晴らしい友人が証人だ。この方は真のキリスト教のために世の何人にもまして献身的に尽くしておられる。彼の言うことならあなたも信ずるはずだ」

するとと友人は真顔でこう言うのだ、「君は神の赦しを得たのだろうとは思うがね。まったくそれを疑ったりしたら神を冒瀆することにもなりかねないからな。それにしても最近の君は暴飲の度が過ぎるぞ。実は、酒を口にしてすっかりよい心地になるまで酔っ払ってしまった最初の晩からこの月曜まで、果たして君が以前の正気を一度でも取り戻したことがあったかどうか、はなはだ心もとないのだ。ともかく随分と長い間、この御婦人の令嬢にひどく熱心に言い寄っていたことだけは確かだね」

「何とも訳がわからない」私は言った、「この私があることを一方ではやっていて、同時に他方ではやっていないなどということはあり得ませんからね。でもね奥さん、実を言うと、どうにも二人目の私がいると考えざるを得ないようなことがこれまで何度か起こっているのですよ。私そっくりの他人がいるらしいと言い換えてもいいのですがね」

私はさらに話を続けようとしたのだが、このとき友人が嘲笑を浴びせ、私は頭がおかしくなって突拍子もないことを口走っているなどと言い出した。そして女の方を向いてこう付け加えたのだ、「友人のコルウァン君は道に外れたことの決してできない男です。ですから実際にその目で確かめられるように御令嬢を連れていらっしゃい。そうすればコルウァン君も彼女との恋の粋事をきっと思い出しますよ」

これを聞いて私は言った、「お言葉ですが、相手が誰にしろ、現実の女性との色恋に私が走るなんて馬鹿馬鹿しくて話になりません。私の信念とまったく相容れないし、生まれながらに聖別された清きこの身と心からまったくかけ離れたことですからね。何という侮辱でしょう、軽蔑するほかありません」

私はさらにそうした考えに非難の言葉を浴びせるところだったが、ちょうどそのとき召使がやって来て、私に所用で面会を願い出ている男がいると告げた。この女性の客を厄介払いできるよい機会だと私はその男を通すよう命じた。するとすぐに小柄で痩せた男がはいってきた。わし鼻で頭は禿げ上がり、それでいて化粧粉と髪油を塗りたくっている。私はこの男にも会ったことのあるような気がしたが、名前は覚えていなかった。しかし彼は何とも慣れ慣れしく私に話しかけた。少なくとも公的な資格認定を受けたものにありがちな慣れ慣れしさで、部屋中をあちこち動き廻り、誰彼の区別なく話しかけるのだが、相手の言うことには一瞬たりとも耳を貸そうとしない。例の女性がいとまを告げようとすると、彼はそれを押し留めて言った。

「いやいやキーラー夫人、行かれることはない。あなたが出ていく必要はありませんよ。出ていってはいけないのです、奥さん。私がここへやって来た用向きはあなたに関係しているのですぞ――いや、まったく――ウォーカーには参りましたな、え?――どうしようもありませんでした――出来るだけのことはやりましたよ、ミスター・リンギム。あなたに代わって処理しました。ここにすべてきちんと揃っています――いや、これではない――そっちと一緒かな――あなた様の御名前はちょっと失念しました（これは私の友人に向かっての言葉である）――でも何度かお会いしましたね――いや何度かどころではないな――よく覚えておりますよ」

「いいや、そんなはずはない」友人ははねつけるようにきっぱり言い放った。ところがこの闖入者は一向に意に介さない。何やら忙しげにしかもひどく仰々しくひっかき廻していた法律関係の書類から視線を上げることもなく、言葉を続けるのだった。

「一面識もないなんて、そんなことはあり得ません！　じゃあ、そっくりの方とお会いしたとでも――御名前、何とおっしゃいました？――いやまったくそっくりだ。誰に似ているのだろう？　そうだ、この間殺された若領主様だ」

これを聞くとキーラー夫人は悲鳴をあげ、その声にすっかり驚いて私も顔面蒼白になってしまったのではないかと思う。そして友人の顔に目を遣ると、確かに死んだ兄そっくりであることが否応なく看て取れたので、危うく気絶するところだった。キーラー夫人は私の隣にいるのは兄の亡霊だと喚き立てた。

「そんなことはあり得ません！」その弁護士は叫んだ、「少なくともそうでないことを願いますな。さもないと、彼の署名が少しも意味のないことになりますからな。あの取立てには多少不足が残っていましてね、奥さん。計算書をご覧になりますか？　いつでも決済できるように、ここに持ってきているんですよ。こういったことをいつまでも放っておくのはよくありませんからな。コルウァン氏の取立ては、あなたにとっては厳しいものになるでしょうな、奥さん——いや、相当厳しいものですぞ」

「失礼ながら、私にどういう係わりがあるというのです」私は言った、「どんな取立てにせよ、私の方ではあなたを雇ったおぼえは少しもないのですが」彼は私の言うことなど一向に気に止める風もなく先を続けた、「もっとも奥さんが上訴されるのは構いません。いやまったくの話、納得できない場合には上訴という手段があるのですから。さあ、御二方、これですがね——さあ、これで全部です——まずはあなたの委任状です。正式に証明書もついていますし、捺印され、ご自身の署名があります」

「はっきりと断っておくが、私はそんな証書に署名などしていないぞ」と私は言った。

「なるほど、一貫して否認するというのは一般的に言って悪い手ではありません」弁護士は言った、「しかし、今はそんな場合ではないのです。あなた御自身の署名であることは否定なさらないでしょう?」

「この件に関しては一切を否定する」私は叫んだ、「これはすべて私とは無関係だ。私はこの問題については未だ生まれぬ赤子ほども知ってはいないのだ」

「これは素晴らしい!」彼は叫んだ、「あなたの強情はまったく大したものです! 私はあなたの手紙を三通、それから署名を三つ頂いています。その点については問題ありませんな。私としてはすべてに問題はないと思うのですがね。ほら、ここに父上に対する国王よりの財産附与証の原本がございましょう。ところが父上はその財産を請求するのが適当だとは一度も考えておられない。まったくお人好しだったのですなあ！　しかし、ここに不肖わたくし、リンカム[1]弁護士がこのブリテン島の他のいかなる公証人、弁護士、書記、代理人、或いは上級事務弁護士にもはるかにまさる迅速さを以て、国王陛下代理の署名を頂いてまいったのです。それによってこの証書が正式にあなた及びあなたの御一家の財産を永久に保証したことになるのです――奥さんには申し訳ありませんがね」その女性は私同様、何度かリンカムの饒舌を止めさせようとしたが無駄であった。彼はこれみよがしに素早く片手を一回振り上げると、すぐに先を続けた。

「さて、これがその証拠です――

『神の御恩寵により、大ブリテン島、フランス、アイルランドの王たるジェイムズより忠実なる下僕へ。忠実なる下僕、ダルカースル及びバルグレナン領主、ジョージ・コルウァン、この者は莫大なる損害を受け、苦難を蒙ったに基づき、国王自らスコットランド王として、信に足る貴族及び顧問官の同意を得、此処に上記ジョージ・コルウァン及びその子孫たる譲受人に例外なく、相続権により変更なく、以下に記す土地その他すべてを与えるものとする。即ち次のものすべてである。キプルリッグ・地代五マーク、東部ノックウォード・地代五ポンド、及びその土地の楼、砦、邸宅、母屋及び離れ家、囲い地、果樹園、小作家屋及び農地、水車場、森、釣場、沼、泥炭地、草地、入会地、放牧地、石炭、炭坑、借地人、小作人、自由領民の労役、その他の、附加財産、属地、属領、従物、附属物、以上はジョージ・コルヴァン及び彼の子孫によって、右記のごとく、これより先永遠に相続権により変更なく使用され、管理、監督され、利用され、処理されるものとする。さらにこれを明らかにするため、スコットランド王として、前記の者の具申、同意を得、良識と王たるに相応しい目的と力とを以て、嘗(かつ)てはその固有の権利及び境界によって分たれていた上記の土地全てと自由荘園領を、同一地領として明確に併合し、此処に定める。同所領は、母屋及び離れ家、水車場、粉碾き場、鷹狩、狩猟、漁獲をこれに含み、さらに、判決権[2]、告訴権、貢物受納権、拷問権、司法裁判権、諸設備使用料徴収権、伐採並びに鹿及び諸狩猟に伴う諸税徴収権、領地内外盗人逮捕処罰権、男女罪人死刑執行権などの、土地保有に関するすべての権利を有するものである。ホワイトホール宮にて。等々。国王万歳。

作成費用　五ポンド十三シリング八ペンス。

一六八七年九月二十六日、記載』

1　スコットランド語で「偽者、詐欺師」を連想させる語らしい。

2　「判決権……」以下は土地領有に関する法的諸権利を列挙したもので、いわば形式的なものである。訳もすべて便宜的なものとお考え戴きたい。例えば「領地内外裁定権」と仮に訳したのは原文‘outfang thief, infang thief’であり、前者は自分の領民が他領地内で犯した犯罪に関して裁く権利であり、後者は、他領地在の住民が自領地内で犯した犯罪に関して裁く権利である。また「男女罪人死刑執行権」とは原文‘pit and gallows’であり、貴族の領地内で一般に男の犯罪人が死刑に処せられる場合は絞首刑（gallows）、犯罪人が女の場合には穴を掘って水を入れ、そこで溺死させるという処刑方法が採られた。この穴が‘pit’と呼ばれるものである。

ご覧なさい、奥さん。この年の枢密顧問官十人の署名がありましょう。それからこれとは別に、クイーンズベリー公閣下を筆頭に今年の顧問官十名の署名もあるのですよ。よろしいですね――あなたもご覧下さい――よろしいですね――これで御依頼事は万事終了というわけです。さて、ですからね、奥さん、この方があなたの父上の保有しておられた土地、それからこの二十年間及びその後の地代を含めて、その真正、唯一の所有者ということになるのです。私をお雇いになった方々には素晴らしいことですな――奥さんにはお気の毒ですが――どうしようもないことですから」

私は再びこの件はまったく関知しないことだと言おうとしたが、友人がそれを押し留めた。その女性は悲嘆のあまり激しく泣き叫び、話合いを続けることが出来なかった。しかしリンカム弁護士は執拗に私について廻り、今度のことでいかに莫大な金がかかり、またどれほど骨を折らねばならなかったかをくどくど述べ立てるので、結局私の財産を管理している両替商から百ポンド受け取れるよう証書に裏書きをしてやった。

私はやっと友人と二人きりになれてほっとし、この問題について何がしか説明してもらおうと真剣に尋ねた。何とも不可解だったのだ。しかし彼は前に述べたことを一層はっきりと確言した上で、こうも言った――並外れて美しい娘を誘惑しようと、私はひどく熱心にあの手この手を使い、遂には目的を果たしたようだが、そればかりでなく、さらに考えを巡らして、このあやふやで古めかしい偽造した財産附与証をひっぱり出して新しく署名し、その娘が私に保護を求めすっかり意のままになるよう、彼女の家を徹底的に破滅させてしまったのだ――と。

　これは私にとってまったく理解できない話だった。どのひとつをとっても、身に覚えのないことだとはっきり誓言することだって出来た。しかし証拠はどれも私に不利であったし、しかも否定できないようなものばかりなのだ。女性に対する恋愛感情や女性との関わりは、是認しがたいと強く主張していたものの、実は美しい娘がまったく自分ひとりの思いのままになるということにある種の漠然とした歓び、卑しい喜悦を感じていなかったと言えば嘘になる。しかし、そのうち私はその娘の精神面での素晴らしさを考えるようになった。友人は心配そうに私の堕落を責め、神の確かな赦しを得るよう、そして堕落した生活を止めるよう諫め、さらに安らかな慰めの言葉をかけてもくれたが、この頃から私は時々自分の存在に嫌気を感じ始めていた。私の抱いている不満や遙かなる渇望は決して満たされるはずのないものなのだ。しかも私が自分の行動に責任の持てる人間だとはとても言えそうにない。何しろこのように重要な契約を結んでいながら、その自覚がまったくないという有様である。自分にも理解しがたい人間になっている。私そっくりの分身がいて、それが色々なことをやってしまっているのか、そうでなければ、とても太刀打ちできぬ何かの霊がときどき身体に取り憑き、私の魂にも霊の働きは分からないということになっているのか、どちらかであった。これは私の知力などではとても説明のつきかねる異常な状態である。こうしたことを考えているると、何度となく得体の知れぬ恐怖というか精神的苦痛に襲われた。同一の肉体と精神とを持っている私という一個の人間が、意識がはっきりしていると同時に無意識でもあるなどということはあり得ない。大きな不安に捉えられ、今にも私という人間が変わってしまうのではないかと恐ろしくなった。日付が分からなくなった。自分の生きている時間の半分、或いは三分の二がすっかり失われてしまったように思えた。この頃、私は何度も熱心な祈りをあげるとともに、このどうしようもない境遇、特に自分では気づかずにしかも抗すべくもなく罪を犯してしまうという哀れな境遇を繰り返し嘆いたものだ。そして実は、信ずるよう教え込まれたあの神の約束にもかかわらず、人間の救いの大敵たる悪魔が力を揮い、最後に私は破滅させられてしまうのではないかという秘かな恐怖を抱くようになっていた。こうした罪深い怖れはほんの一時頭を横切るだけであったが、そのために私の不幸は一層つのるのだった。

　何よりも悪かったのは、それまでは少しも感じられず、そのときもまだみずから認める気にはならなかったのだが、高貴なそして信心篤い友人の存在が次第に厭わしく感じられてきたことだった。ひとりでいるときの方がずっと自由な空気を吸えたし、足取りも軽くなるのだ。彼の姿が近づいてくると、心の底まで苦痛が走り、彼と一緒のときの私はまるで耐え切れない重荷を背負って行動しているみたいだった。何という足枷だろう！　それでいて彼を振り払うことなどとても出来なかった――二人は合体していた――言ってみれば、互いに相手が自分になっていたのであり、彼から離れる力は私にはなかった。彼が何者であるかということは相変わらず少しも分からず、ただ明らかなのはどこか外国の帝王であり、これまでろくに理解されず、まして実践などとても及ばぬ純粋で真正なキリスト教の教義を身を挺して打ち立てようとしているのだということだけであった。彼の言葉や行動、そしてそのために受けた彼の苦難を知った以上、それだけは疑い得ないのだ。だがこれとともに、彼が私には窺い知れぬ超自然の力を持っていることもはっきりしていた。キリスト教徒であると同時に並外れた力を持った魔術師でもあるというのは辻褄が合わない上に、我々のキリスト教界で教えられるあらゆる教義にそぐわないとも思われた。そこで私は彼の素晴らしい能力は天上の神から授かったものに違いないと信じ込むようになった。彼の抱いている教義は正しいものであり、かつまた彼が人智の及ばぬことをなし遂げるということも疑いようがなかったからである。

このように私は支離滅裂な混沌の中に浸りきっていた。過去を顧みると胸が痛む。それはちょうど、目的地には到達したものの、自分にも他人にも何ら利することなく終わった危険な旅路をふり返る旅人の痛みに似ている。そしてまた未来を想い描くと、そこは一面の暗い荒野で、おぞけをふるうような恐ろしげなものが満ちあふれ、また至るところに落とし穴や断崖が待ち受けているのである。その深さは底知れず、私はぞっとして身を翻すことになる。富を手に入れたにもかかわらず、不幸は何倍にも増していた。しかもここに至って、夢に見るほど欲しがっていた莫大な財産が新たに手に入ることになっても、私の悲惨な窮状はさらにひどくなるばかりなのだ。この頃の私の心を強く支配していたのは、完全なる忘却とでも言うしか他にうまく表現しようもない何かあるものに対する渇望だった。私は眠りたかった。だがそれは毎夜この五官を浸す眠りではない。もっと深く、またもっと長い眠りだった。このはかない人生に関するかぎり、ただ静かな安らぎを得て、過去にも未来にも目を閉じていたいと願った。だが、天上で最初からそして最終的に定められていたことに敢て異議を唱えるつもりはなかった。

こうした苛立ちと惨めさにうちのめされ、私はその日その日を過ごしていた。まわりのものすべてが嫌で仕方がなかったが、特に母にはむかつくほどの嫌悪を覚えた。母が私に示す愛情や気遣いの押しつけは何とも耐え難く、この頃にはすっかり彼女が不快極まる存在になっていたのだ。少し離れたところで母の声がしても、それは矢のように胸に突き刺さり、心が萎えてしまうのだった。それから、私が魂を奪われるほど執心したということになっている例の美しい娘のことだが、彼女とも彼女の家とも、悪魔を相手にするときのように、一切の接触を避けた。手紙が何通か来たがすべて燃やしてしまい、娘にもその母親にも決して会おうとはしなかった。

慈父が仲間の牧師ひとりを連れて母と私の許にやってきたのはこの頃である。父と一緒にいられるのは、母にとっても私にとっても常に無上の喜びであった。母は父の姿を見ると有頂天になったし、私にとっては自分を気にかけてくれる人、或いは自分で気に入っている人がほとんどいなかったから、父に会える嬉しさは並大抵のものではなかった。高貴な友人も他の誰にも見られぬほど（勿論、私を除いて、のことだが）父に傾倒していた。二人の宗教上の信条があらゆる点で一致したのだ。彼らの会話は興味深く、真剣でまた深遠なものであった。大恩ある慈父を何としても盛大に歓迎したいという気持ちから、また、彼が高潔正義の人ながらこの世の心地よい慰めまで軽蔑しているわけではないことを知っていたので、私は先代の領主が見事に揃えた地下貯蔵室から香りのよい滋養に富んだワインを何本も取り出した。そして皆で飲み、陽気になるうちに、頭の中の苦痛に満ちた惨めな気持ちは風に追い払われる雨のように飛び去っていった。気分が昂揚して幸せな気分になった私は、二人の客人を祝って幾度となく乾杯し、それから彼らと一緒になってキリスト教について会話を交わした。そのとき私はそれまであまり経験したこともない神がかったような熱狂に取り憑かれており、彼らもその熱気をとても喜んでくれたので、私は〈確かに神より授けられたものはすべて祝福であり、感謝の念をもって惜しみなく使われるべきものなのだ〉と思ったのであった。

身体がほてったままぐっすり眠った私は翌日目醒めると飲物を持ってくるよう命じた。やってきたのは見たことのない男で、しかも私の召使の服を着ているのだった。私はアンドルー・ハンディサイドを呼んでくるよう命じた。彼が前の晩に給仕をしたのだ。だがこの男は微笑を浮かべて私を凝視めているだけだった。

私は言った、「どういうつもりだ？ ここで何をしている？ それに一体何がおかしいんだ？ 自分の仕事をやって貰いたいものだな。はやくハンディサイドをよこしてくれないか。彼に飲物を持ってきて貰いたいのだよ」

すると相手が答えた、「飲物なんかいらなくなりまさあ、旦那様。精のつくこいつを一杯飲んで、何かしらはっきりすることがねえか、ためしてみなせえ。そうすりゃ夢うつつで幽霊を呼び出すこともねえですからな。アンドルー・ハンディサイドは六カ月も前に墓の下に行っちまったってこと、まさかお忘れではありますめえ？」

これは強烈な一撃だった。何も答えられず、身体が鉛になったような気がして再び頭を枕に沈め、飲物も何もかもその男の手から受け取るのを拒んだ。その召使は大真面目な顔でこうして私を馬鹿にしている、と思えたのだ。主人が腹を立てたのを見て、彼は申し訳なさそうな困ったような風であったが、私は退出を命じ、むっつりと考えに沈んだ――またしても、一季節もの間完全な忘我状態に陥り、自分では肯んじないこと、また自分に一切関わりのない何かをしでかしていたという、そんなことが果たしてあり得るだろうか？　自分がやったかも知れないということを何かしら思い出そうとしてみたが、前の晩遅く客と別れてから後のことは何ひとつ思い浮かばない。それが前の晩であったのは確かだ。しかしそれなら、その晩の席で給仕したアンドルー・ハンディサイドが墓にはいって六カ月にもなるというのはどういう訳だろう！　これはいささか胡散臭い状況だった。そこで、見当もつかぬ非難が我が身にふりかかるかもしれないと思い、出来る限りの情報を得るためにもう一度召使を呼ばなくてはならなかった。すると先程と同じ男が現れた。私は詳細に渉ってこの男を問い糾した。彼が答えるところでは、名をスクレイプといい、この私がみずから推薦し率先して雇ったのだという。私は微笑みながら頷いた。嘘を並べているのは分かっているが、あからさまに嘘だと文句を言いたくはないのだ、ということを思い知らせてやるためである。

　私は尋ねた、「ところで高貴なる友人はどこにいるのだ？　このところ彼は何をしていたのかね？」

　スクレイプは答えた、「あたしは知りませんが、小耳にはさんだところじゃあ、あなた様と一緒にいた見慣れねえ謎めいた御仁は——そういやあ、村のもんはあの人のことを皆恐ろしがってましたがね——何でもグラスゴーのミスター・リンガンとかいう人と一緒にどこかへ行っちまったきりで、とんとお見限りって話でさあ」

この言葉を聞いた私はひそかに神に感謝した——外国の帝王は自国の民のもとへ帰って行った、これでどうにもならなかったぞっとするような彼の存在から解放された——と思ったのだ。「それで母はどこかね?」私は尋ねた。すると相手ははっと息を止め、私を凝視めたまま答えようとはしない。「母はどこかときいているんだ」私は繰り返した。

「母上の居場所をご存知なのは神様だけでさあ。あたしにゃあ分からねえ」彼は答えた、「あの方の魂がどこにあるかは神様がご存知です。あの方の身体についちゃあ、あなた様が何も知らんとおっしゃるなら、この世の誰にも分かりっこねえと思いますね」

「お前は召使の分際で一体何を言っているんだ?」私は言ってやった、「そんな不吉なことを仄めかして、何が言いたいのだ? 母についてお前の知っていることを嘘、偽りなくはっきり言ってみろ」

彼は答えた、「あなた様が今日になってそんなにすっかり忘れちまってるなんて、いや忘れたふりをしてるのかもしれねえが、それにしてもこいつはひどく妙ですねえ。母上の話は昨日の晩たっぷりお聞きになったとばかり思ってたもんで。実際、そのことについちゃあ、とてつもねえ噂が幾つかあるんでさあ。けど巡回裁判にかけられることになったわけですから、あれこれ言って周りのもんを動揺させたりしちゃまずかろうってもんで。裁判所にまかせとくのが一番ってこった。何も言うことはありませんねえ。ともかくあなた様はあたしにとっちゃいい旦那様で、給金はきちんとくれますしね。ですが無罪になるにゃあ大変ですぜ。あなた様にゃずいぶんと重い罪状が上がってますんでね」

私は言った、「神の目からみて私の目的が正しいものである限り、裁判による罪などものの数ではない。そして自分が正しいことはよく分かっているのだ。さあ、ワインと水とを持ってきてくれ。それからこんなに派手でけばけばしくない服も頼む」

水割りワインを一杯飲み、黒服に着換えて私は家を出た。理解しがたい混乱の只中にいたにもかかわらず、ひどく心が浮き浮きしていた。何の御蔭かは分からなかったが、ともかく私の幸福の妨げとなる最大のものが二つともなくなったように思われたのだ。その頃私の脇(わき)を刺す棘(いばら)[1]となっていた母はいなくなったようであったし、また私の心の自由な活動をことごとく抑えつける専横な指導者であった高貴な友人も同様に姿を消していた。特にこの友人がいなくなったということは何とも言えぬ安らぎであった。というのは、考えてみると、それまでずっと彼の謎めいた心や気分の動くがままに従うしかなかった、と思い知ったからである。それ故、私は我が身の解放を神に感謝し、敢然と、そして堂々とした足取りで今や私のものである森の中を歩んだ――眼には自恃の輝きを湛え、右手には自由をかかげて。

コルウァン領の森の端までやって来たとき、ゆっくりとした威厳ある足取りで近づいてくる人影に気がついた。その姿が目にはいるや否や、まるで歩いているこの大地が足許で突然に崩れ落ちたような衝撃が全身を伝わった。だがそのとき、この人影が誰であるか分かっていたわけではない。私がぞっとしたのは、誰か分からぬその人物の姿であり足取りであった。それこそ出来るものならすぐにもその場から逃げ出したかった。だがそんなことはとても無理な話。人影はゆっくりと私の方に近づき、私もゆっくりと相手を迎えるように進んでいった。しかし話が交わせるほどの距離まで近づいても、その正体は不明のまま。姿かたち、身体つきは死んだ兄そっくりに思われたが、そこには何かひどく近寄り難い、惨めに打ちひしがれた絶望の様子がはっきりと浮き出ていたので、目の前にあるのが誰の顔なのか分からぬまま、どうしても視線を向けることができない。しかしその人物が口を開いたとき、私の心と身体は最初の衝撃にもまして恐ろしい衝撃を受けた。何故ならその声こそ、私が長い間友人と呼んでいたあの偉大なる帝王の声だったのである。私は彼のもとから永遠に解き放たれたと思い、今では彼の存在と命令とを地獄にもまして恐れるようになっていた。その声は彼に相違なかったが、以前とは随分変わっていた——私は死ぬまでこの声を忘れることはあるまい。いやそれどころか、そのとき私の耳を襲った声の響きほどぞっとする不快感を与えるものがこの世にあるとはとても考えられない。まさしく地獄の底から裂け目を軋ませて鳴り響く音。少なくとも病んだ私の想像力にはそうとしか思えなかったのである。

1　『民数紀略』三三章五五節、『士師記』二章三節参照。

「おや、私が近づいて来るのを見てお前は身震いしたな？」彼は言った、「それが世界中の記録を見ても他に例のない愛情に対する感謝あふれる返礼だというのか？　私はその愛情のために、帝王として当然持つべき断固たる支配、権力、臣下の忠誠、征服者の地位や周りのものからの尊敬といったものを犠牲にしてきたのだぞ。これもみな、堕落した人間世界を改革せんとする高邁で真正なる私の信念に尽くしてくれる何にも代え難い聖別されたもののひとりを得んがためだった。何が気に障(さわ)ったのだ？　このように私を避けたがるとは、何かこの私が悪しきこと、お前のためにならぬことをやったとでもいうのか？」

「偉大なる皇帝陛下」私は恭々(うやうや)しく言った、「どうか何の役にも立たぬもののことなど、気まぐれな運命に弄ばれるがままに放っておかれて、あなたの民の待つ祖国へお帰り下さい。あなたは私のために色々と犠牲を払って下さいましたが、私にはとてもそんな資格がございません。せっかくの御骨折のあとでも、自分が以前より徳を高めたとも倖せになったとも思えないのでございます。ですからどうしても消すことのできぬ人間の本性というものに免じて、私のところから故国へお帰り頂きたいと存じます。上であれ下であれ、我が同胞とかけ離れたものになどして頂かなくて結構なのです。先人たちと同様、天国と幸福への道を私みずからの手で辿らせて下さい。私の傍から永遠に姿を消して下されば、熱心に繰り返してお話し頂いたあなたの偉大な信念に決して背かないことをお約束致します」

「お前の許からこの私を去らせようとするくらいなら、母親に最愛の幼な子を捨てさせる――いやそれどころか、影というのは何がしかの実体があってこそ生じるものだが、その実体を消して影だけにする、そうした方がましというものだ。我々の存在は言ってみれば融け合ってひとつに合体している。だからお前と共に勝利を得るまでは決してこの地を去りはしないぞ」

この恐るべき言葉を聞いて私がどれほどの衝撃を受けたか、とても書き記すことができない。やっと自由放免になると思っていた人間がその矢先に死刑の宣告を受けたようなものであった。たとえ死刑宣告が最悪というわけではなく、死刑執行の延期宣告よりはましだとしても、である。私は惨めな境遇に身を置いたまま、何をもってしても埋め合わせできぬほど耐え難い存在となった人物に、魂も肉体も隷属するよう定められているのだ。私が苦しんでいるのを看て取ったときの彼の顔には隠し切れぬ歓喜の表情が浮かんだ。私は何か答えなくてはと思いあぐねた。相手がそれを待っている。あのようにはっきりと私の傍を離れないと宣言された後では、ともかく何かしら言う必要があった。そこでずっと私と一緒にいるという彼の言葉の正当性を少しでも減らすために、ここ暫くの間どこに行っていたのか、あからさまに尋ねてみた。

「お前の罪つくりな乱行が度を越しているので、このごろは一緒にいることが出来なかったのだ」彼は答えた、「しかし今や神の恩寵が戻ってきたと思えたので、欲得づくでない無限の愛情からこうして再びお前のところに帰ってきた。この愛情に対して一片の感謝も返されていないが、それでも愛情がなくならないところを見ると、私はすっかりお前に魅せられてしまったらしい。どうもそれが愛情の根本のようだ。お前の許を去ってから、私は遙か遠方の地を巡り、色々なものを目にし、また様々のことをやった。その間お前が途方もない罪、悪業に走っているのではないか、しかもそれは神に背いたものが犯したならたちどころに地獄に堕ちてしまうほどのひどい罪なのではないか、と随分心配したものだ。だがそれも、お前にしてみればほんの一時期の堕落にすぎず、神に選ばれたものは何をしても地獄に堕ちることはないという行動の自由の実例であることが分かっていたので、我々の教義を故意に穢そうとする行動にも目をつむっていたのだ。そうした犯罪行為でお前が責められるはずはなく、そのうち時間が経てば正気を取り戻し、みずから身を屈して重荷を背負おうとするものの肩にそうしたすべての罪を預けてしまうことになるのだと承知していたからな」

「勿論そう致しますとも」私は言った、「私を初め義とされたものにはそうするだけの十分な資格があるのですから。でもその罪というのは何のことですか？　どんな悪行、犯罪のことをおっしゃっているのです？　私には何の覚えもありませんので、そのように訳のわからないことを仄めかされてはすっかりまごついてしまいます」

するると彼は答えた、「お前はこのところずっと、はっきり自覚を持ったキリスト教徒ではなく、明らかに神から見放された存在だった。何しろ惑乱状態に陥ったものもかくやと思われる振舞いだったからな。秘かに母上を亡きものにし、さらには巧みに誘惑した美しい娘をも殺害したとの告発を受けているのだぞ」

「そんな途方もなくひどい出鱈目にはとても我慢できません！」私は相手の言葉を遮って叫んだ、「私は一度だって女性を手にかけたりなどしていません。それに子どもの頃から女性と同席することさえ避けてきたのです。母の死についてもあなたのおっしゃる若い娘の死についても、私は何も知らない――まったく知らないのです」

「その通りかもしれない」彼は言った、「だがお前にとっては不利な動かし難い推定証拠が上がっているらしい。それで今日こうしてやって来たわけだ。証人の予備尋問が進行中であり、もしお前が、自分の無実は勿論のこと、その無実をはっきり証明できるという確信が持てないなら、ここはひとつ姿をくらまして、お前ぬきで裁判をやらせるのが最も安全だろう、と忠告するためにな」

「そんな裁判に怖気をふるって逃げ出したなどとは言われたくありません」私は言った、「そんなことをすれば、現実にあり得ぬばかりか、妄想の中にだって存在するはずもない罪に対する疑いにもっともらしい根拠を与えることになるでしょう。人の集まるところ、どこへでも出掛けていって、私に対する中傷を鎮めてやります。確かに罪人どもは夥しましたが、連中の死に対して私に罪はありません。ですからどんな裁判であれ、私は断固出廷して告訴人どもを痛めつけてやります」

すると彼は冷静に答えた、「いくら誓言をしても何の足しにもなるまいな。まあ、それなりに正当なことだろうが、この私には何の意味もない。なにしろ、お前がみずから自分の手で現に母親殺しと娘殺しという二つの罪を犯したことは分かりすぎるほどよく分かっているのだから。だがお前を敵の手に渡すつもりなぞ毛頭ない。むしろお前の罪科を何とか軽減してやりたいのだ。というのは、なるほど普通に考えればお前の行為は罪ということになるが、真のキリスト教の大義に背くものではないと私には証明できるからだ。そこに示された主張の故に、我々はこの大義を信奉し、また世界に広めようとしているわけだからな」

私は言った、「この私が二人も人をあやめたというあなたのお話が本当ならば、私には二つの魂が宿っているということも同様に本当なのです。その二つが交互に私の肉体を支配し、一方はもう一方が何をやっているかまったく知らない。今この瞬間には、神の思召しによって永遠の至福を約束された霊が宿っていることは確かですが、やったと言われる罪について私が何も知らないということも同じように確かなのです」

「お前の推定は実際のところ真実かもしれぬ」彼は言った、「我々は誰しも自分の中の相異なる二つの性質に支配されているのだからな。その点では私も辛い経験をしたのだ。現在この私の活動を支配している霊は誕生のときに授かった霊ではない。私の中で霊が変わり、それにつれて私の性質も変わったのだ。かつて私は崇高な至福に恵まれていた。だがお前は信じぬかもしれぬが、当時の私はキリスト教徒ではなかった。そして今ではキリスト教徒となっている。業火[1]の試練を受けて回心し、キリスト教の真理を悟ったのだ。そしてこの最後の回心からというもの、私はとんでもなく惨めな状態にある。そんな私がお前を以前より幸福にすることが出来なかったと不満なのだな。哀れなことよ！　何ひとつとして滅ぼさずにはおかぬこの苦難に満ちた生涯に足を踏み入れて、そこに幸福を期待するというのか？　だがこれだけは約束する――私が享受しているまたとない幸福の一部をお前にも分け与えよう。一部とはいえ、なかなか崇高で得がたいものだぞ――私の玉座の右に坐らせ壮大なる我が領土、天恵に満ちた真のキリスト教徒たる幾百万もの我が民を見せてやろうというのだ」

私は改めてこの強大な帝王に恭順の意を表し、すべて彼の指図に従うと約束した。しかしそのときも本当のところは、そんな特権を授けられても怖気づくばかりであり、私の魂はむしろ海中深く閉じ込められることを、或いはもう一度完全なる忘却に浸ることを望んでいた。まるで獅子の穴に投げ入れられたダニエル[2]であった。しかもダニエルにはあった神の御加護への信仰も持てず、私は獅子のなすがままなのだ。それはまた、猛毒をもった蛇に身体がぐるりと巻きつかれたようなものだったとも言える。しかもこの蛇は何の餌食となったのかを獲物に思い知らさんがため、うろこに覆われたその忌わしいとぐろを勝ち誇ったように蠢(うごめ)かすでもなく、また獲物を傷つけるでもなく、それでいて生殺しにするようにその毒牙を放そうとはしないのだ。こうして暫くの間、すっかり疲れ果て絶望しきった私はだらだらと無為の毎日を送っていた。熱情に駆られて神に祈ることもあったが、大抵はすっかり神に見放されて、あらゆる悪業、愚行を飽くことなく犯し続けたのだ。こうした罪を実際に犯すときに聡明な友人が一緒だったことは一度もないが、実は何事にせよ彼が最初に唆したのであり、それでいながら私を見捨てたままにしているのだということはどの場合にも明らかだった。彼は私が悪行に及んだ翌日には決まって私をたしなめ、些細な罪のことで小言を言う

1　例えば『ヨハネ黙示録』二〇章九―一〇節を響かせるか。
2　『ダニエル書』六章一六―二三節参照。

のだが、同時に、義とされ決して過つことのない私の立場を繰り返し述べ立てては、巧みに私のあらゆる罪を清めてしまうのだ。そして私としても、この立場こそ、すべての傷を癒す素晴らしい万能薬となることが分かっていた。

私には様々の苦痛の種があったが、中でも一番辛いのは自分では少しも関知していない行為で始終告発をうけることだった。その告発は、残虐行為、不正行為、名誉毀損、詐欺など、私にはどうにも納得できぬ様々の事柄に渉っていた。その度に訴訟が起こり、詳細な事件の陳述があり、判決阻止[1]の申し立てがあり、最後にはあのおしゃべりで自惚れの強いリンカム弁護人がいつ果てるともない言辞を弄して巧みに言い逃れるのだった。こうした打撃が繰り返されてすっかり打ちひしがれた私は、誰にも会わず何日間もひとりきりで部屋に閉じ込もらねばならないことも再三であった。しかし召使のサミュエル・スクレイプだけは別だった。彼は愚直一辺倒の男で、頑固なキャメロン派[2]信者であったが、宗教上のことについてはほとんど何も知らなかった。ペンパント[3]というところの出だということで、この名がひどく滑稽なものに思われたから、私は彼をこの郷里の村の名で呼んでやった。彼の方でもこの名前をとても誇りにしており、洗礼名のサミュエルと呼ぶよりペンパントと呼んだときの方が何事につけはいはいと言うことをきくのだった。折に触れて私はこの田舎者と話し合うより仕方がなかったが、私自身について彼が事細かに話してくれたことといい、話されて初めて分かった村人たちの私に対する感情といい、何とも不可解至極であった。この会話を時間潰しに少しばかり書き留めておいたので、比類なき偉大な行為が罪深い蒙昧なものたちの間ではいかに誤解されてしまうものかを明らかにするためにここに記録しておこう。

「なあ、サミュエル。お前を雇ったのはこの私で、しかも実に良い主人として毎週きっかり給金を支払っているという話だな。しかし私はお前を雇ったこともなく、先月を除けばこれまで一度だって六ペンスの給金を払っていないことはよく分かっているはずではないか。それなのに何だってそんなことを言うのかね？」

「旦那様、そんなことをおっしゃるのは水を水じゃねえ、石を石じゃねえと言うようなもんでしょうが。もっともそれがあなた様のやり方なんでしょうがね。何かやっといて、口じゃあそれとあべこべのことを言うなんてぞっとしませんねえ。それじゃあ、あたしに給金をくれてねえってことですから、もしあたしが雇われてここへお仕えしにやってきた日をはっきりさせることが出来りゃ、この場で給金を払って貰えますかね？　あたしの知ってるかぎり、嘘つきってえどうしようもねえ病を癒すにゃあ、そうすんのが一番で」

「同じ仕事で二度給金を貰うというのは、ペンパントのものとしても、またキャメロン派の信者としてもその信念が許さんのではないかね」

1　陪番の被告敗訴の評決後、刑の宣告の前に、起訴状の瑕疵を理由に、判決の言い渡しを阻止すること。
2　十七世紀後半、リチャード・キャメロンを指導者とした盟約派の中の最急進派。
3　ダムフリースの北北西二五キロほどのところにある小村ペンポントのことだろう。作者ホッグは一八〇七―一〇年頃、羊飼いとしてこの近くに住んでいた。

「こうした場合にゃ問題になんのは信念なんかじゃねえです。大事なのはちょいとした礼節ってもんですよ。実際の話、重大なときにゃ、キャメロン派の人間はとっても礼節を重んじるんでさあ。ま、とにかく、友人の名か財布か、どっちかに傷をつけにゃならねえって仕儀になったとしますよ、こんなとき旦那様ならどっちが大切だと思いなさるかね？　例えば、ギャラウェイ[1]の家畜商人がペンパントの町に来たと思いなせえ。それでキャメロン派のもんに（ここじゃあ、みんなキャメロン派の信者なんでね）、『なあ、あんたの牛を買いたいんだがね』と言う。『よしきた』とそのキャメロン派信者、『ちょうどこっちも売りたかったところだ。二十スコットランドポンドくれたら、そいつを連れていっていいぜ』こいつは買得だ。その家畜商人は二十スコットランドポンド払ってその牛を連れて行く。ところがその後、土地の取引仲間の商人一同と別の家畜市場でまたこのキャメロン派の男に会ったとき、その家畜商人が『やあ、石部金吉[2]の旦那。この前買ったあの役立たずの牛の代金、まだ払ってなかったな。今日払うよ。だが縁起銭を忘れちゃあ困るぜ。そいつは是非とも必要なんだ』みたいなことを皆の見ている前で言ったとする。そんなときにキャメロン派の男に相手を仲間の面前で馬鹿者にしたり、嘘つきにしたりするような不躾なまねなどできるもんですかい。だから自分の信念は脇へおき、名無しの相棒みてえな役を引き受け、礼節を重んじる育ちのよさを発揮して金を数えるわけでさあ。それからその金を懐にしまい、ギャラウェイの商人に礼を言って家へ帰るってえことになる。さて、このどこがいけねえって言うんですかい？　いらぬお厄介はするなってえのが第一の戒めですからねえ。キャメロン派の教義が金のことに首を突っ込んだためしはねえですよ。今のことだっておんなじでさあ。旦那様を嘘つきにするわけにゃいかねえですから、給金は有難く頂戴しますよ」

「よし、それじゃお前を雇ったのは姿かたちも間違いなくこの私で、口調も声も今しゃべっているこの私と同じ人間だったとはっきり誓うなら、給金を払おうじゃないか」

「旦那様に姿かたちも口も声もそっくり同じ人間がもうひとりいるってえなら話は別だが、そうじゃねえならはっきり誓いますよ。でもね、こいつにゃあたまげたんだが、村のおしゃべり婆さん連中が旦那様のことで、どんな噂をしてるかご存知で？」

「誰も私にその話をしてくれないのだから、知っているはずがないだろう？」

「いえ、あたしはそんなこたあみんなくだらねえたわごとだと思ってるんですがね——村のもんだって、老いぼれの悪口屋の言うことなんぞに耳を貸しゃあしません。ところが連中のなかに魔法に詳しいってんで有名な婆さんが幾人かいて、そいつらの言うことにゃ——ああ、くわばらくわばら——悪魔が旦那様と一緒にいるとこを何度か見たってえことで。しかもその悪魔、見るたんびに別の人相になってるとか。それから、またこれも連中の話なんですが、その悪魔は時折旦那様そっくりになることもあるってえんです。さもなきゃ旦那様に取り憑いちまってるわけで、そうなりゃ

1　スコットランド南西端、牛馬の名産地。
2　特に家畜の売買で、売手が縁起のために買手に返す金のこと。

旦那みずからが悪魔になっちまう、とまあこんな噂でしてね」

私の友人を悪魔と間違えるという村中に広まったこの恐ろしい想像にすっかり仰天した私は、相手の話に返事をすることも出来ず、頭が麻痺したように呆然と坐っていた。もし私に揺るぎない信仰と、自分はこの世の始まる前から神によって選ばれたものなのだという確信がなかったなら、すぐにも俗信の虜となり、絶望という罪に染まっていたことだろう。しかし私は内奥の目に見えぬものの助けによって、そうした取り返しのつかない過ちに陥らずにすんだのだ。とはいえ、この話の含意するところは私自身が感じていたことと実によく似ていたので、少なからず恐怖をおぼえ、狼狽した。

これを見ると、この召使は今の噂話で受けた私の恐怖を拭いさろうと、ずっとまともな自分の意見を述べはじめた。

「まさかねえ、つまらねえたわごとに決まってますよ。噂好きな婆さん連中のおしゃべりを真に受けるなんざ、愚の骨頂でさあ。あたしはね、旦那様は信仰も篤く思慮深いお方だ、祈禱にかけちゃあマクミラン様[1]以上だ、と連中に教えてやったんですよ。するとどうです、『説教だろうが祈禱だろうが、自分の目的にかないさえすりゃ悪魔だってそれくらいのことは造作もない』と、こうじゃねえですか。『いいや、そんなことはねえ、旦那様はキリスト教の真理をとことん信じていなさる』と言うと、連中は悪魔だって同じことだ、などと言い返しやがるんで。いや、そればかりじゃねえ――天国を追われてはいるが、キリスト教の真理を悪魔ほど固く信じているものは他にはねえので、福音の力で宗教改革がすっかり世に広まってからというもの、悪魔みずから乗り出してきてこの改革の教説を説いて廻ったりすることがよくあるんだが、そんな策を使うのも、誤った教義を導き入れて、改革の教説を瀆神の教説に、神を嘲笑するものに変えちまおうって魂胆あってのことさ——とまあ大仰な演説を始めたわけでさあ」

実を言うと、恥ずかしいことだが、私はこのくだらない話にすっかり打ちのめされ、全身にぞっと恐怖が走り、何とかそれを取り払おうと必死に努めたにもかかわらず、気を失ってしまったのだ。それでもサミュエルの御蔭ですぐに意識を取り戻した私は、水割りワインをぐいと一杯飲むとすっかり元気を回復し、罪深いものたちの俗悪な考えや愚かしい意見など気にかけるまでもないと思うようになった。抜け目はないが口数の多いこの男は、私がこの話にひどい苦痛を味わったことを知って、何とか埋め合わせをしようと再び口を開いた。その話も書き留めておいたが、私が次のように水を向けたのが始まりだった。

「ところでペンパント、村の婆さんたちと話したことを洗いざらい聞かせて欲しいものだな。吐気の方も——いや、こうなることはよくあるのだ——よくなったし、私や私の付き合っている仲間について、その魔法に詳しいという人たちがどんな風に考えているのか是非とも聞きたいのでね」

1　ジョン・マクミラン（一六七〇—一七五三）のこと。一七〇六年キャメロン派の牧師となり、以後同派はマクミラン派と呼ばれた。

「それじゃあお話ししますがね、旦那様。あたしは連中に言ってやったんです、『旦那様のように真剣にキリスト教を奉じた信仰者で、また熱心に祈りを捧げていなさる方に、悪魔が取り憑くなんてえ心配は百年早いってもんだ。あんな立派なお方でさえ悪魔にゃかなわねえってことになったら、大丈夫なもんはひとりもいねえってことになるからな』とね。すると連中、何て言ったと思います？　ラッキー・ショーって名のちょうちん顎をした婆さんが言いやがったんですが、他のもんもみんなその通りだとばかり頷くんでさあ。そいつの言うにゃこうなんですよ――『着たきりすずめの哀れな大馬鹿者のキャメロン信者よ！　不従順の小童（こわっぱ）どもを支配し、その中に働く空中の権力者たる悪魔[1]のたくらみがそれくらいのことで仕舞いになるとでも思ってるのかい？　自分は天命を受けてるんだなんて人並み外れた自負を持ちくさって、梟（ふくろう）の子までが前置きを覚えちまうほど祈禱をあげるような御大層な信仰者、そいつこそ悪魔のやっこさんが皿拭きふきんのように骨抜きにしてやろうと目をつける奴じゃわい。あいつは、そうした手合いの姿がひとりだろうと大勢だろうと目にはいれば、地獄でじっとしていることができないのさ。それで本気で仕事にかかったときにゃ、あらゆる手を使って自分の狙い通りに獲物を説き伏せちまうんだ。まず抜かりはないわな。こうやって、そういう熱烈な信仰者を名乗る手合いの魂をひとからげ背中にしょって棲処（すみか）に戻るとなりゃあ、悪魔のやっこさんにしても上々の戦果ってもんだ。イングルビーの奴が――こいつはリヴァプールの行商人さね――グラスゴーの大通りにフランドルのレース編みやらオランダのローン[2]やら、それからインド産の絹やサテンなんぞを馬荷十個ほどにしてやって来たときにゃあなかなかの見ものだったが、悪魔が行商の荷物みてえに御立派な信仰者どもの魂を頑丈な肩にかついで地獄へ凱旋するのと比べりゃものの数じゃなかろうて。はっはっはっ！　この魂盗っ人が嘲けるように呼び売りしながら生気のねえ自分の領土を歩き廻る姿が目に浮かぶようじゃ――獲りたてほやほやの聖職者はいらんかね？　肉のついた主教、断食で痩せこけた狂信家、金切声の牧師、よりどりみどりだ。神への祈りを捧げ、崇拝を尽くし、聖職者の頭巾を被り、神への畏れから泣き喚き、夢中になって狂ったように説教をした挙句がこのざまさ！　この最期をよく見てやっとくれ！　さあ、どこにでもあるという代物じゃないよ。肉づきのいいのは一ボードル[3]、痩せているのは半マークだ！――という具合さね』はっきり言って、この気味悪い婆さんの凄まじい話にゃぞっとしたんですがね、周りにいた連中はこれこそ神聖な真理だと賞めそやす有様なんで。それからラッキー婆さんはさらに話を続けましたよ――『わしらの中には羊の衣を着た狼が沢山おるんじゃ。熱狂的な信仰者の仮面を被った悪魔がこの国の教会やら会堂やらをうようようろつき廻っているのさ。オーフタマハティ[4]の町のもんは神の正義をあんまり尊んだもんだから、連中のなかでいっとう卑しい男でもよその町や教区じゃあ民を導く夜明けの光としてもてはやされたってえのは、ほんの二年前のことよ。名高

1　『エペソ書』二章二節参照。
2　透ける薄地綿織物。
3　二ペンスに相当する。
4　スコットランド東部、ファイフ州の町。

きオーフタマハティの町じゃ毎日毎晩、説教や祈禱、教理についての議論や問答に明け暮れた。若者が求愛するときの言葉はソロモンの『雅歌』で、それに応える娘の方は『詩篇』の言葉ってな塩梅じゃよ。亜麻打ちに皆が集まった晩にゃあ口々に神学論議が始まり、婚礼ともなりゃやたらに聖書を読んで讃美歌をうたう。老若問わず夢の中でも神に祈り、寝言まで天のお告げを知らせる預言になっちまうという徹底ぶりじゃ。これにゃあ地獄のいちばん奥に引っ込んでいた悪魔どもも驚いて、とうとう動き始めたってわけでの。もしロビン・リヴェンてえ百姓がいなけりゃ、オーフタマハティの町は永遠に滅んじまっていたろうて。ところがこいつ、抜け目のない奴でな、自分以外の知恵袋を持っとったんじゃ。それというのもこの男、若い時分にゃあ妖精どもと大の仲良し、霊のたぐいはすべて目で見えるばかりか、連中の言葉も自分の言葉同様よく分かるってえわけよ。このロビンが九月のある日、まだ薄明るい夕方時分じゃったが、ウェスト・ローモンド[1]の麓に腰を下ろしていたんじゃ。今にも夜の帳が落ちようってときに大鴉の群が東の空を飛んでくる姿が目にはいった。その瞬間、連中の飛び方からこの世のものでないと知ったロビンは、十字を切るとねぐらにしていた岩山の中に這い込んだ。するとそのなかの二羽の鴉が奴のすぐそばまでやってきて止まった。嘴で真黒な羽をすくと、今度はそれを広げ、風に当てて涼み始める。ロビンには二羽の鴉の会話が聞こえてきた。一羽が言った――〈今夜はどこで獲物を見つけるね?〉――〈オーフタマハティのがりがりの狂った連中の魂を狙うさね〉ともう一羽の方が答える――〈連中は信仰というあったけえ下着を着込み、懺悔という汚ねえボロで身繕っていやがるから、獲物には向かねえんじゃないか〉と最初の鴉――〈この丘の上までぶつぶつ聞こえてくるあのぞっとするような声は一体何だ？〉――〈ああ、あれは婆さんたちを始めとしてオーフタマハティの薄汚ねえ阿呆どもが讃美歌をうたったり敬神の御題目を唱えたりしているのよ。連中は天国に至る道を喚きながら歩いているってわけさ。もし我々が打ち負かされたってえ屈辱がないなら、あの恐るべき敵の手に連中をゆだねたところで一向に構わねえのよ。何しろあいつにゃあお似合いのみやげだからな、天国だと、笑わせやがる！　この俺が口を拭いたくなるようなひどい貧困と穢れの染みついたあんな蛆虫どもで溢れっちまったら、天国は一体どうなっちまうんだろうな〉――〈そんなこたあどうでもいい〉とこれは最初の鴉の方、〈我々の力が見くびられているのが我慢ならんのだ。だから、連中が地獄行きになるってことは分かりきっているのだが、何としてもやつらを誘惑せにゃあなるまい。しかもやつら自身の餌で罠にかけてやらにゃあ気が済まん。明日、教会まで来るがいい。この私がオーフタマハティの聖人どもをいかに欺すか見せてやろう。ところで今夜、シッドロー丘陵[2]はマクベスの丘の麓で宴会がある。行くぞ、ディアボルス、飛べ[3]〉こうしてかあかあと大声で啼きながら、大鴉

1　オーフタマハティの南、東西に走る小丘陵地帯の丘のひとつ。
2　オーフタマハティの北、テイ川河口を隔てアンガス州南部を南西から北東に走る。なお、マクベスの丘はシッドロー丘陵の南西端にあるダンシネーンの丘のこと。
3　ウォルター・スコット『最後の吟遊詩人の歌』の第二歌一三聯への注で、魔術師マイケル・スコットが使い魔の黒馬に命じるときの言葉。

の群は再び夕闇垂れ込めた空高く舞い上がり、後にはロビン・リヴェンがひとり岩山の中に残されたのじゃよ。

さて翌日、オーフタマハティの教会に会衆が集まってみると、牧師殿の姿が見えねえ。町の長老たちが八方手を尽くして探してみたが、分かったのはその牧師が行方不明ということだけでな。そこで教会書記に、牧師殿が見つかるかどうかはっきりするまで『詩篇』の第百十九篇[1]を歌っているよう命じたのじゃ。書記が命ぜられた通り歌い始めて七十七節まで進んだとき、見知らぬ牧師が西側の扉から教会に現れ[2]、おごそかな足取りで説教壇まで近づいた。会衆の目はこの初めて見る気高い人物に釘付けとなった。こいつは黒の懺悔服を纏っておって、これが身体をすっぽり包んで後ろに長く垂れておった。誰もがこれは自分たちに訓戒を与えるために天使が身をやつして現れたのだと思い込んじまった。この男は『エゼキエル書』から説教のための聖句を選び出し、それを声高に読み上げたんだが、それが何とも奇妙な言葉でな――〈我くつがえすことをなし、くつがえすことをなし、くつがえすことを為さん、権威を持つべきもの来たる時までこれはあることなし、彼に我これを与う〉[3]――というんじゃ。

こんな言葉から説教が始まったんじゃが、これがまた前例のない、少なくともオーフタマハティのもんにとっちゃ聞いたこともない説教じゃ。真実、純正この上ない説教よ。聴衆の心を打ち、崇高で畏れ多いことときたら、そりゃもう桁違いってものさね。その牧師殿は最後に、さっきの聖句の中のこれというのは、明々白々、この名高きオーフタマハティの町のことだ、と説いたのじゃ。

そしてこの町のもんは誰もが、苦き胆汁と不義の繋ぎの中にいると告げた。[4] これを聞いた信仰篤いこの連中は大満足じゃった。さらに牧師殿はこう断言したものよ——考え方や礼拝のやり方を直ちに根本から変えねばならん。さもないと神はお前たちを、お前たちの信念を、そしてまたお前たちの信仰告白をすべて覆されるだろう。そしてお前たちは何ものでもなくなり、遂には町の最大の敵たる悪魔が来たりてこの町を与えられ、これを蹂躙するであろう。悪魔にはその権利があり、この町は悪魔のものとなるからだ——とな。

オーフタマハティの住人は心底感服しちまった。魅入られたんじゃな。連中はこの弁舌たくみな説教者によって告げられた崇高、荘厳な真理に文字通り気も狂わんばかりに夢中になったのよ——ヨナがニネベ人に遣わされたように[5]〈あの御方は我々に警告を発するために遣わされた主の預言者だ〉と言うものもおれば、〈あの御方こそは天の御使いであり、大いなるこの町に教えを広めにやって来たのだ。これほど尊い真理を述べたお方は今まで誰ひとりとしていなかったではないか〉と言い出すものまで現れる始末じゃ。オーフタマハティの善人たちはこの説教者の御蔭で天にも昇る

1 一七六節より成る『詩篇』中最長の詩。
2 一般に教会のなかでいちばん神聖な祭壇は東端にある。
3 『エゼキエル書』二一章二七節。
4 『使徒行伝』八章二三節参照。
5 『ヨナ書』三章参照。

ほどの狂喜に浸ったわけだが、実は、こうやってこの男は町のもんを野次馬に至るまでひとり残らず地獄送りにしていたわけなのじゃ。自分たちには永罰が課せられているってえ考えほど、本当に宗教心のあるもんを喜ばすもんはないからの。その説教者が去った後も連中の驚嘆の念は消えなんだ。集まってはその説教を讃え、話をすればするほど讃美、賞讃の念はうなぎのぼりよ。そんなわけじゃから、あの正直者ロビン・リヴェンが言うことなんぞ誰が聴くもんか。二羽の鴉が話をしているのを聞いたなんていくら言っても無駄なこと、権威あるものを軽んずる[1]奴だとばかりさんざ嘲笑された挙句に追っ払われちまったのさ。その上、町のもんは鴉の言葉が分かると思い込んでるってえんで、ロビンのことを、やれ魔法使いだ、いかれぽんちだと呼んだものよ。

一度姿を消してからというもの、みんなしてセント・ジョンストン[2]やダンディー[3]の町の隅から隅まで探し廻ったが、その気高い説教者殿の消息は杳として知れねえ。しかしそいつは例の聖句について、もう一度説教をすると予告しておいたから、その日になると、ただでさえ人の多いその地方の住人が遠くのもんも近くのもんも、我も我もとオーフタマハティに集まってきた。クーパー[4]やニューバラ[5]やストラスミグロ[6]の町は男女を問わず大人ばかりか子どもまで送り出した。パースやダンディーからは何千人という群衆が押しよせ、ファイフ州の東端からグランピアン高地[7]の麓まで、その日の朝はオーフタマハティへと急ぐ人馬の群で一杯さ。そんな塩梅だから、教会にゃあ聴衆の千分の一もはいりきらねえ。そこで町の北側の丘にすばらしく大きな天幕をおっ立てた。その周りにゃものすごい会衆が集まったってわけよ。連中がお偉い説教者殿を今か今かと待っていると、どうだい、ロビン・リヴェンが天幕の中に顔を出して、演説をおっぱじめるじゃねえか――これから聴くことになっているあの説教者が説く教理には用心しろ。そんなもんはまったくの誤りでみんなを破滅させるものだってことを納得いくまで証明してやったっていい――と喚いたわけじゃ。

これを聞いた聴衆はひとり残らずロビンに罵声を浴びせ、天幕から引きずり出した。町の長老が厳しく叱りつけたが、みんなはそれぐらいじゃおさまらねえ。もっと手ひどく懲らしめろと詰め寄ったくらいよ。ロビンは例の黒鴉の話をありのまんま正直に話したんだが、馬鹿にされただけのこと。そうこうするうちにあのお偉い説教者殿が現れて、見事な説教を二つ垂れたんだが、これが前回にもます素晴らしさ、会衆の感動もひとしおってところよ。みんなぼおーっとなって、あまりの興奮に身悶(もだ)えするやら口から泡を吹くやら、発作を起こしたもんも随分おってな。ロビン・リヴェンはこの大群衆の端っこに腰を下ろして、一緒に聴いていたわけだが、神憑(がか)りのような熱狂に落ち込んだ連中には感じられんものを感じ取った。つまり、これほど見事に説かれた教理が実は人を破

1 『ペテロ後書』二章一〇節、『ユダ書』八節参照。
2 パースの古名。テイ川河口にある。
3 テイ川河口の北岸に臨む港町。
4 ファイフ州の州都。オーフタマハティの東方一三キロほどのところにある。
5 テイ川河口南岸にある。オーフタマハティの北七キロほどのところ。
6 ファイフ州の町。オーフタマハティの南西二キロほどのところにある。
7 スコットランド中央部を北東から南西に走る低い山脈で、ハイランドとロウランドの境をなす。

滅させるもんだってえことを悟ったわけじゃ。ロビンはあの大鴉の声を思い出し、自分の考えが間違いであるはずはねえと確信したわけさね。さて、そうやって礼拝式が終わると、長老や町の有力者たちはこぞって説教者の周りに群がった。彼は緑の丘の上に立って全会衆の注目を浴びていたが、その会衆の方は少しでも敬意を表したいと誰もが必死じゃった。一方ロビン・リヴェンは説教の前に聴衆に約束したことをやってみせようとばかり、人混みの中に分け入ると、素早くしかも無造作に、説教者殿の着ている下まで垂れた大きな聖服をひょいとつまんだ。そして全会衆の目の前でそれを膝まで持ち上げたのよ。するとどうだい、ひづめが割れているじゃないか![1] 悪魔のやっこさん、聴衆の心を我がものにして有頂天の極みってときに、まんまとしてやられたわけじゃ。それもひとりの田舎者にやられっちまったんだ。もう取り繕ってはいらんねえ。歯をむき出しにしてロビンを睨みつけると、火を吹く龍のように空中を飛び去り[2]、そのあとにはローモンドの山々の上に鮮やかな虹が立ったんじゃよ。

オーフタマハティの婆さんや織工連中はびっくり仰天、腰を抜かしちまった。それでももう一度自分たちで神に祈りを捧げた。あやういところで恐ろしい危険を免れたことが分かったからな。そしてこの日からというもの、今日に至るまで、オーフタマハティの人間を相手に説教するのは至難のわざじゃて。まして説教を聴かせて夢中にさせるなんてことはまず無理な話。どんないい説教を聞こうが、その陰にゃ割れたひづめが覗いてるもんだと信じ込んで疑わんのだから。

こりゃあほんとうの話じゃよ。あんたも誰か怪しいと思うもんがいたら、ロビン・リヴェンの手を使いなされ。割れたひづめを探すのじゃ。こいつばかりは巧い隠しようもないでな。しかも思いもかけんときに露われちまうってことがよくあるものよ。聖職衣だろうが法律家のかつらだろうがキャメロン派信者の青帽子[3]だろうが、こいつを隠しおおすなんてわけにゃいくめえ。だが、悪魔かどうかを調べるにゃ何といっても黄金律[4]が一番じゃな。これなら決して間違いっこねえ』――とまあ、こういう話ですがね、ラッキー婆さん、その黄金律たあ何のことか教えちゃくれなかったんですよ。勿論、何度も耳にしちゃあいるんですがね、このあたしがそんなもん知っていたら、この上ねえ恥ってもんだ。でも旦那様はよくご存知でしょう。それを使って御友人を何人か試されたところで悪くはねえでしょう、多分ね。旦那様と時々一緒におられるところをお見受けする御仁がおりますが、何でもその方の歩いた跡は――まるで焼鉄に焦がされたみてえに草が枯れちまってるってえ噂ですからね。ああ、悪魔が近くにいるなんて、くわばら、くわばら！　おや、どうしたんです、旦那様。また吐気でもするんですかい？」

実のところ、この田舎者の馬鹿馬鹿しい話のために、しかもその話には一層馬鹿げた寓意が込め

1　悪魔はひづめが割れているとの俗信があった。付録のジッド「序文」参照。
2　『イザヤ書』一四章二九節参照。
3　長老派は王党派の緋色に対抗して青を身につけた。由来は『民数紀略』一五章三八節とされる。
4　「すべて人にせられんと思うことは、人にも亦その如くせよ。これは律法なり、預言者なり」（『マタイ伝』七章一二節）。

られているので、私は再び気持ちが悪くなってしまったのだ。あの高貴な友人が悪魔であると考えたからではなく、また愚かもののくだらぬ物語のために、神の目から見れば私は永遠の昔から義とされたものであるという確固たる天啓が無価値のものになる、と考えたからでもない。ただ端的に言って、この話を聞いて私は自分の状態をまざまざと見せつけられたのだ。そしてこれに気づくと、敬虔な友人であり、また私の支配者でもあるあの男の姿が頭の中に現れたときのように、思わずぞっと身震いしてしまった。まったくの話、この頃になると、あの男を思い出すたびに震えを禁じ得なかったのだ。心の中でこの問題をあれこれ考え、人類の幸福のみを願っているものの付き合いがどうしてこれほど苦汁に満ちた実しか結ばないのか思い悩んだことも一度だけではない。そして、あの召使に吹き込まれたように、それまでの自分の行いをキリストの黄金律によって調べてみた。すると、どうだろう、どれひとつとしてこの試験に耐えうるものがないではないか。私は人を殺したが、それと同じ理由で、今度は誰かが私を殺す正当な権利を持っているということになると、それは到底認められないのだ。こうして私は忠告を与えてくれた友人の動機を再び疑うようになった。それが意図として悪いものだというのではない。熱狂的信仰なり抑えきれぬ情熱なりによって、彼の偉大な精神が道を踏み誤っていると思えたのだ。

友人の方では私のこうした心の動きが手にとるように分かるらしかった。何故なら私に対する態度が日ごとに変わったからである。最初のうちはとても不快なものだったが、そのうち横柄極まるものになり、最後には耐えられないものになった。そこで私はどんな犠牲を払っても、たとえ見知らぬ土地で物乞いをする身に落ちぶれようとも、彼との関係を断とうと決心した。ここに留まったままでそうすることは出来ない。彼が私の命をしっかり握っており、その気になりさえすればいつでも売り払えるのだ。しかも彼は狩人が猟犬を意のままに操るように完全に私を支配している。私の立場はそんなにも弱かったので、次に会ったときにも、ひづめが二つに割れているかどうか、じっと彼の足許に目を凝らすのがやっと。外から見たかぎりでは、どう見ても人間の足のように思われた。だが彼の助言にはどこか曖昧なところがあり、何か隠された意味があるというわけではないにしろ、著しく歪んでいるのだ。

しかし、この苛酷で傲慢な、そして残忍な改革者から逃れるために、私がこの生地から逃亡して行方をくらますという手段に訴えた場合には、彼の方でも私と縁を切り、司直の手に渡すという行動に出るに違いないのだ。当時、私は亡父と亡兄のゆかりのもの何人かによって秘かに探られていたらしい。その中には亡父の愛人だった女もいた。兄を殺した現場を二人の人間が目撃していたのだ――あのとき私のすぐそばで野次まじりの声がいくつか聞こえたというかすかな記憶から、私としても目撃者がひとりであるはずはないという考えが頭から離れなかった。そして父の愛人だった女は探し廻った挙句とうとうこの二人を見つけ出したのだ。しかし鋭い洞察力を働かせた私は、彼女が目撃者を発見できたのは、私の秘密を握っている唯一の人間、即ち熱烈なキリスト教徒たるあの友人の助けがあったからではないかと考えた。こんなことを言うのも、友人が彼女らを近所に潜ませておいてから、それと知らぬうちに彼女らにすっかり姿を見られてしまう場所まで私を幾度も連れ出したと悟ったからである。特に一度などは、その卑しい女に思う存分復讐をさせてやるから、ともっともらしいことを言われ、隠れ場所をよく知っているというので、彼に連れられてその女のいる所へやってきたが、友人はそのまま立ち去り、私は二人の恐ろしい女どもの手に落ちてしまうという羽目に。おかげで私は危うく命を奪われそうになった。ダルカースルに留まることは次第に危険になってきていた。影のようにまとわりつくこの暴君とこれ以上一緒に暮らすことは出来ない。その上、四方八方から私にとって不利な殺人の証拠が幾つも挙げられた様子。中には自分としてはまったく身に覚えのない証拠もあったが、世間の方ではそうは考えない。そのままいけばどういうことになっていたかは神のみぞ知る、である。何故ならその事件は裁判にまで至らなかったので、私には分からないのだ。しかしながら、知っている限りのことをここに記すのが恐らく義務というものだろう。そして、それは端的に言って次のようなことなのである。

一七一二年六月一日のこと（当然のことながら、この日は忘れられない）、私は失意のどん底にあり、人目につかぬ私室に籠ったまま、迫り来る敵から逃れるにはどうしたらよいかあれこれ思案を巡らして、いっそのことなれるものなら虫けらなり蛾なりになってしまいたい、そうすればすぐにも踏みつぶされ安らかに死ねるものを、などと考えていた。そのときである、ふと見ると、サミュエルが今にも飛び出てしまいそうなほど目をぎょろつかせ、大声で叫びながら部屋にはいって来た――「旦那様、頼むから早く逃げて身を隠してくだせえ！　母上様が見つかっちまったんですよ。旦那様におとがめがあんのは間違いねえです！」

「母が見つかったと！」と私、「これまで一体どこにいたのだろう？」こう言いながら、母が戻って来るという思いですっかり落ち着きを失っていた。

「どこにいたか、ですって？　旦那様がお隠しになったところですよ、多分ね——川底の砂の下に埋められていなさったんですから。まったくの話、ぞっとするようなお姿になっちまって、あたしは二度と見るのは御免ですよ。それから若い娘も見つかりましてね。噂じゃ悪魔が——申し訳ねえ、旦那様のお友達のことですがね——そのお友達が発見したってこって。それで村のもんは役人を呼びに行ってまさあ。遅くとも一、二時間もすりゃ、連中やって来ます。だから一分も無駄にゃできねえ。何たって、その二人に最後に会ったのが旦那様だってえことははっきりした証拠も証言もあるんですから。そういうこってすから、ご自分とその二人とについて、そうした証拠をくつがえすだけの説明ができねえなら、命がけで身を隠すなり逃げるなりしなさらねえと」

「私は逃げも隠れもしないぞ」と私は言った、「その二人の女性については、まだ生まれて来ない赤子同様無実なのだからな」

「村のもんはそうは思っちゃいませんよ、旦那様。いいですかい、万が一証拠不十分ってえことになるにしろ、そのためにゃ、八つ裂きにされるって危険を冒さにゃならねえんですぜ。連中は、二人の死体をここまで運んで来て、旦那様に証人の前で触れさせてみようってえ魂胆らしいんです。[1]

1　殺人者が触れると死体が血を流すという俗信に基づいて、中世では犯人の判別に用いられたという。

証人もひとりやふたりじゃねえでしょうよ」

「この館に死体を運んでくるようなまねはさせないぞ」私は叫んだ。これから行われようとしているこの判別試験にすっかりおびえていたのだ。「さあ、すぐに門のところへ行って、めった切りにされたぶよぶよの死骸なぞ運び込めないようにするのだ」

「旦那様の母上の死体もあるんですぜ！」召使は断固として譲らない。私はすっかり動揺し、途方に暮れて怒ったように部屋を行ったり来たり歩き廻った。サミュエルにしてもどうしたらよいのか分かるわけがない。しかし彼の目つきからすると、二つの殺人とも私が怪しいと思っているようであった。そのとき、部屋の扉を叩く音がした。我々は二人とも罪人のようにぎくりとした。サミュエルの方は驚きのあまり毛も逆立つといった風で、扉を開けるようにと私が言っても、ほとんど足が動かない。やっとのことで彼が扉を開けると、はいって来たのはあろうことか例の高貴な友人で、彼もまたひどく驚いている様子だった。サミュエルはこの帝王を招き入れるなり、すり抜けるようにして入れ違いに部屋を逃げ出していった。見たところ今にも狂いださんばかりの狼狽ぶりだった。この恐ろしい人物がはいって来たときの気持ちは、私にしてもサミュエルと大して違っていたわけではない。友人はそれまで決して私の私室にはいろうとしたことはなかったのだ。用事を尋ねることもできず、ただ相手を凝視めているだけの私はきっと彫像か何かのようであっただろう。

友人は言った、「悲しく辛い報せをもってやってきたのだよ。お前は私にとって大切な、しかも恩知らずの友人だが、まだ命を救ってやれる時間が僅かばかりある。だからこうしてやってきたのだ。暴れ出しかねない連中が死体を二つ運んでこちらに向かっていて、このままではお前の立場は極めてまずいものになる。だが最悪というわけでもない。問題なのは司直の一団がエディンバラから令状を取って、目下この館の周りを取り囲み、今にも家宅捜索を始めてお前を見つけ出そうとしていることだ。ひとたび捕らえられたら、助かる見込みはまったくないぞ。必死に尋ね廻った結果、お前を破滅に追い込むための準備が万事整えられていることが分かったのだ」

「そうですか、それでこうなったのは一体誰のせいなのです?」と私は苦々しく言い返したが、彼は私を遮ってさらに言葉を続けた、「今そんなことを考えている余裕はない。人間の手からはお前の命を必ず護ってみせるということは名誉にかけて約束した通りだ。私に力がある限りその約束は守る。ここにやってきたのも約束を果たし、自分の命を犠牲にしてお前の命を助けるためなのだ。さあ、御託を並べず、私と服を取り換えるのだ。そうすれば、相手が司直だろうが番兵だろうが、いやこちらに近づいてくる群衆だって意に介することはない。大丈夫、逃げ出せるとも。この服には不思議な力があるのだ。これを見れば連中は誰何するどころか、黙ってお前に従うだろう。さあ、急げ。さし当たってはこの地を去って、どこでも行けるところまで逃げろ。もし私もこの窮地を逃がれたら、何としてもお前を見つけ出し、知っている限りのことを教えようではないか」

そこで私は彼の緑色のフロック・コートを着て革ベルトを締め、彼がいつも身につけていたどことなく主教冠を思わせる被りものを頭に載せた。彼が目の前で三度も手招きをしたので、せかされるがままに私は部屋を出た。館の玄関も裏門も厳重に見張られ、邸内には武装したものが何人も小部屋の捜索に当たっていた。しかし私が進んでいくと誰もが道を空け、すれ違うときには帽子を取って会釈するのだ。ただひとり指揮官が声をかけ、犯人の姿を見かけなかったか？　と尋ねた。何と答えたらいいか分からなかったが、たまたま口をついて出てきたのが「彼のことなら心配ない」という真実そのものの適切な言葉であった。相手は「有難うございます。それだけ伺えば十分です」と言わんばかりの微笑を浮かべ、こちらへと手招きする。私は落ち着き払ってこの館を後にした。

屋敷の門を出るか出ないかのうちに、東の方の深い谷間から大きなざわめきが響いてきた。この新しい身なりなら絶対に大丈夫だと思った私は、一体何が起こっているのか、果たして事態が告げられた通りなのか知りたいと思い、その声のする方へ歩いて行った。すると案の定、驚くべき大群集が二つの死骸を板に載せ、きれいに白布で覆いをしてダルカースルの館へ向かっているところだった。私は何としてもその死骸をはっきりこの目で見たかったが、人々の凄まじい怒りの表情に気づき、またその顔つきからみて、この騒ぎには口出ししない方が身のためだと考えて思い止まった。自分でもどういうことなのかよく分からないが、私はこの情景に味わったことのない奇妙な喜びを感じ、またこの並外れた犯罪の張本人として告発されていることにある種の誇りを感じてもいた。これは初めての感情だった。もしいま着ているあの外国の帝王の服に不思議な力があるとしたら、これがその効能のひとつだった。この服によって私の心は邪悪なもの、むかつくほど恐ろしいものに引き寄せられるのである。

私は群集に混じって、彼らの話していることを耳にした。誰もが私のことを口汚ない言葉でののしっていた。骨の髄まで人非人だと言うものもいれば、悪の権化だと言うものもおり、またある者は私がこの世でもあの世でも決して呪いから逃れられないのだと言ったりもした。人類はこうやってキリスト教界の最も偉大な教父たちや使徒たちを虐待し迫害してきたのだ。しかし彼らにいくら忌わしい悪口を浴びせられたところで、私に関して天の教えが変わるはずがない、という確信で我が身を慰めながら、この群集と別れ、私は南に向かって進んだ。

ドリントン・ムアと呼ばれる高地を越えるときには、後ろを振り返り、ダルカースルを一望せずにはいられなかった。この土地を目にするのもこれが最後になるだろうと信じてほとんど疑わなかったし、また、そうはさせない、もう一度この目で見るのだ、という野心も抱いてはいなかった。あの館に歩を踏み入れ、その豊かな富と広い土地とを手にしたとき、幸福と栄達に輝く前途にどれほど胸を弾ませたことか、そしてまた、何とひどい落胆の憂目を見たことか、そうした想いが頭を横切った。それどころか、私が味わったのは悔しさと厭わしさと恐ろしさだけではなかったか。そして今となっては、これから先はあの高貴な友人の恐ろしい拷問の軛(くびき)から自由になれるのではないかという希望が唯一の慰めであった。そしてそのためには、みずから進んでこの世の苦難に立ち向かおう。いま私が足を踏み入れた道は、これまで味わったこともなく、ほとんど想像もつかない苦難へと続いているようであり、ひたすら赤貧洗うがごとき暮らしなのだと思わずにはいられなかった。ほんの二、三時間前には莫大な富を所有していたにもかかわらず、今ではその領主としての財産も手放し、たった一マークすら持ってはいない。しかも、ほんの少額であれ、金を強制的に取り立てる権力もないのだ。そんなことをすれば、すぐに発見され捕らえられてしまう。もし私自身の服を着たまま逃れることが出来たなら、その服にはかなりの額の金を潜めていたのだったが、急に彼の服に着換えたために、当座必要な小銭すら持っていない有様であった。しかし正しきものは決して欠乏のままに打ち捨てられることはない、と私は神慮に希望を抱いていた。たとえ幾多の苦難に取り囲まれようと、正しきものは最後にはそれらすべてから解放されるはずではないか。私は生まれながらに頭脳明晰である上、紳士たるにふさわしい教養を身につけていた。だから、神学者の中でも最も有能で厳格なあの友人と知り合ってからというもの、どういうわけか不思議にも自分の神学的才能を発揮できぬままではあったが、それでも神の恩寵による救いや予定説、或いは永遠なる神の御旨といったことを熱心に伝道することによって、どこか他の国で人類のために尽くし、名を上げるだけの力がまだ残っているという希望を捨ててはいなかったのだ。

こんな風に考えもして我が身を慰めながら、私は南へ道を急いだ。町や村を避け、東西に走る本街道から分かれている間道ばかりを選んだ。最初の晩に投宿したのは田舎の織工の家。そこに着いたときは夜も遅く、我が旧居から三十マイルも歩き続けて、ひどい空腹と疲労に襲われていた。私を迎えたその家の主人はいかにも迷惑そうで、左程遠くないところにもっと立派なお屋敷があるし、その先には宿屋もある、と言うのだった。しかし私は、誰にせよ、この地の有力者の許に身を寄せるより、こうした家の人々と交わることの方が嬉しいのだ――私はこの世の貧しきものと共にあり、富めるものの神の国に入るよりは、駱駝(らくだ)の針の穴を通るかた反(かえ)って易し[1]というではないか、と答えた。織工の妻は子どもを膝の上に抱えて坐ったまま、それまで口を開かなかったが、私がこのように真剣に聖書の言葉を口にするのを聞くと、空いた手で火を起こし、それから椅子をその傍に引き寄せるとこう言った――「まあ感心なこと。こちらにはいっていらっしゃいな。あんたは私たちのものすべてを授けてくだすった神の子なんだから、その一部を分けあって当然ですからね。確かにあんたは見知らぬ旅の人に違いないけど、見知らぬ旅人だからって歓迎しないような手合いは思いがけず神の御使いがいらしても歓迎しないのよ[2]」

私は愚直な性質というものを好ましく思う方では決してなかった。むしろ大抵はそうしたものを軽蔑していたのだ。しかしそのときは自分の立場が立場であったので、この貧しい女性の歓迎の言葉に深く心を動かされた。主人の方は私をもてなす妻のやり方が明らかに気に入らないらしく、一晩中不機嫌なままであった。そして妻に対する口のきき方があまりにもぶっきら棒なので、私は叱責を加えるべきだと考えた。というのは、この女性がなかなか美しく、話し方も好ましかったからだ。一方これに反して、夫の方の織工は身体つきもいかめしく、顔も醜いうえに神の敵といった風

1 『マタイ伝』一九章二四節等参照。
2 『ヘブル書』一三章二節参照。

の男だった。そこで私は彼の態度を手厳しく非難してやった。ところがこの男はどうしようもないつむじ曲がりで、無躾(ぶしつけ)にも私に嘲けるような冷笑を浴びせ、ひどい気紛れからこんなことを妻に言い出したのだ――「そんなに天使様を迎える機会を心待ちにしているなら、天使といったって色々だ、当の天使がどんなもんか注意してみるのも無駄じゃねえだろうよ。俺はな、今夜お迎えしようってのが悪魔だってことになっても大して驚きゃしねえぞ。この客人の身体からは硫黄[1]の煙みてえなもんが出ているような気がすんのさ。この御仁は神の御使いなんかじゃねえな。こんな奴をもてなしたってあんまり賞められた話にゃならねえだろうよ」

勿論、私は神によって選ばれたものだという揺るぎない立場にいるのだから、悪魔のことが言及されても、世の誰よりも驚き恐れる必要のない人間だったわけだが、近頃は、その逆こそが真相ではないかという気がして、悪魔という恐るべき敵のことを口にされるだけですっかり動揺してしまうのだった。この織工の言葉に甚だしい衝撃を受けた私の表情を見ると、彼らは仰天した。妻の方は私が腹を立てたのだと思って夫の不作法を静かにたしなめたが、織工の方は私が悪魔だという確信を一層強めたらしく、雄ノロジカのようにあたりを見廻すと、すぐに家庭用聖書[2]を持ち出してきたのである。私の正体を試そうと思ってそうしたのかどうか分からないが、もし話題がそのとき他のことに移らなかったら、彼としては自分が選んだ聖書の一節を私に読ませるなり、家庭礼拝をやるつもりだったのだろうと思う。ともかく織工は何と話しかけたものやら分からぬまま聖書を今にも押しつけんばかりにして、突然私の名を尋ねた。真理のために闘う勇士ではあっても、自分が悪人であるとは思ってみたこともなく、また変装によってこの身は絶対安全だと信じていたので、偽名を作っておいた方がよいなどとはそれまでついぞ考えたこともなかった私は、こう尋ねられて思わず口籠ってしまった。しかし何かしら返答せねばならないから、名はコーウァンだと答えた。相手はじっと私を凝視め、それから妻の方に視線を移したが、その表情は、彼が驚くべきこと或いは不可解なことを多少とも知っているのだと物語っていた。

「ほう、コーウァンだと?」彼は言った、「こいつは驚いた! コルウァンじゃないんだな? ならいいがよ」

「そうです。コーウァンが苗字です」と私は答えた、「でもコルウァンじゃなぜいけないのです? 耳で聞くぶんにはほとんど同じではありませんか?」

「お前さんが悪魔に取り憑かれ唆されて、父親も母親もたったひとりの兄さんも、恋人までも殺したあの人非人じゃねえかと思ったもんでね」彼は答えた、「だが本当のところ、まだすっかり安心したわけじゃねえんだぜ。ぶっそうなものを持っているようだからな」

「とんでもない」私は言い返した、「武器など持ってやしませんとも。自分の心が清廉潔白であることを知っているものには身を護る武器などいま必要ありませんから」

1　当然、地獄と結びつけて考えられている。
2　一家の人々の誕生、死亡、結婚などを記録する白紙のついた大型聖書。

「そうかね、それじゃあそこに見えている干草の茎みてえなものは何だって言うつもりなのかい？」彼はこう言いながら私の着ていたフロック・コートの中から覗いているものを指さした。見ると、間違いなく金色に光る短剣の柄ではないか。以前にこの目で見もしたし、手にもしたあの短剣である。高貴な友人がいつも携行していたことは知っていたが、自分が身に付けていようとはこのときまで一向に気づかなかったのだ。私は懐からその短剣を取り出した。これ以上危険で忌わしい武器があろうとは想像だに出来なかった。織工もその妻もこれを見るとぎょっとしたようであったが、特に女の方は激しくおののいた。彼女は私の味方であり、またその晩は何としても彼らの好意にすがらねばならなかったので、私はこう言った、「はっきり申し上げますが、この短剣を所持していることを知らなかったのです。たまたまコートの中に紛れ込んでいただけで、隠しておくつもりはいささかもありませんでした。でもこの家で私が何か悪事を企んでいると心配なさるといけませんから、これはあなた方にお預けしましょう。どうか明日の朝まで、私が必要になるときまでしっかりしまっておいて下さい」

織工の妻は短剣を預かることができて少しほっとしたようであった。彼女はそれを受け取ると、私のいるところからは見えない食料貯蔵室のようなところにしまい込んだ。そしてまた会話が続いた。

私は言った、「あなたが今おっしゃった私とよく似た名の男の話ですが、実際のところ、そんなことはあり得ませんよ」

すると織工が言った、「もしお前さんが、コルウァンという本名から〃ル〃を取って、コーウァンと名乗ったんだとすりゃ、その事件についちゃ俺よりずっとよくご存知だろうよ。もっとも俺の考えじゃ、人を殺すようなならず者なら、耳で聞いたら似ても似つかねえ偽名を使うとも言える。でもな、コルウァンについてのその話は本当のことさ。国の役人がその悪党を追ってここまで来たくれえだからね。まだ二時間と経っちゃあいねえよ。何でも奴がこっちの方へ逃げたってえ情報があったらしい。もっとも、最後に見かけたとき奴は黒い服を着てたってんでな、連中もそう考えて探索中なのさ。あいつに付いていた召使も一緒で、その召使なら奴の顔がすぐ分かるからな。狂ったようにこのあたりに馬を走らせてたっけ。何とかしてあの野郎をふんづかまえて、首を絞めあげてくれるよう祈りてえもんだな」

私は織工のこの祈りに、アーメンとばかり同意の言葉を吐くわけにはいかなかった。そこで出来るだけ心を落ち着かせるよう努めながら、国民が堕落した原因についていくつか宗教的な論評を加えた。しかし、権勢家たるあの友人が自らの命を助けるために、私が逃亡し変装したことを密告したのではないかと考えると、心中すっかり不安になり絶望に苛まれた。私が家庭礼拝の祈りを捧げると、織工の妻はその趣意を喜んだが、主人の方は不機嫌なまま。極めて質素な夕飯が終わると、彼は私が祈りの中で神に嘆願したようなものはおしなべて現在の人間の状態を考えれば的外れであるという理屈をこねて私に挑みかかってきたが、私の心は悲嘆のあまり疲れ切っていたので、そんな論争はさし控え、寝床に連れて行ってくれるよう頼んだ。

案内されたのは家の裏側で、そこには織機や踏み子や糸巻がところ狭しとあたり一面にとり散らかっている。一晩そこで休むようにと、私はそんな小さな箱のような小屋に閉じ込められた。織工が部屋を出るとき、家の物を何も盗られないようにと思ったのか、あとは織機相手に自分で何とかしろとばかり、用心深くその小屋に鍵をかけていったのである。彼も彼の妻も子どもたちも自分たちの部屋の方に集まると、その夫婦が声を押し殺し、私のことで激しく言い合うのが聞こえた。一方が私は例の人殺しに違いないと主張し、相手がそんなはずはないと反論する。ところが織工は私にもはっきりと聞き取れるほどの大声で、あいつを部屋に閉じ込めたのは軍隊か警察に報らせて逮捕してもらうためだ、とまで言い出したのである。これを耳にした私はすっかり途方にくれてしまった。しかしそんなふうに追い込まれ、我が身に危険が差し迫っているにもかかわらず、私は眠り込んでしまった。それは誰ひとりとして味わったこともないであろう、不安で一時たりとも心の安まらぬ眠りだった。二度と見るに耐えないような夢にうなされ、翌朝早く目醒めると身体中がほてるように熱く、喉が渇き切っていた。

戸外に出してくれるよう主人を呼ぼうとしたが、その前に服を着なければと思い、まわりに目を遣って異変に気づいた。(それはどうにも説明がつかなかったし、今もって訳が分からない。これから先も死ぬまで分からないだろう。)前日変装のために身に付けていたあのフロック・コートと被りものがあとかたもなくなっており、その代わりに私自身の黒コートと三角帽が置いてあるではないか。最初これは夢を見ているのだと思ったが、手で糸巻や織布、踏み子の紐などに触ってみて、ようやく目醒めていることが分かった。確かに私は目を醒ましている。そして扉は昨晩同様かたくしっかりと鍵がかかっている。私はその黒コートを持って小窓のそばに行き、念入りに調べてみた。間違いなく私のものだ。まさかの時に備えてこのコートに匿（かく）しておいた金も手つかずのまま残っていた。驚愕のあまり身体が震えた。そして小窓のそばから戻るときに織機の間でつまずいて、しまいには織糸でがんじがらめという仕儀に立ち至ったのである。解きほぐすには経糸（たていと）として部屋の端から端に何本も張られた粗い亜麻糸相手にがむしゃらにもがくしかなかった。あのろくでなしの織工が扱う糸を切ろうにもナイフを持っていなかったので、止むを得ず大声で助けを求めた。彼はろくろく服も着ないでやってきて、扉の鍵を抜くと頭と長い首を覗かせてこう私に呼びかけた。

「何だね、悪魔さんよ？　何でそんな風にわめいていやがるんだ？　本物のどでかい地獄の代わりにちっぽけな地獄に落っこちたってえのか？　おめえの不細工なあんよなんぞ呪われちまえ！　何だって俺のかみさんの織物の中に身を隠していやがるんだ？」

「本当に申し訳ありません」私は言った、「光が差している窓の方へ行こうと思ったのですが、どういうわけか運悪くあなた方の織物に巻き込まれてしまったのです。無理にほどこうとすれば、ひどい御迷惑をおかけすることになります。お願いですから、勝手知ったあなたの腕で救い出して下さい」

「俺がうまく解き放してやんねえと、地獄行きの危険がおめえの目と鼻の先にちらつくよな。とっとと行きゃあいいんだ！　えっ、間抜けの大馬鹿野郎め、おめえはとんでもねえ悪魔憑きだ！

何だってそんなとこをうろつき廻ったりしやがるんだ、貧乏人を破産させちまおうってえのか？薄汚ねえろくでなしめ、出て来やがれ。さもねえと、もっとひでえ、みっともねえ目に遭わして、身体じゅうの骨を引っこ抜いちまうぞ」

足は二重になった織物の経糸の間を滑り落ちたまま、地面には届かなかったので（ちょうどその下が小さな窪みになっていたのだ）、何本もの頼りない糸で身体が支えられるような恰好になった私は、他に手が届くものとてなく、自力でここから抜け出るすべはなかった。その上、織糸や紐やらでひどく怪我をしてもいた。それにもかかわらず、この恐ろしい職工は織機の巻棒をつかむと情容赦なく私を叩き始めた。その間、身動きのとれない私は大声で慈悲を乞うたり助けを呼んだりするほかはない。これがたまたま耳に届いたのだろう、やっとのことで救いが現れた。織工と同様ろくに身繕いもせぬままやってきた彼の妻は、すぐに夫を止めにはいったのだ。私のために彼女は必死になってくれた。ところが彼女が現れる前に、私は何とかこの窮地から逃れようと巧くいくはずもない努力をしていた。織工が呪い殺さんばかりに激しく殴打するので、何としても彼の手から逃れねばと思ったのである。そのつまらぬ努力のために事態は一層悪くなっていた。両足は下側の糸に絡め取られていたのだが、身体を支えていた上の糸から身を翻したために、その下の糸の間から別の糸を上へ引っ張り上げることになり、結局私は両足が万力で締められたみたいにしっかり固定されたまま、頭を下に吊り下げられるという羽目になったのだ。このため、織物は前にもまして悲惨な有様となり、織工の怒りもこれに比例して倍加されて、ありったけの力で私を叩くのだった。

こうした恐ろしい場面に彼女が飛び込んで来たのだ。少しも躊躇うことなく、彼女は腹を立てている夫の前に駆け寄り、怒り狂ったように織機の巻棒をふりかざしているのも構わず、それ以上私に危害を加えないよう彼の腕にしがみついて押し止めた。「ジョニー！　気が狂ったみたいに腹を立てて、今朝はどうしたっていうの。お願いだから止めて。自分の家でボズウェル橋[1]のまねなんかよしとくれよ。主の下僕をこんな風に痛めつけて、逆さ吊りにしたまま命を取ろうなんて、どういうつもりなのさ？」

「それを言うなら悪魔の下僕と言った方がぴったりだろうよ、ナンス。こいつは悪魔野郎そのものってんじゃないにしろ、その御親戚にゃあ違いねえからな。考えてもみろ、こいつを監禁したのは軍から人を呼んでくるためだったってえのに、こいつの御蔭でこんな時刻まで死んだみてえにぐっすり眠らされちまったじゃねえか？　それでここへ来てみりゃ、この野郎、お前の織物ん中に蜘蛛みてえにこそこそ隠れていやがる。今朝の夢でこの家にゃあ悪魔がいて、そいつが織機の下から爪を立て俺を襲うところをはっきり見たんだよ。この硫黄に焼けただれた悪魔野郎、ただじゃおかねえぞ！」こうして妻の必死の努力にもかかわらず、彼はもう一度私を激しく打ったのである。

「ねえ、ジョニー！　あんた、ジョニーったら！　ちょいと考えてもごらんな、旅の人に宿を貸しておきながら、織物で逆さ吊りにがんじがらめにして叩き殺すなんて、キリスト教徒で、その上

1　一六七九年六月二十二日、王党軍により盟約派はここで徹底的に打ち負かされた。

ボズウェル橋の勇士のひとりだっていうあんたのやることなの！　ねえ、ジョニー、自分のやっていることを考えなさいよ！　経糸を弛めて、正直で信心深いその若者を放しておあげよ」

この言葉を聞くと、織工もだいぶ心を動かされたようだったが、相変わらず私が悪魔だという主張は曲げなかった。それでも機嫌を直して、私を解き放すために入り組んだ糸を外しながら半分笑うような調子でこう言った——「このジョニー・ドッズが周りに張り巡らされた罠や危険から身をかわし、遂にゃあ悪魔を捕らえる網を織り上げるなんてこたあ、誰ひとり考えもしなかったろうよ」

彼の妻はほどなくして私を救い出してくれるとともに、身支度を整えて出発した方がいい、と用心深く小声で告げてくれた。私は躊躇せずその忠告に従って黒服を着たが、自分が何をやっているのか、何を考えるべきなのか、どこへ行くべきなのか、そうしたことはほとんど分かってはいなかった。命知らずの暴漢に打ちのめされて身体じゅう傷だらけで、さらに悪いことに足首をひどく捻挫してろくに地面に足をつけられない有様だった。私はあの緑色の服について何か分かるかどうか、またどうしてこの黒服とすり変わったのかどうしても確かめたいと思い、仕方なくもう一度織工にこう尋ねてみた——「御主人、どうしてあなたは私の服を奪い取って、夜のうちにこんな服を代わりに置いたのです？」

「なに、その服を？　俺がその服を置いただと！」彼は仰天したように大口を開け、人差し指の先で私の服に触りながら言った、「死ってもんにお目にかかったことはねえが、それとおんなじくれえ、そんな服はとんと見たことがねえ。神に誓ってな！」

彼は、私が一晩過ごした仕事場へはいって、例の緑色の服がないのを確かめると、すっかり度を失って戻ってきた。「扉には二つともかっちり鍵をかけといたしな。鼠一匹出ることも入ることも出来やしなかったはずだ。やっぱり俺の夢は本当だった！　本当だったんだ！　おめえと俺のどっちが正しいか、神様がきっと裁いて下さる。だがな、神の名にかけて、この家からは是非とも出て行って貰おう。好きなように出て行くがいいさ。壁を通り抜けたりせずに[1]、前を向いて静かに扉から出て行って構わねえぜ。おいお前、この魔法使いのもんは何ひとつこの家に残らねえようによく見ておけよ。あとで俺たちを呪ったり惑わしたりすっといけねえからな。こいつの金色の短剣を持って来い。そして主よ、どうかあなたの民をこの忌わしくも恐ろしい剣先から護り給え！」

彼の妻は身体が震えてほとんど歩けないほどだったが、私の短剣を取りに行った。するとまもなく、食料貯蔵室の方から弱々しい悲鳴が聞こえた。二重に錠を下ろしていたというのに、服と同様、その短剣もなくなっていたのだ。今や彼らの恐怖は際限もなく大きなものになってしまったので、主人の呪いの言葉を背に受けながらも、すぐにここを立ち去った方がいいと考えた。

私は心も身体もどうしようもないほど惨めな状態にあった。空腹で身体じゅう傷だらけ、その上片足の自由がきかない。社会から追放されたあてどない放浪者だった。執拗に命を狙われているが、

1　悪魔は、驚いたときには壁を通り抜けるという俗信があった。

それもすべて、森羅万象を司る神によってあらかじめ我が運命と決められた行為に及んだがためなのだ。どこへ行くべきなのか分からなかった。初めはイングランドにはいり、そこで昔受けた古典の教育を多少なりとも役立てようと考えていたのだが、こうして足が不自由になってみれば、それはどうにも無理な話。そこで止むを得ずエディンバラに向かった。そこなら私のことはほとんど知られていなかったから、こそこそ片田舎を逃げ廻るよりうまく身を隠せる見込みがあった。しかもこの町でなら、何か偉大な善行に全精神を傾けることができるかもしれないのだ。金ならスコットランドのものもイングランドのものも少しばかり手持ちがあった。しかし頼れる人間はこの世にひとりとしていない。確かに信仰篤い友人がいるにはいるが、今となっては彼こそ最大の恐怖の種。彼から逃れるためなら、遙か世界の片隅へ行くことも厭わないし、どんな権利を剝奪されようともそれに甘んじる覚悟だった。しかし、ダルカースルの館から人目を忍んで三十マイルも旅した結果があの有様である。昨晩、織工の家で起きた服の一件がある以上、果たして彼から逃がれるすべがあるのか、私には皆目見当もつかなかった。

惨めに打ちひしがれ、前後を行き交う人に誰彼なく怯えながら、私は人通りの少ない脇道を選んでエディンバラへ急いだ。そしてあの織工の家を出てから三日目の晩にウェスト・ポート[1]へ辿り着いた。その間とくに書き記すようなことは何もない。すっかり疲れ切っていた上に、片足が思うようにならず、最初にはいった家に宿をとった。下宿代は一週間で二グロート[2]で、若い男と相部屋。この男は下宿代を安く済ませるために同居人を求めていたのだ。これは好都合だと思った。というのは、私を放そうとはしなかったあの偉大なる人物、今や私を取り巻くあらゆる厄災の中でも最も恐ろしいものとなったあの友人は、大抵私がひとりでいるときに現れるのであり、他のものと一緒にいるときには近づこうとしないのだということをそれまでの経験から知っていたからである。

夕方になって帰ってきた同居人は私を歓迎した。リントンという名の男である。私も今度はエリオットと名乗った。リントンは軽薄で何とも落ち着きがなく、何事も大して難しくはないさと高をくくって、結局実際にはほとんど何もなし得ないといった類の人間だった。専門家の間では植字工と呼ばれている職にあり、欽定印刷所に勤めていた。当時の所長はジェイムズ・ウォトスン[3]である。その夜雑談に紛れて、私はリントンに自分は第一級の古典学者であり、何かこの教養を少しでも生かせるような職があれば喜んで励みたいのだがと持ちかけ、さらに欽定印刷所で働ければこんな嬉しいことはないと述べた。彼はこうした私の希望の職を斡旋するのに厭な顔ひとつしなかった。こう答えたのである――「ああ、あなたこそ我々が正に望んでいる人ですよ。それにしても、何ともすごい服ですね！　そんじょそこらじゃあお目にかかれない――まったく素晴らしいや――は、は、は――印刷所じゃ物笑いの種になりますよ。ですが、今も言った通り、あなたこそ、正に我々が望んでいるお人ですよ――そうなりゃ好きなだけ金が貰えますからね――望み通りの額がね。あなた

1　エディンバラの旧市街への西側の入口。
2　一グロートは四ペンスに相当した。
3　一七一一年この地位に任ぜられた。神学・宗教関係の刊行物も多い。

の服に祝福あれ、だ――さあ、これで決まり――全部片がついた――決定、決定――大丈夫、ちゃんとやりますよ――この話はもうこれっきり、これでおしまい――決定、決定」

翌日二人して印刷所へ赴き、彼は私を有史以来最高の天才的古典学者だと言って、ミスター・ウォトスンに紹介した。しかしミスター・ウォトスンはリントンの激賞に少しも驚かず、ちょうど幼児の他愛もない片言話を聞くときのように、微笑みながらその誇張した推薦文句に耳を傾けるのだった。それから私は印刷所の周りを二、三時間も散歩したが、その間ウォトスンは鼻の上で緑色の眼鏡をせわしげに動かしながら、こちらには何の注意も払いはしない。しかし私が未だぶらついているることが分かると、遂に彼は紳士らしく礼儀正しい態度で声を掛け、私の識見について問いかけた。私の答はすべて彼を満足させるもので、特にラテン語、ギリシア語に関する質問に対しての回答は完璧だった。しかし、私の人物と資格についての証明書を求める段になって、何ひとつ持っていないことが分かると急に用心深い目で見るようになって、私が役立たずのならず者で、親許なり後見人なりのところを逃げ出して来たのではないかなどと言い出し、そんな人間は雇う訳にはいかぬと宣告を下したのである。私は、両親共死んでしまい、そのため最後まで教育を受けるだけの資産がなくなったので、それまでの教育が少しでも自分に役立つような職に就かねばならないのだと答えた。すると彼は臨時雇いとして、実際にやった仕事量と勤務振りに応じて給料を支払ってもよいと言う。しかしながら、徳性に関する極めてしっかりとした証明書を提出できないものを欽定印刷所に正式の所員として雇い入れるわけにはいかない、というわけである。

神の恩寵をまったく問題にせず、人間の徳性などをそのように重視するものは秘かに軽蔑せずにはいられなかったし、またそうしたものこそ人間の堕落と不遜なる自尊の嘆かわしい一例なのだと考えたが、それでも彼の条件を受け容れざるを得なかった。何故なら、心中私はキリスト教の大義のために尽くして名を挙げたいという癒しがたい渇望を抱き、一度でも自作を印刷することができれば、どれほど人々を驚かし、彼らの卑小な知力や徳性崇拝の誤りをあばいてやれることだろうと思ったのである。おのれの善行に頼るなどという考えは呪われてしまえ！　人間の徳性など、馬鹿らしくて話にもならん！　出版できれば不信心者を打ち倒すピョートル大帝下の一将軍となる以上の高名を得ることも不可能ではないと思えた。

私は毎日数時間印刷所に顔を出し、あらゆることを熱心に学んで、まもなく植字もかなりうまく出来るようになったが、大して精神の昂揚は得られなかった。はじめて本記録の執筆を思いつき、印刷して貰おうと考えたのはこの頃である。私はミスター・ウォトスンに、『天路歴程』[1]と同様の宗教的寓話なのだがと言って、私の作品を印刷してくれるよう申し込んだ。彼が言うには細かく字を詰めて印刷した小冊子がよかろうとのこと。そうすればもし売れなくても、大して私の負担にはならないというのだ。だがキリスト教を主題にした小冊子は流行しており、特に多少とも譬話の形

1　ジョン・バニヤン（一六二八―八八）の宗教寓意物語（一六七八、八四）。ウォトスンはバニヤンの『聖戦』（一六八二）を出版している。

式を採ったものは大流行らしい。私は自作を印刷に廻す一方で、朝早くまた夜遅く執筆に没頭した。そしてリントンをたきつけ、暇な折や日曜日にも働いて貰ったお蔭で[1]、書き上げた原稿はすべて活字に組まれ、初校も済み、再校用のゲラがすでに出ていて二折目の印刷作業を待つばかりになった。つまり一折目が刷り上がったのだ。今日印刷所で、これから数え切れぬほどの読者に幾つもの私の著作が広まるのだと心の昂揚を覚えたことは到底忘れられるものではない。そして、この作にはこれまで使っていたエリオットという国境地方によくある名前を付けるのは止めようと決心した。

波瀾に満ちた私の身上話と告白もとうとうここまできた。

ここで全体の経過、紆余曲折、及びその結果を理解するための鍵をキリスト教徒たる読者の前に明らかにせねばならないが、神の助力を得て限られた僅かの頁に収めたいと思う。

記録が消えてしまった！　燃やされてしまったのだ！　敵が私を見つけ出してしまった。私にはこの世で平和な安らぎを望むことは許されないのだ。**チェスターズ**[2]、**一七一二年七月二十七日**――私の夢も希望もこれまでだ。あの大切な我が生涯の

先週の初め、同居人のリントンが怯えきったように部屋に息せききって戻って来ると、こんな話をした――悪魔が二度も印刷所に現れた。しかもみんなが私の著作を印刷する手伝いまでする始末、おかげで何人かが胆をつぶす仕儀になり、この話を聞いたミスター・ウォトスンは、それまで私の

著作にはまったく無関心だったのだが、好奇心に駆られてその一部を読み始めると、たちどころにひどく立腹し、これは嘘と瀆神の言葉のごた混ぜにすぎないと言って、すべて焼いてしまうように命じ、こんなにも愚かな仕事を進めてしまったとは天罰を招くにあまりあるということで、職工長を初めとして印刷に携わったものすべてを厳しく叱責した——というのである。

もし私がとても耐えられぬ心の痛みから涙を流すことがあるとするなら、それはこのときをおいて他にはなかった。しかしその涙は私自身の希望が潰えたからというより、同胞の無知と愚行の故に流されたのだと思う。ところが私は突然別のことに気を奪われた。ある印刷所員の話ではその悪魔は私のことを尋ねていたらしい、とリントンが語ったのである。

私は言った、「まさか君は悪魔が実際に印刷所に現れたなどと信ずるほど愚かではないだろうね?」

「いや、とんでもない! 僕自身あいつに会って会釈をし、挨拶の言葉まで掛けましたよ。かなり立派ななりをしていて——緑色したサーカシアのハンチング・コートを着て、被りものを頭に載せて——外国人のようだったな——でもね、一瞬にして姿を消すって不可思議な力を持ってるんで

1 つまり安息日を無視していると読むべきか。
2 スコットランド南東部の村。イングランドとの国境に近い。
3 印刷所の雑用をする見習いを英語で「印刷所の悪魔(Printer's devil)」という言い方をする。
4 現在のロシア南西部、黒海に接するコーカサス山脈の北西部。

すよ——怪しげな話でしょう。そんなことがなけりゃ、外見からじゃあ格別おかしなところは見分けられないんですが」

最初の話が悲しみで私を打ちのめしたとするなら、今度の話は私にぞっとするような恐怖をもたらした。私の著作の印刷を手助けするために現れたという人物が誰なのかはすぐに分かった。そしてこの瞬間から下宿の方にやってくる人影を見ると、そのどれもがあの高邁で恐ろしい友人の姿に思え、骨の髄まで縮み上がってしまうのだった。私に対する彼の態度には友人らしからぬものがひとつでもあったとは言えないのだが、そのことごとくが奇妙な性格を帯びていたのだ。何故これほどまで彼を恐れるようになったのか自分にも分からなかった。ともかくこの恐怖は言葉で書き表すことも想像することもできぬもの、そして人間の心には耐えきれぬものだった。印刷された我が著作——未完ではあるが焼却を免れた最後の一部——を手にすると、これからすぐにミスター・ウォトスンのところへ行ってくるという口実を設けて、私は今にも夕闇が垂れ込めようとするポーツバラ[1]の下宿を後にし、イングランドへ向かった。

エディンバラの町を出るや否や、こんな力があったのかと自分でも驚くほどの速さで駆け出した。一路ダルキース[2]に向かって飛ぶように走った。時折地面が見えなくなってしまうほど疾駆したのだ。そして心の中でこう思った——〈願わくは鳩の翼のあらんことを。さすれば世の果てまでも飛び行き、抗うすべなき敵から身を潜めることも出来よう[3]！〉

その夜と翌日の朝はぶっ通しで力の限り道を急いだ。そして昼近くになって、とある郷士——名はエランショーといった——の館に辿り着き、その召使にどこでもよいからともかく床を貸してくれるよう頼んだ。というのも私は体調をくずし、それ以上旅を続けることが出来なかったのだ。案内された馬屋の二階には寝床が二つあり、私はそのひとつに身を横たえてぐっすり眠り込んだ。気がつくと夕方になっていて、男が三人、床に就こうと牧草地からこちらへ向かってくるところだった。何とも有難いことに、そのうちのひとりが私の隣に横になった。彼らは皆すぐに眠り込んだ。するとどこか馬小屋の外から人の話し声が聞こえてくるではないか。私は驚かずにはいられなかった。何を語り合っているのかはっきりとは聴き取れなかったが、少なくとも一方の声には聞き覚えがあるような気がして思わずぞっとしたのだ。いずれにせよ、誰かが剣を携えて私を追ってきたのは確かだった。どっと冷汗が出て、このまますぐにもみずから命を断ってしまおう、それが残された唯一の救いの道だ、という思いが一瞬頭を横切った。(この早まった罪深い考えに赦しあれ!)ちょうどそのとき、戸口のところで、二人の男が私に対する優先権と利害関係をめぐって言い争っている——私にはそう思われた——のが耳にはいった。一方が小屋にはいろうとするのを、もう一方が懸命に押し留めているのだけははっきりと聞き取れたが、彼らの言葉には何か不吉で謎めいたところがある。すっかり怯えきった私は鼾(いびき)をかいて隣で眠りこけている男をやっとのことで起こし、

1 エディンバラ西郊の町。一八五六年、エディンバラ市に組み入れられた。
2 エディンバラの南東一〇キロほどのところにある。
3 『詩篇』五五篇六節、『レビ記』二六章三七節参照。

囁くように声を落として、戸口のところにいる連中は何者かと尋ねた。その男は暫く押し黙ってじっと耳をすませていたが、どうにかはっきり目を醒ますと、何か耳にしたのか、と私に尋ねるのだった。戸口のところで怪しげな声が言い争っているのが聞こえたと私は答えた。

「まったくの話、おめえ、こいつはおちおちしてられねえ」彼は言った、「ここの馬があんな具合に鼻を鳴らしてるたあ、ただごとじゃねえ」

馬がまるで小屋を打ち壊してやろうとばかり鼻息荒く怒り狂っているのだと、このときになって初めて私は気がついた。その男は馬の名を呼んで、おとなしくするように叱ったが、馬はかえって一層激しく暴れ出す。そこで彼は眠たげな仲間二人を揺り起こしたのだが、彼らも荒れ狂った馬の様子に驚き、異口同音にマウスやジョリーがこんなに暴れるのをこれまで一度だって見たことがないと言うのだった。私と一緒に寝ていた男とその仲間のひとりが梯子を下りて行ったが、どちらかがこう叫ぶのが聞こえた。「何てこった！　この小屋んなかに一体何がいるってんだ？　可哀そうによ、こいつら、背中から滝みてえに汗を流しやがって」

二人は揃って外へ出た。出来たら母屋の料理場まで行き、灯を持ってくるというのだ。これを聞いて私は嬉しくなった、が、彼らのひとりが相手に次のように囁いたのを耳にするとその喜びもしぼんでしまった――「あの他所もんがまともな奴でありゃいいがよ」

「わかるもんか！　そんな上首尾に運びそうもねえな」と相手が答えた。

私と離れた寝床にいた若者は、これを聞くと仲間の二人が料理場の方へ向かったのを知って、明らかにぎょっとしたように頭を起こした。おそらく仲間と一緒に行きたかったのだと思う。何とも有難いことに、この若者は梯子を上がったところに寝ていた。もしそうでなかったら、私はあの二人が戻って来るのをとても待つ気にはならなかっただろう。彼らが出ていくとまもなく誰かが馬小屋にはいってきて、梯子に近づいてくる足音がはっきり聞こえたのだ。若者が寝床で上半身を起こし、警戒して叫んだ、「そこにいるのは誰だ? ウォーカーなのか? パーディーなのか?」

　その得体の知れぬ闖入者は暗闇の中で暫く立ち止まり、それから梯子の下にやって来た。馬はつながれていた縄をふりほどき、恐怖のあまり鼻息荒くいななきながら小屋の中を駆けずり廻る。こんなにも恐ろしい騒ぎを耳にしたのは生まれて初めてだった。何もかもその得体の知れないものが惹き起こしたことで、それが我々のいる二階に向かって梯子を登り始めた。すると梯子の脇にいた若者は「神様、お助けを! 何ものなんだ」と喚きながら、寝床から飛び出すと私の脇を走り抜け、素早く二階を横切った。その間ずっと必死に祈りを口にしていたが、梯子段とは反対側の端まで行くと、身を翻してまぐさ桶の中に飛び降り、裸のまま、猛り狂った馬の間を脱兎のごとく駆け抜け、開け放たれていた戸口のところまで進んだかと思うと、一瞬のうちに私を見捨てて姿を消してしまった。恐怖のあまり気力も失せた私は悲鳴を上げ、あの若者を手本にしようとしたが、あいにく何がどこにあるのか分からなかったので、身を躍らせたまではよかったが、落ちたところはまぐさ桶を外れて馬を入れておく囲いの床。私は気を失って膝をくじく羽目になった。だがそれにもまして恐怖心がつのり、何とか立ち上がって逃げ出そうとしたものの、それは到底無理な話だった。この小屋は細かく仕切られ、しかもその仕切りが入り組んでいる上に、狂った馬が二頭、目にはいるものをあたり構わず打ち壊しているのだ。出口が果たしてどちら側にあるかということさえまったく分からなかった。二度か三度馬に蹴倒されたが、一時たりとも休まず私は声を限りに叫び続けた。だが遂に喉と頭髪を捕らえられ、どことも知れず引きずり出された。押えつけられて声も出ず、身も心もすっかりねじ伏せられてしまった。それから後のことは何ひとつ覚えていない。気がついたときは郷士の家の料理場で身体に馬皮の敷物らしきものをかけられテーブルの上に裸で横になっていた。意識を取り戻すとすぐにこの家の召使に事情を尋ねたが、分かったことと言えば、私はここにいない方がいいらしいということと、発見されたときの私は何とも哀れな有様で、彼らとしてはそれについて語る気にはなれないし、他人が語るのを聞く気にもなれないのだということだけであった。

朝陽が昇るや否や、家中の非難、悪口を浴びながら、私は郷士の家を追い出された。彼らは昨夜のような忌わしい禍に見舞われたのは私のせいで、そんな人間はとても近くにおいてはおけないと考えたのだった。再び私は南へと進んだ。この憂き世にまたとないほど孤独で、希望もなく、落ちぶれた人間になり下がっていた。足を引きずって歩き続けながら、夢見ていた我が将来と現実の自分の状態とを考えると涙が出た。罪の子らに神の復讐を遂げんものと乗り出したとき、いかに高邁な希望に胸をふくらませていたことか。そしてまた真理の高揚と流布のために勇を鼓して何と様々のことに立ち向かっていったことか。しかも信念を揺るぎなく保つのはなかなか容易ではない。とはいえ私はその信念を疑うという罪を犯してはいなかった。そして信仰者の歩む道は生涯を通じて争いと苦難の道なのだと確信して我が身を慰めた。

いかにも私は哀れむべき境遇にあった。足を引きずり、腹は減り、身体は疲れ果て、所持金も底をつこうとしていた。しかしこうしたことは悲惨といっても二義的なものであり、内なる悩みと比べれば、ほとんど一顧だに値しないものである。私は近づいてくるものすべてに恐怖を抱いて周りを警戒していたが、それればかりか自分自身が恐怖の種になってしまっている。さらに言うなら、肉体と魂が互いに相手を恐れるようになり、もしこういうことがあり得るとすれば、この二つがまるで相争っているように感じられてしまうのである。鏡で自分の顔を見ることなどとてもできない。何かに映る自分の顔や肖像を見るのが恐ろしくてたまらない。夜明けを恐れ、下りてくる夜の帳におののいた。自然の運行はひとつとして私に何の喜びも与えなかった。

身も心もこのように惨めに打ちひしがれて、エランという名の小川のほとりを通り、トウィード川の方へ向かってとぼとぼ歩いていたときのことである。ちょうど谷が一番狭まったところで、誰あろう、私が一番近づきたくないと思っている正にその人物とまともに出くわしたのだ。逃げる力はなかったし、またその気でいたにもかかわらず、彼の嘘言を責め、付き合いを断つ勇気もなかった。彼の前に立ってその顔を凝視めながら、刑を宣告された罪人よろしく、彼の望むがままに締め

1　ロバートがいかにキリストの教えからかけ離れているかを暗示するか。

上げられ、ねじ上げられ、痛めつけられるのをただ待っているだけだった。私を見る彼の目には悲しさのうちにも厳しさがあった。それにしても何という変わり様だ。あの王者のような風貌が絶望にやつれ切っているではないか——ただひとつ、死んだ兄に不思議なほどよく似ているところは以前と同じだった。いや、悲運と絶望とでますます生写しになっていた。我々の間では世人が交わすような挨拶は一言も交わされなかった。彼は血を凍らせるような冷たい目をこちらに向けたが口は開かず、とうとう私の方が勇気をふりしぼってやっとのことでこう言った、「こんなところまでいらしたのですか！　慰めとなる報せを持って来て下さったのでしょう？」

するとと彼は答えた、「絶望の報せだ！　だが臆病者や恩知らずには分相応、当然予想された報せのはずだ。お前は国を追われた無頼漢、首には大した賞金が掛かっている。怒り狂った村人たちがお前の屋敷及びその家財一切をことごとく焼き払った。領地内の農民もお前がいなくなって大喜びだ。人間の自由を回復せんとする大事に着手しながら、おのれの内なる光を無視して途中で手を引くようなものは誰もがそうなるべしだ！　お前が犯したあまりの無法ゆえに、私としても暫く放置しておくよりなかった。だがその結果どういうことになったかお前にも分かるだろう。お前は魂も肉体も食いつくしてしまおうと狙っている悪鬼たちに身をゆだねてしまった。だからそんなお前を救うには私の持てる力をすべて注ぎ込まねばならなかったのだ。もし私の助けがなければ、お前は昨夜のうちにずたずたに引き裂かれていただろう。だがともかく一度だけは私が打ち勝った。すぐにもこの地を去らねばならない。ここには我々の平穏も安全も慰めもない。さあ、いまこの場で、これまで身の危険を顧みず幾度となくお前の命を救ったものに忠誠を誓うか？　これから先、私の助言通りに行動し、どこへ向かおうと私に付き従うことを誓うか？」

私は言った、「これまで私は常にあなたの言われるがままに動いてきました。そして何よりもあなたのために残念なことですが、我々の企ては不成功に終わったのです。でも私はこの国でまだ何か役に立つことができると思っています。ですから、どうか私のような情けない、世間のつまはじきとなった人でなしのことなど捨ておかれて、御自分の領地にお帰り下さい。領民も待ちこがれているはずです」

「出来るものならそうするとも！」彼は悲しげに言った、「しかしそれは無理な話だ。お前との結びつきは実に確固たるものとなり、まるで同一人物であるような気さえするほどなのだ。本質において我々はひとつであり、身も心も合体している。だから磁力を受けたように私は引きつけられ、お前がどこにいようと、お前と共にあるのだ」

この有無を言わさぬ言葉が強く私の胸に応えたとみるや、彼は私の忘恩を激しくなじり始めた。しかもその顔が最早その場にいたたまれぬほどの物凄い形相になった。それで私はよろめくように歩きながら、私のことは構わないで欲しいと必死に嘆願したが、何を口走っているのか自分にもよく分かっていなかった。というのはふと気づいてみると、惨め極まる有様をしているように見えるが、ぞっとするような彼の表情には歓喜の色があり、それは私が絶望に打ちのめされたことを心中秘かに喜んでいるのだとはっきり物語っているような気がしたからである。

だいぶ経ってから、やっとの思いで後ろを振り返ると、破滅し落ちぶれたあの帝王がゆっくり同じ道をやって来る姿が目にはいった。私は地中深く、或いは海中深くこの身を潜ませてくれるよう神に祈った。トウィード川を渡ったときも、彼は少し遅れてついて来た。これを知った私は絶望のどん底に突き落とされ、こんなにも恐ろしい男と最初に出遭ったあの瞬間を呪った。だが思い起こしてみるまでもなく、あれは私がおごそかに神に身を捧げ、永遠不変の天命によって最終的に神に選ばれ、陪餐の資格を得たときのこと。これこそ私にとっては唯一無二の慰めであったから、そうしたこの上ない時を呪ったりするなどというおのれの早まった行為を懺悔した。

トウィード川を越えてから、執拗に後を追ってくる彼の姿もその日はそれっきり見かけなかったので、一時期私から手を引いてくれたのではないかという希望を持ったりもした。だが悲しいかな、ほんの少し前にあのような断言を聞かされた今となっては、安心できる望みなどありはしないではないか！　その夜私はアンクラム[1]という村のみすぼらしい小宿に泊った。村人たちは一様に貧しく、無学であるように思われた。毎晩、家庭礼拝をする習慣があるのかどうか、床に就く前に尋ねてみると、この村は困窮にあえいでおり、時間の余裕がないこともよくあるほどだが、親切にも司式してくれるなら大変有難いという答。前の晩のような大混乱がまた起きるのではないかと恐ろしくて眠れそうになかったので、私はこの招きを受け、作法を外れない範囲で可能な限り礼拝を引き延ばした。貧しい村人たちは心から感謝し、自分たちだけでなく私のためにもこの祈りが聴き届けられるとよいなあと口々に語り合っては、私の素晴らしい能力に驚嘆を禁じ得ないらしく、こんなに見事な祈禱を捧げるような人間がどうしてこうも尾羽打ち枯らしてさすらうことになったか訝しむのだった。私は苦学生で神学を学びにオックスフォードへ向かう途中なのだと答えた。彼らはこれを聞くと、驚愕と落胆と恐怖の入り混じった表情で目と目を見交わした。後になって分かったのだが、彼らは神学という言葉を誤解し、オックスフォードで学ぶことと言えば魔術だけだというお粗末な考えを抱いていたのだ。しかもこうした馬鹿馬鹿しい考えはスコットランド南部全域に広まっていた。それはともかく、このときは村人たちがどう思っているのか私にはよく分からなかった。宿の主人が気遣わしげに——本気でオックスフォードへ行くつもりですか？　止めた方がいい。その方が立派な職にも就けますよ——と言ったときには、ますます真意を測りかねた。

　私は自分の教育がまだ不十分で最後の仕上げをせねばならないのだと答えたが、彼の意見では、オックスフォードの学芸はキリスト者の教育を台なしにするものなのである。そんな話を交わしながら、最後に私は一緒に寝てくれるよう、つまり一晩私と部屋を共にするよう彼に頼んだ。重大な宗教上の問題について話し合いをし、さらに、芸術の勉強は必要欠くべからざるものではないにしろ、キリスト教聖職者の資格と相容れぬわけではないことを納得して欲しいからだと述べた。すると彼は首を振り、オックスフォードの学芸をどうして魔術でなく芸術などと呼べるのかと怪しみ、納得させようと幻覚でも見せて証明するつもりではないでしょうな、などと言っていたが、遂に折

1　トウィード川の支流エイル川に臨む。

れ、気乗りしないながらも、彼が私と寝て、女中と妻を一晩だけ一緒に寝かせることにした。もし妻がこの組み合わせは名案だというようなことを仄めかさなかったら、彼は私の申し出を断ったに違いない。彼女の言葉から察すると、この宿屋には寝台が二つしかなく、もし女中の寝台が私に供された場合には、彼女は自分の寝場所をどうにかしなくてはならなかったのだ。

さて、私は主人と一緒に当てがわれた寝台に身を休め、少しの間他愛のない話をしたが、そのうち彼はぐっすり眠り込んでしまった。ところが私はそうはいかない。とても目を閉じられる気分にはなれない。そして真夜中近くになると、再び前の晩と同じ声が家の外で言い争うのが聞こえてきた。やはり私に対する主君としての格別の権利などという言葉が耳にはいる。最初その声は屋根の方、寝ている私たちの頭上から聞こえ、次には戸口へ、さらに窓の方へと移っていった。しかし宿の主人は隣でぐっすり眠ったまま目を醒まそうともしない。私は得体の知れぬ恐怖に取り憑かれて一心に祈ったが、眠っている男を起こそうとはしなかった。もっとよい手立てがありはしないかと考えていたのだ。しかし仰天した女たちが、地獄の悪魔が一斉に押し寄せてきた、と泣き叫びながら私たちの部屋に駆け込んできた。ちょうどこのとき主人が目を醒ました。彼の出番であった。恐るべき大騒動は家の土台を揺るがすまでになっていた。呻き声、叫び声、瀆神の罵詈雑言飛び交う中で打ち出される一斉射撃の大砲が響き渡る激戦の最中といえども、これほどひどいとは思えない。雷鳴が轟き、稲妻が走った。悲鳴、呻き声、嘲笑、呪い、こうしたものが混じり合って耳を覆うばかり。

私はぞっとするような震えに襲われ、身体中冷汗が吹き出ていたが、家のものが口を揃えて交互に非難の言葉を浴びせるので、いつまでもじっとしているわけにはいかなかった。

「ねえ、タム！　タムったら。そんな悪魔の化身のそばになんかにいつまでもいないで早く起きていらっしゃいよ！」妻が叫んだ、「あんたが一緒に寝ているのは悪魔なのよ。女中のティビーがきのうの晩、そいつのひづめが割れているのを見たのよ」

「そんな馬鹿な！」タム・ダグラスはうなるように叫ぶと、飛魚のように寝台から跳ね起きた。そしてあたりに響くこの世ならぬ轟音を耳にすると、寝台の傍に戻り、長いぞっとするような間をおきながら私にこう言うのだった。

「もしお前が悪魔なら、すぐ起きておとなしくこの家を出てくこったな――のろのろしてっとお前のまわりの寝藁に火がつかあ、そうなりゃ今よりひでえぞ――さあ、起きな――おとなしく――出てって仲間んとこへ帰るがいい――お前に危害を加えようなんてもんはここにゃあいねえからな――わかったか？」

私は言った、「御主人、キリスト教徒はこんな晩に大騒ぎしている村人たちの中へ友を放り出すようなまねはしないはずです」

「勿論、お前が生身の人間ならな」彼は言った、「わしとしても、お前の聖書の扱いを見ればまさか悪魔じゃねえとは思うが――ともかく、見知らぬもんや正直もん相手に度を越した悪戯けはしねえこった。お前がオックスフォードで習う魔法のひとつだろうが、どうか外で騒いでいる連中と行っちまってくれ。――おや、こいつぁてえへんだ、連中、四方から一時にこの家を打ち壊してはいってこようとしていやがる！」

女中のティビーは私を起こそうという主人の説得が巧くいかないのを見ると、寝台に向かって必死の形相で跳びかかり、私の腰を押えるとそのまま床に突き落として、こう叫ぶのだった、「悪魔だろうが人間だろうが、この家もあたしたちもすっかりやられちまうってときに、そこで呑気に横になっていられちゃ困るんだよ！」

主人も妻も召使のこの振舞いを褒め讃えたので、私は止むを得ず身仕度を整えようとしたが、とても独力でどうにか出来る状態ではなかった。しかし宿の三人がせっせと手伝った。そしてともかく曲がりなりにも服に私の手が通るやいなや、彼らは、自分たちを惑わすものの姿を見ないよう目を閉じたまま、悪口を浴びせながら私を通りへ突き出し、獲物を受け取って立ち去るよう悪鬼どもに呼び掛けるのだった。

このあとのことはたとえ実際にあったことだとしても、記すはおろか信ずることさえできない。私はすぐに無数の恐ろしい悪鬼に取り囲まれた。彼らは歯をむき出して襲いかかってきて、深紅の鉤爪のついた足で私の顔を押えつけた。するとその時、誰かが後ろから私のコートの襟をつかんだ。恐るべき信仰篤いあの友人である。彼は私の背を押しながら前進し、金箔の短剣を縦横に揮って、群がり寄せる敵から私を護るのだった。見るからに敵はぞっとするほど恐ろしかった（しかもみな巨大な姿をしていた）けれども、私はおのれの人生もほんのひとかけらの意志も自分自身のものだと言いうる権利も力も放棄してまで、身を護ってくれるこの友人の言いなりになって引きずり廻されるよりは、目の前の恐ろしい敵の手に身を委ねてしまいたいという思いに駆られた。友人の力強い援護に感謝する気にもなれず、うなだれて処刑に向かう罪人のようにどこへ行くのかも分からぬまま足を進めた。地獄絵のような闘いはまだ続いていたが、とうとう夜明けが近づき、ふと目を上げると悪鬼どもは遠くに見える最後のひとりを残して姿を消していた。それでも、迫害者であると同時に援護者でもある友人は襟首をつかんで私を押し続けるのだった。

そのうちやっと彼は腰を下ろして少し休息を取るよう命じ、私はこれに応じた。自分でも是非そうしたかった上に、彼の要求に逆らう力などありはしないのだ。彼は昼まで私をずっとそこに留め、過去を振り返っては難詰し、またこれから先に待ち受けている数々の恐怖を並べたてた。そのために何度この世から姿を消したいと思ったか数え切れない。彼はこう言った、「私はこれまで手に負えぬお前の運命に付き合ってきた。その結果、お前同様私も破滅してしまったのだ。恩知らずのお前だが、身を滅ぼされるがままに見捨てておくことは出来ない。最早この人生を耐え忍ぶことは不可能なのだ。我々の希望がこの世では潰えてしまい、崇高なる企てもことごとく無に帰した以上、そしてまた我々の永遠の運命がみずからのいかなる行動によっても揺らぐことのない神慮によって定められている以上は、おのれの手かもしくは互いの手で命を断とうではないか。勇者らしい最期を遂げるのだ。塵にまみれ、汚辱に染まったこの肉体を投げ捨て、清らかな天の霊的存在と交わり、そこに新たな生を得るのだ」

みずから命を断つか、そうでなければ互いに相手を死に致らしめるかという恐るべき選択を迫られて、私は身の震えを禁じ得なかったが、こんな状態のままではとても生きていけないということは認めるしかない。そうした行為がいかに罪深く破滅的なことであるかを説いてみても無駄であった。彼は、義認を与える神の恩寵の絶対であること、選ばれしものが決して信仰の道から外れるはずのないこと、或いは、彼らが神に召されて天国の栄光に行きつくことを私に認めさせることによって、私自身の口からみずからの死を宣言するように仕向けるのだ。さらにこれが認められるなら、自殺は勇者の行いであり、臆病者だけが尻込みして、寝て起きては日ごと百倍もの苦しみを味わうことになるのだ、と彼は言うのである。

私はそれでも臆病者に甘んじると答えた。そしてただ一点、一定期間私に干渉せず、創造者たる神の正当な審判に委ねて欲しい、とだけ頼んだ。しかし彼は私のためにおのれの名誉をかけて約束したのであり、こんなときにその約束を破るわけにはいかないと言って、さらにこう付け加えた、

「もしお前に我が身を憐れむ気持ちがないなら、私を憐れんでくれ。こちらを向いて、私がどんなに惨めな有様になったか、よく見るのだ」

その言葉に思わず顔を向けると、彼の姿がちらと目にはいった。至福に満ちた魂に麗しき聖なる都新しきエルサレム[1]を映す目を授かったものが、そのとき私の見たような光景を目にしないことを希（ねが）う。私の不滅の霊も血も骨もぞっとするようなこの光景にすべて萎えてしまった。死の苦しみも及ばぬ呻き声をあげながら立ち上がると、私は思わず後ずさりした。

後ろを振り向く勇気もなく、私は這うように道を進んだ。そしてその晩に国境地方のチェスターズというこの寒村に辿り着いたのだ。その頃にはどんな危険も意に介さないほど向こう見ずになり、恐怖の感覚も麻痺してしまっていて、貧しい農夫の家に宿を借りた。彼は男やもめで炉端に藺の寝台を整えてくれることしかできなかった。真夜中に奇妙な音が響いてきた。この二日耳にしてきた例の声にそっくりだが、遠くに聞こえるだけで近づいて来ない。この家を護る力が私には歯の立たぬ敵の力に優っているのだということがすぐに分かった。このような隠れ場を見つけて歓喜し、このみすぼらしい小屋に留まることにした。今日でもう三日になる。恐ろしい敵に襲われることもなく、祈りをあげることとこの記録を書き上げることに専心している。印刷されたものと合わせるつもりで執筆しているのだが、この先も放浪生活が続く限り――それほど長いことでないのは分かり切っている――少しずつ書き加えようと思う。

一七一二年八月三日――今朝、私が厄介になっている例の農夫がリーズデイル[2]から知らせを持って帰ってきた。彼はそこへ石炭を買いに行ったのだが、見知らぬ男がその地を通りがてら、私のことを、もしくは私と同じ姿かたちをしたもののことをあれこれ必死に尋ね廻っていたというのだ。この男が誰なのかはすぐに分かった。一度だけでもあの迫害者が私の行方を見失ったとは何とも嬉

1 『黙示録』三章一二節、二二章二節参照。

2 イングランド、国境地方に近いノーサンバーランド州の町。チェスターズの南東一五キロほどのところ。

しいではないか。その見知らぬ男の後を追うという口実を設け、しかし実際は彼の探索から一層完全に身を隠すために、急いでこの避難所を立ち去ることにしよう。ひょっとするとこれが私に定められた最後の文章となるかもしれない。もしそうならば、キリスト教徒たる読者よ、さらば！　この世で私に分け与えられた以上の幸福な運命を、そして私と同様に天国に受け容れてくださるという確固たる保証を、願わくば神があなたに下されんことを！　アーメン。

オールト＝ライ[1]、一七一二年八月二十四日——私はこの地までやって来た。広々とした荒野に腰を下ろし、悲しみに満ちたこの記録にもう一文付け加えようと思う。それからこの世のすべてのものに訣れを告げるのだ！

　国境地方にある例の農夫の小屋を後にするや、私は北西に向かって道を急いだ。何故ならその方角に最も高く険しい山々が待ち受けているのが見えたからである。ホーイック[2]の町を見下ろす山並みを越えたとき、私は貧しい質朴な羊飼いと服を取り替えた。山腹に横になって、ひとりで悲しげな恋唄を歌っているところを見かけたのである。彼は喜んで交換に応じ、自分のものとなった聖徒の服装がいかにも誇らしげであった。私の方も同様にこの服が気に入った。これなら完全な変装だと思えたし、その上このようにありふれた羊飼いの服を着ていれば、どこの家でも歓迎して貰えるはずだった。最初の晩はロバートン[3]の教会近くの大農家に泊めて貰った。そこでは怪しい物音もしなかったし、そんな姿も見えなかった。ところが翌朝になってふと気がつくと、召使たちが一様に私を避け、嫌悪に満ちた顔を向けるのである。それでその日の夜にこの家までやって来たのだ。主人は私を羊飼いとして雇ってくれた。親切で、立派な信心深い人物であることが分かったので、大喜びで彼の条件を受けたのである。しかし私があまり羊の群に近づこうとしなかったので、そのうち他の羊飼いが、羊番の仕事が分かっていないから私を解雇して欲しいと主人に申し入れてしまった。彼は羊飼いたちの言うことが嘘でないと知ってはいたものの、私の学識や宗教を巡る話題の素晴らしさにすっかり心を奪われていたので、私を追い払おうとはせず、牛の番をするよう命じたのである。

私が当家にやって来る以前から、決まった時期になるとこの家には亡霊が出没するという噂が、恐らく一世代くらい前からだろうが、広まっていたのは私にとって幸運だった。こんなことを言うのも、この家にはいって何日と経たぬうちに、例のぞっとするような音が真夜中近くに私の周りで轟(とどろ)き始め、明け方近くまで続くことも少なくなかったからである。それでもその音は近づいて来ず、悪鬼どもが家の中にはいって来ることもなかった。この主人の屋敷も前にいた農夫の小屋と同様、どんな悪魔の力も及ばぬ聖所であるらしい。彼は善人であり、かつまた義人でもあるように思われる。超自然の魔力などという考えは笑い飛ばしてしまい、この執拗な悪霊の声も聞こえないのか、さもなければ認めようとしない。だが、最近はそんな彼も随分と心をかき乱されているようだ。

1 後出、エルトライヴ、アルトライヴの別表記。
2 ロクスバラ州最大の町。チェスターズの北西二〇キロほどのところに位置する。
3 ホーイックの西、約七キロのところにある。

召使たちの驚きようはただごとではなくなっている。すべてを亡霊のせいにしては、ここで以前起きたぞっとするような連続殺人の話をする。ところがこのところ、連中は取り憑かれているのはこの私なのではないかと疑い始めた。彼らを十分納得させるような身上話を一度もしたことがなかったので、私が人殺しで、殺されたものたちの霊に取り憑かれているのだなどと囁きあっているのだ。

八月三十日――今日、私は、夜、母屋にいてはならず、一人だけ離れ家の方で眠って貰うことにするという知らせを受けた。私がいないと家のものが安心して眠れるものかどうか試すのだという。断固として拒否した。すると主人の弟から殴る蹴るの仕打ちを受けた。この仕打ちですっかり身体を痛め、心身とも弱ってしまった私には、今やいかなる侮辱にも暴力にも抵抗するすべがない。この世の悲惨と絶望との間に生まれた子がもしいるとしたら、私こそまさにそれなのだ。私の主人は今でも優しくしてくれるが、当家には主人と名のつくものが沢山いる。彼らがことごとく辛く当たるので、私は一日中墓の下で眠ってしまいたいと願っている。もし夜に聖所たるこの家を追われたら、朝が来る前にずたずたに引き裂かれてしまうことは分かり切っている。そうしたら一体誰が切り苛まれた私の身体を恥を忍び勇を奮って寄せ集め、然るべく埋葬してくれるというのか？

最後の時がやって来た。恐るべき友人の姿がこの荒野を再び私の方に向かって近づいて来る。大地よ、我を呑み込み給え！　山よ、崩れ落ちて我を埋め給え！　永遠のお訣(わか)れだ！

一七一二年九月七日――信仰篤い帝王ではあるが残忍な友人でもあるあの人物が繰り返し私のと

ころにやって来る。私に与えられた時は尽きた。しかも私は計りしれぬ心の安らぎを得た思いなのだ。友人の言葉によって、いかなる私の行為も、永遠なる神の御意志を損なうことなどあろうはずがなく、またこの世界の土台が築かれる以前より天命によって定められている出来事ひとつすらいささかも変えたり軽んじたりすることはあり得ないと十分に確信したからである。彼はこう語った――心から私のことが心配で一時も目を離しはしなかったのだが、自分に向けられた嫌悪は根深いものであると悟り、姿を見せて私を悩ますことは差し控えていた。しかしあの晩、私が聖所を追い出され、その上無数の悪鬼が私の身体を餌食にしようと狙っていることが見て取れた以上、力の残っている限りは何としても私を護るから絶望してはいかんと警告しにきた――というわけである。こう言った後、彼は繰り返し絶叫するような祈りを唱えた。そして絶体絶命の窮地に追い込まれたなら、私もこれを唱えよと言うのである。私はその祈りの言葉は曖昧で、極めて恐ろしい意味にもなりかねないと異議を差し挟んだが、彼はそうした私の考えに真向から反駁するのだった。そして彼と議論しても無駄なのだ。彼が言うには、この祈りを唱えるのは私が窮地に追い込まれ他になすすべがなくなったときだけでよいのであり、彼の力が明らかに衰えつつある以上、恐らくこの祈りより他に我が身を救うことができなくなるときがいつなのか分かるはずだ、ということであった。

恐ろしい夜がやって来た。友人の言った通り私は母屋から追われ、牛舎つまり牛小屋へ行くように命ぜられた。この小屋は母屋の後ろに平行に建てられていて、二階の芝置場に粗末な寝台架が置いてあり、下では牛どもがブーブー、フーフー喚いている。あの荘麗なダルカースルの館とは何と違っていることか！　今やこの私がどれほど落ちぶれ果ててしまったかということは賢明なる読者の判断にお任せしよう。主よ、あなたのためにこの世で私が行ってきたことをあなたはすべてご存知のはずだ！　それなのに何故私にこんなにも辛い仕打ちをされるのか？　何故憎悪の的とされるのか？[1]　しかしあなたの御意志は果たされねばならない！　天国できっとこの私に報いて下さることであろう。アーメン。

九月八日――この地での審判の最初の夜が明けた！　昨夜が忌わしいこの世で目にする最後の晩ならよいものを！　地獄の恐怖というものが私の受けた恐怖と同じならば、永遠の責苦といえども地獄ではほんの僅かの時間しか続くまい。何故なら神より授かったいかなる力も、ほんの一カ月いや一週間とはその恐怖に耐え得ないからだ。私はこの世の何人にもまして完膚なきまで打ちのめされた。命の泉を根こそぎ断ち切られ、魂のいかなる力も働きも損なわれ、硬直した無感覚の状態になってしまうほど痛めつけられたのだ。頭髪を捕らえられて、大きく口を開けた底なしの割れ目の上につり下げられもした。そしてそのとき――それまで一度も口にしなかった友人の唱えたあの途方もない祈りを、初めて私も唱えたのだ！――するとたちどころに私は解放された。今この私が果たして何者になってしまったのか、全能の神のみがご存知なのだ！　アーメン。

一七一二年九月十八日――人間というよりは亡霊に似た姿になってしまったが、ともかくまだ生きている。しかし今日こそ現身（うつしみ）としての私の最後の日なのだ。これ以上抗うこともできないからには今日こそ共に死のう、そしてあとは人の子の慈愛にすがって墓を立てて貰おう、と私は信心篤い友人に誓った。厳粛な誓いである。たとえ私がこの行為を悔やもうとも、彼が反論を許すはずのないことは分かっているのだ。落ちぶれ果て朽ち果てた王威に絶望して気も狂わんばかりになっているのだから。そして私を責め苛んできたこの男も一緒に滅ぼしてやるのだと思うと、そこに幾許（いくばく）かの惨めな慰めも覚えるのだ。さらば、あまたの悲惨を抱えた世界よ。それというのもお前は慰めや喜びを何ひとつとして持っていないからだ！ これまで軽蔑し近寄ろうともしなかった女よ、そして憎み続けた男よ、お訣れだ！ だが今や私は慈愛を胸にお前たちと訣れを告げたい！ そしてお前、太陽よ、遙かに目眩き光輝の表象たるお前にも訣れを告げよう！ だが今お前に我が最後の一瞥を与えるわけではない。何故なら、哀れな自殺者の最後の一瞥は必ずやお前の輝く日輪に向けられるからだ。だが、ああ、猛烈な勢いでこちらに近づいてくるあれは何者だ——ぞっとするような絶望に曇ったあの恐ろしい顔！ 我が時は近づけり[2]——全能の神よ、私は何ということを行おうとしているのでしょう！ しかし悔やみの時は最早終わりました。これは避けられぬ私の運命なのです——アーメン、永遠に！ この小文書にしっかり封をして隠すことにしよう。これに手を加え、改変しようとするものに呪いあれ[3]！

——告白録終わり

1 『ヨブ記』七章二〇節参照。
2 『マタイ伝』二六章四五節参照。
3 『ヨハネ黙示録』二二章一八—九章参照。

この作品は一体何であろうか？　譬話と言うべきであろうか、それとも（作者自らが語っているように）宗教的寓話であって、独善の恐ろしさを表したものなのであろうか？　わたしには何とも分からない。ともかく以下の後日談をお読みいただきたい。前代未聞、尋常ならざることとても人間世界の出来事とは思えぬほどで、その真実性を証明してくれる数多くの生き証人がいなければ、わたしとしても良識ある人にこの話を信じろなどとはとても言えないのである。

まず最初に一八二三年の『ブラックウッズ・マガジン』[1]八月号に掲載された手紙の一部を読んでいただきたい。これは本物の手紙である。

「三領主の土地がちょうど境界を接するところにあるコーウァンズクロフト[2]と呼ばれる荒れ果てた丘の頂上に、遙か昔から或る自殺者の墓があります。頭と足のところに石が置いてあって墓だと知れるのです。わたしは一人でよくこの丘に登っては、領地の果てにあるこの牧草地にその羊飼いがやって来たのはいつ頃のことだろうか、そしてまた、一体どうして、人生もこれからというときに創造主に反抗し、過てるおのが手で神の御前に急ぎ、人の道に外れた途方もない行為に及んだのだろうか、と思いを巡らすのです。しかし、物珍しさのあまり罪人の朽ち果てた遺骸を掘り起こそうなどと考えたことは一度もありません。死人の骨ほどおぞましいものはありませんから。しかし先月になってこの墓の掘り起こし作業が行われ、現実にあったこととしてはこの地でそれまで耳にしたこともないような実に驚くべき発見がなされたのです。

口承として少しばかり残っているこの不幸な若者に纏わる話は何とも不可思議なものです。彼はこの土地の人間ではなく、また何処の生まれなのかも話そうとはしなかったのですが、物思わしげな気難しい性格はひときわ目立っていました。当地では彼という人間について悪い評判を聞いたものはなく、彼もかなりの期間この土地で暮らしていたのです。最後に仕えたのはエルトライヴ（別名オールト＝ライ、「王の小川」の意）[3]のミスター・アンダスンという人で、この方は百年ほど前に亡くなりましたが、エルトライヴ谷で牛の番をさせるために夏の間彼を雇ったのでした。さて九月初めのある日のこと、ミスター・アンダスンの息子、ジェイムズ少年がたまたまこの若者と気晴らしに谷へ出向いたのです。牧人は昼食を持参してきていて、一時近くなって少年が家へ帰ろうと

1 編者は当雑誌一四号（一八二三年）に載った「スコットランドのミイラ」と題されるホッグの手紙を多少削除して、ここに掲げている。
2 ロバートが最後に過ごしたオールト＝ライの南南西一〇キロ弱のところに位置する。
3 セルカーク州。エトリックの西域にあたる。トウィード川の支流、ヤロー川が水源のセント・メアリーズ・ロッホを出た南側の一帯。

言うと、何としてもここで自分と一緒に昼食を食べようと言い張ります。しかし少年は両親が心配するのではないかと思い、きっぱりこの申し出を拒否して、どうしても家へ戻ると答えたのです。これを聞くと牧人はこう言うのでした、『どうしてもここで食事をしたくないというなら、あなたがもう一度ここへ戻ってくる前に、わたしは自分で喉をかっ切って死んでしまいますよ』

さらに語ってくれたのは僅か一人だけですが、次のような話も聞いたことがあります。それによると、ずっと前に主人の家から少しばかり物が盗まれたことがあったのだが、当日この少年がその盗品の一部である銀のナイフとフォークを牧人の所持品の中に発見してしまい、これがために彼は自暴自棄に追いやられたということなのです。

結局その日の午後、少年は谷へ戻りませんでした。さて、夕刻前、子羊の群を追ってエディンバラへ向かう男が、〈雄鹿の跳ね道〉と呼ばれる山道[1]にさしかかったときのことです。何やら人間のような形をしたものが、エルディンホープ[2]の干し草の山の傍で、見慣れぬ恐ろしい恰好をしているのが目にはいりました。彼の視線はこの不自然で異様な姿に釘づけになり、羊を追っていた道からその現場が大して離れていなかったので、まず声をかけてみたところ、何ら返事がありません。そこで今度は現場まで行ってみました。するとどうでしょう。この人影は今述べた若者で、干し草の山を縛っていた干し草ロープで首を吊って死んでいるではありませんか。

これは実に不思議なことに思われました。そしてこれを聞いた誰もが異口同音に、もし悪魔が手助けしなかったならこんなことは成し得るはずがないと言うのでした。何故なら、こうしたロープは半乾草でできているために、概して極めて脆く、せいぜい干し草の山を支えるのがやっとだからです。しかも近隣の善良な村人たちを恐怖のどん底に突き落としたのは、発見した羊追いの次のような言葉でした。彼が言うには、最初目にしたとき、人影が二つ何やらせわしげに干し草の山のまわりをぐるぐる廻っているところが見えたのであって、それについては神かけて誓ったっていい、だからきっと山をきちんと整えているのだと思ったくらいなのだ、とのことなのです。

もしこの証言がともかくも真実に近いものであるなら、少なくとも、この不幸な若者は子羊を連れていた男が視界にはいってから首を吊ったということだけは明らかになります。しかし彼がロープを切って引き降ろしたとき、若者はすっかり息絶えていたのです。若者は古い草ロープを二本選んで、その端を山の片面の底に固定し(実際干し草の山をつくるときには初めにロープをそのように結びます)、もう一方の端を山の反対側に垂らしておいて、その端を首に巻きつけて結び、膝の力を抜いて草ロープに全体重がかかるまで次第に身体を落とすようにして、巧みにみずからの命を断ったというわけです。ところで実際問題としてどうかと言うと、野外の干し草の山に張られたロープをスコットランド中くまなく調べてみたところで、コリー犬をぶらさげることすら可能なものは千本に一本もないでしょう。ですからこの哀れな若者の死に方は随分と奇妙なものだったわけで

1　エトリック谷とヤロー谷をつなぐ家畜道。

2　沼地をはさんでエルトライヴの東に位置する農場。

す。

翌朝早く、ミスター・アンダスンの召使たちは、嫌々ながらも古い毛布を経帷子(かたびら)代わりに持ってそこへ出向き、死体をくるみました。まず草ロープを首にまいたままの若者に彼自身のプレード[1]を着せ、それから全身を古毛布で包んでから、吐気を催すこの遺体を荷車に載せて、三マイルほど離れたコーウァンズ・クロフトまで運んだのです。そしてバクルー公爵、ドラミリヤー領主、及びネイピア卿、三者の領地の境界となっているこの場所に、身に付けていたものや身の廻りの品、銀のナイフやフォーク、その他諸々の品物一切合財と一緒に彼を埋葬しました。口承によって伝えられていることはここまでで、この語り継がれてきたおぞましい話を敢てあれこれ取り沙汰しようなどというものは一人としていなかったのです。

この不運な若者が死んだ日、彼と一緒だった例のジェイムズ少年の甥に当たる人の語るところによれば、見知っている友人たちの話や特にその叔父の話などから考えあわせると、この自殺から数えて来月で（つまり一八二三年九月で、ということですが）百五年経つはずということです。わたしはこの紳士の言葉通りだと思うのですが、彼より年上の他の人にもいろいろ尋ねてみたところ、もう六、七年さらに昔のことになるはずだと主張するのです。彼らの言うには、当時ジェイムズ・アンダスンは十歳の少年だったという話だし、彼は八十歳の上まで長生きしたと聞いているが、そのアンダスン氏が亡くなってから今年で四十二年になる、というわけです。いずれにせよ、これは百何年か前の話であり、それについては疑問の余地がありません。

ところでこの夏、ウィリアム・シールとW・ソードという二人の若者が泥炭掘りに三領地の境となっているこの丘にたまたま出掛けて行った折、ふと、荒野のこの墓をあばいて、ずっと昔の自殺者の遺骸が残っているか確かめてみようという気になったのです。二人はこの計画を実行に移しましたが、実際に掘り起こしたのは半分ほどだけ。頭の部分と胴の部分から同時に掘り始めて、古毛布が出てくるまで大した時間はかかりませんでした。地表から一フィートあまり掘っただけだと言っていたように思います。この毛布を剝ぎ取ると、草ロープが遺体の胸のまわりにぴんと張られたままで出てきたのです。少しも腐ってはいないので、二人は最初見たとき、沼地や湖畔にはえている長剣草の一種のリスプという草でできているのではないかと思ったほどでした。片方がロープをつかみ引っ張ってみましたが、以前の悪魔の魔力が残っているのか、どうしても切れません。さらに思い切り引っ張ってみるとどうでしょう、死体の上半身がせり上がって来て、坐ったときのような恰好になるではありませんか！　頭には青い帽子を被り、プレードを着たまま、埋められたその日の姿そっくりそのまま少しも朽ち果てていないのです！　もしわたしが聞いた話が本当なら――というのは、好奇心に駆られてその死体をこの目で見るようなまねは未だしていないからですが――これほど完璧に死体が保存されていたというのは前代未聞です。顔の各部分はどこも痛んではおらず、知り合いなら容易に彼だと見分けられたことでしょう。もう一人の方が人差し指と親指で

1　外套代わりになる格子柄の長い肩掛け。

その顔をつまんでみると、頬は硬直もしておらず柔らかな肉の感触が残っていましたが、笑窪は引っ込んだままになっています。髪はすばらしい金髪で九インチほどもありましたが、一本も抜くことができず、とうとうナイフで切り取ったくらいです。さらに二人はやはり少しも変質していない服の一部もいくつか切り取って、それを友人に分け、自然の珍物として保管するようにとわたしもおすそわけに預ったという次第。知人の何人もが一様に、この魔法のかかった衣服の切れ端を分けてくれるようわたしに強くせがみました。ですが、皆様のために少しばかり手許に残しておきましたので、ここに同封致します。プレードの切れ端と、もうひとつはチョッキの胸の部分です。ご覧になれば、墓に埋められたときと少しも変わりのないことがお分かり頂けるでしょう。

つば広の青帽子は数週間前にエディンバラに送られました。これについては、当地の有力者で、記念品としてとっておきたいと願っていた何人かのひとが大変残念がったものです。わたしとしては、青帽子、特につば広のものが好きですが、この死体に載っていた帽子だけはとても被る気になりません。銀のナイフとフォークはまったく発見されなかったと聞きましたし、またこれから先、見つかりそうな気配もなかったようです。それより、彼は金に困っていたように思えるのです。恐らくこれがために絶望し、自殺に追い込まれたのでしょう。何故なら、ポケットを調べてみても、見つかったのは古いスコットランドの半ペニー硬貨三枚だけだったからです。その後、この二人の若者に会った別の羊飼いは、話を聞いてすっかり好奇心を掻き立てられ、今度は三人して、もう一度この珍しい遺体の発掘に出向いたのですが、これは実に遺憾なことです。何度も空気に晒されたた上、前のように完璧に埋葬することは不可能ですから、彼の身体はきっと塵と化してしまうことでしょう」

＊　＊　＊

右の部分を抜萃した手紙本体には〈ジェイムズ・ホッグ〉の署名があり、「オールトライヴ・レイクにて、一八二三年八月一日」と記されている。一字一句間違いなく彼の手に成るものだが、わたしはこの雑誌に掲載された巧妙なつくり話に、これまで度々一杯喰わされているので、この話を一読したときすぐには信じなかった。しかし熟読してみた結果、こうした驚くべき遺骸が果たして実在するのかどうか、個人的に調べてみようと半ば心を決めたのである。というのも、想像するにこの埋葬場所のすぐ近くに、救い難き自殺者のぼろぼろになった死体などよりずっと魅力的な金属の宿があることを耳にしていたからである。[1]

そこで、この九月にエディンバラで一寸(ちょっと)した仕事があり、ロンドンよりやって来る友人を幾日かの間待たねばならなかったので、この機会を捕らえて、同郷人で大学の同窓生である弁護士のミスター・ロート・オブ・チード[2]を訪ねた。ホッグの手紙のことを話し、果たしてその内容が真実に基

1　ハムレットがオフィーリアを「ずっと魅力的な金属」と形容している（三幕二場）ことを踏まえて、この「金属」はエルトライヴの北東三〇キロに位置するアボッツフォードに居を構えていたウォルター・スコットを指すという指摘がある。

づいているものなのかと尋ねると、彼はこう答えた、「本当だろうと思うよ。ここ暫くエトリックの森ではその噂でもちきりだったというから、僕としては少しも疑いはしなかったね。だが本当のところは誰も知らんのさ。これまでホッグが広く読者を誑かしてきた嘘ときたら、実に巧妙なものだったからね」

　わたしはもしその場所が遠くないのなら、ホッグという羊飼いと彼の語っていたスコットランド人のミイラのところに是非とも行ってみたいと言った。ミスター・ロ――トはホッグに会いたいというわたしの希望はすぐに聞き容れてくれ――それくらいの距離なら馬に乗って一緒に出掛け、彼に証拠品を提出させることに異存はない。明日、義父から君の乗る馬を借りることができれば、浪漫と今や古典の趣も湛える[3]土地へ小旅行が楽しめるし、その上恰好の気晴らしにもなる――と言うのだった。彼がミスター・レ――ローという人[4]のところへ家のものを遣わして問い合わせると、わたしが乗るのに絶好の仔馬がいる上に、サールステイン[5]の大きな羊市に出かけねばならないから自分もお伴しようという返事だった。ホッグという羊飼いもその市に来るはずだというのである。

　ミスター・ロ――トは、彼が一緒に行ってくれれば鬼に金棒だと言った。そして翌朝早く、我々は『ブラックウッズ・マガジン』の八月号を携え、サールステインの雌羊市へ向かったのである。歴史の香漂うセルカーク自治市[6]を通りエトリック川の深い峡谷の傍にある素敵な小村で休み、馬に餌をやったりしながら昼少し前に市の開かれているサールステインの草地に到着した。ホッグはすぐに見つかった。彼の言う市の足のところ、わたしがそれまでまったく聞いたこともないポーリー種という羊の大群のそばに彼は立っていた。それは小さな羊で背中に赤チョークの縞が付いている。ミスター・ロ[7]——トは彼にわたしのことを、羊毛を手広く扱っている当市場の公認商人で、羊毛の値をつり上げるためにやって来た人間だと紹介したが、ホッグは不信の目でわたしの方をじろじろ眺め廻すと、くるりと背を向き「わしの羊はもう全部売っちまったよ」と言った。

わたしは彼のあとを追って、前に引用したあの手紙を見せながら、彼が巧みに描き出した不思議な遺骸を是非とも一目見たいのだと頼んだが、彼はたった一言、「ありゃあ、羊毛商人向きの世迷いごとだったのさ」と答えるだけだった。

ホッグの二人の友人は、例の埋葬現場まで羊飼いの仲間を連れて一緒に行き、死体を掘り起こすのを手伝って貰えないかと彼に頼み込んだ。しかし彼はこの申し込みをにべもなく断り、こう言う

2　ジョン・ギブソン・ロックハート・オブ・チーフスウッドのこと。ウォルター・スコットの長女ソフィアの婿となり、岳父の伝記を著した。

3　ロマン的と古典的は本来対立概念だが、スコットによってロマンティックなスコットランド（の過去）が古典的なものとされるようになったことを反映しているという解釈がある。

4　ウィリアム・レイドローのこと。一八一七年アボッツフォードでウォルター・スコットの執事となった。ホッグをスコットに紹介したのは彼である。なお、注2とも併せ訳者解説参照。

5　エトリック川に面した町

6　エトリック川を見下ろす地にある。サールステインの下流、北東約二〇キロほどのところ。

7　これは編者の無知を示す記述で、「ポーリー」は発育不全、もしくは病気持ちの子羊のこと。

のだった、「とんでもない！　わしは他に仕事があるんでな。あのポーリーを全部と、草地の向こうにいるハイランド産の若い去勢牛も一頭残らず売らにゃあならんし、それが終わったら雌羊を二百頭ばかり買い入れんとな。手持ちの家畜を最初に売っちまわないと、よそから買うことはできんもんで。百年も眠っとった遺体を掘り起こしになんぞ行かんでも、今日一日じゃあやり切れんくらいたんと仕事があるってことよ」

どうにも案内してくれそうにないことが分かったので、我々は、彼がポーリー羊やハイランド産の去勢牛で商売をするに任せ、死体から取ったという鼠色の上着やらつば広の青帽子やらも諦めて、誰か別の案内人を探すことにした。この市に出入りするものは全員見知っているらしいレ――ローがすぐに適当な人物を見つけ出した。その男は立派な老羊飼いで、名をウ――ム・ビ――ティ[1]といい、ひどく風変わりではあるものの、親切で礼儀正しい人物であった。彼は何ひとつ条件を持ち出さなかったが、ただひとつこのことは他言しないでくれと言うのだった。「このような神を汚す行い」に手を染めたことが主人の耳にはいったら大変だ[2]というわけである。我々は絶対に口外しないと約束し、もう一人牧場主のミスター・スコ――トとこのビ――ティに連れられて、例の墓へ向かったのである。ビ――ティの話では、市が開かれている場所からざっと一マイル半くらいのところだということだった。

我々一行はとある羊飼いの小屋でひと休みして乳汁を飲んだ。わたしはここで案内人にホッグの手紙を読んで聞かせ、この話は間違いないと思うかと尋ねてみた。すると次のような答が返ってきた——ホッグの記していることは間違いだらけである。何故なら、その墓のあるところはコーウァンズ・クロフトという丘でもなければ、まして三人の領主の土地の境界に当たるところなどではなく、フォー＝ローという丘の頂[3]であり、その周辺一マイル四方はすべてバクルー公の領地となっている——さらに彼は——ホッグがどうして間違えたりしたのかとても不思議だ、彼は墓のある正にその場所で羊の番をしたこともあるし、彼の家の窓からはその二つの丘が両方とも見えるはずなのに——と付け足した。ミスター・レ——ローは、そんな奇妙な間違いをするとは何とも驚きだと言い、だが同時に、死体が三人乃至四人の領主の土地の境界に埋められるというのがスコットランド南部に長く続いた慣習であるのに、その死体はどうしてそうでない場所に埋められることになったのか、これにも驚くほかはないとも述べた。すると案内人は昔よく耳にしたことだがと言って、次のような話をしてくれた——その墓に埋められた男が自殺したのは日曜日で、ミスター・デイヴィド・アンダスンを長とするエルトライヴの男たちは、月曜の朝が来る前に起きて、三つの領地が接するコーウァンズ・クロフトにこの男を埋葬しようと出かけた。[4]何しろみずから命を断つような救い難き罪人は必ず太陽が昇る前に地中に埋めなければならない定めだったから。しかしこの五人の

1　ホッグ作『羊飼いの婚礼』中に登場するウィリアム・ビーティが候補の一人だが、独創的なロマン派詩人ウィリアム・ブレイクではないかという見立てもある。原文は'W—m B—e'。
2　近隣には少なからぬスコット家があり、誰が妥当するかについて様々の意見がある。
3　コーウァンズ・クロフトの北北西一キロほどのところにあるフォール・ローのこと。標高約五〇〇メートル。

男たちがベリー・ノウ[5]の小屋の前を通ったとき、急に曙光が差し始め、フォー＝ローの頂に着いたときにはすでに太陽が東の空に姿を現し始めていた。そのため彼らはその場に死体を降ろし、素速く深い墓を掘った。ところが掘り終えてみると小さすぎて、死体が硬直していたためにどうしても中にはいらない。これを見たミスター・デイヴィド・アンダスンは東の空に目を向けて、まもなく太陽が昇ってしまうと悟ると、自殺者の額に足をのせ、鉄を打った靴で頭を踏みつけ墓の中に押し込みながら、アンダスン家の面目を汚し、このように厄介な目に遭わせた人でなしに恐ろしい呪いの言葉を投げかけた。こうして結局死人の鼻や頭骸は新たな打撃を受けてめちゃめちゃになってしまった――語ってくれたのは以上のようなところだが、彼はこの話を子どものころ、その死体埋葬に出向いた五人の男の一人であったロバート・レイドローから聞いたということであった。

　まもなくその墓に辿り着いた。頭と足のところに灰色の石が立っていて、[6]ホッグが記していた通り、墓の半分が最近になって一度掘り起こされ、それからまた閉じられたことを明らかに物語っているその有様を目にしたとき、実を言うと、わたしの胸に奇妙な感覚が横切った。目の前の状況が現実のものとは考え難かった。というのも、地面は湿っておらず、乾いた泥炭のようなのである。周囲を見ると、衣服の断片や歯が何本か、それに財布の切れ端が散らばっていた。この前死体が掘り起こされたとき、墓の中に戻されなかったのだ。我々が来る前に二度ばかりこの墓は開かれていたが、それは遺骸の上半身の部分だけであった。

　我々は踏み鍬二本を使って掘り始め、すぐに遺体の上の土をすべて取り除いた。ところが、以前に掘り起こされたところを埋めている泥炭入りのモルタルのために、それから先は仲々作業が渉らない上、死体の上半身を詳しく調べることはまったく不可能だった。以下、もし許されればその名を広く公表することになる四人の確かな証人と一緒にこの目で見たままを包み隠さず記そうと思う。死体の骨はいくつもばらばらになって出てきた。この深い墓には水が絶えず流れ込んでいるために、その骨を然るべき位置に留めておくことができなかったのだ。さらに掘り続けると、ようやく毛布やらプレードやら粗末な衣類の山がどさっと出てきた。それをきちんと少しずつ取り除いていくと、そのうち骸骨の一部が見えてきた。肉はほとんどなくなっており、ただ背骨のところに黒ずんだ肉片がひらひらとくっついているだけだったが、それも干からびていて肉とは名ばかり、実体はなくただそう見えるにすぎなかった。頭部は見当たらない。しかしわたしは何としても頭骸骨を手に入れたいと思っていたので、もう一度モルタルや衣類屑を調べ直した。するとまず頭皮の一部が出てきた。長い髪の毛がしっかりと付いていて、綺麗に泥を払うと、黒髪でも金髪でもなく、それ以外の色としては最もありふれた薄墨色である。その後すぐに頭骸骨が見つかったが、完全なものではなかった。踏み鍬で損傷を受け、片方のこめかみの部分がなくなっている。骨相学者ではないから、わたしには人間の身体の諸器官を識別することなどできないが、この惨めな男の頭骸骨が格別のみ

4　自殺者は慣習のみならず、法律上も昼間の埋葬が認められていなかった。
5　フォール・ロー近くの丘。
6　墓石らしきものが実在するという報告が一九六〇年代末になされている。

ものであるとは思えなかった。何か特徴があるとすれば、耳の孔の上の部分が少し出ていることを除いて、ほとんど球体といってもよいほど滑らかなことだろうか。

これまで手のつけられていない部分を掘り始めると、様相はすっかり違ったものとなった。死体は泥炭を屋根として、その下の狭苦しい空洞の中に横たわっていた。墓を掘った際、上半身の部分が前より低くなったために、下半身部分の水分がそちらに移ったのだろうと思われる。何故ならこちらの方はすべてが完全な形で残っていたのである。半ズボンは腿についたままだったし、長靴下も脚から外れていない。しかも靴下留めはまるで新たに結び直されたように膝の下できちんと動かないよう巻かれていた。靴は縫い目のところが開き、麻の部分も腐っていたが、底部や上側の革のところ、それに樺(かば)を使った木製のかかとは、我々がはいていたどの靴にも負けぬほど新品同様。どうしても記さずにはいられないことがひとつあって、それは、片方の靴の中で牛の糞が約八分の一インチほどの厚さで層になっており、土踏まずのところなどはその厚みが四分の一インチにもなっていたということである。緑色をして固まっていたが、真新しい感じが残っている。これを見れば、この男が牛舎で働いていたことは明らかだった。衣類は古めかしい裁断といい、生地といい、実に奇妙なもので、とんでもなく長持ちする一揃だったことだろう。厚さ、織目の粗さ、そして強さといった点で、多少ともこの衣類に匹敵するような品にはついぞお目にかかったことがない。コートは黄褐色のフロックで袖口が広くなっていた。うねをつけた綾織で、絨鍛より厚いほどだった。わたしは裾のところを二カ所切り取って持ち帰った。ベストは縞のサージで、村人がこれを着ているところはよく見かける。白布で裏打ちがしてあった。半ズボンは格子縞で、わたしにはまったく見慣れぬものだったが、老案内人によれば、田舎では昔は誰もが身につけていたという。もっともかつて彼が目にしたことのあるこの種の半ズボンは随分古いものであったから、流行してから二百年は経っているはずだとのこと。靴下留めは毛糸で黒か青の縞模様、靴下は灰色で足の部分がなかった。わたしはこうしたもののすべてを標本として持ち帰った。さらに帽子も手に入れたが、これが何にもましてわたしを困惑させた。他の衣服にそぐわないのである。つば広帽でもなければ、国境地方特有の帽子でもない。後部は結べるようにつばが切れているのだが、わたしの聞いているところでは、本当の国境地方の帽子はこのようになってはいないのである。現在でもスコットランド西部では時折見掛けることがあるのだが、高地地方の帽子をスコン[1]のように上をつぶして被っていたのではないかと思われる。下半身は腰から足の指先に至るまでまったく完全で少しも損なわれていないように見えたが、手で触れると極めて脆く、墓に戻す前に、弛緩した筋肉の形を保っていた大腿部を除いて、すべて粉々になってしまった。

亜麻糸で縫われた衣服はすべてばらばらになっていた。糸が腐っていたのである。しかし、毛糸で縫われたものはしっかりしたままで少しも傷んでいない。このように雑然とした状態の中でポケットを全部捜し出すというのは至難の業だった。案内人の意見では、結局見つかったのはせいぜい

1　低地地方で使われた毛織りのつば広帽。

全体の半分くらいだろうということである。ベストのポケットから長い折り畳みナイフが出てきた。刀身は大変鋭利で、柄が薄くその両面は中に銀の刃がはいっているかのように輝いていた。ミスター・スコ——トはこれを持ち帰り、隣人であるウ——ン・ロ——ジのミスター・ラ——ン[1]に贈呈した。彼は今でもこのナイフを所持している。続いて我々は櫛(くし)、手錐(きり)、薬瓶、小さな真四角の板、銀めっきの施された膝留め一対、さらには様々の種類の布地が何枚かきちんと畳まれて重ねてあるのを発見した。こうして我々は探索を続けていたのだが、そのうち、ミスター・ロ——トが革の小箱を拾い上げた。今では腐って用をなしていないが、元々はリボンか紐のようなもので何重にも巻かれていたらしい。何故なら巻き跡が残っていたからである。レ——ローとビ——ティは異口同音に「こりゃあ、タバコ入れだ。しかもぎっしり詰まってるぞ」と叫んだが、中を開けてみると、驚くではないか、はいっていたのは印刷された小冊子であった。このような男が一体どんな小冊子を読もうとしたのか、これほど用心深くしまっておくとは一体どんな内容のものなのか、ひどく好奇心をそそられた。何しろ、どんな色をしていたのかは分かりかねたが素晴らしいセーム革に包まれていたのだ。しかしこの小冊子は実にきっちりと包まれていた上、嫌と言うほど水気を含んで腐り始めて黄色に変色しており、まるでひとつの塊のようになっていた。何とか判読した字句からキリスト教について論じたものであることは分かったが、それ以上はまったく見当がつかないということで我々の意見は一致した。ところが、ミスター・レ——ローはこの小文書に何が記されているかは重大なことであるから、少しでも判読できない部分が残るとしたら実に残念だと言い、このわたしに文書を託すようミスター・ロ――トに頼むのだった。ミスター・ロ――トは文学や法律上のことで仕事が沢山あって、これ以上関わるわけにいかなくなるだろうというのがその理由である。そう言われた彼の答は、この文書のほんの一行でも二行でも判読することが出来てその趣意がつかめれば墓に戻そうと思っていたのだから、この提案に少しも異存はない、とわたしの意見をも代弁するものだった。

「いいですかい！」レ――ローが叫んだ。素晴らしいスコットランド訛りである――「失礼ですがね、ようく聞いて下さいよ！　あたしに言わせれば、あのタバコ入れの中にはいってるのはこの上なく大事なもんですよ。つまりですね、どうしてこの男の死体に限って、他の死体の、もっと言えば皮なめし職人[2]の死体と比べても、その百倍もの時間腐りもしないで残っていたなんて奇蹟みたいなことが起こったんだろうかって何度も首を傾げたんですがね、今じゃあ分かりましたよ。一ギニー賭けたっていいが、この小文書を残すためだったんですな。中に何が書いてあるのか、それは神様だけがご存知だ！　これまで人間どもには少しも知らされていない神秘が明かされているかもしれんですよ」

これを聞いて連れは答えた、「もしここに何がしかの神秘が隠されているのなら、あんたの手に

1　ホーイック（既出）郊外にあるウィルトン・ロッジに住むジェイムズ・アンダスンのことで、原文 'Mr. R—n of W—n L—e' の 'R' は植字工のミスで、'A' の間違いではないかと考えられている。

2　『ハムレット』に皮なめし職人の死体は腐らず長持ちするとの台詞がある（五幕一場参照）。

は負えないな。何しろもう頭まですっかり神秘に夢中になっているのだからね」そしてこう言いながら、その神秘に満ちた小冊子をわたしにくれたのである。完全に乾かすのは難事だったが、その他には格別手間取ることもなく、わたしは造作なく全頁を開くことができた。そして思い切ってここで読者の前に明らかにしたあのパンフレットを発見したのである。小さく不明瞭な文字で印刷されている部分もあり、他の部分は手書きのままであった。扉には次のように記されている――

義とされた罪人の手記と告白

罪人自ら著す

忠信なる者には確かな報いあり。

そしてこの表題の後に、本書に載せた通りの記述が続いているのである。わたしは表題を『自ら義とした罪人』と変えたのだが、出版社の方でこの変更を認めず、また当文書に手を加え、改変しようとするものに呪いあれ、と作者も記しているので、そのまま出版することにした。万が一、この作品は我らがキリスト教界の一般に認められている諸教義に不信を投げかけるものだと看做されるとしても、その責はわたしにあるのではない。印刷部分は三一二頁で終わっており、残りは古くはなったが綺麗な文字で、しかも細かくびっしりと手書きで記された草稿である。わたしは印刷屋にこの部分も複写して本体と併せて製本するよう命じた。

作品自体については判断を差し控えたい。どうにも理解しかねるのである。男性、女性を問わず、わたしほどこの作品を精読したものはいないはずだが、それでも実際のところ作者の意図が分からない。ここに記されていることが現実に起こったことであり、作者が自らの体験をありのままに述べているなどとは到底考えられない。彼が兄の死に何らかの関係を持っていたということはあり得るかもしれないとは思うが、わたしとしてはそれを疑う気持ちが強いのである。この事件を伝える数々の甚だしく誇張された口承にしても、当時印刷されたがすぐ焼かれてしまったというこの作品や、当然のことながら印刷に携わったもの誰しもが知るところとなったその内容、また彼らが家族や隣人たちに語った噂話が基になっているのではあるまいか。ダルカースルの若領主がむごたらしい死に方をしたことは紛れもない事実だが、この哀れな作者が彼を殺害したというのは、わたしに言わせれば大いに疑問である。しかしこれが真相であるとしてもいい。たとえそれを認めるにしても、他の部分は夢か狂気の産物であるとしか思えない。或いは作者みずからミスター・ウォトスンに語ったように宗教的寓話なのであろう。ただその例証せんと意図したところが、作者は重大な意義を認めたにもかかわらず、我々にはほとんど理解しえないということなのだ。もしこの叙述が理性で納得できるものであるならば、内容は細部にいたるまで口承の事実と一致しているから、まず間違いなく本当のこととして受け取られるであろう。だが今日、現代人にとって、人間が同じ人間の姿をした悪魔に日ごと唆され、その挙句この耐え難い悪魔を道連れにしてやるとばかり、自殺しようと決意するなどという話はとても受け容れられはしないだろう。譬話にしても随分と大胆な主題であり、かつてこうした主題がもてはやされた時代があったかもしれないが、それも書き手が極めて有能な場合のことであり、この作者はとてもその任に堪えなかったのだ。端的に言って、我々としてはこの人物が人間の姿をしたものの中で最大の愚かものであるばかりか、比ぶべくもない恥知らずであると考えざるを得ない。彼は狂信の徒であり、誤った教えに惑わされた人間について狂気の涯まで書き続けているうちに、自分こそ描き込んできた当の対象であると信ずるにいたったのだ。そして想像の産物たる迫害者から逃れるために、みずから奉じていた教義によれば赦されるはずもなく、そしてまた彼の名を消えることなき嫌悪の的として後世に遺すこととなったあの忌わしい行為に及んだのである。

——完

付録　クレセット・プレス版（一九四七）序文

アンドレ・ジッド

わたしがこの驚くべき作品を見出し得たのは、敬愛する友人、レイモンド・モーティマー[1]の御蔭である。一九二四年、わたしは相変わらずアルジェリアに滞在していたが、そのとき彼は実に親切にも、三冊の英語の書物を送ってくれたのだった。内二冊は、ジョン・スチュアート・ミルの『自伝』と『自由論』であり、後者に就ては、当時、起こりつつあった一連の事件と「全体主義」の脅威から、新たな時事的関心が持たれていたのだった。わたしとしても、この著作が世界中に隈なく行き渉り、あらゆる国語に翻訳されて、人間の人格、及び権利と義務といった問題を何らかの形で考え続けている人々すべての読書、考察の対象となることを願うものである。ところで、三冊目がその頃新たに出版されたばかりの、ジェイムズ・ホッグ『義とされた罪人の手記と告白』という作品であった。最初の一頁を開くや、わたしは直ぐに惹き込まれてしまい、目も眩むような驚嘆の念は頁を追うに従って増していった。わたしは、アルジェリアで知り合った英米人——その中には素晴らしい教養人も何人

1　イギリスの文芸批評家（一八九五—一九八〇）。フランスびいきで知られる。

かいた――に、一人残らず尋ね廻ったが、誰一人としてこの本を知らなかった。フランスに帰ると、早速、探索を再開したが、結果は同じだった。これは読者の目を見開かさずにはおかない、尋常ならざる書物であり、宗教上の、そしてまた道徳上の問題に没頭している者ばかりでなく、まったく別の理由から、心理学者や芸術家――就中、あらゆる形態に潜む悪魔的なものに甚しい魅力を感ずるシュルレアリストたち――こうした人々の熱狂的関心を惹くに恰好のものである。それにもかかわらず、この作品が有名になり得なかったということは、一体どのように解釈したらよいのだろうか。

送られて来た本の序に若干の説明がある。それによれば、「ジェイムズ・ホッグは一七七〇年生れ、一八三五年没。彼の名は今日では殆んど忘れ去られ、何かの折に偶然引き合いに出されるに過ぎない。彼の比較的温和な側面の滲み出た著作は、すでに葬り去られてしまっている」ということである。

わたしは例の瞠目すべき『英国人名辞典』を参照してみた。流石に此処には、フランスの大冊、ヴァペロー編の人名辞典同様、「エトリックの羊飼い」と渾名されたジェイムズ・ホッグについての記述があり、彼の若干の作品への言及もなされている。即ち、ウォルター・スコットの暖かい友情を得る機縁となった俗謡集の編集（一八〇一―〇三年）と、その後さらに編まれた二巻本の集成（一八一九―二一年）、及び『ウォルター・スコット伝記逸話集』が挙げられているわけだが、この浩瀚な両辞典とも――フランスのものと同様イギリスのものも――「一八二四年版を再刊したこの類稀なる恐るべき物語」に関しては何も語っていないのである。この物語の今度の新版に序文を附したT・アール・ウェルビーは、その簡潔な序論を結ぶに当たって次のように記している――「ポーはこれほどまでの恐ろしさ、或いはこれほどまでの精神的深みを湛えたものを生み出しはしなかったし、デフォーも奇怪極まるものをこれほど説得力を持って描きはしなかった。しかしこうした名前、さらにはバニヤンやホーソーン等の名を引き合いに出しても、それは比較という安易な批評上の一手段として用いられるに過ぎない。この作品はホッグにしか書けぬものであり、ここには、全体の調和を失うことなく例を見ない恐怖を描き出す、硬質の乾いた描写が見られるのだ」

わたしは彼の言う通りだと思う。こんなにも心を奪われる書物にお目にかかったのは、絶えて久しいことである。確かにわたしはこの作品の意義を誇張して述べているかもしれない。それはあり得ることだ。外国の作品の真の価値について公言するのは、出しゃばりの仕事に決まっている。恐らく、わたしはこの作品の成立した「背景」をまったく知らないために眩惑され、不当に高く評価して、事実以上にその特異性を尊重することになったのだろう。わたしの友人で拙文の訳者でもあるドロシー・ビュッシー（彼女はリットン・ストレイチーの妹である）も、「この作品はイングランドのものではなく、スコットランド的特質を端的に表したものであることを忘れてはなりません」と言って寄こした。彼女の手紙を引用した方がよいだろう。「この本は骨の髄までスコットランド的です。イングランド人にはとてもこのような作品は書けなかったでしょう。全体の雰囲気、即ちここに示されたピューリタニズムの形式及び内容は本質的にスコットランド的なのです。これに似たスコットランド性の先駆はバーンズ[1]に見られましょう。『ウィリー和尚の祈り』を再読されることをお勧めします。スコットランド人の凄まじい狂信ぶりを描いたバーンズの他の詩や、当時のスコットランドの群小作

1　スコットランドの国民詩人、ロバート・バーンズ（一七五九―九九）。

家の作品をお読みになれば、ホッグのこの物語が特に群を抜いて特異なものであったわけではないことがお分かり頂けるでしょう。勿論こう言ったからといってこの作品の豊かな想像性が減じるわけではなく、ただ、スコットランドという風土に置いて見れば、その特異性をあまり珍しがる必要はなくなるということです」

成程、その通りであろう。しかし、そうした言い方をするなら、シェイクスピアを初めとしてエリザベス朝の劇作家にしても事情は同じではあるまいか。

とにかく、ホッグの本がここにある。作者に纏(まつ)わる伝記的事実を調べ上げたり、作品の出典を指摘したり、そうした歴史的、地理的位置付けは、専門家の手にゆだね、わたしとしては、知恵の木のこの恐るべき果実を目の前にして、驚愕し、恐怖に脅えるがままにこの物語を読むとしよう。英国のさして昔とも言えぬ時代の、文化的な一地方で、このように常軌を逸した信仰があり得たということを知るだけでわたしには十分なのだ。さらに、この物語は、その最初の版が出版された時にはさして驚くべきものではなかったと聞かされると、わたしの驚嘆はなお一層大きなものになる。

その上、この常軌を逸した信仰はスコットランドに限ったものではなかった。ホッグの義とされた罪人は、本人は自覚していないにせよ、事実上「道徳律廃棄論者」であったことは間違いない。この信仰至上主義の一派は、一五三八年頃、ヨハネス・アグリコラの説教を聴いた者たちのことである、とポンタヌスは彼の『異端派一覧』の中で述べている。そしてまた、『宗教大辞典』（ロンドン、一七〇四年）には次のように記してあるのだ。

……道徳律廃棄論者という名称は、彼らが法律を、天啓法の下では無用のものとして放擲したことから生まれた。この派の人々は、次のように主張する。善行によって救いが得られ易くなるわけではなく、悪行を犯したからといって救いの道が閉ざされるわけでもない。神の子が罪を犯すことはあり得ない。神は彼を罰することは決してない。殺人、飲酔等々は、悪しきものにおいては罪になるが、神の子にあっては罪ではない。神の子は、一度救いを約束されれば、その後決して思い煩(わずら)うことはない。神が人を愛するのは、その人間の信仰の深さに係らない。聖化を受けても、義とせられた証(あかし)にはならない……云々。

この貴重な一節は、わたしの蔵書の誇りとも言うべき、ロバート・ブラウニング生誕百年記念出版の作品集の中に引用されている。つまり、『瞑想するヨハネス・アグリコラ』という佳品に附された序文の中に見られるのであり、そこにはさらに、アグリコラは「宗教改革の初期にはルターの弟子であったが、後に道徳律廃棄派の祖となった。この派の最も徹底した教義に於ては、善行の必要性を破棄するばかりでなく、予(あらかじ)め救いを得られるよう定められたものにとっては、悪行さえも罰を受けることなくなし得るのだと主張するに至っている」と記されている。ブラウニングの「永遠に罪を犯すことなき」ヨハネス・アグリコラを詩(うた)ったこの作品を読んで、わたしは驚愕を覚えずにはいられなかった。彼の詩の主題はホッグのこの作品の主題とまったく同じなのである。しかしホッグはブラウニングにおいてはただ思索の域に留まっているものを行動に移し替えたのだ。この小説には、すでに悪に染まっている人間がこの破滅的教義に唆されて徐々に堕落していく次第が描かれている。そして「義とされた罪人」が自分では満足しきって「悪行」を犯す描写は、それ自体強烈に訴えかける力を持っている。ブラウニングは『アグリコラ』に『ポーフィリアの恋人』という詩とともに、「精神病院の独房」という共通のタイトルをつけている。しかしホッグの場合、忌わしい主人公は気が違っているわけではない。彼はまったく正気のまま殺人計画を練り上げ、かつまた冷静にそれを実行して満足に浸るのである。彼は狂気なのではなく、何ものかに取り憑かれているのである。物語が展開していくにつれて彼は底知れぬ友人の誘惑に少しずつ屈していく。実際には名付けられていないがこの男は悪魔に他ならないと彼が悟ったときには最早手遅れなのだ。この作品に於て最も関心を惹かれる点のひとつは、主観的意識の様々なありようが比喩的に描かれ、多分に自己顕示的な欲求が悪魔との接触が深まるにつれて次第に露わになっていくことである。罪人が、最後に迷夢から醒めて、この恐るべき呪縛から逃れようとしても時すでに遅く、相手は獲物を捕らえたまま決して放そうとはしない。

　確かに、読者に教訓を授けようと試みること、或いはそのようにみせかけることが、この書物には必要だった。さもなければ、出版を許されはしなかっただろう。しかしホッグ自身の視点が、真に宗教的なものであるか、或いは、むしろ理性を備え良識を弁(わきま)えた、そしてまたトム・ジョウンズ的な人間的包容力を持ったものであるのか、一概には言えないとわたしは思う。この包容力は「義とされた罪人」の兄のものなのだが。彼は、嫉妬と根深い恨みを抱き、その上父親からの兄の相続分を分捕ろうとする「義人」である弟によって殺されてしまう。弟は、殺人というよりむしろ篤神行為なのだという信念を植えつけられて、平然とこの所業に及ぶのである。

　明らかに作者の共感を得ている兄の方は、正常な人間性の魅力ある体現者であり、善意にあふれ、陽気であり、豊かな将来を持っていて、宗教的偏見に少しも捉われていないが、それだけに、「道徳律廃棄論者」の弟は、極めて当然のことながら、兄のような呪われた人間を追放してこの世を浄めねばならないと考える。悪魔の化身である弟の友人は彼に、この浄化を成し遂げるために神が彼を創り給うたのだと信じ込ませる。正義の神徳を自分の都合によって適当にねじまげる者は狂信にはつきものなのだ。さて、この弟は青年時代より「毎日二度、そして安息日には七度祈禱するよう教えられた。しかし選ばれた者のためにしか祈らず、老ダビデのように、神を敬わぬものは呪い殺せばいい」と教えられたとホッグは記している。彼を養子にしたリンギム牧師は、「道徳律廃棄論」の教義を彼の頭と心に植え込み、神を尊ぶあまり、生来彼に具わった他人への憎しみの念にさらに拍車をかける。というのも、牧師はこの憎しみを神への奉仕に役立てることによって神聖なものにしようと考えているからである。リンギムはこの恐るべき一派の一員であり、ロバートが分別のわかる年齢に達するや、彼を「全うせられたる義人の仲間」に入れる。そして、罪人自身の「手記と告白」を収めたこの本の第二部で、ロバートは、この種の神秘的な信徒按手式を次のように回想している。「あらゆる罪を免れ、またこの新しい状態から二度と転落することがないとこのようにはっきり保証されて、私は嬉しさのあまり泣き出してしまった」第二部で、と言ったのは、この作品は二部に分かれていて、第二部は第一部で述べられたことを再び採り上げながら、今度は出来事の内奥まで透けて見えるかの如くに、つまり外側からではなく、悲劇的な内省に於て良心の照らすがまま、ブラウニングの詩的独白と同じように、ロバート自らが語るのである。『指輪と本』の作者は、ホッグのこの本を知らなかったのだろうか。わたしはブラウニングがきっと読んでいたに違いないと思うし、またこの世にも稀なホッグの作品が彼に何らかの影響を与えたに違いないと考えている。もっとも、わたしの知る限り、こうした指摘がなされたことはいままで一度もなかったようではあるが。

わたしは「信徒按手式」という言葉を教会で定められた意味で使ったが、「聖職按手式」と言った方がよかったかもしれない。というのは、ロバートが自分を、神によって召され、指名され、「神の御加護と委託を得てなされる、実に恐るべき行為」を遂行するために、最も高位の職に選別された偉大な聖職者であると感じ、直ちにそう信じ込んでいるからである。ここから我々は恐怖の領域に足を踏み入れることになる。新しい人物が登場する。彼は第一部に於て、舞台の袖に控えて、いつでも登場して主役を演じるばかりになっていたのだったが、彼が悪魔であることはすぐには分からない。彼は最初ロバートの友人として現れ、その情愛に満ちた人間という仮面をずっとはずそうとはしない。ロバートと彼との最初の出合いは信徒按手式の直後のことである。「(ロバートが) 野や森を跳ね廻っていると、私に恵みを垂れて下さった全能なる神に対する感謝の念が祈りとなってほとばしり出た」こうした心の昂揚の中で、彼は自分が鷲のようにこの世界の上を飛んでいるという感じにとらわれる。しかしこれで神に近づいたと言いたいのだとしても、それは彼がそれだけ憎悪の念を深め、遙かな高みから罪深き呪われた人類を軽蔑出来るようになったというだけのことなのだ。このとき、まるで兄弟のようによく似た男が彼に近づいて来る。というのは、(少なくともホッグのこの作品では) 悪魔は自分が興味を覚えた人間の姿に自由に変身出来るという不思議な能力を持っているからである。罪人は「聖職者何人かについて、そしてまた彼らの教理について話し合っているとき、彼の顔が話題にしているその聖職者当人の表情に多少とも似てくるのを何度かこの目で見た」と述懐し、さらに驚くべき洞察力で次のように付け加えている。「自分の顔を他人の顔の鋳型にはめこむことによって、彼はすぐにその人間の考えや感情の中にはいり込んでしまうように思われた」その上、この自在な能力のため、彼にはどんな種類のアリバイでも可能になるのだ。絵画及び文学に於ける悪魔の造型の中で、ホッグのこの悪魔ほど成程と思えるものを、わたしは知らない。この悪魔は、ロバートがまだ正体をはっきりとは悟っていないとき、次のように語る。「私の顔つきはその時々の考えや気持ちに応じて変わるのです……。誰かある人の顔をじっと凝視めるとしますね、そうすると次第に私自身の顔つきが正にその人そっくりの特徴を持つようになるのです。その上……そのように似ることによってその人物の最も胸奥深くに潜んだ考えまで自分のものに出来るわけです」

何故ロバートが相手の正体になかなか気づかないかと言うと、悪魔は、我々人間の敵対者としての姿を決して見せないよう十分用心しているからである。もし人間に恐怖心を抱かせ、割れたひづめを見せたら彼の企ては万事休すなのだ。割れたひづめの伝説は長い間広く信じられていた。しかしながら、このテーマに詳しかったデフォーは、驚くべき書物『悪魔の現代史』の中で、何とも抜け目なく「悪魔は正体を悟られることなく人間と交わるだろう」、そしてまた「割れたひづめが見えないために、人間には悪魔であることが判らないのだ」と述べている。これはすべてナンセンスな発言である。この『現代史』はまったくのお笑い種で、デフォー自身、悪魔に欺かれるには自分の中に悪魔的素質を余りにも持ち過ぎていた。この書物が、彼の夥しい、そしてまた時折甚だしく品を欠くこともある資料収集を見せびらかす口実にすぎぬことは間違いない。わたし自身は神と同様、悪魔もまた想像上の産物であると思う。悪魔が実在するとは考えないのである——だがその存在を信ずるかのように振舞うのだ。悪魔に身をまかせ、「何で私を恐れるのか。本当は私が実在してなどいないことはよく知っているだろう」と言わせてみるのも悪くない。そうすれば、結局、我々がどんな態度を採ろうとも「悪魔が勝利を握る」ということになるのだ。

ホッグのこの作品に於ける悪魔の人格化は、古今を通じて最も独創的なもののひとつである。というのは、その行動が常に心理的な動機から生まれているからである。換言すれば、悪魔の存在を信じない者にとっても、その行動は必ず理解出来るということなのだ。それは、我々の欲望、プライド、心の一番奥に潜む想念を拡大して外在化したものに他ならない。それは一貫して、抑圧を解かれた我々の自我が享受する放縦の中にある。ここから、この不思議な書物の真の含意が浮かび上がって来る。最後の数頁を除いて、この作品の非現実世界は、ヘンリー・ジェイムズの傑作『ねじの回転』の揚合と同様、超自然的なものに頼らずとも、すべて心理的に説明出来るのである。（因みに、ジェイムズの作品に就ては、繰り返し読むこと三度にしてやっと、超自然的要素の存在を思わせるこの物語の叙述が、実は女教師の精神錯乱――もっとはっきり言えば彼女の恐怖――から生まれた当然の結果であると確信するに至った[1]）

この作品に叙べられた諸事件は、ジェイムズの揚合ほど論理的に説明がつくものではなく、結末に近づくと幻影が周囲の客観的情況を丸呑みにしてしまうが、これは聊か安易すぎるものであり、多少とも惜しまれる点である。冒頭から物語の四分の三くらいまで維持されていると言える精神の虚構化作用、精神の放射という特質が失われてしまっている。だが、余り多くのことをホッグに求めるのは止めよう。彼の作品は、極めて特異なものでありながら、人間心理の内奥を照らし出すもの以外には何の——或いは殆んど何の——夾雑物も盛り込んでいないということに、我々としては大きな感謝を示さねばならない。余計なことは言わずとも、この作品は一世紀以上にも渉って埋もれていた闇夜の国から、再び光を浴びて登場する価値を十二分に持っている。凡百の作品ではない。わたしがこれまで述べたことが、遅ればせながらこの作品に大きな栄誉を与える端初となれば、望外の幸せである。それだけの権利を有する作品に違いないのだから。

（英訳　ドロシー・ビュッシー）

1　『ねじの回転』に於ける亡霊の出現が、果して現実のものか、家庭教師の抱いた幻覚かについては、多くの議論がある。

『義とされた罪人の手記と告白』とジェイムズ・ホッグ

高橋和久

従来不当に無視されてきたゴシック・ロマンスの中でもこの『義とされた罪人(つみびと)の手記と告白』[1]（一八二四年）は語られることの最も少なかったもののひとつである。ゴシック・ロマンスに関する標準的研究書――例えば編年順にバークヘッドの『恐怖小説史』、サマーズの『ゴシック探究』、ヴァーマの『ゴシックの炎』――を繙(ひもと)けばそれは容易に分かる。だが、例えば、推理作家としても知られるアントニー・バウチャーが『F&SF』誌（一九五八年十月号）で挙げてみせたファンタジーのベスト十二作の中に、すでに我国でも馴染みのディクスン・カーやトールキンに混じってホッグのこの作品の名が見出されるのである[2]。また、今世紀に於るホッグ再評価の嚆矢ともなった、本書冒頭に掲げたジッドのエッセイやさらに、本書で露わにされる「驚異」に注目したバタイユの「怪物じみた小説」[3]と

1　本訳書の初版（国書刊行会、一九八〇年）は版元の意向を受け『悪の誘惑』の邦題で刊行されたが、今回の白水Uブックス版では原題に即した『義とされた罪人の手記と告白』に改めた（三八二頁参照）。本解説中の邦題もこれに合わせて訂正している。

題された明快なホッグ論もすでに我々は手にしている。こうした議論の延長上に訳者が想定しているものとして、いささか大仰だが次の点をまず指摘しておこう。現代英国の作家アンガス・ウィルソンに「イギリス小説に於る悪」という刺戟的なエッセイがある。オースチンによって超自然的な要素がイギリス小説から消えてしまい、善悪の問題が社会的正邪の次元にすり替えられることになったという指摘がなされ、現代作家の目指すべきは風俗小説的な人生の具体性と超越的価値を併せ持つ作品であると語られるのだが、こうした展望を片目で確認しつつもう一方で、ホッグのこの作品ほど悪の力を見事に表現したものは他にはあるまいとする批評家ウォルター・アレンの見解を視野の裡に取り込めば、『義とされた罪人の手記と告白』（以下『罪人の告白』と略記）が現代文学に対して有するひとつの特質、活性化の力を看取することは左程難しくあるまい。

だが訳者がこの場を借りて語りたいことは別の問題である。『罪人の告白』に於る叙述の二重性の問題、編者と罪人自身という二人の語り手がどのように機能しているのかという問題、である。（この問題と密接な関係のある「分身」という興味深いテーマは、ポーやスチーブンソンへの影響を含め、別の機会にゆずろう。）

ゴシック・ロマンスに編者が登場することは珍しくない。むしろ常套と言ってもよい。だがその叙述が単に「古文書」（＝本文）発見の経緯を語る形式上の枠を越え、物語本体と有機的連関を有するに至ったという点で『罪人の告白』は他に誇り得る独自性を持つ。二つの叙述の内的連関は例えば幾つかの兄弟の接触を記す対応部分の相違に端的に示されよう。我々は罪人自身の告白にも拘らず、兄ジョージとの対決に於てロバートが自ら表現せんと試みたような勇敢な人間ではなく、卑劣な臆病者であることを疑わない。編者に拠ってそうした情報を得ているからである。図式的に言えばこうなるだろうか。口承説話の再録という体裁を採った編者の客観的叙述の後に、自己正当化の意図を潜めた叙述、「私」の横溢した罪人の告白が置かれている、と。この簡明な二分法は罪人の虚像と実像を見分ける限りに於て一応は有効である。

しかし果たしてこれだけのことか。訳者は、否、と考える。端的に言ってこの二分法は正確ではない。編者の叙述の客観性の質が問題である。言伝えの再録という形式から判断すれば、編者の「私」は終始一貫して消えていることになる。無色の存在として叙述全体を覆う劇化されていない透明の非人称だと言い換えてもよい。叙べられている事件からの距離が編者にこうした客観性を保証すると一見確かに読み取れるのである。ところがこの種の抽象的な議論は編者の叙述の実態を掬い切ってはいない。彼の筆致は宗教的狂信に対する冷笑的態度を露わにしている。編者がロバートよりジョージに好意的であることに疑いの余地はない。公衆の面前で母親を誹謗中傷し、教会に出掛けては若い娘を盗み見るのを恥ともせず、仲間と女郎屋へ繰り込む若者を描くのに、編者の造型が唯一無二のものであるとは言い難いのである。その意味で編者の叙述にもひとつの価値判断を含んだ執筆意図が隠されていたと言わねばならない。罪人の告白に偽善を嗅ぎ取る我々の視点とは、実はこうした編者の価値基準を受け容れることに拠って獲得されていた訳である。そしてこの視点は「告白」に於ても絶えず

2　本書では付録として巻末に収録。
3　邦訳は、バタイユ著作集の『言葉とエロス』（二見書房、一九七一年）の巻に収録されている。

喚起される。リンギム牧師に対するバーネット老人、或いはロバートに対するスクレイプの言葉を想起すればよい。質朴なスコットランド方言で語る者の口から発せられる言葉は期せずして、狂信の果てに自ら義とするような倨傲に潜む陥穽を適確に差し示すだろう。

此処で再び、しかし、と言うのを許して戴きたい。狂信に対する諷刺という方向性に於ては軌を一にすると見えながら、編者の視点とスコットランド方言人（奇妙な言葉だ！）のそれは同根ではあるまい。例えばワーズワスの「不滅のオード」の一節を想起させぬでもないアーサーズ・シートでの巨大な幻を描いた部分では、いささか自慢気な口吻が聴き取れはしないか。本文にあらずもがなの註を附しもしたのだが、此処にはスコットランドの迷妄に対する啓蒙思想の倨傲が仄見えている。狂信に対する編者の冷笑の根柢にはこうした合理精神があったと言わねばならない。つまり彼はそのような形に劇化された語り手になっているということである。これは第三部とも呼ぶべき告白録発掘の部分で編者自ら登場人物の一人と化していることからも確認される。「若い娘の後を追い廻し、誰彼の別なくカリカチュアの材料にしては私の恐怖の種となったオックスフォード出の若者」とホッグが記した当の相手たるロックハートの大学時代の友人であるとされた編者の経歴は、少なからず彼の思考の質を規定するだろう。作中の羊飼いホッグと編者一行との接触は、一義的には作者の自己パロディの表現としてあるのだが、同時に作者と編者との距離をも明示する。編者の語り口に作者の肉声を聴き取り、そこからホッグを「神懸り」に対して嘲笑的な十八世紀的良識人であると断定するのは早計の誹り免れ難い。むしろホッグは、オックスフォードは魔術を教える所だと盲信している「告白」中の村人の、敢て言えば、蒙昧を幾分か共有する。これを別の観点から言い直せば、編者の叙述は罪人の告白を支配する宗教的狂信への諷刺の視点を提供するが、一方後者は前者の汎合理主義に対する反措定として機能するということである。事実関係の齟齬も含めて――例えば老領主が結婚したのは一六八七年ダルカースルの地を嗣いでからのはずだが、二人目の息子たるロバートは一七〇四年三月二十五日の誕生日で十七歳になっている――罪人の告白を読み了った我々は、様々な事件の全体が編者の視点で全て合理的に割り切れるとは考えない。何が事実かということは遂に不分明のままである。ツヴェタン・トドロフの威を借りれば、『罪人の告白』は飽くまで「幻想」の領域に留まった稀有の作品と言うことが出来る。ギル・マーティンは実在するのか、ロバートの想像力が生み出した主観的産物であるのかに就て、我々は様々の手掛りを与えられながらも確証を得るには至らないのである。二種類の叙述は互いに他方を照らし出し、かつ打ち消し合うことに拠って不思議な空間を創り出している。第三部に登場したホッグが編者に対して語る「世迷いごと」という言葉は、この作品の語りの構造の中に仕組まれた騙りの装置を完成させることになる。最初は匿名で出版された本書に対するジッドの驚嘆には、作者の姿を消すために『贋金使いの日記』という野暮な装置を考案せざるを得なかった二十世紀作家の、この作品の叙述の巧妙に対する羨望が内在していたかも知れぬ、というのは訳者の空想に過ぎぬだろうか。

いささか舌足らずではあるが気難しい議論は此処で打ち切り、当作品の素材とでもいうべきものを一瞥しておく。十七～八世紀頃には、ホッグの生地エトリックに於て道徳律廃棄論を巡る詳細な昔話が残っていたことが知られており、またこの作品の刊行時にこの特異な思想が大きな関心の的となっていたことも事実で、『プリマスの道徳律廃棄論者への非難』（一八二三年）という書物と『罪人の告白』との間には用語上の類似があるとさえされている。また妻の喉を搔き切って殺した男に纏わる逸話があり、事件そのものは十八世紀前半に属するが、処刑される前にあの行為は自分に取り憑いた悪魔の仕業であると言明したという記録が一八一八年エディンバラで発行されている。勿論、作中にも大部分が引用された『ブラックウッズ・マガジン』掲載の手紙に示される口承の存在を忘れることは出来ない。より細部に就ては、かなり有名だった話として音の精（ポルターガイスト）の記録もある。牧草地に取り憑いて家畜を驚かしたばかりか、「私は神の命を受けてこの土地の者に悔い改めるよう警告するために遣わされた。直ちに悔い改めぬならば、神の審判が下るのだ」と声高に叫んだという。ダルカースル出奔後のロバートの体験にこれが利用されているかも知れない。これはほんの一例であり、重要なのは文字化されていたか否かに拘らず——当時の通俗本にはこの種の題材を扱ったものは随分と多い——こうした背景の中から『罪人の告白』もまた生まれたということである。もう少し確定的な事実をつけ加えることも出来る。Ｅ・Ｔ・Ａ・ホフマンの『悪魔の霊薬』とこの作品との関係である。『霊薬』の英訳は一八二四年六月、即ち『罪人の告白』の刊行と時を同じくしてブラックウッドの手で出版された。訳者は明記されなかったが、Ｒ・Ｐ・ギリスという人物であり、彼はホッグの友人——ギリス名義でホッグが詩の代作をやったこともある——であった。『罪人の告白』構想執筆中のホッグがホフマン翻訳に携っている友人から何がしかの示唆を得た可能性は少なくない。いずれにしろホフマンの作品及び実生活を貫く二重性と、後述するホッグの自己演出とは比較検討に価する問題であろう。一方作品前半の兄弟の確執に就ては論じられることが少ないが、フルク・グレヴィルの『フィリップ・シドニー伝』に触発された面があると考えられる。具体的にはテニス場での相対立する二人の交渉に、シドニーとオックスフォード伯の対決の情景が持ち込まれているということである。この『シドニー伝』の初版刊行は一六五二年だが広く読まれるようになったのは一八一六年のことであり、またシドニーとオックスフォード伯のテニス場での逸話に関しては、グレヴィルの伝記と同様の内容が所謂『シドニー・ペイパーズ』（一七四六年）に記されており、ホッグと親しかったスコットがこれを『ケニルワース』（一八二一年）執筆に際して資料として利用していたという事実もある。双方の対立関係が類似の展開を見せていることは注目するに足る。

しかしながらこうした背景のみが『罪人の告白』を成立させているのでないことは当然である。民話性を湛えた当作品にも「エトリックの羊飼い」ホッグの個性が刻印されている。すでに彼の生涯に目を向けるべき段階である。だが此処で目指すのは『罪人の告白』の作者としてのジェイムズ・ホッグ像であり、彼の正確な伝記を意図してはいない。紙数に余裕がなく幾つかの挿話を連ねるだけの甚だ偏頗（へんぱ）なものにならざるを得ないが、予め御容赦願うことにする。

＊

『ユリイカ』に於てフランシス・ベーコン[1]に擬せられるという栄誉を担った此処での主役たる人物は、彼自身の記述に従えば一七七二年一月二十五日エトリックに生まれている。ところが最初からい

1　ポーはこの名前遊び――「ホッグ（hog）」には「食用豚」の意があり「ベーコン」の連想を誘う――を「メロンタ・タウタ」でも繰り返している。

かにも暗示的だが、教区記録と照らし合わせればこの記述は誤りであることが判明する。細かい経緯を省いて結論を言えば、一生正確な生年月日を知ることのなかったホッグは自己の経歴を記すに当たって誕生日をスコットランドの国民詩人ロバート・バーンズのそれに重ね合わせたのである。此処にホッグの自己劇化の一例を見ることが出来よう。結局彼の誕生期日に関して言えるのは、恐らく一七七〇年十一月ではなかったかということだけである。母マーガレット（旧姓レイドロー）の間の四人兄弟の二番目であった。母マーガレットは国境地方に伝わるバラッドや口承説話に精通しており、このため彼の家は近隣の羊飼いたちの溜り場となっていた。そしてまた長老派的信仰の持主であったと考えられる父親からは、聖書及びスコットランドの宗教事情に就ての様々の知識を息子たちは得ることが出来たようである。『罪人の告白』を読んだ我々にとってはこうした背景が後の詩人にどれほど豊かな土壌を与えたか贅言を費す必要はない。

ところでジェイムズ六歳のときに牧羊を営んでいた父が破産してしまう。このため彼は直ちに働きに出ることになり、学校教育は僅か数カ月で終止符が打たれた。以後十年間彼の苦難は続く。提琴への愛着と名ばかりの初恋がこの時代の仄かな色彩りである。様々な主人の許で羊飼いになるための様々の職に就いた後、十六歳になったジェイムズは初めて羊飼いとして雇われる。それまで殆んど忘れかけていた読み書きへの関心を呼び起こされたのはこの頃である。十八歳のときには『ウィリアム・ウォレス』[1]及び『やさしい羊飼い』[2]を読む機会を得ている。しかしこうした読書はホッグの文学への目醒めを直ちに惹起した訳ではない。読み書き能力の不足は何分にも圧倒的であった。二十歳になった彼は母の遠縁に当たるレイドローという人物に仕えることになる。この主人の許に彼は十年間留まることになるが、この間主人の素晴らしい蔵書を自由に読み漁(あさ)ることが出来た上、当家の息子たるウィリアム[3]と親交を結ぶという具合に、後の詩人ホッグを形成した貴重な時代であった。詩作への欲求も急速に昂まる。彼の詩が『スコッツ・マガジン』に匿名で掲載されたのは一七九四年のことである。[4]読書量も多い――ミルトン、ポウプ、トムスン、ヤング等の詩人の他にも『スペクテイター』や史書、宗教書の類にも目を通している。一八〇〇年に彼は、国中で愛誦されることになる――但し作者名は知られることなく――「ドナルド・マクドナルド」を発表するが、同時に忘れてならないのは、この年それまでの主人の許を離れて自ら羊の管理を始めたことである。それだけの財力を回復したからに他ならないが、しかし、生活人としての彼は成功者である以上に失敗者の役柄をより多く引き受ける。遂一触れないが、経済的困窮は一生彼に付き纏い、詩作へと向かう動機の要因も少なからずそこに求められるのである。

ホッグが詩人として一応の評価を得る契機となったのは『山の吟詠詩人』(一八〇七年)という第二

1 「盲目のハリー」作の韻文ロマンスであるが、ホッグが読んだのはウィリアム・ハミルトンの現代語訳であろう。これは十八世紀のスコットランドで広く読まれたものである。
2 アラン・ラムジー作の牧歌喜劇。
3 作品中の墓掘り場面に登場するウ――ム・レ――ローである。
4 自伝に拠れば、「最初に詩作を試みたのは一七九六年の春」ということになっているが、この年代操作は読み書きの出来なかった期間を潤色することで詩人としての自己宣伝を図った戦術のひとつだと考えるのは穿ち過ぎか。

詩集だが、これはスコットの尽力に拠って陽の目を見た。此処で二人の関係を簡単に見ておく必要があるだろう。セルカーク州の知事代理時代に俗謡の収集に励んでいた後の大文豪は、その成果たる『スコットランド辺境歌謡集』二巻本を一八〇二年一月刊行する。これを目にして自己の詩人としての能力に自信を持ったホッグは、古謡を模したバラッドを幾つか書き、また母の唄う古謡をも筆写して知事代理の許へ送りつける。それが機縁となって二人は出会うのである。仲介に立ったのはウィリアム・レイドローであった。以後死ぬまで二人の間には友情が続くことになる。いや、友情というのは余りに中性的な言葉かも知れない。両者の立場の相違は必然的に相手に対する精神の姿勢を規定するだろう。ホッグにはスコットの機嫌を損なってはならぬという下手意識がある。だが興味深いのは、これが率直な謙譲の精神としては現れず、常に奇妙な図々しさと綯交ぜになっていることである。ことは相手がスコットの揚合に限られない。礼儀や嗜みへの顧慮は彼には完全に欠けていた。少なくとも都会的制約からは自由であったと言えるだろう。二つの大きな生活人としての失敗を味わった後、ホッグは一八一〇年二月、文学で身を立てるべくエディンバラに上る。この時点から我々は牧人詩人と都会的文学趣味の齟齬をはっきりと観取できるようになる。都会的基準から見たホッグの不躾けは彼の文学上の営為にも反映している。その一例がこの年に創刊された文学週刊誌『スパイ』である。スコットの諫言にも拘らず、「独創」を標榜して殆んど独力で刊行されたこの雑誌は一年の短命で終わる。娘が妊娠すればあからさまにその通り書き記すというホッグの率直さが購読者の大半を失わせたらしい。この種の「独創」は結局エディンバラの文学趣味と相容れなかったのである。十九世紀初頭のエディンバラにまともな批評的感性は存在していなかったというエドウィン・ミュアの評言を想い起こしてみるのもよい。

しかし当面の訳者の関心は、こうした異和をホッグが自己宣伝の武器に利用していったということにある。「フォーラム」という公開演説会では自己の田舎訛りを彼は積極的に活用する。聴衆が自分に田舎人の質朴、率直を見出し、そこに優越感を秘めた好意を感じるならば、自ら進んでその役廻りを引き受け、牧人詩人という特異なレッテルをセールス・ポイントとして打ち出していったと思われるのである。ともかく一八一三年春に刊行された『女王の夜祭』は「エトリックの羊飼い」ホッグの名を一躍高らしめる。ワーズワス、ド・クィンシー、サウジー等との交遊が生まれたのもこれが契機であった。集中「キルメニー」と「ファイフの魔女」に格別の評価が与えられていることは当時から変わらないが、『罪人の告白』の読者たる我々は、今日では殆んど顧みられない他の諸作、「エイヴィン峡」を始めとする幾つかのものにはゴシック的恐怖が描かれていることに着目しておこう。そして直ちに『詩鏡』（一八一六年）に目を転じなければならない。現存の詩人たちから寄稿を募って豪華本の詩集を出そうという当初の計画が挫折した折、その代わりとしてホッグの案出したのが、自らがそうした詩人の作風を真似て詩集を作ろうという「大それた」方法であった。「現代の吟詠詩人たち」という副題を持つこの詩集を『詩鑑』でなく『詩鏡』と記さねばならぬ由縁である。我々は此処にパロディ作家の誕生を見る。平気で他人の代作をするといった文学的無節操をロックハートに論難されたホッグの一面を見出すのである。だが同時に、此処には自作のパロディも収録されていることを見落とすべきではなく、また集中の圧巻とされるワーズワスのパロディに就て言えば、過去にこの詩人から受けた（とホッグが感じた）侮辱に対する意趣返しといった人間的（？）動機が隠されていたかも知れない。一見尊大な自己劇化の背後には常に傷つき易い感性が秘められているものだ、と言えば、何やら安物の処世訓めくが、確かにホッグにはそうした側面がある。

ホッグのパロディ精神は一八一七年九月より刊行された『ブラックウッズ・マガジン』（通称『マガ』）に掲載された「カルデア文書」にも見られる。商売仇のコンスタブルに対抗するブラックウッド陣営を支援したホッグは聖書、特にダニエルの預言をパロディ化した原稿を書き送ったのである。しかし実際に雑誌に姿を現したのは別人（ウィルソンとロックハート）の大幅な加筆修正を受けたものであった。これは相手方に対する人身攻撃の激烈に拠って『マガ』の読者数を飛躍的に増大させる。ホッグにとっては予想もせぬ反響であった訳だが、これが因で生まれた「カルデアの羊飼い」という呼称は他人に拠るホッグのパロディの結果であるとも言えよう。こうしたパロディ化されたパロディ作者という図式は一八二二年より『マガ』誌上に登場する「アムブローズ館夜話」に於て一層明確になる。この架空のホテルを舞台にした対話集の殆んどは「クリストファー・ノース」こと前記ウィルソンの手に成り、そこでホッグは愚かしい気取り屋、大酒呑みの道化者として登場する。自らエディンバラ文壇で創り上げた牧人詩人の神話が逆に恰好の諷刺の対象とされたのである。傍若無人の道化者というホッグ像はそれ以後の彼の生涯に、そして死後の文学的生命にも色濃く投影される。「夜話」はホッグの没年まで続き『マガ』の看板連載として読者の目を惹き付けたのであった。ホッグに対する棘を潜めた諷刺は、実は「夜話」以前より『マガ』を賑わせており、自ら語りもせぬ言葉を吐いたとされ、見も知らぬ詩の作者とされるという情況にあって――ダルカースル領主となったロバートの困惑が想い出される――ホッグとブラックウッド陣営、特にウィルソンやロックハートとの仲は微妙なものとなる。微妙な、というのは彼らに対してホッグの憤りがストレートに表現されてはいないからである。自己の立場に屈辱を感じながらも、諷刺の対象として我身を提供するのを楽しんでいる風情も見られる。いや、そうしたポーズを取ることを余儀なくされたと言うべきかも知れない。彼らこそエディンバラ文壇の主流であり、その中で牧人詩人という形で自己の特異性を印象づけるべく装ったホッグにしてみれば、たとえ身を削られる思いではあっても止むを得ない必要経費としてその痛みを引き受けたということはいかにもありそうなことに思われる。

こうして見ると『罪人の告白』の叙述形式に込められたアイロニーは多少とも判然とするだろう。ホッグは結局エディンバラの都会人とは異質の存在だったのであり、作中でオーフタマハティの町を救ったロビンほどではないにしても、超自然の世界、啓蒙思想を身につけた都会の知識人から見れば単なる「世迷いごと」に過ぎぬ口承、民話の世界を身近に感じ得た地方人であった。スコットの『墓守老人』やジョン・ゴールトの『リンガン・ギリス』と並べれば興味ある話題を提供することになる『ボズベックのブラウニー』[1]（一八一八年）に於て、ホッグの共感は、迷信深く蒙昧な村人たちに向けられていることは確認しておいてよい。迷妄を迷妄と認めつつもそこに心情的共感を覚えることはあり得ぬではなかろう。『罪人の告白』の編者に対する作者ホッグのアイロニカルな姿勢は、いわば心情的必然であったのではあるまいか。

1　刊行当時は『墓守老人』の亜流、模倣であると判断されたが、現在では作品執筆はホッグがスコットに先行していたと考えられている。尚、タイトルの「ブラウニー」とは妖精の名である。

伝記の体裁を整える上からは、一八三五年十一月二十一日のホッグの死まで筆を進めるべきであるが、駆け足に話を運んだとはいえ、訳者の饒舌はすでに予定の紙数を使い果してしまった。『義とされた罪人の手記と告白』の作者としてのホッグに対する訳者なりの人間的興味の在処だけは幾分なりと示し得たと信じて此処では筆を擱(お)かねばならない。

*

翻訳に当たって底本としたのは、James Hogg, *The Private Memoirs and Confessions of a Justified Sinner*, London, Oxford University Press, 1969 であり、傍らノートン版及び、改竄版ではあるが『エトリックの羊飼い作品集』（一八七四年）に収録されたものを参照した。最初にお断りしておくべきであったが、タイトルは、副題として掲げたように逐語的に訳せば「義とされた罪人の手記と回想」となろう。これが邦題としては如何にも落ち着きが悪いという編集部の意向で、『悪の誘惑』といういささか刺戟的なタイトルが選ばれた次第である。

この本が出来上がるまでには多くの方に御世話になった。最初にこの翻訳を唆し、その後も巧みに訳者を誘導して下さった「高貴な友人」富山太佳夫氏には、またとない悪夢を味わった御礼を申し上げねばならない。そして貴重な文献をお貸し戴いた岡山大学の室谷洋三先生、非力な訳者を絶えず激励して下さった愛媛大学法文学部英文研究室の諸先生方、特に貴重な時間と示唆を惜しまれなかった古茂田淳三、大野一之両先生に心から感謝の意を表したい。最後になったが終始訳者の怠惰に辛抱強くお付き合い戴いた編集部の鈴木宏氏にも篤く御礼申し上げる。

一九七九年九月、穂波立つころ。

訳者

1　本Uブックス版では『義とされた罪人の手記と告白』に改題。

再び訳者（新装版あとがき）

本訳書が地中に埋もれて三〇年以上が経った。もちろんロバートの（と考えられる）「義とされた罪人の手記と告白」とは較ぶべくもないが、その訳書がこのたび再び陽の目を見ることになったことは、ロバート同様に多くの意味で罪人であるに違いない訳者にとって望外の幸せである。もっとも、一〇年が一昔なら、三〇年もあれば、この作家や作品を取り巻く状況が大きく変わっても不思議ではなく、実際、この翻訳に悪戦苦闘したときには手に入らなかった注釈つきのテクストが、この間にペンギン・ブックスを含むいくつかの出版社から数種類も出版され、それと呼応するように、この作品をめぐる批評も盛んになった。そして、そうした批評の意匠が主としてポスト構造主義やデコンストラクションに彩られていたという事実は、この作品がわれわれに対して持つ魅力の一端について改めて何事かを語っているだろう。同時に、おそらく必然的なことだが、作者ジェイムズ・ホッグへの関心も高まりを見せていて、一九九〇年代よりエディンバラ大学出版局が本作品を含む校訂版のホッグ全集を刊行しているのが、その何よりの証拠である。かつて「偉大なる匿名作家」たるウォルター・スコットを取り巻く文人たちの一人で、特異な牧人詩人として文学史の周縁に位置づけられていたこの作家は、英文学もしくはスコットランド文学（両者の微妙な関係について、ここでは触れない）における古典的作家、もう少し嫌味な言い方をするなら正典、の仲間入りを見事に果たしたと言ってい い。

こうした多分に学問上の状況の変化は、しかし、面白いから読む、という正しい小説読者にとっては無縁のことかもしれない。それでも、英国の大手書店が一九九八年に実施した読者の選ぶスコットランド文学という企画で、この作品が第三位にランクインしたということは報告するに足るだろう。これは驚くべきことである。日本文学で同種の企画が行われた場合を考えてみれば、この作品がどれほど高く評価されるようになったかが分かろうというもの。ここで訳者は殊更に先見の明を誇ろうというわけではない(幾分かそんな響きが残っていたらごめんなさい)。ただ、一九九〇年前後にスコットランドの大学を訪れた際、そこで教鞭をとっていたスコットランド文学の専門家——校訂版ホッグ全集の責任者でもあったダグラス・マック教授で、エトリックを案内してもらうなど、訳者は数回の訪問で殊のほかお世話になったのだが、二〇〇九年に逝去された。この場を借り、改めてご冥福を祈りたい——が、最近の学生は(国民作家として確固たる地位を占めている)スコットよりもホッグの方に親近感と関心を示すようになっている、と述べていたことを思い出し、その傾向は局所的でも一過性のものでもなかったのだ、と思いたいだけである。さらに、現代スコットランド文学を代表する作家の一人で、日本でも『ラナーク』などでその名を知られるようになったアラスター・グレイの手になるものをはじめとして、ホッグを、とくにこの作品を下敷きにした興味深い作品がいくつも発表されていることも特筆に値しよう。パスティーシュや本歌取りの対象となるには、元のテクストがそうしたものを生み出すだけの喚起力を、作者に対して(そして実は読者に対しても)持っていなければなるまい。この点からも本作は古典としての資格を十分に備えていると言えるだろう。

以上のように闇雲に作者と作品の格上げを図る言辞を連ねると、「編者」の理解によれば「自ら義とした罪人」であるらしいロバートも顔負けの身勝手な図々しさが否応なく漂ってしまう。本来なら、新たに解説めいたことを記す以上、作者と作品について、前稿で不足していた情報を多少なりとも提供するのが礼儀というものだろうが、本気で礼儀正しく振舞おうとすると紙幅が足りなくなる。そこで、そうした情報が欲しいという物好きな読者には、この作家について日本語で読める文献が他にあまりないので、『エトリックの羊飼い、或いは、羊飼いのレトリック』と題された、どこか書き手の「世迷いごと」が綯い交ぜになっている気配もある著作を参照していただくことにして、ここでは蛇足になることを懼れつつ、本書の読者にとって最も気になると思われる一点について、若干の贅言を費やすに留めよう。それは巻末に置かれた「編者」による自殺者の墓の発掘部分を導入する手紙に関わる。本文にある通り、そして注にも記した通り、その手紙が『ブラックウッズ・エディンバラ・マガジン』一八二三年八月号に掲載されたホッグの「スコットランドのミイラ」という記事をなぞっていることは間違いない。その手紙の本作品での見事な利用の仕方を見れば、作者がその雑誌原稿の執筆時点ですでに、この作品について周到な構想を練っていたと考えたくなる。ところがそれが確認できるだけの具体的な資料は見つかっていない。むしろ、この自殺者の墓の発掘は実際に行われ、ホッグの手紙はその事情をかなり忠実に再現しているという傍証がいくつかある。ところが、エディンバラのある種の人々は『ブラックウッズ・エディンバラ・マガジン』当該号の発行時に、ホッグの手紙の信憑性に疑いを挟んだらしい。この雑誌に「一杯喰わされ」ることを警戒する「編者」はまさにそうした人々のなかの一人だったように読める。つまり、引用された手紙のみならず、それに触発された「編者」たちによる墓の探索行エピソードも一部は現実のものだった可能性があり、一八二四年に本作が発表されたとき、その結末部は前年に起きた出来事を再現していると考えた読者が少なからずいたかもしれない。それならば、それを巧みに利用したホッグの即興の才には目を瞠らざるを得ない。いずれにしてもエディンバラを中心舞台（その地理はかなり正確に再現されている）としつつも、様々の人物によるスコットランド各地（ただしダルカースルはおそらく架空の地名）をめぐるいくつもの旅によって紡がれたアクションが、最終的にはエトリックに収束しつつ、その意味は拡散されて一義的解釈を拒否してしまうというこの作品は、いかにも「エトリックの羊飼い」にふさわしい。

先に述べたようにすでに古典の地位を獲得した作品であるから、訳題も原題に即したものにした方がいいかもしれず、また固有名詞の表記を含め、手を入れたい箇所も少なくないが、復刊という制約がそれを許さない。その希望がかなえられる日がいつか来るものかどうか分からず、まして本書の復刊を機に、もはや「特異な」と形容することも憚られるこの牧人作家の他の作品への関心が日本でも高まる、などということは夢のまた夢であるかもしれないが、万が一、そんなことになれば訳者冥利に尽きる。だからロバートさながらに見果てぬ夢を見ることにしよう。

二〇一二年七月

高橋和久

Uブックス版あとがき

想像力の貧困を棚上げして言うと、この数年、それまで以上に思いがけないことが起きているような気がするのだが、気のせいだろうか。また、そうした思いも寄らないことの多くが好ましくないこと、辛いこと、悲しいことのように思えるのだが、これも気のせいだろうか。いや、さすがにそれは事実だという感覚もないではないけれども、その感覚自体が、なまじ楽観視してのちのち裏切られるのは嫌だから、自分を含む社会の状況を悲観的に捉えるに越したことはないという防衛機制としての反動形成が生んだものかもしれない。実際、思いがけない出来事が誰かにとってつねに悪いことばかりではないはずで、わたしにとって本書の刊行がその一例になる。これは一九八〇年に初版が、二〇一二年にその新装版が刊行された『悪の誘惑』の新版であり、前世紀末から顕著になった原作者と原著の認知度の急速な上昇を受けて、本文は勿論、邦題も原題に近いものに変えることができた。

昨年、藤原編集室の藤原義也さんから旧訳の新版を出しませんかという青天の霹靂（へきれき）のようなお話を頂いた。有難いお誘いで即座にお受けしたことは言うまでもない。その点で藤原さんにはお礼を申し上げるしかないのだが、ただ新装版のあとがきにも書いたように、わたしの想像力の及ぶ範囲では、新版刊行は「夢のまた夢」で、実のところ「見果てぬ夢」として終わるはずのものであり、そうした夢が思いがけず実現するときには、貧困な想像力でも半ば想像可能な厄介な事態が現出する。何が言いたいのかというと、前回、訳文に「手を入れたい箇所」は多々あるが、復刊なのでそれが出来ないなどと愚痴めいたことを書いたので、それならそれが可能になった以上、しっかり手を入れろという天の声が聞こえたということである。考えてみれば、最初の訳出時にはスコットランド語のグロッサリーはなく、注も素っ気ないテキスト相手に悪戦苦闘を強いられたものだった。それ以後、ペンギン版やキャノンゲート版など続々と読者に優しいテキストが出版され、その集大成というべきものが今回最も参考にしたホッグ全集版のピーター・ガーサイド編（エディンバラ大学出版局、二〇〇一年）、及びそれを踏まえたイアン・ダンカン編（オックスフォード大学出版局、二〇一〇年）の二冊である。おかげで想像していた通り、新たな情報が得られて訳語、注ともに修正を加えることが出来たわけだが、その量というか程度が思いがけなかった。また、わたしにとってこれは最初の訳書であり、不慣れな訳文が気になりだすと際限がなく、この新版を自分なりに決定版にしたいという思いもあって、毎頁に朱が入るという事態になったのである。やはり思いも寄らぬことは多くの場合、悪いことなのかもしれない。見果てぬ夢はなまじ実現すると悪夢になりうるという教訓だろうか。

それでも校正をしていると、この作者との最初の出遭いから始まり、キャノンゲート版の編者デイヴィッド・グローヴズとアーサーズ・シートに登ったことや、スターリングの酒場で故ダグラス・マックとピーター・ガーサイドからホッグとスコットについての話を聞き、その学識に圧倒されながらラガヴーリンを勧められたことなどが自然と思い出されて、自分史を振り返る契機とすることが出来たのは有難かったと言うべきだろう。もっとも、一方で若い自分になど向き合いたくもないという気持ちもあるので、有難さも中くらいなりおらが春（？）ではある、などと補足すれば、お前は結局何が言いたいのだと詰問されるかもしれないのだが、真相は藪の中であることを楽しむべきらしい本書に似合うのは詰問ではなく、何を言っているのか分からないあとがきなのではなかろうかと居直ることにする。したがって、先のあとがきで仄めかしただけのこと、或いは少しだけ触れていたことを敷衍して、例えばオックスフォードの学問への聊か過剰とも思える、つまりロバートの置かれた立場を劇化するのにふさわしいと思える以上の警戒心をアンクラムの村人たちが披瀝する場面（三二三頁）を用意したホッグの心的構え、『ブラックウッズ・マガジン』誌上で「（エトリックの）羊飼い」像が定着するのに大きく貢献したオックスフォード出のジョン・ウィルソンとJ・G・ロックハートに対する、ひいては本作の「編者」に対する作者ホッグの心的距離といったものへの考察を深めたり、スコットランドの低地地方を主舞台とする本作でも、他の作品同様、発音表記の仕方でそれと分かるスコットランド高地人（ハイランダー）を登場させて、かなり重要な役割を負わせている点に窺われるホッグのスコットランド観をウォルター・スコットのそれと比較したりするのは、それぞれ興味深い作業ではあるだろうが、出がらしのあとがきにはふさわしくないように思われる。それよりも、スコットランド語については、高地語と低地語の差異を日本語で再現することはとても訳者の力の及ぶところではなく、初版に見られた日本語の方言もどきの怪しげな混在——当初、東北地方のことばを意識した訳語が、訳出時に岡山と松山で暮らしていたために、それぞれの土地ことばの影響を少なからず受けた——を出来るだけ目立たなくするように修正するのが精一杯だったと告白しなくてはならない。その結果として、勝手に加工しつつ借用した土地ことばの選択が妥当だったのかどうかについては読者の判断に委ねるしかない。

最後に本作の面白さについて一言。これこそ読者の判断に委ねるしかないことで、訳者としては読んでくれたら面白さが分かりますと繰り返すしかないのだが、イギリスの女性作家でパスティーシュの名手であったエマ・テナントやカナダのノーベル賞受賞作家、アリス・マンローといったわが国でも馴染みの作家の作品に大きな影響を与えていると指摘すれば、本作がいかに傑作であるかの傍証になるだろうか。さらに後者は実は作者ホッグと遠い血縁関係にあるというおまけまでついている。しかしそんな外枠の話では心ある読者の心は当然ながら動かないかもしれないので、新装版のあとがきで触れたことだけれども、現代スコットランドを代表する故アラスター・グレイの代表作の一つ『哀れなるものたち』は『義とされた罪人の手記と告白』に触発された作品であると強調しておこう。グレイのこの作品は映画化され、日本でも公開されるため多少とも話題になっているようで、その先行テクストとして『フランケンシュタイン』がしばしば言及されているが、そしてそれはそれで正しいのだが、作中で明示されている通り、作品の骨格を与えているのは本作であると言っていい。ホッグとグレイ双方の愛読者である訳者としては、ナラティヴとしての駆動力を維持しながら虚構性そのものと戯れるという離れ業が見事に受け継がれていることに人並み以上の感慨を覚えるが、それが人並みになるくらいに多くの読者が本書を楽しんでくれると、ひたすら朱入れに費やされた（そして思いも寄らぬ心痛む知らせの多かった）正月休みの（誰に対してか分からない）恨みも消えるに違いない。

二〇二四年一月　　清水の彩なす音に癒されながら　　高橋和久

著者紹介

ジェイムズ・ホッグ　James Hogg

スコットランドの詩人・小説家。1770年、スコットランド南部エトリック近郊の借地農家に生まれ、農場の使用人、羊飼いとして働きながら独学で読み書きを覚え、詩や戯曲の創作を始めた。1800年作の「ドナルド・マクドナルド」は国民的愛誦歌となり、『スコットランド辺境歌謡集』編纂中のウォルター・スコットと古謡の提供を契機に親交を結ぶ。詩集『山の吟詠詩人』（1807）が評価され、1810年にエディンバラで本格的な文学活動に入る。詩集『女王の夜祭』（13）、『詩鏡』（16）を刊行、1817年創刊の『ブラックウッズ・マガジン』に寄稿した諷刺的な記事で有名となるが、自身も「エトリックの羊飼い」としてパロディの対象となる。その後小説に転じて、スコットランドの歴史に取材した『ボズベックのブラウニー』（18）、『男の三つの危険』（22）、『女の三つの危険』（23）などを発表。ゴシック小説『義とされた罪人の手記と告白』（24）は20世紀に再評価され、現在では最も重要なスコットランド文学／英文学作品の一つと目されている。1835年死去。

訳者略歴

高橋和久（たかはし かずひさ）

英文学者。1950年東京都生まれ。京都大学文学部卒業。東京大学名誉教授。著書に『エトリックの羊飼い、或いは、羊飼いのレトリック』（研究社）、『19世紀「英国」小説の展開』（共編著）、『別の地図　英文学的小旅行のために』（以上松柏社）、訳書にジョージ・オーウェル『1984年』、アラスター・グレイ『哀れなるものたち』（以上ハヤカワ文庫）、ロバート・ポルトック『ピーター・ウィルキンズの生涯と冒険』（岩波書店）、ジョゼフ・コンラッド『シークレット・エージェント』（光文社古典新訳文庫）などがある。

編集＝藤原編集室